Wiedźmin
猎魔人

风暴季节 | 卷八

[波兰] 安杰伊·萨普科夫斯基 著
乌兰 小龙 译

SEZON BURZ
BY ANDRZEJ SAPKOWSKI

SEZON BURZ

Copyright © 2013 by Andrzej Sapkowski
Published in agreement with Andrzej Sapkowski c/o Patricia Pasqualini Literary Agency,
through The Grayhawk Agency Ltd.
Simplified Chinese translation copyright © 2022 by Chongqing Publishing House Co.,Ltd.
All rights reserved.

版贸核渝字（2020）第26号

图书在版编目（CIP）数据

猎魔人. 卷八，风暴季节 /（波）安杰伊·萨普科夫斯基著；乌兰，小龙译.
—重庆：重庆出版社，2022.1
ISBN 978-7-229-16057-9

Ⅰ.①猎… Ⅱ.①安…②乌…③小… Ⅲ.①长篇小说-波兰-现代
Ⅳ.①I513.45

中国版本图书馆CIP数据核字（2021）第188994号

猎魔人　卷八：风暴季节
LIEMOREN JUANBA: FENGBAO JIJIE

[波兰] 安杰伊·萨普科夫斯基 著　乌　兰　小　龙 译
联合统筹：重庆史诗图书信息咨询有限责任公司
责任编辑：邹　禾　许　宁　方　媛
责任校对：李春燕
封面绘画：陈越林
封面设计：谢颖设计工作室

重庆出版集团 出版
重庆出版社

重庆市南岸区南滨路162号1幢　邮政编码：400061　http://www.cqph.com
重庆出版社艺术设计有限公司 制版
重庆豪森印务有限公司 印刷
重庆出版集团图书发行有限责任公司 发行
E-mail:fxchu@cqph.com　邮购电话：023-61520646
全国新华书店经销

开本：890mm×1230mm　1/32　印张：12.75　字数：310千
2022年1月第1版　2022年1月第1次印刷
ISBN 978-7-229-16057-9

定价：88.80元

如有印装问题，请向本集团图书发行有限公司调换：023-61520678

版权所有　侵权必究

Sezon burz

风暴季节

目录 Spis treści

章	页
第一章	003
第二章	017
第三章	027
第四章	032
第五章	047
第六章	057
第七章	067
第八章	087
第九章	124
第十章	144
第十一章	161
第十二章	185
第十三章	199
第十四章	217
第十五章	241
第十六章	269
第十七章	287
第十八章	313
第十九章	347
第二十章	364
终章	382
附录 希瑞之生平	391

妖魔鬼怪，魑魅魍魉，
长爪野兽，深夜暗藏。
仁慈救主，护我安康！

——《康沃尔祷文》
流传于 14—15 世纪

有人说，文明会照亮黑暗。
然而黑暗永远不会绝迹。
黑暗中永远隐藏着邪恶。
黑暗中永远潜伏着尖牙与利爪、鲜血与杀戮。
夜晚永远有怪物出没。
而我们，猎魔人，永远负责将其斩杀。

——凯尔·莫罕的维瑟米尔

与怪物缠斗之人,需谨防自身成为怪物。因凝视深渊过久,深渊亦将回以凝视。

——《善恶的彼岸》
弗里德里希·尼采　著

凝视深渊,愚蠢至极。因这世上有太多东西更值得凝视。

——《诗歌的半世纪》
丹德里恩　著

第一章

它，只为杀戮而活。

它身下是被阳光温暖的沙砾。

透过毛发般的触须与刚毛，它能感受到地面的震动。即使在远处，艾达怪也能清晰而准确地感受到震动，甚至能判断出猎物的前进方向、移动速度，以及重量。同多数掠食者一样，猎物的重量对它至关重要。潜行、进攻和追赶都要消耗能量，这些都要靠食物的热量补充。假如猎物太小，多数掠食者会放弃进攻，但艾达怪不同。它的存在不是为了进食与物种延续。它生来可不是为了这些。

它，只为杀戮而活。

它小心翼翼地移动腿脚，钻出地洞，爬过一截腐烂的树干，弹跳三下蹿过空地，一头钻进满是蕨类的矮树丛。它融入其中，迅速而无声地移动、奔跑，如巨型蚂蚱般飞身跃起。

它在树丛中伏低身体，腹部的分节甲壳贴紧地面。地面的震动越来越清晰。艾达怪的触须与刚毛轻轻脉动，渐渐构成一幅影像，一个计划。现在，艾达怪知道该在哪里接近猎物；在哪里拦住它；如何逼它逃窜；如何从后方猛扑到它身上；剃刀般锋利的双颚该攻向哪个高度，方能撕开对方的咽喉。震颤与脉动唤醒了它的记忆——猎物在身下挣扎的愉悦，热血喷入口中的狂喜，痛呼声划破空气的意醉神迷……它的身体微微发颤，双螯与须肢忽开忽合。

地面的震动愈发清晰，渐渐分出变化。现在艾达怪知道，猎物不止一个。可能三个，也可能四个。两个以最普通的方式震动地面。第三个体型与重量较轻。第四个——假如真有第四个——引发的震动既轻微又迟疑，而且没什么规律。艾达怪停止移动，绷紧身体，将触须探出高草，确认空气的流动。

地面的震动终于给出信号，艾达怪等待的时机来了。猎物分开了。其中最小的那个落了单。第四个——最不清楚的那个——消失了。原来那是个假信号，是错误的回音。艾达怪用不着管它。

最小的目标离其他人更远了。地面的震动更加强烈，也更近了。艾达怪用后腿撑起身子，凌空跃起。

◆━━◆

小女孩发出震耳欲聋的尖叫。她没跑，而是愣在当场。尖叫声经久不散。

◆━━◆

猎魔人朝她冲去，在跳跃途中拔出长剑，但马上发现不对劲儿——他中计了。

拖柴车的男人发出尖叫，在杰洛特眼前飞起六尺多高，鲜血四下飞溅。他摔在地上，随即再次飞起，身体一分为二，各自喷出鲜血。这回他不叫了，轮到另一个女人发出撕心裂肺的哀号，后者同她女儿一样，吓得动弹不得。

虽然猎魔人自己也不敢相信，但他救下了她。他猛地一蹿，将浑身是血的女人从小路推进森林，倒进那片蕨类植物中间。然后他意识到自己又中计了：这是个陷阱。那道扁平、多肢又快得离谱的灰影离开了手推车与第一个猎物，正朝第二个目标爬去，逼近了仍在尖叫的小女孩。杰洛特加快速度，随后猛追。

如果小女孩还留在原地，恐怕他就赶不上了，好在她恢复了思考能力，拔腿就跑；但那灰色怪物轻而易举就能追上并杀死她，然后折返回来解决那个女人。如果猎魔人不在，事情一定会朝这个方向发展。

杰洛特追上怪物，奋力一跃，用脚跟踩住它一条后肢。如果他没能马上又跳开，恐怕会失去一条腿——灰色怪物扭动身体，动作快得出奇，弯曲的双螯骤然合拢，仅以毫厘之差错过他的皮肉。不等猎魔人站稳，怪物跳离地面，发起进攻。杰洛特本能地做出防御，长剑划出一道宽阔却无章法的弧线，堪堪逼退怪物。他没能伤到对手，但已占了上风。

他纵身跳起，落向那只怪物，反挥利剑，劈开了它头胸部平坦的外壳。怪物晕头转向，还没缓过神，又被第二剑砍断了左颚。它再度进攻，挥舞着肢体，试图像野牛一样，用剩下的颚将敌人刺穿。猎魔人砍掉它另一边巨颚，迅速反向劈砍，斩断一条须肢，继续出手砍向它的头胸部。

艾达怪终于明白自己陷入了危机。它必须逃跑。逃到远处，找个藏身之所，躲避起来。它，只为杀戮而活。为了杀戮，它必须再生。它得逃跑……逃跑……

但猎魔人没给它机会。他追上它，踩住后半段胸节，自上而下狠狠劈出一剑。这一次，甲壳脱落，黏稠的绿色体液自创口泉涌而出。怪物用力挣扎，肢体胡乱敲打着地面。

杰洛特再度挥剑，彻底砍掉了那颗扁平的头颅。

战斗结束，他大口大口地喘着气。

远处传来雷鸣。风声渐起，天色变暗，表明风暴就要来了。

初次见面，新任地区行政官阿尔伯特·斯穆尔卡就让杰洛特想起了芜菁——他矮胖、肮脏、厚脸皮，而且相当无趣。换言之，跟杰洛特打过交道的其他地方官没什么两样。

"看来是真的，"行政官说，"要处理麻烦，没什么比得上猎魔人。上任行政官乔纳斯对你们简直赞不绝口。"他停了一下，不等杰洛特回答又继续说下去，"想想吧，我曾以为他是个骗子。我是说，以前没法完全相信他的话。我知道那些童话故事是怎么传出来的,尤其是在老百姓中间。他们津津乐道于各种奇迹和奇异事件,或是拥有超凡力量的猎魔人。现在我们发现,这反而是再真不过的真相。无数人死在小河对岸的林子里,因为那是通往镇子的捷径,好多蠢货就去了那边……走向自己的末日。就算有人警告也无济于事。现在这世道啊,最好别在荒郊野外游荡,或者徒步穿越森林。怪物与食人恶魔无处不在。泰莫利亚的图卡吉丘陵刚刚发生了可怕的事——一只森林食尸鬼在某个烧炭工营地杀了十五人。那地方叫'兽角村',你肯定听说过,对吧?凭良心讲,是真事,我敢用性命发誓。据说连巫师都跑去兽角村调查了。啊,故事讲得够多了。我们安塞吉斯就安全多了。这还多亏了你。"

他从抽屉柜里取出一只小钱箱,在桌上摊开一张纸,用羽毛笔蘸了蘸墨水。

"你答应过会杀了那只怪物,"他头也不抬地说,"看来没骗人。你四处漂泊,却很守信……你还救了那些人的命。那个女人和那个小丫头。她们谢过你没有?有没有向你鞠躬致谢?"

不,她们没有。猎魔人咬了咬牙。不等她们回过神,我已经离开了——在她们意识到被我当成诱饵之前。出于自负,我本以为自己能救下他们全部。所以,在那女孩醒悟之前——在她明白,是我害她失去父亲之前——我就离开了。

他感觉很糟。一定是因为他在战斗之前服用的灵药。一定是。

"那怪物真让人作呕。"行政官往纸上撒了些沙子,然后抖到地板上,"他们把残骸搬来时,我看了一眼……那到底是什么鬼东西?"

杰洛特也不确定,但他不想暴露自己的无知。

"一只变形蛛魔怪。"

阿尔伯特·斯穆尔卡动了动嘴唇,想要重复那个词,可惜没成功。

"呸,管它呢,爱叫啥叫啥吧。你是用那把剑解决的?就那把?我能看一眼吗?"

"不,你不能。"

"哈,毫无疑问,因为它附了魔法。一定很贵重……相当贵重……哦,我们又在东拉西扯浪费时间了。事情已经解决,是时候付账了。首先办理正式手续。在这张票据上签个名。我是说,打个叉之类的也行。"

猎魔人从斯穆尔卡手中拿过票据,举到光线下。

"尽管看。"行政官皱着眉毛摇摇头,"怎么,你识字?"

杰洛特把纸放回桌上,推向行政官。

"文件上出了点小差错。"他用平静而温和的语气说,"我们说好是五十克朗。而这张票据上写的是八十。"

阿尔伯特·斯穆尔卡抱拢双手,撑起下巴。

"这不算什么小差错。"他压低声音,"倒不如说,这代表了我们的感激。你杀了怪物,我相信你干得非常漂亮……所以这数目不会让任何人感到惊讶……"

"我不明白。"

"省省吧,别扮无辜了。你是想告诉我,乔纳斯管事时就没开过这种票据?我敢发誓,我……"

"你敢发什么誓?"杰洛特打断了他,"说他虚报票据?然后拿从王室腰包侵吞的钱跟我平分?"

"平分?"行政官一声冷笑,"别傻了,猎魔人,别傻了。你真以为自己很重要？你只能拿到差额的三分之一。十克朗。对你来说也算一大笔外快了。凭我这位置，我理应拿到更多。地方官员就应该有钱。官员越有钱，国家声望就越高。这种事你又懂得多少呢？我已经厌倦这场谈话了。你到底签不签？"

雨点敲打着屋檐。外面大雨倾盆，但雷声已经止息。风暴过去了。

插曲

两天后

"这边请，女士。"凯拉克国王贝罗恒专横地招呼道，"靠近点儿。仆人！搬张椅子来！"

大厅的拱顶天花板上绘有一艘扬帆的海船，周围有男人鱼、海马和龙虾般的生物。有面墙上画了张世界地图——一张稀奇而虚幻的地图，与现实存在的陆地和海洋没有半点关系，却显得优美雅致又赏心悦目。这一点，珊瑚早就注意到了。

两名男仆费力地拖来一张沉重的雕花贵人椅①。女术士落了座，两手放在扶手上，让镶嵌着红宝石的手镯显得格外醒目，足以吸引国王的眼球。她精心打理的头发上戴着一顶小小的红宝石头冠，低胸长裙的领口间挂着一条红宝石项链。这些都是为觐见国王精心准备的，好给对方留下深刻的印象。她办到了。贝罗恒王目瞪口呆，至于他盯的

---

①古罗马时期一种用于显示权威的豪华座椅。

是红宝石还是乳沟，只有天晓得。

欧斯迈克之子贝罗恒是凯拉克第二任国王。他父亲通过海上贸易——或许还有一点点海盗行径——赚取了巨额财富，并在打垮了所有竞争对手，垄断了该地区的沿海航行权后自立为王。虽说是自我加冕，可他毕竟稳定了局势，所以并未引起强烈的反对或抗议。经过几次大大小小的战争与冲突，欧斯迈克平息了与邻国维登和希达里斯的边境争端与管辖权争议，确定了凯拉克的疆域从哪儿开始、到哪儿结束、由谁统治等一系列问题。既然有统治权，那他就是国王，自然配得起这个称号。按世间常理来讲，头衔和权力会由父亲传给儿子，所以欧斯迈克死后，贝罗恒继承王位时，没有任何人感到意外。虽然欧斯迈克有好几个儿子——除了贝罗恒，至少还有四个——但他们都放弃了王位继承权，据说有一位还是自愿放弃的。自此，贝罗恒统治凯拉克超过二十年，从造船、货运、捕鱼，以及作为家族传统的海盗行径中获取了不少利益。

如今，贝罗恒国王盘踞在高高的宝座上接见来客，头戴黑貂皮帽，手持一根权杖，庄严程度堪比牛粪堆上的屎壳郎。

"亲爱的丽塔·尼德女士。"国王问候道，"我们最爱的女术士丽塔·尼德。再次屈尊拜访凯拉克，肯定又要长住吧？"

"海风对我有好处。"珊瑚挑逗地交叉双腿，展示那双软木跟的时尚女式短靴，"前提是尊贵的国王陛下能亲切地准许。"

国王瞥了眼坐在旁边的两个儿子。他俩高挑苗条，但算不上十分高大，与瘦削但精壮的父亲并不怎么相像。他俩看起来也不像兄弟，较长的艾格蒙德有着渡鸦般的黑发，年纪较小的山德却是白化似的金色头发。不过两人都嫌恶地看着丽塔。他俩之所以恼火，显然是因为国王给女术士赐了座。事实上，在国王面前落座是巫师与女术士的特权，这一点在世界各地都已得到广泛的认可，任何文明开化之人都不会忽视——尤其是贝罗恒的两个儿子，毕竟他俩一向以文明人士自居。

"我当然会亲切地准许，"贝罗恒慢慢说道，"只是有个附加条件。"

珊瑚抬起一只手，炫耀似的检查着手指甲。她本想以此暗示，自己根本不屑于贝罗恒的附加条件，可惜国王没看懂。也许他看懂了，只在老练地装傻。

"我们听说，"他恼怒地呼了口气，"可敬的尼德女士会为不想要孩子的女人制作魔法药剂，或帮已经怀孕的女人打掉胎儿。我们凯拉克人认为，这种做法极不道德。"

"这是女人生来的权利，"珊瑚冷冷地回答，"没什么不道德的——就是这样。"

"女人……"国王在宝座上挺直瘦削的身子，"只能期望男人给予两件礼物：夏天的一个孩子，冬天的一双薄拖鞋。两者都为让女人留在家里，因为家才是最合适女人的地方，是她们生来的归宿。挺着大肚子和被儿女环绕的女人不会远离家园，不会冒出愚蠢的念头，她的男人也能获得内心的平静。内心平静的男人才能卖力干活，为国王积累成果与财富。一个男人在埋头苦干时对婚姻充满自信，同样不会冒出愚蠢的念头。但若有谁告诉那些女人，她们想生就生，不想生就可以不生，甚至得寸进尺，给某些人出谋划策、开方抓药，那么，尊敬的女士，恐怕社会秩序就要摇摇欲坠了。"

"就是这样。"山德王子插嘴道。他一直在等待插嘴的时机。"完全正确！"

"不想当母亲的女人,"贝罗恒续道,"没被肚子、摇篮和一帮小崽子缠在家里的女人,很容易被肉欲征服。这一点显而易见且不可避免。然后,失去内心平静与心理平衡的男人就会发现,从前的和谐生活突然出了问题。不,他们会发现和谐与秩序根本不存在。尤其是,任何秩序都没法让枯燥的日常工作合理化。然后他们会进一步发现,是我窃取了国民辛勤劳动的成果。这个发现离动乱只有一步之遥。离暴动、叛乱、造反只有一步之遥。你明白吗,尼德?给女人避孕药,或帮她们中止妊娠,就是在破坏社会秩序,煽动暴乱与叛变。"

"就是这样。"山德插嘴道,"一点不错!"

丽塔并不在乎贝罗恒表现出的权威与专横。她很清楚,身为女术士,国王连一根手指头都不敢碰她,充其量也只能在这儿耍耍嘴皮子。但她还是控制住了自己,没有直白地说出以下这些事实:他的国家早就出了问题,已经没有秩序可言;他臣民心目中的"和谐",其实只是码头边妓院里一个叫同样名字的妓女而已;至于他对女人和母性——或者说,反对母性——的看法,只能证明他不但有厌女倾向,还是个地地道道的傻瓜。

最后,她开口说道:"陛下讲了这么多,不断重复积累成果与财富的主题,这点我非常认同,因为我也很重视自己的富足,无论如何都不愿放弃富足带给我的一切。虽然我相信'女人想生就生,不想生就可以不生',但我不会在这件事上与你争辩。说到底,每个人都有权利抱持某种观点。但我必须强调一点:我给女人医疗协助是收费的。这是我重要的收入来源,陛下,同时也是自由的市场经济。希望你不要影响我的收入,因为你也清楚,我的收入就是巫师会和术士评议会的收入。任何妄想影响我们收入的行为,都将引起巫师会强烈的反应。"

"尼德,你在威胁我吗?"

"哪有的事!我非但没有威胁你,还想寻求长远的协助与合作。你要明白,贝罗恒,一旦你的剥削和掠夺令凯拉克发生动乱,一旦,用点比较夸张的说法,叛乱之火熊熊燃烧,或是叛变的暴民揪住你的卵蛋,想把你拖出去吊死在枯树上……那时你就可以指望我们巫师会了。你可以指望我们。我们会来协助你。我们不会允许暴动与混乱发生,因为这对我们没好处。你可以继续盘剥百姓、积累财富。随你的便。只要你别阻止其他人积累财富就行。这便是我的请求与建议。"

"建议?"山德愤怒地站起身,"你?建议?我父亲?我父亲可是国王!国王不听建议!国王只下命令!"

"闭嘴,坐下,孩子。"贝罗恒皱起眉头,"至于你,女巫,仔细听好。我有件事要告诉你。"

"什么?"

"我要迎娶一位新妻子……十七岁……相信我,她可爱得就像一颗小樱桃。能摆在水果馅饼上的小樱桃。"

"恭喜陛下。"

"这么做是为了王朝需要。出于对国土继承权与秩序的担忧。"

一直如坟墓般安静的艾格蒙德猛地抬起头。"继承权?"他怒吼道,眼里邪恶的光芒没能逃脱丽塔的注意,"什么继承权?包括私生子女在内,你已经有六个儿子和八个女儿了!你还想要多少?"

"你瞧瞧,"贝罗恒挥了挥一只瘦削的手,"你瞧瞧,尼德。我得操心继承权的事。我能把国家和王冠留给对父母这么说话的人吗?幸好我还活着,还在位。我还打算统治很长一段时间。就像我说的,我要娶……"

"所以呢？"

"她……"国王挠了挠耳背，眯眼看向丽塔，"她……我是说我的小娇妻……如果她管你要那种药……我不许你给她。因为我反对那种药物。因为那是不道德的！"

"我们可以在这一点上达成共识。"珊瑚露出迷人的微笑，"如果你的小樱桃来找我，我什么都不会给她。我保证。"

"很好。"贝罗恒坐直身子，"唉，能达成共识真是太好了。关键就在于相互理解与尊重。哪怕意见不同，也该保持风度，好说好商量。"

"就是这样。"山德插嘴道。艾格蒙德恼火地低声骂了一句。

"本着理解与尊重的精神，"珊瑚用手指卷起一绺红发，抬头看着天花板画，"也是出于对你国家和谐与秩序的关心……我这里有些情报——机密情报。我讨厌告密者，但更讨厌骗子与窃贼。国王陛下，这件事涉及到厚颜无耻地侵吞公款。有人想打劫你的腰包。"

贝罗恒在宝座上倾过身子，像饿狼一样咧开嘴。

"是谁？告诉我名字！"

凯拉克，希达里斯王国北部城市，位于爱达拉特河口。曾是同名独立王国之首都，但因历任国王无能、王室血脉断绝，致使该国陷入衰落，失去原本地位，后被邻国瓜分与吞并。该城有一座港口、数家工厂、一座灯塔和大约两千名居民。

——《世界最大百科全书》第八卷
艾芬伯格与塔尔伯特 著

第二章

海湾内桅杆林立，满是船帆，有些是白色，有些五颜六色。大型船只在海湾里落锚，接受海岬与防波堤的保护。港口内部，小船与舢板停靠在木制码头旁边。海滩上几乎所有空间都被船舶——或船舶的残骸——占满了。

雪白的浪花不断拍打着海岬尽头，上面立着一座高高的灯塔。该塔用红白两色砖块砌成，原本是精灵的遗迹，后来经过修复，一直沿用至今。

猎魔人用马刺碰碰母马的侧腹。洛奇抬起脑袋，张大鼻孔，似乎在享受海风的气息。它在催促之下越过沙丘，朝不远处的城市走去。

凯拉克城，同名王国内的主要都市，分成三个独立而截然不同的区域，横跨爱达拉特河口两岸。

爱达拉特河左岸是一片综合性港区，其中有码头，也有工业与商业会所，另有一间船坞、几家工坊和食物加工厂，还有仓库、货栈与商店等等。

右岸是巴尔米拉区。这里有劳工和贫民的棚屋与茅舍、小商贩的住宅与货摊、屠宰场和肉铺,以及只在入夜后才会充满生机的酒馆与淫窝,因为巴尔米拉区也提供娱乐和见不得光的享受。杰洛特很清楚,在这儿容易弄丢钱包,或被人一刀捅进肋骨中间。

凯拉克区到处都是狭窄的街巷,道路两旁是形形色色的房屋,包括富商与金融家的住宅、工厂、银行、鞋店、裁缝店,以及大大小小的商铺。这些建筑同样位于左岸,但离海洋远些,周围有一圈高大结实的尖木桩。这里还有高档旅店、咖啡屋和小酒馆,某些设施也会提供巴尔米拉区那样的娱乐,只是收费要高上许多。该区中央有座四四方方的城市广场,主要建筑有市政厅、剧院、法院、海关办事处与市内精英人士的住宅。建城者欧斯迈克王的雕像耸立在广场中央的底座上,身上沾满鸟屎。所谓"建城者"其实是彻头彻尾的谎言,早在欧斯迈克王从鬼知道什么地方冒出来之前,这座海边市镇就已经存在很久了。

城堡与王宫坐落在高处一座小山上,外观与设计都很不寻常。这里过去是一间神殿,可惜周围居民对此毫无兴趣,最终气跑了殿里的祭司。后来神殿经过改造与扩建,挂着大钟的塔楼却被保存下来。贝罗恒王在日理万机之余,命人每天中午——显然是为了让他的臣民不痛快——和半夜敲响大钟。今日钟声响起时,猎魔人刚好骑着马穿过巴尔米拉区的众多小屋。

巴尔米拉区弥漫着渔获、待洗衣物和廉价餐馆的味道,人群异常拥挤,让猎魔人在过街时耗费了不少时间与耐心。终于抵达桥边,杰洛特松了口气,随后过桥赶往爱达拉特河左岸。河水散发恶臭,漂着厚厚的白沫,都是上游制革厂排出的废料。从这里走不多远,便有一条路通往尖桩栅栏后面的城区。

杰洛特把马留在市中心外的马厩里,预付了两天的费用,又给了马夫一些小费,确保洛奇得到充分的照料,然后朝瞭望塔走去。想进入凯拉克区,唯一的办法是穿过瞭望塔,接受搜身及一连串令人不快的手续。这个过程让猎魔人很是恼火,但他明白其中的用意——住在尖桩栅栏后面的富裕市民并不欢迎从巴尔米拉区过来的访客,尤其是在此上岸的外国水手们。

他进了瞭望塔,那是一栋用圆木搭成的建筑,卫兵室也在塔内。他以为自己能预料到里面的场景。可他错了。

他这辈子去过许多卫兵室:大的、小的、不大不小的;附近不远的、世界尽头的;文明的、不怎么文明的、相当不文明的……全世界的卫兵室都弥漫着霉菌、汗水、皮革、尿液、铁器,以及用来保养铁器的油脂的味道。凯拉克的卫兵室也没什么两样,或者说,本来没什么两样,只是那些经典的味道被令人窒息又无所不在的屁味儿完全掩盖了过去。毫无疑问,这是豆科植物——多半是豌豆或菜豆——在卫兵室人员的饭菜里占据主导地位的结果。

而且这儿的卫兵全是女的。眼下共有六个女人坐在桌边吃午饭。她们端着陶碗,贪婪地吸食着漂在红椒汁里的小块食物。

个子最高的女卫兵推开陶碗,站起身来,显然她是这群人的队长。杰洛特向来认为丑女人并不存在,这时突然改了观念。

"把武器放到凳子上!"

与同僚们一样,女队长的头发也曾剃光过,现在勉强长回了一些,在她的秃头上龇起一丛丛斑驳的发茬。她上腹部的肌肉从没系纽扣的马甲和衬衣开口处显露出来,让人联想起网套里的待烤猪肉。她的二头肌——继续用烹煮肉类比喻的话——粗壮得就像火腿一般。

"把你的武器放到凳子上!"她重复道,"你聋了吗?"

某个仍在埋头吃饭的下属略微提臀,放了个又长又响的屁。她的同伴们哄笑起来。杰洛特用手套扇了扇。女队长看着他的剑。

"嘿,姑娘们!过来看看!"

"姑娘们"不情不愿地站起身,一个个伸着懒腰。杰洛特发现她们的着装相当随意,主要是为炫耀自己的肌肉。其中一人穿着皮革短裤,裤管在接缝处裂开,以便容下她的大腿,腰部以上只有在胸前交错的两条带子。

"是个猎魔人。"她评论道,"两把剑。钢剑和银剑。"

另一个卫兵——同所有人一样,个头很高,两肩宽阔——走过来无礼地扯开杰洛特的衬衣,拿起他挂在银链子上的徽章。

"他有个徽章,"她说,"是头龇着獠牙的狼。确实像个猎魔人。放他过去吗?"

"规定没说不行。他也交出了剑……"

"没错。"杰洛特用平静的语气加入谈话,"我交出了剑。我猜它们会存在保险箱里?取回时要用凭证?你们会给我凭证吧?"

女卫兵围住他,咧嘴直乐。其中一位漫不经心地戳戳他。另一位放了个雷鸣般的响屁。

"这就是你的凭证。"女人哼了一声。

"猎魔人!收钱办事的怪物杀手!却乖乖地交出了剑!毫不犹豫!像学童一样听话!"

"我敢打赌,只要我们下令,他连鸡儿也能交出来。"

"那就下令吧!嗯,姑娘们?叫他掏出家伙?"

"让我们瞧瞧猎魔人的鸡儿长什么样!"

"够了！"女队长吼道，"差不多行了，你们这群荡妇。刚舒雷克，过来！刚舒雷克！"

一位上了年纪的秃头绅士走出隔壁房间，身披暗褐色斗篷，头戴羊毛贝雷帽。他一进门就连声咳嗽，摘下帽子给自己扇风。他用剑带裹住两把剑，拿了起来，示意杰洛特跟上。猎魔人没有逗留。在卫兵室有害的混合空气里，肠道气体明显占据了上风。

他们进去的房间被一道坚固的铁栅栏一分为二。老绅士用一把大号钥匙打开栅栏上的锁，把双剑挂到钩子上，旁边是各种马刀、双刃大砍刀、阔剑与弯刀。他翻开一本脏兮兮的登记簿，慢吞吞写下一串潦草的字，中途不断咳嗽并奋力喘气。最后，他把写完的收据交给杰洛特。

"我可以认为，把剑放在这里很安全，对吗？锁在门里，有人看守？"

暗褐色斗篷的老绅士大口喘息着锁上栅栏门，又给他看了看钥匙。杰洛特并不放心。栅栏可以强行打开，卫兵室那些"姑娘们"肠胃胀气产生的噪音足以盖过偷东西的声响。但他别无选择。他必须达成自己来凯拉克的目的，然后尽快远离这座城市。

———◆———

那间旅店——或按招牌上的说法，"万物本性客栈"——是一栋用雪松木建造、小巧但不失品位的建筑，陡峭的屋顶立着高高的烟囱，前门廊伸出一段台阶，两边摆满了种着芦荟的木桶。烹调食物的香气从店里传出，主要是架子上的烤肉味。味道如此诱人，让猎魔人立刻把这家店当成了乐园——欢乐之苑，幸福之岛，流淌着奶与蜜，只属于有福之人的世外桃源。

然而他很快发现，正如所有乐园一样，这间园子也有人看守。这里有它自己的"基路伯"——手持燃烧利剑的守护天使——杰洛特有幸目睹了那人的身手。就在他面前，那名矮小却健壮的守卫将一个皮包骨的年轻人扔出了欢乐苑。年轻人大声抗议，连比画带叫，明显将那守卫彻底惹毛了。

"别再来了，穆尤斯。自己识相点儿。滚。我不会再说第二遍。"

年轻人迅速跳下台阶，以免被对方推倒。杰洛特注意到，他早早就谢了顶，只在头顶周围长着稀稀拉拉的金色长发，总体上给人一种很不讨喜的印象。

"去你妈的，不来就不来！"年轻人站在安全距离外喊道，"你当我爱来啊！又不只有你这一家！我会去你对家快活！自大狂！暴发户！就算招牌上镀了金，你们的靴子也沾着屎。对我来说，你们就是臭狗屎。屎永远是屎！"

杰洛特有点担心了。撇开相貌不佳这点，谢顶年轻人的穿着其实相当体面，也许算不上奢华，至少比猎魔人优雅得多。假如这儿的判断标准是衣着优雅的话……

"容我问一句，你要去哪儿？"守卫冰冷的嗓音打断了他的思绪，同时也证实了他的担忧。

"这是高档场所。""基路伯"堵住台阶，"明白什么意思吗？换句话说，某些人禁止入内。"

"为啥不让我进？"

"人靠衣裳马靠鞍。"守卫站在两级台阶上方俯视着猎魔人，"说的就是你这种外国佬。光看衣服就知道你是啥样人。也许你衣服里面挺有内容的,但我懒得找。重复一遍,这是高档场所。我们不能容忍客人打扮得像个无赖,或者带着武器。"

"我没带武器。"

"你看着就像带了。所以麻烦你移驾别处吧。"

"悠着点儿,塔普。"

一位皮肤黝黑、身穿丝绒短外套的男人出现在旅店门口。他眉毛浓密,目光犀利,长着大大的鹰钩鼻。

"你显然不知道自己在跟谁说话。"鹰钩鼻告诉守卫,"不知道来者何人。"

守卫沉默了很久,看来他确实不知道。

"他是猎魔人,利维亚的杰洛特。以保护民众、拯救生命而著称。一周前,他在我国境内的安塞吉斯救下一对母女。几个月前在西兹玛镇杀了一头食人鬣狮,为此还受了伤,这事可轰动了。这么一位勤劳工作的正派人士,为何要将其拒之门外呢?恰恰相反,我欢迎这样的客人。他能到访是我莫大的荣幸。杰洛特大师,'万物本性客栈'热烈欢迎您的到来。我是菲巴斯·拉文加,这家陋店的老板。"

侍者领班带他到一张桌前,桌子上铺着一块桌布。"万物本性客栈"的所有桌子都铺着桌布,而且大多坐满了人。杰洛特想不起上次在旅店看到桌布是什么时候的事了。

虽然好奇,但他并未东张西望,以免有失身份。不过他还是小心地瞥了眼周围,发现店内装潢虽然低调,却不失优雅与品位。依他判断,这儿的顾客主要是商人与工匠——他们的穿着同样优雅,虽然未必都有品位——还有饱经风霜、留着胡须的船长们。这里的空气美妙诱人，主要是烤肉、大蒜、香菜和挥金如土的味道。

他感觉到目光。被人观察时，猎魔人感官会立刻发出信号。于是他谨慎而迅速地环顾四周。

有位狐红色头发的年轻女人正在观察他，目光同样十分谨慎，普通人几乎无法察觉。她假装心无旁骛地用餐——食物看起来很美味，即使隔着一段距离，诱人的香气依然不断传来。她的着装风格和身体语言排除了其他可能性，至少在猎魔人看来，她肯定是个女术士。他敢用任何东西打赌。

侍者领班清了清嗓子，让他摆脱了飘远的思绪与突如其来的怀旧之情。

"今天，"他用正式又自豪的语气宣布，"我们推荐小牛腿炖蔬菜，搭配蘑菇与豆子；羔羊里脊烧茄子；啤酒熏猪肉配蜜饯李子；烤野猪肩肉，配菜是炖苹果；油煎鸭胸肉，配菜是红叶卷心菜和蔓越莓；白汁乌贼鱼塞菊苣，配菜是葡萄；烤鮟鱇鱼加奶油酱汁，配菜是炖梨子；还有我们一如既往的特别推荐——鹅腿肉加白葡萄酒，搭配自选烤水果；以及大比目鱼加焦糖墨鱼汁，配菜是小龙虾颈肉。"

"如果您爱吃鱼，"菲巴斯·拉文加突然出现在桌旁，"我强烈推荐大比目鱼。不用说，鱼是今早才捕获的。那可是我们大厨引以为傲的菜品。"

"那就大比目鱼加墨鱼汁吧。"猎魔人压下一口气点好几道菜的非理性冲动，他明白，那样会显得品味很差，"感谢您的建议。我都体会到选择困难的痛苦了。"

"先生，"侍者领班问，"您要点哪种葡萄酒？"

"请帮我选个合适的。我不太懂葡萄酒。"

"懂的人很少，"菲巴斯·拉文加笑道，"能坦然承认的人就更少了。别担心，我们会帮您挑选种类和年份，猎魔人大师。我就不打扰您了，祝您有个好胃口。"

祝愿未能成真。杰洛特无缘得知他们选了哪种酒。对他来说，那天的大比目鱼加墨鱼汁的味道也成了永远的未解之谜。

红发女人突然放弃了谨慎，目光对上他的双眼。她笑了。而他不由自主地感觉到，那笑容里透出一股恶意，让他不禁打了个寒战。

"你就是猎魔人？利维亚的杰洛特？"三名黑衣人无声无息地靠近桌子，其中一人问道。

"是我。"

"以法律的名义，你被捕了。"

我没做错事，怕什么审判？

——《威尼斯商人》
威廉·莎士比亚　著

第三章

法庭给杰洛特指派了一名女律师，后者明显觉得自己办这案子纯属大材小用。这会儿她不停翻阅着文件夹，刻意回避与他的眼神接触。文件夹里只有几页纸而已，准确地说，只有两页，女律师多半已背到滚瓜烂熟了。真希望她能在辩护时用口才震慑住对手，虽然杰洛特对此并不抱太大希望。

"你在押期间袭击了两名狱友。"女律师终于抬起目光，"也许你能告诉我理由？"

"首先，我拒绝了他们不合理的性要求。'不'就是'不'，可惜他们假装不明白。其次，我喜欢打人。但是，第三，他们撒了谎。是他们自己弄伤的自己，具体做法是撞墙，为了诬陷我。"

他语速缓慢，语气满不在乎。在监狱里待了一周，他已经麻木了。

女律师合上文件夹，但又迅速打开，理了理自己精心设计的发型。

"看起来，受害人没打算起诉。"她叹了口气，"我们还是专注于公诉人的指控吧。公诉人指控你犯了重罪，要求对你施以严惩。"

不然呢？他一边想，一边端详女律师的脸。他想知道她是几岁去的魔法学院，离开时又是几岁。

两间魔法学院——招收男巫师的班·阿德学院，以及仙尼德岛的艾瑞图萨女术士学院——不光生产男女毕业生，有时也会将退学生踢出大门。虽说入学考试极其严格，目的就是去芜存菁，筛除前途无望的考生，但学校仍要用最初几个学期找出那些蒙混过关的学员。对这些人来说，思考与学习是段既不愉快又危险的体验。深藏不露的白痴、游手好闲的混混、聪明过头的懒虫，无论男女，在魔法学院都没有容身之地。不过麻烦之处在于，他们大多是富家子弟，或与某些重要人士沾亲带故。一旦被学校开除，周围人总得为这些棘手的年轻人做些什么。从班·阿德退学的男生不成问题，他们可以进入外交、陆军、海军或警察部门，最蠢的那些也可以从政。但若是两性当中较为娇柔美丽的一方，退学后就比较难办了。尽管被除名，可这些年轻女士毕竟踏进过魔法学院的大门，在某种程度上品尝过魔法的滋味，而且女术士对君王——以及政治与经济生活的方方面面——影响力都过于强大，学校不能令其放任自流而不管不顾。所以她们会走进安全的避风港，加入司法系统，或者当个律师。

女律师合上文件夹，然后再次打开。

"我建议你承认罪行，"她说，"这样可以期待从宽发落……"

"承认什么？"猎魔人插嘴道。

"法官问你是否认罪时，你要给出肯定答复。承认罪行可以减轻罪责。"

"那还要你替我辩护什么？"

女律师合上文件夹，仿佛那是一口棺材的盖子。

"走吧。法官等着呢。"

法官的确在等。上一个恶棍正好被押出法庭。*他看上去不怎么开心*，杰洛特心想。

墙上挂着一面沾了苍蝇屎的盾牌，上面绘着凯拉克的纹章——一条水平游动的蓝色海豚。纹章下面的审判席那儿坐着三个人——一位骨瘦如柴的记录员，一位脸色惨白的助理法官，以及相貌和气质都很稳重的女法官本人。

女法官右边的原告席坐着公诉人。他表情严肃——严肃到让人不想在昏暗的巷子里与其撞见的程度。

另一侧，也就是女法官的左边是被告席，那个位置属于杰洛特。

接下来的事发展得飞快。

"杰洛特，又称'利维亚的杰洛特'。职业，猎魔人。被控罪名是侵吞公款，窃取并挪用王家财产。被告与其他腐化堕落之人勾结，虚报酬劳价码，意图占有其中差额，这将直接导致国库亏损。证据为他人密报，公诉人已将其附入档案。密报中提到……"

女法官疲惫的表情与心不在焉的眼神表明，这位可敬女士的思绪早就飞到了九霄云外，真正让她烦恼的是另一些问题——待洗衣物、儿女、窗帘的颜色、烤罂粟籽蛋糕需要的生面团，还有她屁股上会造成婚姻危机的妊娠纹。猎魔人谦卑地接受了事实：他自己没么重要。他与上述的每件事都没法相提并论。

"被告犯下的罪行，"公诉人不带感情地说下去，"不但损害了国家利益，还破坏了社会秩序，令不满情绪四处蔓延。法律要求……"

"根据法庭认定，"女法官打断道，"档案里附带的密报属于第三方提供的证据。公诉人还能提供其他证据吗？"

"其他证据……暂时没有……正如刚刚指出的，被告是猎魔人，是个变种人，不属于人类社会范畴。他嘲笑人间律法，将自己置于律法之上。他从事的反社会行当极容易诱发犯罪，他会与罪犯和非人种族打交道，包括向来与人类为敌的种族。违法乱纪是猎魔人虚无主义本质的一部分。就拿这个猎魔人来说，法官阁下，缺少证据恰恰是最好的证据……这证明了他的背信……"

"被告……"法官显然对缺乏证据的指控毫无兴趣，"被告是否认罪？"

"不认。"杰洛特不理会拼命朝他使眼色的女律师，"我是无辜的。我什么罪也没犯。"

他在这方面有些经验。他跟法律打过交道，对这方面的著作也颇有涉猎。

"我被控告是出于偏见……"

"反对！"公诉人喊道，"被告是在擅自发言！"

"反对无效。"

"……针对我个人和职业的偏见，这是**审前判决**。审前判决意味着事先造假。我之所以站上被告席，是因为有人匿名密报，而且那只是片面之词。片面之词，不足为信。只有一个证人，等于没有证人。因此这不叫指控，而是推测，是**莫须有之罪**。莫须有的可信度不能不让人质疑。"

"**罪疑惟轻！**"女律师来了精神，"罪疑惟轻，法官阁下！"

"法庭裁定，将保释金定为五百诺维格瑞克朗。"女法官用木槌敲了敲审判台，震醒了面无血色的助理法官。

杰洛特叹了口气。他很想知道那两位狱友有没有苏醒过来，有没有学到教训。现在他只想再揍他们一顿。

没有人民,何谈城市?

——《科利奥兰纳斯》
威廉·莎士比亚 著

第四章

拥挤的市场边缘立着一个用木板草草钉成的货摊,摊主是个老妇人,身材丰满,头戴草帽,脸颊像童话故事里的善良女巫一样红润。老妇人头上有块招牌——"来我这里寻找快乐与幸福吧。附送腌制小黄瓜。"杰洛特停下脚步,从口袋里摸出几枚铜币。

"请给我倒一杯幸福,老奶奶。"他沮丧地说。

杰洛特深吸一口气,将酒水一饮而尽,然后呼出那口气,擦干因烈酒而流出的眼泪。

他自由了,只是心里很生气。

有意思的是,他认识宣布他自由之人。他们有过一面之缘。对方就是被赶下"万物本性客栈"台阶的谢顶年轻人,而他恰好是法庭的记录员。

"你自由了。"谢顶的年轻人告诉他,沾着墨水的纤细十指交扣又分开,"有人交了保释金。"

"谁?"

这事居然还要保密,谢顶的记录员拒绝回答。他还拒绝交还杰洛特被没收的钱袋,而且态度相当直接。除了其他用品,钱袋里还有现金和银行支票。年轻人用不无恶意的语气宣布,猎魔人的私人财产已被当局视为担保金,作为诉讼费用和预期罚金的预付款。

争辩没有任何意义。被释放后,杰洛特只能暗自庆幸,被捕时口袋里至少还有些东西,比如一些随身小物件和少量现金,数目少到别人不屑于动歪脑筋。

他点了点剩下的铜币,朝老妇人露出微笑。

"麻烦你,再来杯快乐。小黄瓜就不要了。"

喝下老妇人的烈酒,世界换上了更加美丽的色彩。杰洛特知道好景不长,于是加快脚步。他还有事要做。

他的母马洛奇幸运地躲过了法庭的视线,没被算进担保费用里。它依然留在马厩的畜栏中,得到了精心的喂养与照料。虽然自己也很狼狈,但猎魔人没法忽视马夫的尽职尽责,他从马鞍的暗袋里掏出一小把幸存的银币,送给马夫一枚当作小费。如此慷慨让马夫一时屏住了呼吸。

海平面那边,天色逐渐阴沉。杰洛特似乎看到了亮起的闪电。

走进卫兵室之前,他谨慎地吸了一肚子新鲜空气。可惜没用。女卫兵们吃的豆子肯定比平时多。多很多。谁知道呢,也许因为是星期天。

其中几位一如既往地吃着东西,另一些忙着玩骰子。看到他时,所有人从桌边站起,围住了他。

"瞧啊,是猎魔人。"女队长凑近些,"他回来了。"

"我要出城。我来取回我的东西。"

"如果我们给你,"另一个女卫兵用手肘撞撞他,看起来纯属意外,

"你打算拿什么来换？你得开个价，宝贝儿，不然你走不了！啊，姑娘们？我们是不是得让他做点什么？"

"让他吻我们所有人的光屁股！"

"用舌头！还有鸡儿！"

"那可不成！鬼知道他会传染我们什么病。"

"至少他能给我们找点乐子，对吧？"有个女卫兵用硬如石板的胸部挤挤他。

"叫他给我们唱支歌。"另一位放了个雷鸣般的响屁，"得跟上我的调子！"

"或者我的！"第三个卫兵放个更响的屁，"我的更有精神头！"

其他女人叉着腰哈哈大笑。杰洛特从她们中间挤过，尽量别用上太多力气。就在这时，保管室的门开了，身穿灰色斗篷和贝雷帽的老绅士走了出来。是接待员刚舒雷克。看到猎魔人，他张大了嘴巴。

"是您，先生？"他含糊不清地说，"怎么会？您的剑……"

"是我。我来拿剑。能给我吗？"

"可……可……"刚舒雷克几乎窒息。他攥住胸口，努力呼吸。"可剑不在我这儿！"

"你说什么？"

"剑不在我这儿……"刚舒雷克涨红了脸，身体似乎因痛苦而扭曲，"有人取走了……"

"什么？"冰冷的怒火攥住了杰洛特的心脏。

"取……取走……"

"你说取走是什么意思？"他抓住接待员的翻领，"该死的，谁取走的？这他妈到底是怎么回事？"

"收据……"

"对，收据！"仿佛有只铁钳攥住他的胳膊。女队长将他推离了呼吸困难的刚舒雷克。

"对啊！把收据拿出来！"

猎魔人没有收据。武器保管室的收据放在他的钱袋里，而法庭没收了钱袋，充作诉讼费用和预期罚金的预付款。

"收据！"

"我现在没有，不过……"

"没收据你就别来。"女队长没让他说完，"剑被人取走了，你没听见吗？没准儿就是你取走的，现在又回来闹事？想敲诈我们？没门儿。滚出去。"

"我不会走的，除非……"

女队长没松手。她拖着杰洛特，扭过他的身体，让他面对门口。"滚。"

杰洛特从来不打女人，但眼前这位没让他有丝毫犹豫——对方的肩膀宽如摔跤手，腹肌仿佛网套里的待烤猪肉，小腿壮如掷铁饼运动员，最重要的是，放起屁来像头骡子。他推开女队长，一拳重重打在她的下巴上，用的是他最爱的右勾拳。

其他人愣住了，但也只有一秒钟而已。不等女队长摔到桌上，把豆子和红椒汁洒得满地都是，她们已经扑了上来。他不假思索打断一人的鼻梁，又狠狠一拳打中另一人的门牙，令其发出响亮的碎裂声。他朝另外两人使出阿尔德法印，让她们像布娃娃一样飞向一排长戟，撞得兵器架七零八落，哐当和哗啦声不绝于耳。

女队长浑身都是红椒汁，一巴掌拍在他的耳朵上。另一个女卫兵

——胸板硬如磐石那位——从背后熊抱住他，两臂用力箍紧。他给了对方一记重肘，疼得她嗷嗷直叫，然后将女队长再次推向桌子，迅速补上一记重拳。鼻梁断裂的女卫兵被他一拳打中胃部，滚翻在地后，哇的一声吐了出来。另一个女人被他敲中太阳穴，脑袋撞上一根柱子，两眼翻白，无力地瘫软下去。

但有四名女卫兵依然站着，让他的优势到此为止了。他被打中后脑勺，然后是耳朵，接着是后腰。有个敌人绊倒了他。他刚一倒地，立刻有两人压上来阻止他起身，同时拳如雨下。另外两人则抬脚朝他猛踹。

杰洛特用头锤撞晕了一个压着他的女卫兵，但另一个立刻补上。是女队长，他认出了从她身上滴落的红椒汁。她居高临下，一拳打中他的牙。他则把血吐进她的眼睛。

"刀！"她大喊着甩动剃光的脑壳，"给我刀！我要割掉他的卵蛋！"

"要刀干吗？"另一位吼道，"我直接给他咬掉！"

"住手！立正！你们在干吗？我说了，立正！"

威武而洪亮的声音穿透喧哗，令女卫兵们安静下来，放开了杰洛特。他强忍疼痛，费力地爬起身。混乱的战场让他的心情好受了些。他带着几分满足扫视着自己的战果。倒在墙边的女卫兵睁开了眼睛，但仍无法起身。另一个弯腰吐出血水，用手指一一触碰牙齿。鼻梁断掉那位拼命想站稳身子，结果接连跌倒，她自己吐出的豆类呕吐物让她脚下打滑。六个女卫兵只剩一半还能站稳，这个战绩让他相当满意。事实上，如果没人阻止她们，恐怕他会伤得更重，甚至连站都站不起来。

来人是个衣着优雅、一身贵相的男士，全身散发出威严之气。杰洛特不认识他，却很熟悉这位尊贵男士的同伴。后者像个花花公子，头上戴着花里胡哨的帽子，上插一根白鹭羽毛，及肩的金发烫成发卷，身穿酒红色紧身上衣，里面是件褶皱花边衬衣，手上是从不离身的鲁特琴，唇边含着永不消失的无礼微笑。

"你好啊，猎魔人！你怎么这副模样？还有那副被人痛扁过的表情！我的肚皮都要笑裂了！"

"你也好，丹德里恩。我也很高兴见到你。"

"这里发生了什么？"尊贵男士两手叉腰，站定问道，"嗯？你们到底在干吗？例行报告！马上！"

"是他！"女队长甩掉耳朵上最后一滴红椒汁，谴责地指着杰洛特，"就是他，尊敬的指控官。他跑来闹事，先是胡搅蛮缠，然后动手打人。他要取保管室里的什么剑，但又拿不出收据。刚舒雷克可以作证……嘿，刚舒雷克，你缩在角落里干吗？拉裤子了？挪挪你的屁股，站起来，告诉尊敬的指控官……嘿！刚舒雷克？你怎么了？"

凑近之后，他们一眼就看出他怎么了。没必要确认脉搏，光是看到那张白如纸页的脸就足够了。刚舒雷克死了。简简单单、随随便便地咽了气。

"来自利维亚的阁下，我们会着手调查的。"王家指控官费朗·德·雷天哈普说道，"既然您提出了正式的控告与诉求，我们必须调查——法律是这么要求的。在您被捕和审判过程中，能接触到您财物的所有人，

我们都会带来审问。我们会逮捕所有嫌疑人。"

"就是你们经常抓的那些?"

"您说什么?"

"没什么,没什么。"

"那好。案子一定会水落石出,偷剑贼必将被绳之以法——假如这真是盗窃案的话。我保证,我们会解开谜团,让真相大白于天下。这只是时间问题。"

"越早越好。"猎魔人不喜欢指控官的语气,"吾剑即吾身。没有它们我就没法工作。我知道,许多人对我的职业印象不佳,偏见、迷信和排外带来的负面评价让我尝到不少苦果,希望这种事不要影响到你的调查。"

"不会的。"费朗·德·雷天哈普冷淡地回答,"法律与秩序才是这里的主宰。"

随从们搬走了刚舒雷克的尸体,指控官下令搜查武器保管室和整个卫兵室。不出所料,他们没能找到与猎魔人之剑有关的线索。女队长还在生杰洛特的气,她指了指一根长钉,已故的刚舒雷克将所有核销过的存物凭证都钉在上面。女队长在纸堆里翻找着,很快找到猎魔人的收据,把那张纸举到他眼前。

"你们瞧,"她得意扬扬地说,"白纸黑字写着呢。签名是'利比利亚的杰拉德'。早跟你们说了,这猎魔人来过,拿着剑走了。所以这会儿他就是在撒谎,肯定是想找我们索赔。刚舒雷克蹬腿嗝屁也是因为他!他担心到胆囊破裂,心脏也跳不动了。"

但无论是她还是其他女卫兵,没一个敢断言自己真的看到杰洛特拿走了武器。她们的解释是"这儿总有人转来转去",而且她们总在忙着吃东西。

海鸥在法院屋顶盘旋，发出刺耳的尖叫。海风把暴风云吹向南方。云层遮蔽了太阳。

"我要事先警告你们，"杰洛特说，"我的剑受到强大咒语的保护，只有猎魔人才能触碰，其他人会被吸走生命力，主要表现为失去男性能力。我是说，性能力退化，永久而彻底的那种。"

"我们会记住的。"指控官点点头，"但眼下，我要求你不得离开城市。我会假装没看见卫兵室里的斗殴。反正这种事经常发生，那些卫兵喜怒无常。再加上朱利安——我是说，丹德里恩阁下——替你做了担保。相信你的案子会在法庭上得到满意的结论。"

"我的案子……"猎魔人眯起眼睛，"……是有人无事生非。是偏见和憎恨导致的恐吓行为……"

"我们会以此为基础……"指控官打断他的话，"……查验证据，采取措施。这就是法律。同样的法律和秩序赋予了你自由。也让你得到保释，虽然附带一些条件。来自利维亚的阁下，你必须遵守这些条件。"

"保释金是谁付的？"

费朗·德·雷天哈普冷漠地拒绝透露该人信息，随后向猎魔人道别，朝法院入口走去，随从们簇拥在他身旁。丹德里恩等的就是这一刻。二人离开城市广场，进入某条小巷后，他向杰洛特吐露了自己知道的一切。

"真是一连串不幸的巧合，亲爱的杰洛特，以及不幸的意外。说到保释金，为你付账的人叫丽塔·尼德——她的朋友叫她'珊瑚'，因为她的唇膏用这颜色。她是个女术士，为这小国的贝罗恒国王服务。所有人都绞尽脑汁猜测她为何这么做。因为，把你送去监狱的人恰恰也是她。"

"什么？"

"你能认真听吗？告发你的人就是珊瑚。这点倒是没人惊讶，毕竟那个女术士讨厌你是人所共知的事。然后大晴天来了个霹雳：那个女术士突然给你付了保释金。她把你送进地牢，然后又弄了出来。整座城市……"

"人所共知？整座城市？丹德里恩，你在说什么？"

"我用了点比喻和夸张的说法。别装糊涂，你太了解我了。当然不会是'整座城市'，只有国王身边的消息灵通人士才会知道。"

"我猜你就是其中之一？"

"正确。费朗是我堂兄——我父亲的哥哥的儿子。我作为亲戚来拜访他，然后注意到了你们的纠葛。我立刻帮你斡旋，这点你可不要怀疑。我为你的诚实做了担保。我提到了叶妮芙……"

"那可真要谢谢你。"

"讽刺就不必了。我必须提到她，好让我堂兄意识到，本地女巫是出于嫉妒羡慕恨才会诬蔑和诽谤你。整个指控都是假的，而你向来不屑于诈骗别人。因为我的说情，费朗·德·雷天哈普，王家指控官，高级执法官员，才会相信你是无辜的……"

"我没觉得。"杰洛特说，"恰恰相反，我感觉他并不相信我。无论是所谓的侵吞公款，还是我丢了剑这件事。你没听到他是怎么谈论证据的？对他来说，证据堪比神明。因此密报本身就会成为欺诈的证据。而收据上'利比利亚的杰拉德'的签名，也能证明丢剑是我自导自演的骗局。更别提他警告我不要离开城市时的语气……"

"你对他太苛刻了。"丹德里恩说,"我比你了解他。我能为你担保,胜过十几份华而不实的证据。而且他确实应该警告你。你以为我俩为什么直接跑去卫兵室?是阻止你干傻事。你说有人想陷害你,还捏造了虚假的证据?那就别把无可辩驳的证据交给别人,比如畏罪潜逃之类。"

"也许你说得对。"杰洛特赞同道,"但我的本能却有不同的看法。被人逼进死胡同之前,我必须快点离开。先是逮捕,然后是保释,再然后拿走我的剑……接下来呢?该死的,手里没剑,我感觉就像……就像没了壳的蜗牛。"

"我觉得你担心过头了。这地方到处都是商店。忘了那两把剑,去买新的吧。"

"如果有人要偷你的鲁特琴呢?据我所知,它可是得来不易,对吧?难道你就不担心?难道你会顺其自然?然后去街角那家店铺再买一把?"

丹德里恩不由抓紧了鲁特琴,焦虑地扫视四周。好在没一个路人像是潜在的抢匪,没人对他这件独特的乐器表现出异乎寻常的兴趣。

"哦,好吧。"他叹了口气,"我明白。就像我的鲁特琴,你的剑同样是独特而不可替代的。还不止这样……你之前说什么来着?附有魔法?擅动者将导致不举……该死的,杰洛特!现在你才告诉我。我经常与你结伴同行,一抬手就能摸到你的剑!有时候更近!现在我明白了,我……我最近是有点这方面的问题,该死的……"

"淡定。不举什么的是我胡扯的。我现编的,希望谣言能传出去。吓唬吓唬那个贼……"

"如果他被吓到,很可能会把你的剑埋进粪堆里,"吟游诗人的脸色依然略显苍白,"那你就别想找回来了。还是指望我堂兄费朗比较好。他当了多年的指控官,手下有一支由司法官、密探和眼线组成的大军。他们很快就会找到那个贼的,等着瞧吧。"

"就算那个贼还在这儿,"猎魔人咬牙切齿地说,"恐怕也趁我在押期间逃跑了。你刚才说,害我落到这般田地的女术士叫什么名字?"

"丽塔·尼德,昵称'珊瑚'。我能猜到你的打算,朋友,但我不认为这是个好主意。她是个女术士。既是女巫,又是女人,简而言之,是用常理没法推断的外来物种,普通人没法理解她的机制和运行原理。话说回来,我干吗跟你讲这些?你自己也很清楚,毕竟你在这方面很有经验……这吵闹声是怎么回事?"

他们在街道间漫无目的地穿行,不经意来到一片小广场边缘,周围回响着无休无止的铁锤敲打声,原来那儿有一间大型制桶工坊。风干的成捆木板整齐地堆放在街边一块雨篷下,一群光着脚的年轻人将木板搬到特制的搁板桌上,再用刮刀修理形状。他们将修好的木板交到其他工匠手中,后者在长长的刨台上将其打磨光滑,两腿跨坐在木板上,脚踝以下埋在刨花里。完成后的桶板会交到制桶匠手里,由他们组装。杰洛特看了一会儿,在灵巧的钳子与通过螺丝钉收紧的夹具下,木桶的形状逐渐显现。接下来,用铁锤敲打的金属箍塑出木桶的外观。他们还要用蒸汽处理木桶,喷出的水蒸气涌上街道。木头在火上烘烤的味道从工坊庭院飘出,为的是硬化木桶,好进入下一个加工阶段。

"每次看到桶,"丹德里恩宣布,"我都想喝啤酒。我们去转角那边去吧。我知道一家挺不错的小酒馆。"

"你自己去吧。我要去拜访那个女术士。我想我认得她,我已经见过她了。我该去哪儿找她呢？别挤眉弄眼的，丹德里恩。看来她就是我遇到这些麻烦的源头和起因。我不会坐等事态继续发展，我要直接去问她。我不能在城里闲逛。毕竟我已经身无分文了。"

"这个好办。"吟游诗人自豪地说，"财政方面我可以支援你……杰洛特？怎么回事？"

"回制桶工坊那边，给我拿块桶板。"

"什么？"

"拿块桶板来。快。"

三个壮硕的彪形大汉拦住了他们，这些人相貌丑陋，胡子拉碴，脸上脏兮兮的。其中一个肩膀宽阔，身材像个方块，手持一根箍铁木棒，棒身粗如绞盘杆。另一个穿着毛皮外翻的羊皮大衣，手拎一把切肉刀，腰带上挂着一把登船斧。第三个皮肤像海员一样黝黑，手持一把外观骇人的长匕首。

"嘿，你，利维亚杂种！"方形男子开口道，"背上没剑感觉如何？就像在风里光屁股，对吧？"

杰洛特没答话，只是静静等待。他听到丹德里恩在跟制桶匠争论桶板的事。

"现在没牙了吧，你这猎魔人怪物，恶毒的癞蛤蟆。"方形男子续道，他显然是这三人当中最擅长演说的一个，"没人害怕缺了獠牙的爬虫！因为它跟蠕虫或滑溜溜的鳗鱼没啥区别。我们会把那种脏东西踩在鞋底，碾成肉泥，让它没胆子再跑进我们的城市，混迹在体面人中间。别想再用你的黏液玷污我们的街道，你这蛆虫。伙计们，动手！"

"杰洛特！接住！"

他接过丹德里恩丢来的桶板，避开挥舞的木棒，狠狠打中方形男子的侧脑，然后迅速转身，用桶板砸中身穿羊皮大衣的恶棍的肘部。后者尖叫一声，丢下了切肉刀。猎魔人打向他的腘窝，迫使他倒地，顺手用桶板敲中他的太阳穴。没等那个恶棍瘫倒，杰洛特动作不停，顺势蹲下，避开方形男子的木棒，挥起桶板砸向对方攥着木棒的手指。方形男子痛呼一声，甩掉木棒，又被杰洛特依次打中右耳、肋部和左耳，然后胯部挨了狠狠一脚。方形男子倒在地上，泪流满面，蜷起身子，额头顶着地面。

皮肤黝黑的那个，在三人当中最为灵活和敏捷。他在猎魔人周围绕起圈子，长匕首在两手之间灵活交换。他屈膝发起攻击，斜着劈来一刀。杰洛特轻松避开，后退几步，等待对手向前跨步。机会来了，他横向扫出桶板，打飞匕首，接着旋转足尖，绕过袭击者，挥板砸中敌人的后脑勺。匕首男跪倒在地，猎魔人随即痛殴他的右肾。那人哀号一声，绷紧身体，猎魔人趁机用桶板砸向他的耳朵下方，击中某块神经，也就是医师们所说的"腮腺神经丛"。

"哦，老天。"杰洛特站在那人身前，看着他蜷起身子，连连干呕，想要尖叫却又喘不过气。"肯定很疼吧。"

穿羊皮大衣的恶棍从腰带上拔出斧子，但没爬起身，显得有些茫然不知所措。杰洛特用桶板拍中他的后颈，打消了他的疑虑。

城市警卫队沿着街道飞奔而来，推开聚集的看客。丹德里恩安抚住他们。他提到了自己的人际关系，飞快地解释了谁先动手、谁在自卫的问题。猎魔人朝吟游诗人招招手。

"叫他们把这几个杂种捆牢了。再劝劝你那位指控官堂兄，给他们点苦头尝尝。他们要么参与了偷剑，要么就是偷剑贼雇来的。他们知道我没有武器，所以才敢袭击我。把桶板还给制桶匠吧。"

"我已经买下来了。"丹德里恩承认,"我想我买得对。你挥舞木板很有一套,应该随身带一块。"

"我要去找那个女术士,拜访拜访她。身上还要带块桶板?"

"对付女术士,最好带上更沉的家伙。"吟游诗人挤眉弄眼,"比如栅栏杆。我认识一位哲学家,那家伙常说:拜访女人时,别忘了带上一根……"

"丹德里恩。"

"好吧,好吧,我会告诉你那个女巫住在哪儿。不过首先,我建议你……"

"什么?"

"先去趟澡堂。还有理发店。"

做好失望的准备,因为外表是会骗人的。表里如一的事物寥寥无几。表里如一的女人压根不存在。

——《诗歌的半世纪》
丹德里恩　著

第五章

喷泉水旋转沸腾，金色的液滴四下飞溅。绰号"珊瑚"的女术士丽塔·尼德伸出手，念出一段稳定咒语。水面变得平整光滑，活像泼了一层油，表面微光浮动。影像渐渐浮现，起初朦胧模糊，随后变得清晰，尽管水面流动让它有些扭曲，不过画面很快不再晃动。珊瑚俯下身，在水中看到了这座城市的主要街道——香料市场街——还有正在过街的白发男人。女术士凝视着，观察着，寻找线索和某些细节，好让自己做出恰当的评估，预测接下来的发展。

丽塔对"何谓真男人"自有一套看法——这看法来自多年的经验，同时经过反复的验证。她知道如何在良莠不齐的瑕疵品中分辨出真货，甚至不用身体接触就可以。同大多数女术士一样，她也知道，靠身体接触检验男子气概不但步骤繁琐，还容易受骗，以致走进误区、偏离正道。过去她试过直接品尝，这样虽能尝到某些味道，却也经常留下苦涩的余味，导致消化不良、胃部灼热，甚至呕吐。

现在，即使隔着很远的距离，丽塔也能根据细节和看似无关紧要的迹象分辨出真男人。女术士通过经验得知，真男人喜欢钓鱼，但只用假饵飞钓。他们会收集兵士玩偶、色情读物，自己组装帆船模型，包括装在瓶子里的那种，而且他们家里从来不缺昂贵酒品的空瓶子。他们是优秀的厨子，能烹煮出名副其实的好菜。归根结底，光是看到他们就足以让人意乱情迷。

女术士听说过猎魔人杰洛特的很多传闻，获取过许多有关他的情报。她在泉水中观察着他——而他，在上述选项中似乎只符合一条。

"玛赛珂！"

"在，女士。"

"要来客人了。做好充分又优雅的准备。不过首先，给我拿条裙子来。"

"茶玫瑰色？还是海蓝宝石色？"

"白色的。他一身黑，我们就按阴阳法则招待他。还有便鞋，挑一双搭配的，鞋跟至少四寸。我可不想让他居高临下俯视我。"

"女士……那条白色礼裙……"

"嗯？"

"它，呃……"

"太朴素？缺少纹饰和点缀？哦，玛赛珂，玛赛珂。你什么时候才能学会啊？"

在门口迎接他的是个啤酒肚、塌鼻梁、小猪眼的彪形大汉。他从头到脚搜了杰洛特的身，又从脚到头搜过一遍，然后让到旁边，示意猎魔人通过。

一个女孩等在前厅,头发梳理得异常顺滑,近乎笔直。她一言不发,只用手势邀请他进门。

他直接走进中庭,只见四周开满鲜花,中间有座喷泉。喷泉中央立着一尊小巧的大理石雕像,外形是个跳舞的裸女。除了雕刻师高超的技艺,还有个细节让这雕像格外显眼——它和底座仅靠一只大脚趾相连。想让这样的雕塑维持稳定,猎魔人心想,必然要借助魔法的力量。

"利维亚的杰洛特。欢迎,请进。"

女术士丽塔·尼德的五官轮廓太过鲜明,很难算作古典意义上的美女。她往颧骨上涂了温暖的蜜桃色胭脂,用以软化那种鲜明感,但仍无法完全掩盖。她的嘴唇抹了珊瑚红色唇膏,唇线完美到无以复加的程度。但这些都不是重点。

丽塔·尼德长着一头红发。传统而天然的红发。柔和的淡赤褐发色很容易让人联想起夏天的狐狸。如果有人抓到一只红狐狸,放到她身旁,杰洛特敢说二者的毛色会完全一致,让人无法分辨。女术士转头时,与狐皮无异的红色当中还会浮现出更浅的淡黄色调。生有这种红发的女人通常会长有不少雀斑,但丽塔没有。

杰洛特突然觉得,某种早已遗忘的焦虑在内心深处骤然苏醒。他对红发天生有种难以解释的偏好,甚至因这种颜色干出过好几次蠢事。前车之鉴不可忘,他也决意要提高警惕。事实上,他靠工作帮了自己的大忙。足足一年了,他再没因这种愚蠢的诱惑而犯过错误。

撩人的红发并非女术士唯一的魅力。她衣裙雪白,朴素又无装饰,而这正是她的目的所在。毫无疑问,她是故意的。简单的样式不会分散观众的注意力,反而会让人更加关注她迷人的身段,以及深深的乳沟。简单地说，如果要为先知雷比欧达的插图版《圣书》"不洁欲望"这一章找个模特，丽塔·尼德当之无愧。

更简单地说，只有彻头彻尾的傻瓜，才想跟丽塔·尼德这种女人厮混超过两天时间。说来也怪，愿意追求她这种女人的，反而都是些渴望长久和稳定关系的男人。

她散发着小苍兰与杏花的味道。

杰洛特鞠了一躬，假装喷泉里的雕像比她的身材和乳沟更吸引人。

"请进。"丽塔重复一遍，指了指一张孔雀石桌和两把柳条椅。等他坐好，她也坐了下来，展示着自己线条姣好的小腿和那双蜥蜴皮便鞋。猎魔人假装自己的注意力都被玻璃水瓶和果盘吸引了去。

"来杯葡萄酒？这是陶森特产的'努拉古斯'，我觉得比名过其实的'东之东'好喝得多。如果你喜欢红葡萄酒，这儿还有'伤痛海岸'。请倒酒，玛赛珂。"

"谢谢。"他接过那个头发顺滑的女孩递来的高脚杯，朝她笑了笑，"玛赛珂。好可爱的名字。"

他看到了女孩眼中的恐惧。

丽塔·尼德把高脚杯用力放上桌子，发出"当"的一声，以便拉回他的注意力。

"闻名遐迩的'利维亚的杰洛特'为何光临寒舍？"她把浓密的红色卷发甩到脑后，"我很想知道原因。"

"你把我弄了出来。"他故意说得很平淡，"我是说，为我付了保释金。多亏你的慷慨，我才脱离了牢狱之灾。可我进去也是因为你，对吧？你让我在监狱里待了一个星期？"

"四天。"

"四天。可以的话，我想知道你的动机。两个都想知道。"

"两个？"她抬起眉毛和高脚杯，"只有一个。有且只有一个。"

"哦？"他假装把全部注意力都放在玛赛珂身上，后者正在中庭另一边忙碌，"所以你告发我，让我锒铛入狱，然后又以同样的理由把我弄了出来？"

"没错。"

"所以我想知道：为什么？"

"好让你明白我有这个能力。"

他喝了口葡萄酒。口感的确很棒。

"你确实证明了自己的能力。"他点点头，"原则上说，你可以直接告诉我的，比如在街上跟我见面的时候。我会相信的。可你却选择了另一种方式。更加激烈的方式。所以我要问了：接下来呢？"

"我也在考虑。"她隔着睫毛，贪婪地看着他，"不过还是顺其自然好了。这么说吧，我是代表几位巫师同行与你打交道。他们有些计划需要你的参与。而且他们清楚我与人交涉的手段，所以选择我来告知你相关计划。眼下只能向你透露这么多。"

"确实不多。"

"是啊。说来惭愧，我自己也只知道这么多。没想到你这么快就找来了。没想到你这么快就发现了是谁付的保释金。等我了解了详情，自然会告诉你的。暂时还请耐心。"

"我的剑呢？这也是游戏的一部分？跟你们那些巫师的神秘计划有关？或者也是为了证明你的能力？"

"你丢剑一事意味着什么，又与何人有关，对此我一无所知。"

他并不完全相信，但没深究这个问题。

"你的巫师同行近来轮番上阵,向我展示反感与敌意,"他说,"争先恐后与我为敌,让我的日子很不好过。我遇到的每件祸事都有他们出手的迹象。他们把我扔进牢房,然后释放我,接着又告诉我说,他们有些计划需要我的参与。你那些同行这次又在盘算什么?我连猜都不敢猜了。你叫我暂且耐心,必须承认,确实很有手段,因为我已别无选择。我必须等待密报者搞出来的案件重新开庭审理。"

"不过在此期间,"女术士笑了笑,"你可以充分利用自己的自由,享受它的好处。你获释是为等待审理,前提是这案子真能走到开庭审理那一步,这点谁也说不清。就算真的开庭了,你也没必要担心,相信我吧。"

"要相信你恐怕有点难。"他笑着回答,"你那些同行最近的行为严重损害了我的信任感,不过我会努力的。现在我该走了。为了信任与耐心等待。再会。"

"别急着走,多待一会儿嘛。玛赛珂,倒酒。"

她在椅子上换个姿势。猎魔人依然顽固地假装没看见她裙下露出的膝盖与大腿。

"哦,好吧,"片刻后,她说,"再拐弯抹角也没意义。我们那个圈子对猎魔人向来评价不高。本来以为只要无视你就够了,直到某一刻为止。"

"直到……"他受够含糊其辞了,"我跟叶妮芙确定关系。"

"不,不,你错了。"她用碧玉色的眼睛盯着他,"而且错了两次。首先,不是你跟叶妮芙确定关系,而是她选择了你。其次,你俩的关系也没惊动多少人,毕竟我们对这种离经叛道的行为并不陌生。转折点是你们分手了。那是多久的事了?一年前?哦,真是时光飞逝……"

她戏剧化地停顿片刻，看他有什么反应。

"刚好一年前，"发现得不到回应，她继续说下去，"我们圈子里有些成员——数量不多但很有影响力——开始屈尊关注你。没人清楚你们之间到底发生了什么。有人认为是叶妮芙恢复了理智，跟你断绝了关系，把你扫地出门。另一些大胆假设是你看透了她，抛下她溜之大吉。结果就像我刚才提到的，你立刻成了关注——以及憎恶——的对象，这点你没猜错。哈，有些人想教训教训你。但你还算走运，因为大多数人觉得，没必要为你浪费时间。"

"那你呢？在你们的圈子里，你属于哪一类？"

"也许你很难想象，我属于把你们的风流韵事当成消遣的那类人。"丽塔撇了撇珊瑚色的嘴唇，"你俩给了我们不少欢乐，有时还会提供真正意义上的刺激。我个人要感谢你给我带来的大笔收入，猎魔人。关于你和叶妮芙能过多久，赌注可是很高的。事实证明，我下注一向精准，总能赚得盆满钵满。"

"这样的话，我还是离开比较好。我就不该来拜访你，不该让人看到我们在一起。别人会以为你我在暗箱操作。"

"你在乎他们怎么想吗？"

"不怎么在乎。而且你能赢让我很高兴。我本打算把你付的五百克朗保释金退还给你。但你靠我赢了一大笔，我觉得就没这必要了。就这么结束吧。"

"退还保释金？这不会暴露你的逃亡打算吧？不等法庭宣判就逃出城去？"丽塔·尼德的绿眼睛闪过一道邪恶的精光。"不，不，你没这打算。不可能有。我相信你明白，这会让你回到监牢里去。你很清楚，对吧？"

"你用不着证明自己有这能力。"

"我更希望没这必要。我说真的。"她一只手按在乳沟上,显然是为吸引他的视线。他假装没注意到,目光再次转向玛赛珂。丽塔清了清嗓子。

"关于清账或分配赌金的问题,"她说,"你没说错。这是你应得的。我不敢提议给你钱……但你觉得在'万物本性客栈'无限赊账如何?仅限你逗留这段时间?因为我,你上次刚一光顾就被带走了,所以……"

"不了,谢谢。感谢你的热情和善意。但是,不用了,谢谢。"

"你确定?啊,你当然确定。我干吗要提到……把你送回监牢?你故意让我这么说的。你在激我。你的眼睛,那双突变过的怪眼睛,看起来那么真诚,总是充满迷茫……但很容易诱导人。其实你并不真诚,一点也不。我知道,我知道,从女术士嘴里说出来就成了恭维。你正打算这么说呢,对吧?"

"猜得真准。"

"那你能真诚地回答我吗?如果我要求的话?"

"如果你要求的话。"

"哦,太好了。那我就问了。为什么是叶妮芙?为什么是她,不是别人?你能解释吗?能说出来吗?"

"如果这又是一场赌局……"

"不是。为什么偏偏是温格堡的叶妮芙?"

玛赛珂像幽灵一样出现,端着新的水瓶,还有饼干。杰洛特看着她的双眼。她立刻转过头去。

"为什么是叶妮芙?"他盯着玛赛珂,重复道,"为什么偏偏是她?

坦白说吧,我自己也不知道。有些女人……只看一眼,就能让你……"

玛赛珂张开嘴,轻轻摇头,脸色惊恐。她听懂了,正在乞求他停下。但他停不下来。

"有些女人就像磁铁一样吸引你,"他的双眼扫过女孩的曲线,"让你移不开目光……"

"你退下吧,玛赛珂。"丽塔的声音里透出浮冰与铁块相撞的闷响,"至于你,利维亚的杰洛特,感谢你。感谢你的到访。感谢你的耐心,还有真诚。"

猎魔人之剑（图40）与众不同，就像其他剑类武器的混合体，是汇聚了其他武器优点的第五元素①。一流的钢铁，加上矮人铸造厂与冶炼厂特有的锻造方式，令剑身格外轻巧，韧性十足。猎魔人之剑同样会用矮人特有的手艺打磨锋利，这里补充一句，那种手艺是机密，永远的机密，因为高山矮人对它们守口如瓶。矮人打磨的剑能将抛到空中的丝绸围巾一分为二。按目击者描述，猎魔人确实能用手中的剑达成这样的效果。

——《冷兵器论》

潘多尔夫·弗提圭拉　著

---

①炼金术用语，指用四大元素提炼出的转化媒介，贤者之石的别称。

第六章

清晨短暂的风暴让空气清新了一小会儿，随后，来自巴尔米拉区的风中再次弥漫起垃圾、烧焦油脂和烂鱼的臭味。

丹德里恩请杰洛特在旅店过了一晚。吟游诗人的房间是个舒适的小窝，字面意义上的"小窝"，二人错身时必须侧过身子。幸好床铺够大，足以容纳两人，且结实耐用，不过床架总是发出响亮的嘎吱声，草褥也被旅行商人们压实了——他们对激情洋溢的婚外性游戏无比热衷。

天知道为什么，那天夜里，杰洛特梦到了丽塔·尼德。

两人在附近的集市吃早饭，吟游诗人早先发现，那里提供美味的沙丁鱼。今天丹德里恩请客，杰洛特欣然接受。通常情况是反过来的，一贫如洗的丹德里恩总要仰赖杰洛特的慷慨。

他们坐在粗糙的桌旁，大口吃着酥炸沙丁鱼，盛鱼的木托盘足有手推车车轮那么大。猎魔人注意到，丹德里恩有时会惊恐地看着周围。每次诗人觉得某人盯着他们看了太久，就会全身僵硬。

"我觉得，你应该找件武器什么的，"最后，丹德里恩嘟囔道，

"带在身上显眼的位置。昨天咱们就该吸取教训了,你说呢?瞧见那边展览的盾牌和锁甲没?那是家铠甲铺,肯定也有刀剑之类。"

"武器禁止带进城区,"杰洛特啃净一根沙丁鱼脊骨,吐出一块鱼鳍,"访客的武器会被没收。只有匪徒才会拿着武器到处闲逛。"

"确实。"吟游诗人用下巴指指一个经过的无赖,那人扛着一把长柄战斧,"但在凯拉克,颁布并执行禁令,以及惩罚违反者的人是费朗·德·雷天哈普——你知道的,他是我堂兄。既然熟人关系网是不容侵犯的自然法则,我们就不需要在意什么地方禁令。我宣布,我们有权拥有并携带武器。等我们吃完早饭就给你买把剑。老板娘!鱼真好吃!请再炸一打!"

"吃这些沙丁鱼时,我意识到,丢弄那两把剑纯粹是对我贪心与势利的惩罚。"杰洛特丢掉一块仔细咀嚼过的沙丁鱼骨,"因为我想奢侈一下。我在附近找到一份活儿,于是顺道来了凯拉克,想去远近闻名的'万物本性客栈'大吃一顿。我完全可以去别的地方吃点牛肚、卷心菜和豌豆,或者喝碗鱼汤……"

"实话跟你说,"丹德里恩舔舔手指,"'万物本性客栈'的饭菜确实不错,但也只是众多去处之一。有些餐馆的味道不比那儿差,甚至更胜一筹。比如说荀斯·维伦的'藏红花与胡椒';诺维格瑞的'汉·瑟宾',那家店有自己的啤酒厂;另一个选择是离这儿不远的'小奏鸣曲',就在希达里斯,那儿有这片海岸最棒的海鲜;马里波的'里沃利',有道名菜是布洛克莱昂松鸡,涂上厚厚一层猪油,简直美味绝伦;艾德斯伯格的'费尔·德·莫利内'有名闻遐迩的野兔里脊肉配维德蒙王羊肚菌;还有希伦顿的'霍夫梅耶',哦,等到秋天万圣节之后,可以去那儿尝尝烤鹅配梨酱……或者去阿德·卡莱城外几里远的

'两条泥鳅',一家位于十字路口的普通旅店,我在那儿吃过最入味的烤猪肘……嘿!瞧瞧谁来了。刚刚才提到他呢!欢迎,费朗……我是说,呃……指控官阁下……"

费朗·德·雷天哈普独自走近,挥手示意他的随从们留在街上。

"朱利安、来自利维亚的阁下,我带来一些消息。"

"必须承认,我都等不及了。"杰洛特回答,"犯人怎么说?我是说,昨天趁我手无寸铁袭击我的那几个。当时他们嗓门可大了,那就是他们参与偷剑的证据。"

"很不幸,我们没发现这方面的证据。"指控官耸耸肩,"那三个犯人是典型的流氓,关键还很愚蠢。的确,他们袭击了你。听说你没有武器,他们的胆子就壮了起来。你丢剑的风声走漏这么快,多亏了卫兵室那些女士,然后立刻有人自告奋勇……说实话,这不算特别意外。你不怎么招人待见……也没想方设法让别人喜爱或欢迎你。拘留期间,你还打伤了狱友……"

"说得对,"猎魔人点点头,"都是我的错。昨天那些人受了伤,他们有没有投诉我?有没有要求赔偿?"

丹德里恩大笑起来,但马上闭了嘴。

"昨天那起事件的目击证人,"费朗·德·雷天哈普语气刻薄地说,"说那三人被你用桶板殴打。下手很重。其中一个……甚至尿了裤子。"

"也许他兴奋过头了。"

"即使失去了抵抗能力,再也构不成威胁,他们依然遭到痛打。"指控官的表情毫无变化,"这就超过了正当防卫的界线。"

"我不会担心的。我有个好律师。"

"要不要来条沙丁鱼?"一阵凝重的沉默过后,丹德里恩开口道。

"我要通知你,调查正在进行中。"最后指控官说道,"昨天被捕的那些人没参与偷盗你的武器。我们询问了几个可能犯案之人,但没找到任何证据。我的线人也没能提供线索。但我们得知,你丢剑的传闻在本地的犯罪圈子里引起不小的骚动——这也是我来这儿的主要原因。有些生面孔接连出现,他们想跟猎魔人打上一架,尤其是手无寸铁的猎魔人。因此我建议你提高警惕。同类事件很可能再次发生。我敢说,朱利安,在这种情况下与来自利维亚的阁下同行……"

"我陪杰洛特去过更危险的地方,卷进过本地流氓难以想象的困境。"吟游诗人骄傲地回答,"如果你同意,堂兄,可以为我们提供一支武装卫队。就当是防患于未然吧。不然的话,等我和杰洛特又痛打了一批社会渣滓,他们又该抱怨我俩越过正当防卫的界线了。"

"前提是他们真是社会渣滓,而不是某人雇来的打手。"杰洛特说,"你们有没有考虑过这个可能性?"

"所有可能性都会纳入考虑。"费朗·德·雷天哈普打断他,"调查还将继续。我会安排人手保护你们。"

"我们深表感激。"

"再会。祝你们好运。"

海鸥在城市屋顶上方啼鸣。

他们没必要浪费时间去那间铠甲铺的。杰洛特只要扫一眼展示刀剑就够了。看到价格,他耸耸肩,一言不发地离开了店铺。

"我以为我们商量好了。"丹德里恩跟着他来到街上,"你该随便买几件旧货，免得看上去手无招架之力！"

"就算花你的积蓄，我也不想把钱浪费在旧货上。那些都是垃圾，丹德里恩。批量生产的破铜烂铁，给廷臣准备的装饰细剑，只适合打扮成剑客去参加化装舞会，价钱却能让人笑掉大牙。"

"那我们再找一家店！或者工坊！"

"哪儿都一样。价格低廉、质量低下、只能撑过一场打斗的武器确实挺有市场的。可惜他们的服务对象不是胜利的一方，因为这种武器在回收时已与废品无异。有些市场专门出售闪闪发亮的装饰用武器，好让花花公子们带出去炫耀。那种武器连香肠都切不开，除非是肉泥肠。"

"跟平时一样，你又在夸大其词了。"

"从你嘴里说出来就成了恭维。"

"怎么可能？那我恳请你告诉我，我们去哪儿才能弄到好剑？不能比你丢的剑差，甚至要更胜一筹？"

"这里肯定有铸剑行家。也许某人的存货里就有像样的好剑。但我的剑必须适合我的手掌尺寸，必须按我的要求铸造完成。这得花上几个月，甚至一整年。我没那么多时间。"

"但你必须弄把剑，"诗人严肃地评论道，"要我说，还得尽快。你还有什么选择？也许……"

他压低声音，扫视周围。

"也许……你可以去凯尔·莫罕？那里肯定……"

"当然。"杰洛特咬着牙打断他，"那里当然有。凯尔·莫罕的刀剑储量充足、品种齐全——包括银剑在内。可那儿离这儿太远了。现在每天都下大雨刮大风，河水泛滥，道路泥泞，骑马回去得花上一个月。何况……"

他恼火地踢开一只被人丢弃的破篮子。

"我的东西被人偷了,丹德里恩。我中了圈套,丢了东西,像个彻头彻尾的废物,维瑟米尔会毫不留情地嘲笑我。如果我碰巧在要塞里遇见其他猎魔人,他们也会嘲笑我,把我当成多年的笑柄。不行。绝对不行。我得用其他手段解决问题,而且要亲自解决。"

他们听到了笛声和鼓声。二人走进一片小广场,那里有个蔬菜集市,一小群游荡诗人①正在表演晨间曲目,内容既简单又愚蠢,几乎一点都不好笑。丹德里恩走在货摊之间,品尝着在柜台上展示的小黄瓜、甜菜根和苹果,以令人钦佩和惊讶的专业水准给出评价,同时不忘跟女摊贩讨价还价、眉目传情。

"泡菜!"他高声说着,用木钳从桶里捞出几块,"尝尝看,杰洛特。很好吃,对吧?这样的卷心菜不但美味,而且有益健康。冬天缺乏维生素时,它能保护你不得坏血病。另外还是极好的抗抑郁药物。"

"怎么说?"

"你吃掉一大碗泡菜,喝下一大壶酸奶……要不了多久,你就不用担心抑郁的事了。你会忘掉抑郁。有时能持续很久。你在盯着谁看呢?那个女孩是谁?"

"一个熟人。在这儿等会儿。我跟她说几句话,马上回来。"

他看到了玛赛珂,就是丽塔·尼德家里那个女孩。女术士的学生满脸害羞,头发顺滑,一身朴素却高雅的红木色连衣裙,足蹬软木坡跟鞋。她迈着优雅的脚步,踩过凹凸不平的鹅卵石路,随时留意着地

---

①12 至 13 世纪通常身兼讽刺诗作者与小丑的流浪学生。

上湿乎乎的菜叶。

他走过去,让她吃了一惊。女孩站在番茄摊前,正往挎在臂弯的篮子里装番茄。

"你好。"

女孩本来就皮肤白皙,看到他时脸色更白了。要不是有货摊挡着,恐怕她还会后退几步。她好像要把篮子藏到身后。不,不是篮子。是她的手。她想藏起紧紧裹着丝巾的前臂和手。杰洛特注意到她的反应,出于一阵难以解释的冲动,他抓住了女孩的手。

"放开我。"她低声说着,试图挣脱。

"让我看看。听话。"

"别在这儿……"

她任由杰洛特拉着自己离开市场,来到没人的地方。他解开丝巾,忍不住咒骂起来。骂得又大声又难听。

女孩的左手前后颠倒,在手腕处转了半圈,拇指朝向左边,手背朝下,手心朝上。他不禁注意到,她的生命线长而整齐,感情线异常清晰,但却断断续续的。

"谁干的?是她吗?"

"是你。"

"什么?"

"是你!"她猛地抽回手,"你利用我嘲笑她。她可不会善罢甘休。"

"我没……"

"……没想到会是这种结果?"她直视他的双眼。他错看了她——女孩既不胆小,也不害羞。"你能想到的,也应该想到。但你却宁愿玩火。值得吗?这下你满足了?让你心情好点了?以后有资本去酒馆跟朋友们吹嘘了?"

他没法回答。他无言以对。令他惊讶的是,玛赛珂突然笑了。

"我不怪你。"她语气轻松地说,"你的游戏也让我乐在其中。如果有那个胆量,恐怕我当时会笑出声。把篮子还给我,我赶时间。我要买东西,还要约见一个炼金术士……"

"等等。这事不能就这么算了。"

"拜托,"玛赛珂的语气微微变了,"别再插手了。你只会越搞越糟……不管怎么说,我已经逃过了惩罚。"片刻后,她补充道,"她已经对我留手了。"

"留手?"

"她完全可以把我的双手都颠倒过来。她可以扭转我的双脚,让我脚跟朝前。她可以调换我的双脚,左换右,右换左。她对别人这么做过,我看到了。"

"那你……"

"……疼不疼?只疼一下。基本上我当场就昏了过去。干吗这么瞪着我?没什么大不了的。希望她把我的手转回去时也能这样。最多几天以后,等她享受完复仇的快感就行。"

"我要去见她。马上。"

"馊主意。你不能……"

杰洛特用手势打断她的话。他听到人群起了骚动,看到他们四下散开。游荡诗人们停止演奏。丹德里恩站在稍远处,冲他打出急促而匆忙的信号。

"你!废物猎魔人!我要跟你决斗!咱们打一场!"

"该死。让开,玛赛珂。"

一个矮小敦实、头戴皮革面罩、身穿熟牛皮胸甲的家伙走出人群,晃了晃手里的三叉戟,左手在空中展开一张渔网,挥舞起来。

"我是敦敦·祖罗加,网戟角斗士!我要挑战你,猎……"

杰洛特抬起一只手,用阿尔德法印打中对方。他用上了全力。人群惊呼出声。网戟角斗士敦敦·祖罗加飞到半空,被自己的渔网缠住,两腿乱蹬,撞塌了一个卖硬面包圈的货摊,重重地摔在地上,脑袋狠狠砸中一尊铸铁雕像,发出响亮的"哐当"声。雕像的造型是个蹲坐的侏儒,不知为何竖立在一家供应男子服饰用品的店铺前。这一下飞得漂亮,游荡诗人们爆出雷鸣般的喝彩。网戟角斗士躺在地上,性命无碍,可惜意识已经神游天外。杰洛特不慌不忙走上前去,狠狠踢中他的肝脏部位。有人抓住他的袖子,是玛赛珂。

"别。拜托了,不要。别再打了。"

杰洛特本想继续狠踹那个网戟角斗士。他很清楚哪些事能做,哪些事不能做,哪些事又非做不可。他没有在这种事上听人话的习惯——尤其是没被别人狠狠踹过的人。

"拜托,"玛赛珂重复道,"别拿他撒气了。别因为我、或者她、或者你自己搞砸了一切,就拿别人撒气!"

他听了进去。杰洛特挽起她的胳膊,看着她的眼睛。

"带我去见你的女主人。"他坚定地宣布。

"这样不好。"她摇摇头,"后果会很严重的。"

"对你来说?"

"不。不是对我。"

狂野之夜！狂野之夜！
有你共我，
即便是狂野之夜，
亦将化作你我之飨宴！

——艾米莉·狄金森

我每日重复无谓的任务，
抚摸她每寸肌肤，尽到自己的义务。
亲吻她开启的樱唇，称颂她的美丽，
人们却当面叫我叛徒。

——莱昂纳德·科恩

第七章

女术士胯部有块色彩鲜艳、细节翔实而复杂的刺青，画的是条有彩色斑纹的鱼。

处变不惊，猎魔人在心中默念。*处变不惊*。

―――◆―――

"真不敢相信我自己的眼睛。"丽塔·尼德说。

他——也只有他——要为发生过的事，以及将要发生的事负责。来女术士家途中，他路过一间花园，忍不住从花圃里摘了一朵小苍兰。他记得那是她香水里最明显的味道之一。

"真不敢相信我自己的眼睛。"丽塔·尼德说道。她亲自出来迎接杰洛特。那个魁梧的看门人不在，也许他今天休息。

"我猜，你是为玛赛珂的手来兴师问罪的。但你给我带了花。一朵白色小苍兰。进来吧，免得有人大做文章，搞得城里流言四起。一个男人，拿着花站在我家门前！这种事以前从没有过。"

她穿着宽松的黑裙,面料是丝绸搭配雪纺绸,质地透明,伴着空气的每一次流动而泛起涟漪。猎魔人站在那里,目不转睛,伸出的手里依然握着小苍兰。他想微笑,但无论如何都做不到。处变不惊,他在脑海里重复着这句格言。这是他在牛堡大学哲学院入口上方的装饰嵌板上看到的。前往丽塔家宅途中,他一直在重复这四个字。

"别冲我大吼大叫哦。"她夺过他手里的小苍兰,"等那女孩回来,我立刻治好她的手。保证不疼。我甚至会向她道歉。同时向你道歉。只要别冲我大吼大叫就行。"

他摇摇头,再次试图微笑。但仍是徒劳。

"我很好奇……"她把小苍兰举到面前,用翠绿的眼睛盯着它,"你知道这花的象征含义吗?你可知道它代表了什么?你是否清楚它的花语,然后故意向我表白?还是说,你选中这朵花只是凑巧,而你传达的信息……完全出于下意识?"

处变不惊。

"无所谓了。"她走过来,与他贴得特别近,"不管你是设计好的,公然无误向我表达你的渴望……还是故意掩饰,结果却在无意间暴露了你的欲望。不管怎样,我都该谢谢你。谢谢你的花。谢谢它的花语。谢谢,我会回报这份人情的。我也要送你一样东西。看着这条带子。拉吧。别客气。"

我到底在干什么? 他一边想,一边拉动带子。织带顺利穿过围绕刺绣的带孔,畅通无阻。丝绸搭配雪纺绸的连衣裙从丽塔身上滑落,仿佛流水一般,无比轻柔地汇聚在她脚踝周围。他短暂地闭上眼睛,她的裸体仿佛骤然亮起一阵强光,令他头晕目眩。*我在干什么?* 他搂住她的脖子。*我在干什么?* 他尝到女术士唇间珊瑚红色唇膏的味道。

真是愚蠢透顶。他牵着她，慢慢穿过中庭，把她托到孔雀石打造的桌面上。

她散发着小苍兰与杏花的味道。还有些气息，也许是柑橘，也许是香茅。

半晌过后，二人行将结束，那张桌子震得格外激烈。珊瑚始终紧紧抱着他，但一刻也没放开那朵小苍兰。花儿的芬芳没能掩盖她的香气。

"我喜欢你的狂野。"她睁开眼睛，嘴巴离开他的嘴唇，"我的赞美发自真心。但你知道的，我家里有床。"

◆——◆——◆

没错，她家有床。一张大床。足有三帆舰的甲板那么大。她领着杰洛特走过去，他跟在她身后，目光始终无法从她身上移开。女术士没回头。她毫不怀疑他会跟随在后。他会毫不犹豫跟着她去往任何地方，目光始终不离她的身体。

那张床很大，挂着幔帐。被单是丝绸的，床单则是缎子。

毫不夸张地说，他俩充分利用了整张床铺，连一寸都没有放过——每一寸床面、每一寸床单，甚至床单的每一寸褶皱。

◆——◆——◆

"丽塔……"

"你可以叫我珊瑚。不过现在，什么都别说。"

处变不惊。小苍兰与杏花的味道。她的红发散开在枕头上。

"丽塔……"

"你可以叫我珊瑚。刚才的事,再跟我做一遍。"

女术士胯部有块色彩鲜艳、细节翔实而复杂的刺青,画的是条有彩色斑纹的鱼,硕大的鳍让鱼身像个三角形。这叫"天使鱼",富人和暴发户会将它们养在水族箱或鱼缸里,所以杰洛特经常将其与势利和自负联系在一起——这么想的人,其实不止他一个——所以珊瑚选择这种刺青让他特别惊讶。不过惊讶只持续了一小会儿,很快他就想到了答案。丽塔·尼德的外貌和举止都很年轻,而这块刺青的历史,可以追溯到她真正年轻的日子。当时,从海外带来的天使鱼确实是珍奇之物。那时富人寥寥无几,暴发户仍在赚取财富,买得起水族箱的更是屈指可数。所以这刺青就像她的出生证明,杰洛特一边想,一边用指尖爱抚那条天使鱼。奇怪的是,丽塔依然留着它,没用魔法擦除。为什么?他转而爱抚离天使鱼稍远的位置。的确,有人会将年轻时的记忆视若珍宝。抛弃这样的纪念品并不容易,哪怕它早已过时,而且平庸得要命。

他用手肘撑起身子,凑上前去,在她身上寻找其他令人怀念的纪念品,可惜一无所获。他也没指望找到,只是单纯想试试而已。珊瑚叹了口气，显然对他那只肆意游走却缺乏目的性的手十分不满。她抓过他的手，果断地将其引到目的地——在她看来唯一合理的位置。好吧，杰洛特心想。他把女术士拉向自己，脸埋进她的红发。让那条纹鱼见鬼去。有些事比鱼更值得思考与关注。

◆━━◆━━◆

也许是帆船模型，珊瑚努力控制住急促的呼吸，心里胡思乱想。也许是兵士玩偶，或者是用假饵飞钓。但重要的是……真正重要的是……他抱我的方式。

杰洛特抱她的方式，仿佛她就意味着全世界。

◆━━◆━━◆

他们头一晚就没怎么睡着。即使丽塔沉沉睡去，猎魔人也无法入眠。她用手臂紧紧环住他的腰，让他难以呼吸，她的双腿还缠在他的大腿上。

第二天晚上，她的占有欲没那么强了，搂抱他的力道也减轻了。显然，她已经不担心他会在黎明前跑掉了。

◆━━◆━━◆

"干吗愁眉苦脸的？你表情阴郁，倒挺有男人味的。心里在想什么？"

"我在考虑……呃……我们这段关系的自然性。"

"什么意思?"

"就像我说的。自然性。"

"你用了'关系'这个词?这个词含义之广,令人心惊。另外,你语气里好像有种'贤者时间'的空虚感。没错,这种状态会影响所有高等生物。我眼里也泛出了一滴奇怪的泪珠,猎魔人……开心点,开心点。我开玩笑的。"

"你诱惑我……就像诱惑一头雄鹿。"

"什么?"

"你诱惑我,就像诱惑一只昆虫。凭借小苍兰与杏花味道的魔法荷尔蒙。"

"你是认真的?"

"别生气。拜托,珊瑚。"

"我没生气。恰恰相反。仔细想想,我得承认你说对了。是啊,我们的关系自然到不能再自然了。只是情况恰好相反。是你诱惑并勾引了我。从我们初次见面就开始了。你就像一只为了求偶而展示自我的雄性生物,完全顺应动物的原始本能,蹦跳、跺脚、尾巴翘得老高……"

"我才没有。"

"……你抖动尾巴、拍打翅膀,就像一只黑色的雄松鸡。你昂着脖子,咯咯叫唤……"

"不,我没有。"

"你有。"

"没有。"

"有。抱住我。"

"珊瑚?"

"什么?"

"丽塔·尼德……这不是你的真名,对吧?"

"我的真名很麻烦。"

"是什么?"

"你快速说一遍:艾丝翠德·丽塔尼德·艾斯杰芬比恩斯多蒂。"

"我懂了。"

"才怪。"

"珊瑚?"

"嗯哼?"

"玛赛珂呢?她这个外号是怎么来的?"

"知道我不喜欢什么吗,猎魔人?关于别的女人的话题。尤其你问这话时还跟我躺在一张床上。你问东问西,手上却不专心。你跟叶妮芙在床上肯定不敢这样。"

"我也不喜欢别人提到某个名字。尤其是在……"

"要我停下吗?"

"我可没这么说。"

珊瑚亲了一下他的胳膊。

"她入学时名叫'爱柯',记不清姓什么了。她不但有个怪名字,还因病导致皮肤色素缺乏,脸上满是白斑,看起来就像马赛克。当然,头一个学期后她就痊愈了,因为女术士不能有任何瑕疵,但那恶毒的外号却留了下来。很快,外号不再带有恶意,她自己也喜欢上了这个昵称。好了,别再提她了。说说我的事吧。说啊,就现在。"

"现在?说什么?"

"说说我啊。我是什么样的人?很漂亮,对吧?来,继续说!"

"你很漂亮。一头红发。还有雀斑。"

"我才没有雀斑。用魔法除掉了。"

"没除干净,漏了一部分,让我找到了。"

"哪里?……哦,好吧。没关系。说得对,我确实有雀斑。还有什么?"

"你很甜。"

"啥,你说什么?"

"你很甜。就像蜂蜜薄饼。"

"你在取笑我?"

"看着我。看着我的眼睛。你能看到一丝一毫的不真诚吗?"

"看不到。这才是我最担心的。"

"来床边坐下。"

"干吗?"

"我想扳回一城。"

"你说什么?"

"谢谢你发现我的雀斑。为了你的努力和彻底的……研究,我想扳回一城,好好报答报答你。行不?"

"一言为定。"

在这片城区,几乎所有别墅都有面朝大海的露台,女术士的自然也不例外。丽塔喜欢坐在那里,用架着三脚架的大型望远镜眺望停泊的船只,一连几个钟头都不嫌腻。杰洛特没法理解她对大海与航行的热衷,但喜欢在阳台上陪着她。他坐在丽塔身后,脸贴着她的红色发卷,享受着小苍兰与杏花的味道。

"瞧,正在落锚的大型三桅帆船……"珊瑚指了指,"旗帜上画着蓝色十字,那是'辛特拉的骄傲号',多半要前往柯维尔。那条单桅横帆船是希达里斯的'阿尔克号',装的大概是毛皮。那边是'忒提丝号',本地的巨型货船,载重四百吨,定期往来于凯拉克与纳史特洛格。还有那儿,瞧啊,诺维格瑞的双桅纵帆船'潘多拉·帕维号',正朝落锚处移动。真好看,真漂亮。用望远镜看看。你会发现……"

"不用望远镜我也看得到。我是变种人。"

"哦,对啊。我都忘了。那边是桨帆船'灯笼海棠号',有三十二支船桨,可载八百吨货物。那艘优雅的三桅帆船是'眩晕号',来自朗·爱塞特。还有那儿,稍远些,挂着紫红旗帜的是瑞达尼亚的三桅帆船'信天翁号',三根桅杆啊,全长一百二十尺……哇哦,看,看啊，邮政快船'回声号'正在升帆，准备出海。我认识它的船长，每次在这儿停泊，他总会去拉文加的店里吃饭。再看那边，波维斯的三桅帆船鼓足了帆……"

猎魔人拂开丽塔后颈的红发。一只一只慢慢解开挂钩，让衣裙从女术士肩头滑落。随后，他把双手和注意力都放在那对鼓足了帆的大型三桅帆船上。那可是任何航线、港口、码头和海军登记簿里都找不到的大帆船。

丽塔没有抗议，只是双眼一直不离望远镜。

"你就像个十五岁的孩子。"过了一会儿，她说，"好像从没见过乳房一样。"

"对我来说，永远都是第一次。"他不情不愿地承认，"我也从没真正经历过十五岁。"

◆━━◆━━◆

"我来自史凯利格群岛。"后来，她在床上告诉他，"海水融入了我的血液。我喜欢海。"

"我梦想有朝一日扬帆远航。"见他保持沉默，她自顾自说下去，"独自一人，扬帆出海……前往远方。一直航到天边。周围只有天和海。咸咸的浪花洒在我身上，风拉扯着我的头发，就像充满男人味的爱抚。而我独自一人，没有任何人陪伴，在陌生而充满敌意的环境里享受无尽的孤独。在陌生的海上独处。你做过这样的梦吗？"

没，没做过，他心想。但我每天都能体会到。

夏至来临，随后是个充满魔力的夜晚，一年当中最短的夜。蕨类植物会在森林里开花，赤身裸体的女孩会在满是露珠的林间空地翩翩起舞，身上涂抹着赤莲蕨汁。

短暂到转瞬即逝的夜晚。

闪电照亮的狂野之夜。

夏至过后那天早上，他独自醒来。早餐在厨房里等着他，而且不光有早餐。

"早上好，玛赛珂。天气真好，是吧？丽塔在哪儿？"

"今天你可以休息一下。"她看也不看地回答，"我那无与伦比的女主人会特别忙。忙到很晚。在她……纵情享乐的日子里，病患清单也在拉长。"

"病患？"

"她会治疗不孕不育，还有另一些女人的生理紊乱。你不知道？好吧，现在你知道了。祝你今天愉快。"

"先别出门。我想……"

"不知道你想干什么，"她打断道，"但多半是个坏主意。你最好别跟我说话。假装我压根不存在。"

"珊瑚不会再伤害你了，我向你保证。不管怎么说，眼下她不在，她看不到我们。"

"她想看就能看到，只需几个咒语和一件法器就行。别再自欺欺人了，你管不住她的。光靠……"她朝卧室那边点点头，"那个可不够。希望你别在她面前提到我的名字，哪怕只是顺口。因为她不会让我忘掉的。哪怕过了一年，她也会提醒我。"

"她这么对你……你不会离开吗？"

"去哪儿？"她恼火地问，"纺织厂？给女裁缝打下手？还是妓院？我无亲无故，就是个无名小卒。永远都是。只有她能改变这点。所以我可以忍……求求你，别再给我惹麻烦了。"

"我在城里遇到了你的伙伴。"片刻后，她瞥他一眼，"诗人丹德里恩。他问起了你的事。他很焦虑。"

"你让他冷静下来了？说我很安全？没有危险？"

"我干吗撒谎？"

"你说什么？"

"你在这里并不安全。你跟她在一起，是出于对另一个人的懊悔。即使与她亲热时，你心里想的也是另一个人。她很清楚，但仍在配合你，因为这让她心情愉快。你自己也掩饰得很好，表现得很有说服力。但你有没有想过，等你暴露真心的那一刻会发生什么？"

"今晚还在她那儿过夜？"

"是啊。"杰洛特承认。

"你知道吗？已经一个星期了。"

"四天。"

丹德里恩拨动鲁特琴的琴弦,刷出一串戏剧性的滑音。他扫视酒馆各处,喝了一大口酒,擦掉鼻子下面的酒沫。

"我知道这不关我的事。"他的语气一反常态地坚决有力,"我知道自己不该多管闲事。我也知道你不喜欢别人管你的闲事。但有些事,我的朋友杰洛特,我非说不可。想知道我的看法吗?珊瑚这种女人,永远都该挂上显眼的警示标志,上面写着'仅供观赏,请勿触摸'。展览动物时,他们就会给响尾蛇之类挂上这种标志。"

"我知道。"

"她在耍你,玩弄你。"

"我知道。"

"而你只是在填补你念念不忘的叶妮芙留下的空虚。"

"我知道。"

"那为什么……"

"我不知道。"

他们会在傍晚外出。有时去公园,有时俯瞰港口的小山,有时只是绕着香料市场散步。

他们结伴去了"万物本性客栈"好几次。菲巴斯·拉文加喜不自胜,叫侍者殷勤招待他们。杰洛特终于尝到了大比目鱼加墨鱼汁的味道,然后是鹅腿肉加白葡萄酒,以及小牛腿配蔬菜。最开始,其他客人好奇而明目张胆的视线让他很是恼火。但没多久,他便效仿丽塔,对他们视而不见,酒窖里的葡萄酒也帮了他的大忙。

回到宅邸,珊瑚会在前厅褪去衣裙,几乎全裸地领着他走向卧室。

他跟在她身后,目光片刻不离她的身体。他喜欢看她。

"珊瑚?"

"什么?"

"听说你什么都能看到,只需几个咒语和一件法器。"

"又有人传瞎话了?看来我该拧反她另一只关节。"她用一边手肘撑起身子,看着他的眼睛,"这能教会她别再多嘴多舌。"

"拜托……"

"我开玩笑的。"她打断他的话,但语气不带丝毫笑意。

"所以你想看什么?"见他沉默不语,她问道,"还是想预知什么?你能活多久?会在何时何地死去?哪匹马能赢得崔托格大赛?哪位候选人能当选诺维格瑞大主教?叶妮芙现在跟谁在一起?"

"丽塔。"

"能否告诉我,你在烦心什么?"

他把丢剑的事告诉了她。

一道闪电划破天空。片刻后,雷声炸响。

喷泉溅起轻柔的水花。水池散发着潮湿石头的味道。潮湿的大理石女孩闪闪发亮,保持着起舞的姿势。

"这尊雕像与喷泉,"珊瑚解释说,"不代表我喜欢矫揉造作的艺术品,也不是为了追求庸俗的时尚。它们的作用更加实际。这尊雕像刻的就是我。缩小版的我,那时我只是十五岁。"

"谁能想到,你后来会出落得如此美丽?"

"这是件法器,与我存在紧密的联系。这眼喷泉,准确地说是池中之水,则是用来占卜的。你知道水占卜是怎么回事吧?"

"知道一点点。"

"你的武器大概在十天前失窃。要解读或分析过往事件,最好也最可靠的方法是解梦术,哪怕那些事发生在很久以前,但这需要罕见的解梦天赋,我并不擅长。抽签或掷骰占卜对我们没有实际帮助。占火和观星在预知命运方面更有效果,前提是要拥有那些人的某样东西……头发、指甲、衣服碎片之类。但这些占卜没法针对事物本身——对我们来说,就是那两把剑。

"所以,剩下的手段只有水占卜了。"丽塔拂开额前一绺红发,"你已经知道,它能让人看到并预测未来。天气也会帮助我们,真正的风暴季节开始了,我们可以将水占卜与雷电占卜结合起来。靠近点儿,抓住我的手,不要松开。弯腰看着池水,但无论如何都别碰它。集中注意力,想想你的剑!用力想!"

他听到她念出一串咒语,池中之水有了反应。她每念出一段,池水都会泛起更加剧烈的泡沫与涟漪,硕大的气泡开始从池底升腾。

渐渐地,水面变得平静而朦胧,随后清澈见底。

深紫色的双眸从池底向外窥探。渡鸦般漆黑的发丝倾泻在肩头,闪闪发亮,又如孔雀的尾羽般反射光芒,伴着每个动作起伏翕动……

"你的剑!"珊瑚轻声而严厉地提醒他,"你应该想那两把剑。"

池水开始打转,黑发紫眸的女人消失在漩涡里。杰洛特轻叹一声。

"想你的剑,"丽塔嘶声道,"别想她!"

她在下一道闪电的光芒中念出咒语。喷泉中的雕像泛起乳白色的光泽,池水再次平静下来,变得透明。这时,他看到了。

他的剑。摸剑的手。手指上的戒指。

……用陨星打造。平衡性绝佳,剑身与剑柄的重量完全一致……

另一把剑。银剑。同一双手。

……钢制剑心,银制剑刃……剑身刻有符文字母……

"我看到了。"他轻声说着,捏了捏丽塔的手,"我能看到我的剑……是真的……"

"安静。"作为回应,她更加用力地攥紧他的手,"保持安静,集中精神。"

两把剑消失了。取而代之的是一片黑色的森林。许多石头。岩石。其中一块巨石巍然耸立,高大而纤细……被强风蚀刻得奇形怪状……

水面短暂地泛起泡沫。

一个男人,相貌高贵,头发花白,身穿黑色丝绒夹克和金色锦缎马甲,两手放在红木讲台上。**第十号拍品**,他大声宣布。**毋庸置疑的珍品,非比寻常的发现,两把猎魔人之剑……**

一只大黑猫在原地转来转去,想用爪子够到在链子上摇晃的徽章。那是枚金色的椭圆形徽章,表面的珐琅上绘有一条水平游动的蓝色海豚。

河水在林间流淌,粗细不一的树枝悬在河面上方。一个穿贴身长裙的女人站在一根大树枝上,一动不动。

池水短暂地泛起泡沫，又在瞬间恢复平静。

他看到一片青草的海洋，无边无际的草原绵延至天边。他正从高处看着这一幕，仿佛俯瞰地面的鸟……或者站在山顶上。那是座小山，一排模糊的身影顺着山坡走下。他们转过头，他看到了全无表情的脸，还有视而不见、了无生气的双眼。是死人，他突然反应过来。这是死人的队伍……

丽塔的手指再次握紧他的手掌。力道有如铁钳。

一道闪电。突然刮起的狂风拉扯着他们的头发。池中之水翻搅沸腾，冒出泡沫，涌起墙壁一样高的波浪，径直砸向二人。他俩同时往后跳开。珊瑚失足跌倒，他赶紧扶住她。雷声轰然炸响。

女术士尖叫着喊出一串咒语，挥舞一只手臂。整栋屋子立刻灯火通明。

片刻之前，池中还是翻滚的漩涡，如今水面却光滑而平静，只有从喷水口缓慢淌出的滑流泛起阵阵涟漪。前一刻明明有道大浪拍向二人，但他们却连一滴水珠都没沾上。

杰洛特重重地呼出一口气，站直了身子。

"最后……"他低声说着，扶女术士站起身，"最后那一幕……那座小山和那支队伍……那队人……我不认得……我完全不明白它意味着什么……"

"我也不明白。"她不安地回答，"但那不是你的幻象。那是展示给我的。我也不明白它的含义，只是有种奇怪的预感——肯定不是什么好兆头。"

雷声止息。风暴离开了，转向内陆而去。

"她那套占卜纯属骗人。"丹德里恩调整着鲁特琴的琴弦,重复一遍,"欺骗天真小孩的幻象。引导、暗示,仅此而已。你心里想着剑,所以就看到了剑。你还觉得自己看到了什么?前进的尸体?可怕的巨浪?奇形怪状的岩石?有多奇怪来着?"

"就像一把巨大的钥匙。"猎魔人思忖道,"或者两个半截的十字架。"

吟游诗人陷入沉思,然后用手指蘸蘸啤酒,在桌面上画着什么。

"像这样?"

"嗯,很像。"

"见鬼!"丹德里恩猛拨琴弦,将整个酒馆的目光都吸引了过来,"真他妈见鬼!哈哈,我的朋友杰洛特!你曾多少次救我于水火?多少次帮助过我,向我伸出援手?你自己都数不清了吧!好啊,现在轮到我了。也许我能帮你找回那两把鼎鼎大名的宝剑。"

"啊?"

丹德里恩站起身。

"在此,我要为丽塔·尼德女士正名——你最新的征服对象,杰出的占卜师,无人能比的预言家——她在占卜中指出了我知道的某个地方,清清楚楚,明明白白,没有任何值得质疑的余地。走,去找费朗。马上就去。他会动用自己的私人关系帮我们通融,给你颁发通行证,保你从正门大大方方离开城市,免得你再去卫兵室跟那群鹰身女妖打架。我们出城逛逛,反正那地方离这儿不远。"

"去哪儿?"

"我知道你在幻象里看到的巨石。地质学家称之为喀斯特残丘。当地人叫它'狮鹫岩'。那是个很有特色的标志，但也只是个路标而已。有个家伙住在那里，确实有可能知道你那两把剑的下落。我们要去的地方叫'三角堡'。有没有想到什么?"

判断猎魔人之剑的标准,不仅仅在于其做工是否精良,手艺是否精湛。就像不可思议的精灵或侏儒之剑一样——它们的秘密也早已失传——猎魔人之剑的神秘力量取决于用剑者的手法与技巧。另外,附着于剑上的神秘魔法,也能让猎魔人在对抗黑暗势力时所向披靡。

——《冷兵器论》

潘多尔夫·弗提圭拉　著

告诉你们一个关于猎魔人之剑的秘密。有传言说,剑上附有什么神秘魔法,说它们是极其精良的武器,品质无与伦比……其实那都是胡说八道,是编出来的鬼话。之所以敢这么讲,因为我有相当可靠的情报来源。

——《诗歌的半世纪》

丹德里恩　著

第八章

他们一眼就认出了"狮鹫岩"。它在远处也相当惹眼。

◀━━━▶

他们要去的地方大致位于凯拉克与希达里斯中间,距离连接两座城市的道路——它蜿蜒穿过森林与遍布岩石的荒野——稍微有些距离。路途不远也不近,所幸他们可以用闲聊打发时间,当然大部分话是丹德里恩说的。

"众所周知,猎魔人之剑附有魔法。"诗人说,"刨除导致不举的谎话,其中肯定包含了某些真相。你的剑不一般,对此你有何评论?"

杰洛特拉紧母马的缰绳。长时间待在马厩让洛奇百无聊赖,它对奔跑的渴望正在不断增加。

"当然有。我的剑不是普通兵器。"

"据说,你们猎魔人兵器里的魔法之力对怪物尤其致命,而这力量来源于打造它们的钢铁。"丹德里恩故意无视杰洛特讽刺的语气,"来自那种金属本身,也就是从天空坠落的陨星里找到的矿石。为什么?陨星又不是魔法产生的,那是种自然现象,用科学就可以解释。所以那种魔力从何而来?"

杰洛特看着北方暗沉的天空。看起来,另一场风暴正在酝酿,多半会淋得他们全身透湿。

"我记得,"他用问题回答问题,"你在大学学过全部人文七艺?"

"本人以最优成绩毕业。"

"你在进修四艺①中的天文课程时,听过林登布罗格教授的讲座对吧?"

"老头子林登布罗格,外号'瞎扯淡'那位?"丹德里恩笑出了声,"当然!我还记得他一边挠背,一边用教鞭轻敲地图和地球仪,一边用枯燥的口吻发表长篇大论的情景。'那个……《论世界之星球》,关于四大元素的部分……就是地、气、水、火。"地"和"水"构成星球,四周环绕的是……呃,空气,就是"气"。在空气之上,呃,绵延着……以太,炽热之气,或者说"火"。火的上方是"隐约星辰之天",俗称"穹苍",就是自然形成的天球。其中既有游移飘荡的"游星",也有恒定不动的"恒星"……'"

"不知道我该佩服你哪一点,是你在模仿方面的天赋,还是你的记忆力?"杰洛特哼了一声,"回到我们感兴趣的话题:陨星,就是那位'瞎扯淡'教授提到的游星,或者流星之类——划破穹苍,坠落于地,埋进古老而肥沃的土壤,途中穿透所有界域,包括元素界域,以及传说中存在的副元素界域。众所周知,元素和副元素蕴藏着强大的能量,

---

①指中世纪的算术、几何、天文、音乐四门学科。

是所有魔法与超自然力量的源头，穿过各个界域的陨星会吸收并保留那些能量。用陨星熔炼钢铁，打造刀剑，其中就会含有那些元素。所以它是魔法造物。整把剑都是。论证完毕。你听明白了？"

"当然。"

"然后忘了吧。因为都是我胡扯的。"

"啥？"

"胡扯的，瞎编的。你没法在草丛里随便翻翻就能找到陨星。在猎魔人用过的刀剑里，超过半数材质是磁石矿里提炼的钢铁。我用的也是。它们跟从天而降、吸饱所有元素的陨星一样好用，没有半点差别。但还请你保守秘密，丹德里恩，别告诉任何人。"

"什么？让我保密？你不能这样！如果知识不能拿来炫耀，那知道它还有何用？"

"拜托。我宁可别人把我当成拥有超自然武器的超自然生物。他们雇我，付我酬劳，图的就是这个。反过来说，正常等于平凡，平凡意味着廉价。所以我请求你闭上嘴巴。能答应吗？"

"好吧好吧。我答应。"

◆─────◆─────◆

他们一眼就认出了"狮鹫岩"。它在远处也相当惹眼。

的确，只要一点点想象力，你就会觉得那确实很像狮鹫伸长的脖子。但在丹德里恩看来，那块巨石更像鲁特琴或其他弦乐器的琴颈。

所谓"狮鹫岩"其实是座孤山，傲然俯视着一片巨大的喀斯特岩溶坑。杰洛特想起了自己听过的故事：那片岩溶坑又称"精灵要塞"，因为它边缘整齐,让人想起古代建筑的废墟,其中有墙壁、高塔、棱堡,以及该有的一切。不过这里从未有过任何要塞,也没有精灵。岩溶坑是天然形成的,可谓鬼斧神工,半点不假。

"那边,"丹德里恩踩着马镫站起身,指着前方,"看到没?那就是我们的目的地,三角堡。"

这个名字非常贴切,因为孤山呈巨大的三角形,外观整齐得惊人,如棱堡一般直指"精灵要塞"。三角形中间有座真正的堡垒,周围是建有墙壁的防御工事。

杰洛特想起了三角堡的传闻,还有居于此地的某个人。

他们离开道路,转向三角堡。

第一道墙有好几个入口,都有全副武装的卫兵把守,从五颜六色、样式各异的服装判断,他们是雇佣兵。头一个岗哨就拦住二人。尽管丹德里恩大声抗议,说有人安排好了这次会面,还声称他与诸位队长关系良好,但卫兵们不由分说,命令二人下马等候。等了好久,杰洛特都不耐烦了,终于来了个像是苦刑犯的壮汉,叫他们跟上自己。他带着二人兜了个大圈,绕到防御工事后方,他们听到营地中央传来阵阵喧哗与音乐声。

他们穿过一座吊桥。吊桥对面倒着个男人,意识模糊,两手摊开,脸上沾满鲜血,肿得几乎看不到双眼,他呼吸沉重,破碎的鼻子随着每次呼气喷出血泡。领路的壮汉看都不看他一眼,杰洛特和丹德里恩也只好假装没看见。身处此地,就不该表现出过剩的好奇心,不该插手三角堡的任何闲事。根据传闻,乱管闲事的人会被剁掉手掌,正所谓"在哪儿插手,就把手插在哪里"。

壮汉领着他们经过一间厨房。厨子们往来忙碌,大锅冒泡翻腾,杰洛特看到锅里正在烹煮螃蟹、龙虾和小龙虾。海鳗在水缸里扭动,蛤蜊和贻贝在锅子里炖煮,肉在硕大的平底煎锅里嘶嘶作响。仆人们端着盛满菜肴的托盘和碗,沿着走廊奔向别处。

下一间房变了模样,充斥着香水和化妆品的味道。十多个女人在一排镜子前梳妆打扮,衣着十分随意,有的甚至一丝不挂,纷纷七嘴八舌聊着天。杰洛特和丹德里恩尽量板着脸,不让自己的目光肆意游荡。

再下一间房,二人接受彻底的搜身。对方表情严肃,手法专业,态度果断。他们没收了杰洛特的匕首。从不携带武器的丹德里恩被收走了一把梳子和一把螺丝锥,对方考虑片刻,允许他带上自己的鲁特琴。

"尊主前面有椅子,你们可以坐上去。"最后,二人得到指示,"坐好了,在尊主下令前不要起身。尊主说话时不许插嘴。除非尊主许可,否则你们不要说话。现在可以进去了,穿过这扇门。"

"尊主?"杰洛特嘀咕道。

"以前他是个祭司。"诗人同样嘀咕着回答,"不过别担心,他不怎么看重祭司那套规矩。属下总得找个名头称呼他,他又不喜欢'老板'这种叫法。我们就没必要叫他什么尊主了。"

他们走进门,立刻被某个东西挡住去路。那东西像山一样高,散发着浓重的麝香味。

"你好啊,米奇塔。"丹德里恩向那肉山问好。

巨人米奇塔显然是那位"尊主"老板的保镖。他是混血儿,是食人魔与矮人杂交的产物。身高超过七尺的秃头矮人,几乎没有脖子,留着卷曲的胡须,牙齿像野猪一样凸出,双臂长及膝盖。这样的混血相当罕见，因为两个种族的基因有着巨大的差异。米奇塔这样的存在不可能自然诞生，肯定需要极其强大的魔法的帮助——顺便一提，还得是严禁使用的魔法。有传言说，许多巫师违反了禁令，现在证据就摆到了杰洛特眼前。

二人按规矩坐在两张柳条椅上。杰洛特打量周围。最远处的房间一角，两个衣不蔽体的年轻女人在一张大号躺椅上取悦彼此。一个男人，矮小、驼背、相貌平凡又不起眼，身穿宽松的绣花长袍，头戴装饰流苏的平顶毡帽，一边看着她们，一边在喂狗。他把最后一块龙虾肉喂给狗，擦了擦手，转过身。

"欢迎，丹德里恩。"他坐到二人面前，屁股下的柳条椅活像一张宝座，"你好，利维亚的杰洛特大师。"

"尊主"大人派洛尔·普拉特，这片地区公认的犯罪组织首脑，绝非浪得虚名。他看上去就像个退休的丝绸商人，即使去参加退休丝绸商人的野餐聚会也不会显得突兀，不会被人看穿身份，至少从远处看不会。但若离近，你就能在他身上发现丝绸商人不该有的东西——颊骨处一条褪了色的旧伤疤，那是刀子留下的痕迹；他单薄而丑陋的嘴唇总是吓人地扭曲着；明亮的淡黄色眼睛仿佛巨蟒一般，眨也不眨。

很长一段时间，没人打破沉默，只有乐声和喧闹从外面某处传来。最后还是派洛尔·普拉特首先开口："欢迎二位到来，见到你们让我十分高兴。"光听声音，就知道他对简单蒸馏的廉价劣酒无比热爱。

"唱歌的，尤其欢迎你的到来。""尊主"朝丹德里恩露出微笑，"自从你在我孙女的婚礼上表演之后，我们就再没见过你。我刚好想到了你，因为我又有个孙女急着结婚。看在过去的情分上，这回你不会再拒绝了吧？如何？你愿意在婚礼上献唱吗？不需要我像上次一样反复求你吧？我不用……再三说服你吧？"

"我会唱的，会唱的。"丹德里恩匆忙向他保证，脸色微微发白。

"今天你是来问候我的健康吗？"普拉特续道，"哦，糟透了。我是说，我的健康糟透了。"

丹德里恩和杰洛特没说话。那头矮人食人魔散发出浓烈的麝香味。派洛尔·普拉特重重地叹了口气。

"我得了胃溃疡和厌食症，"他宣布说，"所以饭桌上的乐趣我是无福消受了。医生诊断我有肝病，叮嘱我不可饮酒。我患了椎间盘突出，颈椎和腰椎都受到影响，以后没法再享受打猎和其他极限运动的乐趣了。我看病吃药花费了大笔钱财，过去这些都可以拿来赌博。必须承认，我的命根子还竖得起来，但很难保持坚挺！这玩意儿带给我欢乐之前，首先得解决一大堆麻烦……所以我还剩下什么？嗯？"

"政治？"

派洛尔·普拉特放声大笑，连毡帽上的流苏都晃动起来。

"答得漂亮，丹德里恩。你还是这么聪明。政治，哦，是啊，这是我仅存的乐子了。当初我不怎么愿意掺和这些事。我本想靠卖淫业谋生，打算投资妓院，时间久了却开始与政客周旋，由此认识了不少人。后来我决定，还是放弃靠妓女赚钱的念头，因为妓女至少还有点荣誉感，某种程度上还算有些原则。不过话说回来，在市政厅管事可比在妓院强多了。俗话说得好，要么当国王，要么当山大王。还有句古话说，打不过就加入……"

他停下来，伸长脖子，看向躺椅。

"别这么蜻蜓点水的，姑娘们！"他大吼道，"不许敷衍了事！多来点激情！唔……我说到哪儿了？"

"政治。"

"哦，是啊。不过等会儿再说政治吧。你，猎魔人，你著名的宝剑被人偷了。我能有幸招待你，是因为这件事吧？"

"这么说也没错。"

"有人偷了你的剑。"普拉特点点头，"真是巨大的损失，对吧？十分惨重。无法挽回。哈，我总说凯拉克遍地都是贼。众所周知，只要给他们一丁点儿机会，任何没钉牢的东西都会被他们卷走。他们还总带着撬棍，好找机会弄走钉牢的那些。"

"调查应该还在继续吧？"片刻后，他接着说，"费朗·德·雷天哈普采取行动了？正视现实吧，先生们，你们不能指望费朗展现奇迹。无意冒犯，丹德里恩，可比起调查官，你那位亲戚还是更适合当会计。对他来说，书本、法典、条款和规矩就是一切，好吧，还要加上证据、证据，还是证据。就像山羊和卷心菜的故事，你们听说过吧？有人曾把山羊和卷心菜一起关进粮仓。到了早上，卷心菜不见了，那只山羊拉的屎是绿色的。但没有证据，也没有证人，所以他们决定撤销案件，**就此结案**。我可不想当什么预言家，猎魔人杰洛特，但你丢剑的案子多半也会是同样结果。"

杰洛特同样不予置评。

"第一把是钢剑。"派洛尔·普拉特用戴着戒指的手揉揉下巴，"陨星钢，取自陨星的铁矿石，在玛哈坎的矮人工坊锻造。全长四十又二分之一寸，剑身二十七又四分之一寸。平衡性堪称完美，剑身与剑柄的重量完全一致，整剑重量不超过四十盎司。剑柄和十字护手做工简单却优雅。

"第二把剑长度与重量相仿，是把银剑。当然了，只有部分是银制。钢制剑心,剑身镶银,剑刃也掺了钢,因为纯银过于柔软,很难保持锋利。十字护手和整个剑身都刻有符文咒语,我的专家无法解读,但无疑含有魔力。"

"真是精准的描述,"杰洛特面无表情地说,"就像你见过那两把剑一样。"

"我的确见过。有人把剑带到我面前,劝我买下。那个掮客声誉绝佳,跟我是老相识了。那人代表宝剑的现任主人来找我,发誓说,两把剑是在索登的古代墓地芬·卡恩找到的,来源完全合法。芬·卡恩出土过无数财宝与文物,一般来说,我没理由质疑这话的真实性。但我还是心存疑虑,所以没买。你在听我说话吗,猎魔人?"

"每个字都听得清清楚楚。我在等你的结论。还有细节。"

"结论是:你帮我,我就帮你。至于细节是要花钱的。情报是有标价的。"

"拜托,"丹德里恩恼火地说,"我是冲着过去的交情来这儿的,还带来一位需要帮助的朋友……"

"在商言商嘛。"派洛尔·普拉特打断他,"我说过了,我的情报是有标价的。如果你想知道那两把剑的下落,利维亚的猎魔人,你得付出相应的价码。"

"价码是多少?"

派洛尔·普拉特从袍子下掏出一枚大金币,递给矮人食人魔。后者用手指毫不费力地掰开,就像掰开一块饼干。杰洛特摇摇头。

"老掉牙的戏码。"他慢吞吞地说,"你给我半枚硬币,日后某一天,甚至几年以后,某人拿着另一半出现,要求我满足他的心愿,让我无条件执行。这可不成。如果是这样的价码,那就免谈。*就此结案*。

"我们走，丹德里恩。"

"你不想拿回你的剑了？"

"还没到这种地步。"

"我猜也是，不过试试总没坏处。我会重新开个价，这次你不会拒绝的。"

"我们走，丹德里恩。"

"你们可以走，但得走另一扇门。"普拉特点头示意，"那一扇。而且得先脱光。除了老二，你们什么都别想带走。"

杰洛特以为自己控制住了面部表情，但他显然错了，因为那个矮人食人魔突然发出警告的咆哮，朝他靠近，抬起一只手，体味也比先前臭了一倍。

"玩笑开过头了吧？"丹德里恩大声说道，他在猎魔人身旁一向胆大又多嘴，"你耍我们，派洛尔，所以我们要告别了，就走刚才进来那扇门。别忘了我是谁！我要走了！"

"我不这么认为。"派洛尔·普拉特摇摇头，"你没那么聪明，但也不至于蠢到试图强行离开。"

为了强调老板话语的分量，矮人食人魔挥了挥一只西瓜大的拳头。杰洛特一言不发。他观察那个巨人很久了，一直在寻找对方不禁踢的脆弱部位。这一脚看来无可避免。

"好吧。"普拉特用手势安抚他的保镖，"我可以再让让步，表现出妥协和善意。本地所有的工业与商业精英、金融家、政客、贵族、祭司，甚至包括一位匿名的王子，今日都齐聚一堂。我答应过给他们看场空前绝后的好戏，而他们肯定没见过光屁股的猎魔人。不过，算啦，我就稍微让个步——你可以只裸着上身出去。作为交换，你会拿到说好的情报,以及额外补贴……"

派洛尔·普拉特从桌上拿起一张纸条。"……两百诺维格瑞克朗,作为猎魔人的退休金。拿着吧,这是吉安卡迪银行的不记名支票,可以在任何支行兑现。你的答复是?"

"何必再问?"杰洛特眯起眼睛,"按我的理解,你已经明确表示我不能拒绝了。"

"你没理解错。我说过,这是你没法拒绝的价码。但在我看来是互惠互利的。"

"拿好支票,丹德里恩。"杰洛特解开夹克纽扣,脱下外衣,"说吧,普拉特。"

"别这样。"丹德里恩的脸更白了些,"还是说,你已经知道门后面有什么了?"

"说吧,普拉特。"

"就像我刚才提到的,""尊主"懒洋洋地靠向椅背,"我拒绝从掮客手里买下那两把剑。但我也说过,因为我熟悉并信任该人,于是提出另一种获利更加丰厚的交易方式。我建议宝剑的主人拍卖它们,就在诺维格瑞的波索迪兄弟拍卖行。那也是规模最大、最负盛名的收藏品集市。珍品、古玩、外国艺术品和各种奇物的爱好者会从世界各地赶来,为了给自己的收藏库添上一件奇珍异宝,那些家伙会像疯子一样出价。各种奇珍异品经常能在波索迪兄弟手上卖出天价。别的地方可卖不了那么贵。"

"接着说,普拉特。"猎魔人脱掉衬衫,"我听着呢。"

"波索迪兄弟拍卖会每个季度举办一次,下一次是在七月十五日。那个贼毫无疑问会带着你的剑出现在那里。只要一点点运气,你就可以在拍卖之前夺回那两把剑。"

"就这些？"

"这些还不够？"

"偷剑贼的身份呢？或者那个捐客？"

"我不清楚偷剑贼的身份。"普拉特回答，"也不会泄露捐客的底细。这是生意。我会遵守法律、规则，以及同样重要的行规。不然我的脸该往哪儿搁？按我对你的要求，我透露的内容已经够多了。带他去竞技场，米奇塔。你跟我来，丹德里恩，我们可以当观众。你还在等什么，猎魔人？"

"这么说，我不能带武器？不光赤裸上身，还要赤手空拳？"

"我向来宾保证过，他们会看到空前绝后的好戏。"普拉特慢吞吞地解释道，就像在跟孩子说话，"舞刀弄枪的猎魔人，他们早就见识过了。"

"也对。"

他发现自己站在竞技场的沙地上，埋进地面的柱子围成一圈，许多提灯挂在铁栏杆上，摇曳的灯光照亮了四周。他听到叫喊声、欢呼声、鼓掌声和口哨声。他在竞技场高处的观众席上看到了人脸、张开的嘴巴，以及兴奋的眼睛。

有个东西来到他对面，也就是竞技场的另一头，然后跳了起来。

杰洛特及时抬起双臂，画出希里奥托普法印，推开来袭的猛兽。观众不约而同发出尖叫。

那只两脚蜥蜴看起来像是双足飞龙，只是个头小得多，好比一条大狗。不过它的脑袋却比双足飞龙大不少，牙齿更多，尾巴更长，尖端细如鞭梢。蜥蜴用力挥舞尾巴，扬起沙子，抽打在柱子上。它低下头，再次扑向猎魔人。

杰洛特做好准备，用阿尔德法印将其击退，但那蜥蜴用尾巴尖端成功打中了他。人群再次高喊。女人放声尖叫。猎魔人发现赤裸的肩头现出一道香肠粗细的肿包，现在他知道为何"尊主"要求自己脱掉衣服了。他也认出了眼前的对手。那是只警蜥，经过特殊培育的魔法变种蜥蜴，可用于巡逻和守卫。看来情况不妙，警蜥似乎把竞技场当成了自己的巢穴，那么杰洛特就是需要制服的入侵者，如有必要，必须消灭。

警蜥在竞技场里绕起圈子，身体摩擦立柱，发出狂怒的嘶嘶声。它再次发起攻击，快到杰洛特来不及画出法印。猎魔人敏捷地避开它的满口尖牙，却躲不过尾巴抽打。先前那块淤肿旁又鼓起一块。

杰洛特用希里奥托普法印再次挡下扑来的警蜥。警蜥围着他绕圈，尾巴嗖嗖地挥舞着。杰洛特用耳朵捕捉到音调的变化，然而一秒过后，尾巴尖端还是抽中了他的脊背，疼得他两眼一花，鲜血顺着皮肤流下。人群随之陷入疯狂。

法印效力减弱。警蜥绕圈速度太快，猎魔人几乎跟不上。他成功避开两次抽打，但没能躲过第三次。这次尾巴尖端抽中他的肩胛骨。他的后背已血如泉涌。

人群在咆哮，看客们大呼小叫，上蹿下跳。其中一人靠在挂着提灯的铁栏杆上，将身子探出护栏，想看得更清楚些。那根栏杆断了，带着提灯滚落到竞技场上。铁栏杆插进沙地，提灯砸中警蜥的脑袋，猛地燃烧起来。警蜥甩开提灯，将瀑布般的火花洒向四周，嘶嘶叫着，脑袋猛蹭竞技场的立柱。杰洛特见有机可乘，从沙地里拔出铁栏杆，经过短暂的助跑，一跃而起，将尖头用力刺进警蜥的颅骨，直接捅个对穿。警蜥挣扎起来，笨拙地拍动前爪，想要奋力摆脱扎穿脑袋的铁栏杆。它用不协调的动作胡乱跳动，最后撞上旁边的立柱，牙齿卡进了木头。它抽搐一阵子，爪子翻搅黄沙，尾巴挥舞不停，最后不再动弹。

欢呼与喝彩声令墙壁也为之震颤。

杰洛特顺着某人放下的绳梯爬出竞技场。兴奋的观众围住他。有个男人拍拍他肿胀的肩膀，杰洛特拼命忍住，才没一拳回敬到他脸上。有个年轻女人亲吻他的脸。另一位年纪更轻的女子用麻纱手帕擦去他背上的血，然后展开手帕，得意地向朋友们炫耀。还有个年长得多的女人从皱巴巴的脖子上取下一条项链，想送给他，但被他的表情吓到，匆忙退回到人群里。

麝香味传来，矮人食人魔米奇塔挤过人群，好似一艘大船破开海草，护送猎魔人离开了这里。

有人叫来医师，后者为杰洛特清理并缝合了伤口。丹德里恩脸色惨白。派洛尔·普拉特神情自若，仿佛什么事都没发生，但猎魔人的表情肯定说明了许多，于是他赶忙开口解释。

"顺便一提，是我下令事先锉断并磨尖那根铁栏杆，让它掉进竞技场里的。"

"感谢你现编的借口。"

"来宾们乐翻天了。就连科庞拉特市长都兴奋得合不拢嘴，要让那个狗娘养的满意可不容易，他对每件事都嗤之以鼻，就像周一早上的妓院一样阴沉。市议会的席位已经是我的囊中物了，哈，也许我还能坐上更高的位子，如果……杰洛特，你愿意每周来表演一次吗？内容都差不多。"

"除非把竞技场里的警蜥换成你，普拉特。"猎魔人愤怒地扭动酸痛的肩膀。

"说得好，哈哈。他可真会说笑，你都听到了，丹德里恩？"

"听到了。"诗人确认道。他看着杰洛特的后背，咬紧牙关。"但他没在说笑，他是认真的。我也同样认真地宣布，我不会在你孙女的结婚典礼上演唱了。既然你用这种方式对待杰洛特，就忘了这茬吧。这句话适用于其他一切场合，包括洗礼和葬礼，连你自己的也在内。"

派洛尔·普拉特瞪他一眼，爬虫似的双眼亮起精光。

"你对我不够尊重，唱歌的。"他慢吞吞地说，"而且不止一次。我该给你上一堂课，教教你如何尊重别人。一堂难忘的……"

杰洛特走近几步，站到他面前。米奇塔喘着粗气，扬起一只拳头，麝香味弥散开来。

"你要不要脸了，普拉特？"猎魔人缓缓说道，"你按规则与同样重要的行规达成一笔交易。你的来宾对这场好戏十分满意。你赢了面子，在市议会赢得一席之地。你也帮到了我，双方心满意足，皆大欢喜，所以我们该告辞了，不带任何恼火与怨恨。可你又在威胁我的朋友，这让你的脸往哪儿搁？我们走，丹德里恩。"

派洛尔·普拉特的脸色微微发白。他转过身去。

"我本打算为你们设个晚宴。"他倒背双手，"既然你们赶时间，我就不留二位了。你们应该庆幸，因为我允许你们平安地离开三角堡。通常来说，对我不够尊重之人必将受到惩罚。但我可以饶过你们。"

"很好。"

普拉特转回身。

"你说什么？"

杰洛特直视他的双眼。"你算不上特别聪明，只是喜欢卖弄小聪明而已。好在你也没蠢到试图强行挽留我。"

他们离开孤山，来到路边一片杨树丛。杰洛特勒住马，侧耳聆听。

"有人跟踪我们。"

"该死！"丹德里恩牙关打颤，"谁？普拉特的打手？"

"是谁不重要。走，用你最快的速度赶回凯拉克，躲到你堂兄那里。明天一早拿上支票去银行。然后我们在'螃蟹与雀鳝'碰头。"

"那你呢？"

"不用担心我。"

"杰洛特……"

"闭上嘴，甩鞭子。走啊。快！"

丹德里恩听从他的命令，在马鞍上身体前倾，催促马儿飞奔。杰洛特转过身，平静地等待。

骑手自黑暗中现身。一共六人。

"猎魔人杰洛特。"

"是我。"

"跟我们走。"最前面那位嗓音嘶哑，朝杰洛特的坐骑伸出手，"别做蠢事，听到没？"

"放开我的缰绳，不然我先让你尝尝苦头。"

"别做蠢事！"骑手抽回手，"也别激动。我们不是强盗，只是依法听命而已。我们在执行王子的命令。"

"什么王子？"

"你会知道的。跟我们走。"

他们策马上路。杰洛特想起普拉特的话：某个王子匿名待在三角堡。情况不妙。跟王子打交道很少让人心情愉快，而且很少会有什么好结果。

他们没走太远，来到十字路口一家灯火通明、炊烟袅袅、香气扑鼻的旅店。几人进入旅店大堂，发现这里没几个人，只有少数商人在吃夜宵。两个身披蓝色斗篷、带着武器的男人守住包间入口，服色与衣服式样跟护送杰洛特那些人一般无二。几人走进包间。

"殿下……"

"出去吧。你坐，猎魔人。"

一个男人坐在桌边，肩披与手下类似的斗篷，只是刺绣华丽得多。他用兜帽遮住脸，虽然这毫无必要，因为桌上那盏油灯只能照亮杰洛特，神秘的王子全身都笼罩在阴影之中。

"我在普拉特的竞技场里见到了你。"他说，"的确是场惊人的表演。纵身跃起，自上而下用力一击，加上全身的重量……那把武器，尽管只是根铁栏杆，却像刺穿黄油的刀子一样扎透了那只蜥蜴的颅骨。我觉得，这么说吧，如果换成猎熊矛或长枪，肯定能刺穿锁子甲，甚至板甲……你觉得呢？"

"天色已晚，我已经犯困了，觉不出什么。"

阴影里的男人哼了一声。

"那就不浪费时间，直接开门见山好了。我需要你，猎魔人，去做一件猎魔人的差事。不知何，看来你也需要我。比我自己的需要还更迫切。

"我是凯拉克的山德王子。我希望,强烈希望,成为凯拉克的国王山德一世。目前的凯拉克国王是我父亲贝罗恒,这点令我十分遗憾,也对国家无益。那个老不死的,无论身体还是头脑都很健康,恐怕还能统治二十多年。我没时间、也没耐心等那么久了。唉,就算我等,也没法确保能继承王位,因为那老骨头随时可以指定新的继承人。他的儿女实在太多了,眼下还打算再生一个。他准备在收获节宴会期间举办一场豪华而盛大的婚礼,而这将大大超出国库的预算。这个守财奴每晚会跑去花园解手,免得磨损夜壶上的珐琅,却要在婚宴上花掉山一样高的金子,把国库掏空抹净。我会成为更好的国王。问题是,必须尽快,越快越好。所以我需要你。"

"我提供的服务不包括宫廷政变和刺杀国王,而这恐怕就是殿下您的打算。"

"我要当上国王,登上那张宝座,就不能让我父亲继续当下去。还要排除我兄弟继承王位的可能性。"

"刺杀国王,外加手足相残。不,殿下。我必须拒绝。很遗憾。"

"撒谎。"阴影里的王子厉声道,"你才没觉得遗憾。还没有。但你会的,我保证。"

"请王子殿下谨记,用死亡威胁我是没用的。"

"谁提死亡了?我是王子,不是杀人犯。我提的是选择,是你能否获得我的青睐。照我说的做,你就能得到我的青睐。你绝对需要这个,相信我。你还在等待法庭审判与金融诈骗裁决,接下来几年恐怕要在桨帆船上服苦役。你以为自己摆脱困境了?以为你的案子已经撤销了?以为女巫尼德被你睡了几回就会收回指控,结案了事?你错了。安塞吉斯行政官阿尔伯特·斯穆尔卡已经做了证,他的证词暗示你有罪。"

"他的证词是假的。"

"那可难说。"

"有罪才需要证明。无罪不需要。"

"这笑话不错,能让人笑掉大牙。但我是你就笑不出来啦。看看这些。这些是档案。"王子把一叠纸丢到桌上,"经过担保的证词,是证人们的供述。在西兹玛镇,有个受雇的猎魔人解决了一头鬣狮,票据上写了七十克朗,实际酬劳是五十五,差额与当地官员平分。索托宁村,猎杀一只巨蜘蛛,根据票据,酬劳是九十克朗,根据市议员的证词,实际酬劳是六十五。在提伯吉恩杀死一只鹰身女妖,票据为一百克朗,实际支付七十。还有更早之前的诈骗与勒索。你在佩特里斯坦城堡解决了一只根本不存在的吸血鬼,让城主掏了整整一千奥伦。你为古阿梅兹的一只狼人解除了咒语,将它变回普通人,听说酬劳是一百克朗。但这事十分可疑,解除这样的咒语,价格是不是太低了?还有蓝刺怪,或者说,你带给马丁德尔坎波的市议员,谎称是'蓝刺怪'的什么东西。兹格拉金镇外公墓的几只食尸鬼,花了当地人八十克朗,可惜没人看到尸体,因为它们,哈哈,都被其他食尸鬼分吃了。你怎么说,猎魔人?这些都是证据。"

"殿下您又错了。"杰洛特反驳道,"这些不是证据,是编造的谎言,拙劣的诽谤。没人在提伯吉恩雇过我,我也从没听说过什么索托宁村,因此那些地方的票据都是伪造的,要证明这些肯定不难。至于我在兹格拉金镇杀死的食尸鬼,它们确实,哈哈,都被其他食尸鬼分吃了,因为这是食尸鬼的天性。从那以后,埋进公墓的尸体都能自然分解,因为幸存的食尸鬼都搬了家。剩下的胡言乱语更是不值一驳。"

"法庭会根据这些证词对你提出诉讼,"王子将一只手按在纸堆上,

"这会持续很长时间。它们是真的吗？谁说得清？法庭会做出怎样的判决？又有谁在乎？这些都毫无意义。重点在于，恶名会传播开来，永远跟着你，直到你人生的最后一天。

"有些人会对你嗤之以鼻，但仍会容忍你，视你为小恶，因为你会杀掉威胁他们的怪物。"他续道，"有些人对你的变种人身份忍无可忍，觉得你又恶心又讨厌，把你看做非人生物。另有些人怕你怕得要死，同时对自己心中的恐惧深恶痛绝。你所做的一切，都会被他们忘得一干二净。凌厉的杀手声望与邪恶的法术威名都将消逝无踪，就像风中的羽毛，只剩下厌恶和恐惧。在他们的记忆里，你只是个贪得无厌的骗子和窃贼。昨天害怕你和你的法术之人，在你出现时移开视线、吐口水、偷偷握紧护身符之人，明天会放声大笑，用手肘撞撞同伴，说：'瞧啊，那就是猎魔人杰洛特，卑鄙的骗子和无耻的诈骗犯！'如果你不接受我的委托，我就毁了你，猎魔人。我会毁掉你的名声，除非你为我效命。做决定吧。你答不答应？"

"不。"

"别以为你的费朗·德·雷天哈普，或者你的红发女巫情人能帮上你什么忙。指控官不会拿自己的前途冒险，巫师会也不会允许那个女巫卷入诉讼。司法机器将你卷进齿轮时，没人会伸出援手。我再说一次。做决定吧。你答不答应？"

"不。绝对没门，王子殿下。藏在小屋里的人也可以出来了。"

令杰洛特意外的是，王子竟然嗤笑一声，单手拍了拍桌子。门开了，一道人影走出旁边的小屋。尽管光线昏暗，但那人影却很眼熟。

"你赢了，费朗。"王子说，"明天找我书记官领钱吧。"

"谢谢，王子殿下。"作为回应，王家指控官费朗·德·雷天哈普略微鞠了一躬,"但对我来说,这场赌局只有象征意义,为了证明我对自己的看法有多么坚定。我并不在乎钱财……"

"你赢的钱,"王子打断他,"对我也有些象征意义,就像印在钱上的诺维格瑞铸币厂徽章与执政君王的侧身像一样。你们二位要明白,我也是获胜者。我赢得了自以为早已失去、且无法挽回的东西——对他人的信任。利维亚的杰洛特,费朗对你的表态无比确信。必须承认,起先我觉得他很幼稚。我本以为你会屈服。"

"所有人都有收获。"杰洛特酸溜溜地说,"那我呢?"

"你也一样。"王子的表情严肃起来,"告诉他,费朗。让他明白事情的严峻性。"

"驾临此地的艾格蒙德王子殿下,"指控官解释道,"屈尊扮演了他弟弟山德的角色。在象征意义上,还代表了其他兄弟,那些觊觎王位之人。王子怀疑,山德或其他兄弟会利用碰巧来此的猎魔人夺取王位。所以我们安排了这场……戏。现在我们知道,就算真发生这种事……就算真有人这么提议,王族的青睐也无法打动你。威胁和勒索同样吓不倒你。"

"好吧。"猎魔人点点头,"我也很佩服您的天赋。王子殿下轻而易举就进入了角色。在您屈尊对我的评价、看法和描述里,我没感到半点虚假。恰恰相反,我只感受到绝对的真诚……"

"这场戏自有其目的。"艾格蒙德打破难堪的沉默,"我的目的已经达成,也就没必要向你过多说明。而你在金钱方面也将有所收获,因为我确实打算雇佣你,给你一份丰厚的酬劳。告诉他,费朗。"

"艾格蒙德王子担心有人谋害他父亲贝罗恒王。"指控官说,"可能会在收获节宴会时举办的婚礼上动手。如果有人……比如某位猎魔人……到时能负责国王的安全,王子便会安心许多。对,对,别打断我,我们知道,猎魔人不是保镖。他们之所以存在,是为保护人民不受危险魔法、超自然与非自然怪物的伤害……"

"书里是这么写的,"王子不耐烦地打断他,"但在现实生活中可没这么简单。猎魔人会受雇保护车队,穿过满是怪物的荒野和偏僻的森林。不过有时,袭击商人的并非怪物,而是普普通通的强盗,猎魔人虽不随意攻击人类,但也会恪尽职守。我有理由担心,婚礼期间,国王有可能遭到……石化蜥蜴的袭击。你能接下任务,保护他不被石化蜥蜴伤害吗?"

"要看情况。"

"什么情况?"

"看这是不是个圈套。看我会不会成为下一个圈套的目标。比如您某位兄弟的圈套。我敢打赌,您家里擅长演戏的人肯定不止一个。"

费朗火冒三丈。艾格蒙德一拳砸在桌上。

"说话要留神。"他厉声道,"别忘了你自己是谁。我问你要不要接受。回答!"

"我可以保护国王不受假想中的石化蜥蜴伤害。"杰洛特点点头,"不幸的是,我的剑在凯拉克被偷了。执法部门至今仍未发现盗贼的下落,而且他们也不怎么想出力。没有剑,我谁都保护不了。基于客观原因,我只能拒绝这份工作。"

"如果问题只是你丢了剑,那它就不算问题。我们会找回来的。对吧,指控官大人?"

"这是一定的。"

"你看,王家指控官给出了肯定答复。如何?"

"首先得找回那两把剑。这是一定的。"

"真顽固。不过就这样吧。我要强调一点,你会得到相应的酬劳。而且我保证,你不会觉得我是个吝啬的人。至于其他好处,如果你愿意,可以马上得到其中一部分,作为预付金和我善意的表示。你可以认为,这件诉讼案已经撤销了。正式手续仍会进行,官僚机构一向慢慢吞吞,但你可以相信,你已经摆脱了嫌疑,从此是个自由身了。"

"我感激涕零。那些证词和票据呢?西兹玛的鬣狮和古阿梅兹的狼人呢?那些档案呢?王子殿下屈尊用来……当作表演道具的那些东西呢?"

"这些档案会留在我这儿。"艾格蒙德盯着他的眼睛,"存放在安全的地方。这是一定的,绝对安全。"

◆—|◀   ▶|—◆

回到城里时,贝罗恒王的午夜钟声刚好敲响。

值得高兴的是,珊瑚保持了冷静与克制。她知道怎么控制情绪,就连嗓音都毫无变化。好吧,几乎没有。

"谁干的?"

"一只警蜥。就是某种蜥蜴……"

"蜥蜴帮你缝合了伤口?你让一只蜥蜴帮你缝合伤口?"

"伤口是医师缝合的。那只蜥蜴……"

"叫蜥蜴见鬼去!玛赛珂!拿手术刀、剪刀,还有镊子。针和肠线、水苏灵药、芦荟汤剂、奥托兰软膏。敷布和消毒敷料。准备好芥菜籽和蜂蜜药膏……快去,小丫头!"

玛赛珂迅速服从命令。丽塔开始手术。猎魔人坐下来,沉默地忍着痛楚。

"不懂魔法的医师就该取消从业资格。"女术士缝合伤口,慢吞吞地说,"在大学里听听讲座能死吗?他们可以缝合检验后的尸体,但不该允许他们碰触活着的病患。恐怕我没法活着看到那天了——简直跟常理背道而驰。"

"不光只有魔法能治病。"杰洛特冒险提出观点,"还有很多人需要医生。专攻治疗的巫师并不多,许多巫师又不愿治病救人。他们要么没时间,要么觉得不值当。"

"他们没错。人口过剩的后果是灾难性的。那是什么?你手里在摆弄什么?"

"那只警蜥身上的东西。牢牢固定在它的外皮上。"

"你把它扯下来,是要当作获胜的纪念?"

"是要拿给你看。"

珊瑚仔细查看了那块椭圆形的黄铜板,它有孩童手掌大小,上面刻着符号。

"这也太巧了吧。"她把芥菜籽磨成的药糊涂在他背上,"刚好你要去那边。"

"是吗?哦,对,没错,我都忘了。你的同行,还有他们要我参与的计划。计划终于成形了?"

"没错。我收到消息,他们要你去里斯伯格城堡。"

"要我去?真荣幸。去里斯伯格,见那位大名鼎鼎的奥托兰?我肯定不能拒绝吧?"

"反正我不建议你拒绝。他们要你立刻动身。考虑到你有伤在身,打算什么时候出发？"

"考虑到我有伤在身，就得你来告诉我喽。你才是医师。"

"我会的，但不是现在……现在嘛……你要离开一阵子，我会想念你的……现在感觉如何？能不能……玛赛珂，没你的事了。回房间去，别来打扰我们。你在坏笑什么？要我把它永远冻结在你嘴边吗？"

插曲

丹德里恩《诗歌的半世纪》
（从未正式出版的草稿）

没错，猎魔人欠我很多。而且每天都会欠上更多。

正如你们所知，拜访三角堡的派洛尔·普拉特之行充满了骚乱与血腥，但也带来了一些好处。杰洛特发现了偷剑贼的线索，某种程度上，这要归功于我，是我凭借自己的聪明才智带着他去了三角堡。接下来那天，也是我，而非别人，帮杰洛特找到了称手的新武器。看着他手无寸铁让我于心不忍。你是不是想说，猎魔人从来剑不离身？想说他是精通各种武艺的变种人，比普通人强壮一倍，快上十分？谁能用制桶匠的橡木板三下五除二打倒三个手持凶器的暴徒？何况他还会施展法印，而法印绝非普通兵器可比？这都没错，但剑就是剑。他一再强调，没剑的感觉就像赤身露体。所以我特意为他弄来了一把。

你们也知道，普拉特给了我和猎魔人一些金钱奖励，数额算不上慷慨，但聊胜于无。第二天，按照杰洛特的指示，我带着支票匆忙赶去吉安卡迪银行的支行，兑换了现金。我站在那里，四下张望，随后发现有人在仔细地观察我。那是位女士，年纪不太大，但也算不上青春洋溢，衣着优雅而有品味。我对女士爱慕的目光并不陌生，许多女性都抵抗不了我狂野而阳刚的面容。

那位女士突然朝我走来，说她叫雅缇瑞·安斯德，自称认识我。哈，多神奇啊！所有人都认识我。无论我去哪儿，我的名声都能抢先一步。

"我听到一些消息，尊敬的诗人阁下。"她说，"您的同伴猎魔人，利维亚的杰洛特，遇到了麻烦。我知道他丢了武器，急需一把新的。我也知道，质量上乘的宝剑很难找，而我碰巧有一把，是我已故的丈夫留下的，愿诸神怜悯他的灵魂。此时此刻，我来这家银行，就是为了出售这把剑，不然一个寡妇要剑有什么用？这家银行给它估了价，希望帮我代销。但我急需现金，因为我必须偿还亡夫的债务，免得债主们纠缠不清。因此……"

说到这里，那位女士拿起一卷锦缎，展示其中包裹的一把剑。诸位，那可是件奇珍异宝，像羽毛一样轻巧。剑鞘优雅又有品味，剑柄外包蜥蜴皮，十字护手镀了金，剑柄圆头镶着一颗鸽蛋大小的碧玉。我拔出剑，简直不敢相信自己的眼睛——就在十字护手上方，剑身上有个太阳形状的开孔，孔洞上方有行铭文：*出鞘必有因，得荣方归鞘*。也就是说，这把剑是在尼弗迦德的维罗里丹城铸造的，那里的武器锻造厂举世闻名。我用拇指肚碰碰剑刃——我敢发誓，它就像剃刀一样锋利。

但我可不是傻瓜，所以什么也没说。我冷淡地看了看在周围忙碌的银行职员，还有一位正在擦拭黄铜门把的老妇人。

"吉安卡迪银行，"小寡妇说，"给这把剑估价两百克朗，要在他们这里代售。如果是能马上到手的现金，一百五十也行。"

"呵呵，"我回答，"一百五可是笔大钱。都能买栋房子了。一栋小房子，就在郊区。"

"哦，丹德里恩阁下，"女人绞着双手，流下一滴眼泪，"你在嘲笑我。你太残忍了，先生，居然趁火打劫一个寡妇。可我已经走投无路了，好吧，一百！"

就这样，亲爱的各位，我解决了猎魔人的问题。

我急忙赶到"螃蟹与雀鳝"，杰洛特正在桌边享用熏猪肉和炒蛋。哈，他肯定在红发女巫那里吃过香葱和白奶酪当早餐了。我大步上前，"啪"的一声把剑拍在桌上，让他瞪大了眼睛。他丢下勺子，拔剑出鞘，仔细察看。虽然他的脸像石头一样刻板，但我早就习惯了那副变种人似的表情，知道他的情绪很少外露。不管多么喜悦和开心，他都不会表现出来。

"花了多少？"

我本想回答不关他的事，但转念一想，付款时用的是他的钱，于是坦言相告。他捏捏我的胳膊，一言不发，脸上毫无变化。还是老样子，简单却又真诚。

然后他告诉我，他要出发了。一个人去。

"我希望你留在凯拉克。"他预料到我的抗议，"记得睁大眼睛，竖起耳朵。"

他把昨天的事告诉了我，说了昨晚与艾格蒙德王子的谈话。他一直在摆弄那把维罗里丹剑，像个拿到新玩具的小孩子。

"我不想为王子效力，"他总结道，"也不想在八月以保镖身份参加王家婚礼。艾格蒙德和你堂兄相信自己很快就能抓到偷剑贼，但我对此并不乐观。对我来说，抓不到反而更好。找到我的剑，艾格蒙德就可以要挟我。我更希望七月时亲自赶去诺维格瑞，在波索迪兄弟拍卖之前，靠自己的力量抓到偷剑贼。至于你，丹德里恩，把嘴闭上。别让任何人知道普拉特告诉我们的事。谁都不行，包括你那位指控官堂兄。"

我答应会守口如瓶。他却用奇怪的眼神看着我，好像不相信我似的。

"不过世事难料，"他续道，"我必须有个后备计划，所以我想尽可能了解艾格蒙德和他的兄弟姐妹，了解所有可能觊觎王位之人，了解国王本人，还有整个亲爱的王室。我想知道他们在计划什么，密谋什么，谁跟谁联手，有哪些派系正在活动，诸如此类。明白了吗？"

"我猜，你不想把丽塔·尼德卷进来。"我说，"我觉得这是对的。那位红发美女肯定很了解你感兴趣的这些事，但首先，她与本地国王往来太多，没法两面讨好；其次，你想尽快逃走，永远不再回来，这事可不能告诉她，不然她的反应会相当激烈。你亲身体会过，女术士不喜欢别人突然消失。"

"至于其他要求，"我保证说，"你可以相信我。我会眼观六路、耳听八方的，何况我还熟悉亲爱的本地王室，听说过许多小道消息。我们亲爱的国王贝罗恒育有众多子女，还经常更换老婆。每次他找到新老婆，原来那位就会及时撒手人寰——命运就是如此不公，她们的身体会突然衰弱，所有医生都束手无策。如今国王有四位婚生子，每位都是不同的母亲生的。众多女儿不算在内，毕竟她们没法登上王位。私生子也暂且不算。但有件事需要注意，诸位公主的丈夫占据了凯拉克所有的重要职位——我堂兄费朗是个例外——而国王的私生子负责管理商业和工业部门。"

我注意到,猎魔人听得很认真。

"四位婚生子,"我继续说下去,"按年龄顺序,首先是长子。我不知道他叫什么,宫里禁止提到他的名字。他跟他父亲曾经大吵一架,从此离开王宫,消失得无影无踪,再也没人见过。次子艾尔默是个精神错乱的醉鬼,所以被关了起来,这本该是国家机密,但在凯拉克却无人不知无人不晓。觊觎王位的两个儿子,一个叫艾格蒙德,一个叫山德,他们彼此憎恨,狡猾的贝罗恒利用这点,让二人相互制约,举棋不定。在继位问题上,国王经常大张旗鼓地关照某个私生子,用种种承诺挑逗他们。现在有流言说,他会在收获节正式迎娶一个新老婆,而她生下的儿子将戴上王冠。

"但我和我堂兄费朗认为,这些纯属花言巧语,那个老混蛋只想借此勾起年轻新娘的性欲而已。毕竟艾格蒙德和山德才是真正意义上的王位继承人,真发展到政变那一步,挑头的也只能是他们二人之一。我通过堂兄的介绍见过他俩。在我的印象里,他俩都像蛋黄酱里的粪蛋一样滑溜,你应该明白我的意思。"

杰洛特说他知道,他跟艾格蒙德谈话时有过同样的印象,只是没法用如此贴切的字眼表达出来。然后他陷入深思。

"我很快就会回来。"最后他说,"你也不要闲待着,记住,眼睛放亮一点。"

"是朋友的话,"我说,"道别之前,麻烦你好好讲讲那个女巫的学生。她有一头顺滑的长发,活像玫瑰花蕾,只要一点点努力,就能绽放得愈发娇艳。所以我决定为她献上……"

杰洛特的表情突然变了，他一拳砸在桌上，让杯子都跳了起来。

"唱歌的，别用你的狗爪子碰玛赛珂。"他用毫无敬意的语气数落我，"想都别想。你心里没数吗？对女术士的学生来说，哪怕最普通的调情也是严格禁止的。只要有一丁点儿迹象，珊瑚都会认定她不值得教导，会把她赶回学校，而这对她可是奇耻大辱。你也别去惹珊瑚的麻烦，她可没什么幽默感。"

我本想建议他用鸡毛逗弄她的股沟，哪怕最没幽默感的女人，也能被这招逗得哈哈大笑。但我什么也没说，因为我了解他。他受不了别人对他的女人不尊重，哪怕是露水夫妻也不行。于是我以自己的荣誉发誓，不会试图窃取那位女学徒的贞操，甚至不会去挑逗她。

"如果你真这么心痒难耐，"准备离开时，他心情好了些，"那我告诉你好了，我在本地法院认识了一位女律师，她可能有这方面的需要。去追求她吧。"

想都别想。怎么，他以为我会去试探司法人员的深浅？

不过话说回来……

插曲

致 凯拉克，上城区，仙客来别墅
无比可敬的丽塔·尼德女士

           于　里斯伯格城堡
           复活纪元 1245 年 7 月 1 日

亲爱的珊瑚：

  读到这封信时，预祝你身体健康，心情愉快，万事如意。
  我急着通知你，那位猎魔人，利维亚的杰洛特，终于屈尊光临了我们的城堡。抵达后不到一个钟头，他就证明了自己极其惹人厌恶，成功地疏远了每一个人，包括可敬的奥托兰阁下——哪怕那位阁下是公认的好心肠，对所有人都友好而亲切。事实证明，关于杰洛特的传闻没有一丝一毫夸张，他不管去哪儿都要面对反感和敌意纯属活该。

但若抛弃其他感情因素，我会头一个站出来向他表达敬意，因为他是个地地道道的专业人士，在他那个行当里十分值得信赖。所谓"鞠躬尽瘁，死而后已"，说的就是他了。

总之，我们可以认为任务已经达成，而这都要归功于你，亲爱的珊瑚。我们感谢你的付出，永远会铭记在心。同时，我个人也要向你献上特别的感谢。作为你的老朋友，考虑到我们共同的经历，我比其他人更能理解你的牺牲。我明白你在那人身边有多痛苦，毕竟他是你无法忍受的恶习的集合体——深重的愤世嫉俗、发自真心的自大与内向、虚伪的性格、简单的头脑、平凡的智力、无比的傲慢……为免让你不愉快，亲爱的珊瑚，我就不提他粗糙的双手和残破的指甲了。但如我之前所说，你的痛苦、麻烦和苦恼彻底结束了。现如今，没有任何事能阻止你离开那个家伙，与他老死不相往来。有些人心怀恶意，散播厚颜无耻的谎言，企图将你对那猎魔人虚与委蛇的善意打造成廉价低俗的风流艳史。等你远离他之后，这些谣言必将不攻自破。我们也在此打住吧，这个话题不值得反复深究。

亲爱的珊瑚，不用说你也明白，只要你一句话、一个点头、一丝微笑，我便会尽快赶去你身边。而你若能来里斯伯格拜访我，我将成为全世界最幸福的人。

发自内心的致意。

派尼提

附言：之前提到的心怀恶意者断定，你对猎魔人表现出好感，是因为你想挑衅我们的同行叶妮芙，据说后者仍在关注那个猎魔人。这些阴谋论者的幼稚和无知真让人同情。众所周知，叶妮芙正同某个年轻的珠宝商人打得火热，对她来说，猎魔人及他的短暂情史并不比去年的积雪更值得关心。

插曲

致　里斯伯格城堡

无比尊敬的阿尔吉侬·奎恩坎普阁下

于　凯拉克城

复活纪元 1245 年 7 月 5 日

亲爱的派尼提：

感谢你的来信。你已经很久没给我写信了。哎呀，显然你没有可写的事，也就没有给我写信的理由。

感谢你关心我的健康与心情，以及身边事是否称心如意。我要满意地通知你，我在这里一切都好，万事顺心，为此我付出了极大的努力。如你所知，每个人都有自己的船，每个人都是自己的船长，我会用坚定的手掌驾驶自己的船只乘风破浪，始终昂首挺胸，不论周围的风暴有多么猛烈。

　　我的健康一如既往。不光是身体,精神也不错,因为我短暂地得到了一直缺少的东西。正是拥有时,我才意识到自己有多么想念它。

　　我很高兴听说,因为猎魔人的参与,你们的计划正朝成功迈进。对此能有少许贡献也让我十分骄傲。如果你认为,亲爱的派尼提,为此我付出了痛苦、苦难与牺牲,那你未免多虑了。事实上没那么糟。杰洛特的确是名副其实的恶习集合体,但我同样能在他身上找到优点——这话不涉及任何感情因素——而且是很多优点。我敢保证,他的优点多到能让许多男人担心,让他们嫉妒到心里发慌。

　　亲爱的派尼提,至于你提到的流言蜚语和阴谋论,我们早就习惯了,知道该怎么应付。办法很简单:视而不见。相信你也记得,有传言说你我关系暧昧时,你和萨宾娜·葛丽维希格的传言不也闹得满城风雨吗?当时我没去理睬。建议你眼下也这么做。

　　祝好。

珊瑚

　　附言:我很忙。在可预见的未来内,恐怕没法与你相见了。

他们游荡于世界各地。他们的行事作风要求他们了无牵挂。这就意味着他们不承认任何权威，无论是人类还是神灵。他们不遵守任何法律或规范。他们相信自己不用服从任何人，也不受任何人的影响。他们是天生的骗子，谋生手段包括用预言欺骗善良民众，充当密探，分发伪造的护身符、骗人的药剂、兴奋剂和麻醉品，时而插手卖淫业——换句话说，就是为有钱的顾客提供无耻的荡妇，供其淫乐。贫困时，他们不会羞于乞讨或盗窃，但更喜欢欺骗与讹诈。他们会欺骗轻信之人，声称自己会保护民众，会为民众的安全杀死怪物，而这只是谎言而已。事实早已证明，他们杀死怪物纯粹是为了自娱自乐，因为杀戮是他们最佳的消遣。着手杀戮时，他们会使用某些咒语，然而那只是欺瞒旁观者的障眼法。虔诚的祭司只消看上一眼，就能揭穿他们混淆视听的虚假诡计。他们自称"猎魔人"，其实他们自己才是魔鬼的仆从。

——《怪胎，或对猎魔人的描述》
作者不详

第九章

里斯伯格城堡看上去既不险恶，也不雄伟。与众多小型城堡一样，它大小普通，造型优雅，嵌在高山陡坡之中，紧贴悬崖，色调明亮的城墙与四季常青的云杉林形成鲜明的对比。两栋四四方方的塔楼，一高一矮，耸立于树梢之上。等到近看，才发现围绕城堡的墙壁并不太高，上面也没有城垛，设置在角落和卫兵室上方的小型塔楼更多是为了装饰，而非防御用途。

蜿蜒而上的山路有着明显的使用痕迹，因为这条路确实人来人往。猎魔人没走多远，便看到许多货车、四轮马车、骑手与行人，不少人正沿着相反方向远离城堡。杰洛特能猜到这些人的目的，离开森林后，他立刻发现自己猜对了。

一座用木材、芦苇和稻草搭建的小镇占据了城墙下方平坦的丘顶。大大小小的各色房屋聚在一起，周围是环绕整个镇子的护栏，还有马匹和牲畜用的围场。镇子里人声鼎沸，人们步履轻快地走来走去，俨然像在市场或集市里一样。这里确实有露天集市，但卖的并非家禽、鱼类或蔬菜。里斯伯格城堡下方卖的都是魔法商品——护身符、避邪物、灵药、麻醉剂、催情药、煎药、萃取物、馏出物、合剂、熏香、糖浆、香水、香粉和油膏，以及各式各样附有魔法的实用物品、工具、家用设备、装饰品，甚至儿童玩具。琳琅满目的商品吸引了大量顾客。有需求便有供给，这里的生意显然异常兴旺。

前面出现岔路口，猎魔人选择了通往城堡大门的小路，与引领买家前往集市的鹅道路相比，这条路上的车辙印明显少了许多。他骑马穿过卫兵室前方的卵石地面，沿着一条两旁满是纪念石碑的大道前行，那些石碑比他骑在马上还要高。很快，他来到一扇大门前，比起城堡，大门的风格更适合宫殿，两旁立有装饰性壁柱与山墙。猎魔人的徽章剧烈颤动。洛奇发出嘶鸣，马蹄铁敲打在鹅卵石上，骤然停了下来。

"报上身份与来意。"

他抬起头，只见山墙上雕刻着鹰身女妖的头颅，张着大嘴，而那嘶哑回荡、无疑属于女性的声音就是从那张嘴里传出来的。徽章颤抖不休，母马喷着鼻息，杰洛特感觉自己的鬓角奇怪地绷紧了。

"报上身份与来意。"浮雕的大嘴里再次传来声音，比之前更加响亮。

"利维亚的杰洛特，猎魔人。我是来赴约的。"

鹰身女妖头像发出一阵号声般的响动。入口的魔法屏障消失了，他鬓角处的压力立刻止息。不等人催，母马就向前踏去，马蹄在石头上啪嗒作响。

穿过入口是个死胡同，两边有回廊环绕。两个仆人，身披实用的棕灰色装束，立刻朝他跑来。其中一人替他照看马匹，另一人担任向导。

"这边请，大人。"

"这里总是这样吗?城堡外总是这么喧闹?"

"不是,大人。"仆人惊恐地瞥他一眼,"只有星期三。星期三是开集日。"

下一个入口的拱门上方,有块同样刻有浮雕的装饰镜板,那是一条长着血盆大口的双头蛇,无疑同样拥有魔力。外观坚固而华丽的栅栏封住了入口,但那仆人伸手一推,它就轻易而平滑地打开了。

下一间庭院就宽敞多了。从这里可以看清城堡的原貌。事实证明,远处的许多视角有很大的欺骗性。

里斯伯格比表面看去要大得多。许多朴素而丑陋、在城堡建筑学中极为罕见的建筑一直延伸至山体内部,看上去活像工厂,也许多半就是,因为那边伸出不少烟囱和通风管道。空气中有燃烧的味道,还有硫黄与氨味。地面微微颤抖,说明地下有机械正在运转。

仆人咳嗽一声,将杰洛特的注意力从工业区拉了回来。他们要走的是另一边,两栋高塔之中较矮的那栋,塔下的建筑风格就比较传统了,相对更贴近于宫殿。杰洛特发现,塔内也是典型的宫殿结构,周围弥漫着尘埃、木头、蜡和陈旧杂物的味道。这里很亮,笼罩光环的魔法光球飘浮在天花板下方,活像水族箱内无精打采的鱼,这是巫师住所标准的照明手段。

"欢迎,猎魔人。"

迎接他的是两个巫师。杰洛特见过这二人,但也只是见过而已。其中一人叫哈伦·查拉,叶妮芙曾指给他看过,而杰洛特之所以能记住,是因为所有巫师当中,只有这人彻彻底底剃了个光头。另一人叫阿尔吉侬·奎恩坎普,又称"派尼提",以前在牛堡大学见过。

"欢迎来到里斯伯格。"派尼提问候道,"很高兴你能大驾光临。"

"你在讽刺我吗？我来这儿又不是自愿的。为了逼我，丽塔·尼德害我进了监狱……"

"但她也帮你出来了，"查拉打断道，"还给了你丰厚的报偿。她用无比的……呃，热情……补偿了你的不快。听说，你享受她的……陪伴至少有一个星期。"

杰洛特强压住一拳打在他脸上的冲动。派尼提肯定注意到了。

"好了，"他抬起一只手，"好了，哈伦。别说了。别再相互嘲讽和奚落了。我们知道杰洛特对我们不满意，他说的每个字都带着情绪。我们知道这是什么原因，知道他跟叶妮芙短暂的风流韵事给了他多大的打击，我们也知道巫师间对此的反应。我们改变不了这些。但杰洛特是个专业人士，他知道怎么跨过这些难关。"

"他确实知道，"杰洛特尖刻地承认，"问题在于他想不想。能言归正传吗？为什么找我？"

"我们需要猎魔人。"查拉冷冷地说，"尤其是你。"

"尤其是我。我应该感到光荣吗？还是应该害怕？"

"你是个名人，利维亚的杰洛特。"派尼提说，"你的光辉伟绩令人惊叹，这已是普遍的共识。但你也知道，最好别太指望我们的钦佩。我们不怎么向其他人表示尊敬，尤其是你这样的人。但我们认同专业精神，重视他人的经验。就让事实说话吧。我敢说，你是个出色的……呃……"

"什么？"

"杀手。"派尼提毫不费力地找到这个词，显然他早就准备好了，"消灭危害民众的怪物与野兽之人。"

杰洛特未予置评，只是静候下文。

"我们的目标——所有巫师的目标——同样是民众的繁荣与安全。可以说,你我之间利害一致,所以不该让偶然的误会遮盖这一点。不久前,这座城堡的主人让我们明白了这些。他注意到了你,想亲眼见见你。这就是他的心愿。"

"奥托兰。"

"是奥托兰宗师,还有他最亲密的合作者。会有人替你引荐的。很快。仆人会带你去房间,消除你旅途的疲劳。请稍事休息。我们很快会派人来找你的。"

杰洛特仔细回想。他想起了以前听说的关于宗师的一切。按照普遍的认知,奥托兰可是活生生的传奇。

奥托兰是活生生的传奇,对魔法历史作出过超卓的贡献。

他痴迷于魔法普及。与大多数巫师不同,他认为超自然力量带来的好处与优势应由天下苍生共享,用来维护普罗大众的繁荣、舒适与幸福。奥托兰的梦想是让所有人免费获得魔法灵药与药剂。魔法护身符、避邪物和各种法器应随处可见,任意取用才对。传心术、心灵传动术、传送术和远距离联络术应当成为所有人都能享受的权益。为实现目标,奥托兰想出不少新点子、新发明,有些同他本人一样传奇。

现实却狠狠打击了这位巫师的梦想。本应推广普及的发明全都止步于雏形阶段。他构想的每样东西，原本应该非常简单，结果却都复杂得可怕；本应大量生产的产品，最后都贵得离谱。但这些惨败没能让奥托兰灰心丧气，反而激发了他的斗志，事后又迎来更多的惨败。

虽然奥托兰本人从未想过，但有人怀疑，这位发明家之所以经常失败，肯定是有人暗中作梗。他的失败不是因为——好吧，不仅仅因为——巫师兄弟会嫉妒他，或是有人更希望魔法由精英人士掌控，也就是巫师和女术士自己，所以不愿意大规模推广。他们更担心的，是那些可以军事化或武器化的发明。

他们的担心不无道理。同所有发明家一样，奥托兰曾有一段时期痴迷于爆炸物、易燃物、攻城器械、投石车、装甲战车、粗制火器、制导飞棒与有毒气体。老人试图证明，国家间的和平是繁荣的先决条件，而和平要通过武装来实现。想预防战争，最可靠的手段是用可怕的武器作为威慑力量——武器越可怕，和平就越容易达成，维持时间也就越久。由于奥托兰听不进反对意见，有些人为了破坏他那些危险的发明，只好派人混进他的发明团队，使得他的作品几乎没有一样得见天日。唯一的例外是臭名昭著的弹丸投射器，它也成了许多趣闻轶事的主角。这是种心灵传动弩，配备了铅制弹丸，可朝目标接连不断地投射，"弹丸投射器"的名字就是这么来的。令人吃惊的是，它的原型机安然离开了里斯伯格城堡，甚至在几场小规模冲突中做过测试，结果却相当凄惨。有人问起这件发明效果如何，使用它的炮兵是这么回答的：弹丸投射器就像他的岳母，难看、笨重、完全派不上用场，就该拖走绑上石头沉进河里。听到这番评价，老巫师并未烦恼，他自己宣称，那东西只是个玩具而已，而他的绘图板上还有更多更加先进的项目，能造成更大规模的伤亡。他，奥托兰，将让人类体会到和平的益处，哪怕他先要为此毁灭半数人类。

杰洛特被带进一个房间，墙上挂着巨幅织毯，色调是田园牧歌式的碧绿，编工之精湛堪称极品。只是挂毯上有块没能洗净的污渍，形状像只大乌贼。猎魔人心想：肯定是不久前有人吐在了这幅杰作上。

围着房间中央的长桌坐着七个人。

"奥托兰大师，"派尼提欠欠身，"请允许我为您介绍猎魔人，利维亚的杰洛特。"

杰洛特对奥托兰的外貌并不吃惊。有人相信，他是全世界现存最年长的巫师。也许果真如此，也许不是，重点在于，奥托兰"看上去"的确是最年长的巫师。说来也怪，正是奥托兰本人发明了著名的曼德拉煎药——巫师们用这魔法灵药预防衰老——可等他研制出这种魔法液体的可靠配方，自己却没能享受到太多好处，因为他那时的年纪已经很大了。这种灵药能预防衰老，却无法让人恢复青春。正因如此，尽管奥托兰长期使用这种药物，看上去却仍是个老头，尤其是与他的同行站在一起的时候——那些德高望重的巫师，外表就像正值壮年的男子；厌倦人世的女术士，容颜好似含苞待放的少女。洋溢着青春魅力的女术士，头发略带花白的巫师，他们实际的出生日期早已消失在时间的迷雾之中，全都谨慎地保管着奥托兰灵药的秘密，有时断然否认它的存在；面对奥托兰时却又不断撒谎，让他相信那种灵药已随处可见，人类已近乎不朽，进而得到了永远的幸福。

"利维亚的杰洛特，"奥托兰捻起一撮灰色的胡须，重复道，"是啊，是啊，我们听说过。那位猎魔人。有人说你是卫士，是在怪物面前保护民众的守护者。是预防剂，针对所有恐怖邪恶的解毒灵药。"

杰洛特摆出尽可能谦逊的表情，鞠了一躬。

"是啊，是啊……"老巫师捋着胡子说道，"我们知道，我们知道。你不遗余力地保护民众，我的孩子，不遗余力，这是所有人都认可的事。你的表现的确值得钦佩，你的技艺也值得敬佩。欢迎来到我们的城堡，感谢将你带来此地的命运。虽然你并不知情，却像归巢的鸟儿……的确，就像鸟儿。很高兴见到你，相信你也很高兴见到我们。对吧？"

杰洛特不知该怎么称呼奥托兰。巫师们并不认可世俗的敬称，也不希望别人用敬称称呼自己。但面对一位须发花白、堪称传奇的老人，不用敬称又该用什么呢？他索性没有回答，只是又鞠了一躬。

派尼提依次介绍桌边的巫师们。杰洛特听说过其中几位。

埃克西尔·埃斯帕扎，更广为人知的外号是"痘疮脸埃克西尔"，额头和脸上满是凹陷的痘疮，据传闻，他没用魔法去除疤痕完全是出于逆反心理。头发略显花白的迈乐斯·特莱瑟维与更加花白的斯图柯·赞格尼斯饶有兴致地打量着猎魔人。颇有几分姿色的金发女子叫比露塔·伊卡尔提，她的兴致似乎还要更大一些。塔维克斯·桑多瓦尔肩膀宽阔，体格比起巫师更像骑士，正看着一旁的挂毯，仿佛也在欣赏那块污迹，好奇它从何而来，又是何人所留。

最靠近奥托兰的座位上坐着索雷尔·戴格隆德，他的相貌在列席者中最为年轻，一头长发更是平添了几分阴柔的气质。

"我们也欢迎你，著名的猎魔人，民众的守护者。"比露塔·伊卡尔提说，"欢迎你的到来。在奥托兰宗师的主持下，我们一起在这城堡潜心工作，只为让人民的生活更安全也更轻松。人民的利益是我们高于一切的宗旨。宗师年事已高，没法接待客人太久，所以我就开门见山了。利维亚的杰洛特，你有什么心愿吗？我们能为你做些什么？"

"感谢你，奥托兰宗师。"杰洛特再次鞠躬，"还有各位杰出的巫师与女术士。既然你们鼓励我提出要求……好吧，有件事可以麻烦各位，希望你们解释一下……这个。这东西来自我杀掉的警蜥。"

他把那块儿童手掌大小的椭圆形金属板放到桌上，上面刻着一串文字。

"里斯，伪爬行，Mk IV/002，025。"痘疮脸埃克西尔大声念道，然后把金属板递给桑多瓦尔。

"这是一只变种生物，由我们在里斯伯格城堡创造，"桑多瓦尔直言不讳，"属于伪爬行部。护卫蜥蜴，第四型，第二批次，二十五号样本。是旧型号，而我们很早以前就开始生产改进型号了。还有什么需要说明的？"

"他说他杀了那只警蜥。"斯图柯·赞格尼斯皱起眉头，"所以他是来抗议的，而不是单纯要个说法。猎魔人，我们只接受来自合法买家的投诉，前提是出示购买凭证。只要你能拿出凭证，我们就会提供售后服务，修复缺陷……"

"可那型号早就过了保质期。"迈乐斯·特莱瑟维补充道，"另外，因使用不当或违反操作说明导致的故障，恕我们概不受理。产品使用不当，里斯伯格不承担任何责任。"

"那你们承担这东西的责任吗？"杰洛特从口袋里拿出另一块金属板，丢到桌上。它的形状和尺寸跟前一块相仿，只是颜色更深也更晦暗。泥土嵌进板上的凹槽，与其融为一体，但上面的文字依然清晰可辨：

艾达，乌里，Ex IX 0012 BETA。

一阵长久的沉默。

"乌里沃的艾达兰。"最后，派尼提开口说道，语气意外地平静，又意外地迟疑，"阿尔祖的学生之一。想不到……"

"猎魔人，哪儿弄来的？"痘疮脸埃克西尔在桌子对面凑过身子，"你是怎么得到它的？"

"说得好像你们不知道似的。"杰洛特反驳道，"从我杀掉的一只怪物的甲壳里挖出来的。它在那一带至少杀了二十人。至少二十，实际数量恐怕更多。我相信它在那儿杀戮有好多年了。"

"艾达兰……"塔维克斯·桑多瓦尔嘀咕道，"在他之前是马拉斯皮纳和阿尔祖……"

"但那不是我们干的。"赞格尼斯说，"不是我们。不在里斯伯格。"

"第九实验型号，"比露塔·伊卡尔提思忖道，"测试版，十二号样本……"

"十二号实验品。"杰洛特的语气充满恶意，"那一共有多少？生产了多少？我明白，我找不到相关责任人，因为不是你们干的，不在里斯伯格。你们也希望我相信，你们是清白的。但至少回答我的问题。你们肯定知道，还有多少这样的生物在森林里徘徊，危害民众。还有多少等着被人找到，然后杀掉，我是说，消灭。"

"这是什么？是什么？"奥托兰突然来了精神，"你拿了什么？给我看看！啊……"

索雷尔·戴格隆德凑到老人耳边说了好久。迈乐斯·特莱瑟维向他展示金属板，同时在另一边耳语。奥托兰将了将胡子。

"杀了？"他突然用又高又细的嗓音吼道，"猎魔人？毁了艾达兰的杰作？杀了？想都没想就毁了它？"

猎魔人没能控制住自己。他冷哼一声，对高龄白发老者的尊敬突然烟消云散。他又哼了一声，然后大笑起来——发自内心、毫不留情地大笑。

巫师们板起的面孔没能阻止他的笑意，反如火上浇油。看在魔鬼的分上，他心想，我都不记得上次这么由衷地大笑是几年前的事了。也许是在凯尔·莫罕，他回想着。对，就是凯尔·莫罕。维瑟米尔正在蹲茅厕，突然踩碎了脚下的烂木板……

"这小子还敢笑！"奥托兰吼道，"笑得像头驴一样！愚蠢又傲慢的年轻人！亏我还在别人诋毁你时为你辩护！当时我说：'就算他倾心于小丫头叶妮芙又怎样？如果小丫头叶妮芙也喜欢他呢？'我还说：'人心不可左右，别去打扰他俩！'"

杰洛特停了下来。

"可你做了什么，你这愚蠢透顶的刽子手？"老人吼道，"你做了什么？你知道自己毁掉了怎样的艺术品，怎样的遗传奇迹吗？不，不，你浅薄的头脑根本无法想象，你这门外汉！你没法理解天才的理念！就像艾达兰和他老师阿尔祖，他们拥有惊人的才能和超卓的天赋！为了人类的福祉，他们发明了许多伟大的作品，不为牟利，不为积累物质财富，不为消遣或娱乐，只为进步和公益而努力！你能理解这些事吗？你理解不了，哪怕一丁点儿理解不了！

"而且，没错，我要再告诉你一件事，"奥托兰气喘吁吁地说，"你用这场鲁莽的杀戮玷污了你'父亲'的杰作。因为正是科西莫·马拉斯皮纳,以及他的学生阿尔祖,对,阿尔祖,正是他们创造了猎魔人。是他们发明了突变种,让你们这样的人得以诞生,让你得以存在,得以行走于天地之间。你这忘恩负义之徒。你该尊敬阿尔祖,尊敬他的后继者和他们的作品,而不是加以摧毁!老天啊……老天啊……"

老巫师突然沉默下来,翻着白眼,发出沉重的呻吟声。

"我要上厕所!"他悲伤地说,"我要大便!索雷尔!我的好孩子!"

戴格隆德和特莱瑟维立刻跳起,扶老人起身,搀着他走出房间。

片刻后,比露塔也站起身,意味深长地瞥了猎魔人一眼,一言不发地离开了。桑多瓦尔和赞格尼斯跟着她离开,看都不看杰洛特。痘疮脸埃克西尔站直身子,双臂抱胸,盯着杰洛特看了很久——长久得令人不快。

"邀请你就是个错误,"最后他说,"我早就知道。但我说服自己,以为你能拿出最起码的礼貌。"

"接受你们的邀请就是个错误,"杰洛特冷冷地回答,"我也早就知道。但我说服自己,以为我能得到那些问题的答案。还有多少带编号的杰作在外面游荡?马拉斯皮纳、阿尔祖和艾达兰制造了多少类似的杰作?德高望重的奥托兰呢?我还要杀掉多少配有你们那种铭牌的怪物?我,身为猎魔人、预防剂和解毒灵药,还要工作多少回?我没得到任何答案,但我知道这是为什么了。至于你所谓的礼貌,埃斯帕扎,滚你妈的蛋!"

痘疮脸埃斯帕扎出去时重重摔上门,力道之猛,让天花板上的灰泥簌簌脱落。

"我知道自己没能留下好印象。"猎魔人总结道，"反正我也没这么指望过，所以算不上失望。不过事情没这么简单，对吧？费尽千辛万苦把我找来……就为这点事？嘿嘿，真这样的话……城外能找到卖酒的旅店吗？我可以走了吧？"

"不，"哈伦·查拉回答，"你不能走。"

"我们找你来，当然不只为这些。"派尼提补充道。

他们没带他去巫师通常接待拜访者的房间。杰洛特知道，一般来说，巫师会在陈设非常正式，但往往显得沉闷而严肃的宽敞房间里与人见面。他想象不出哪位巫师会在私人空间会客，因为那种地方会泄露他们的性情、品味和嗜好，甚至他们擅长魔法的类型与特性。

这次却全然不同。房间墙上挂着许多油画和水彩画，每一幅都与情色脱不开关系，有些根本就是彻头彻尾的春宫图。架子上摆着帆船模型，细节之精准令人赏心悦目。瓶子里的微缩小船骄傲地扬起船帆。另外还有许多展示柜，里面装满大小不一的玩具士兵，既有骑兵，也有步兵，排成各种各样的阵型。正对门口的玻璃柜里挂着一条经过填充和固定的棕色鳟鱼，个头大得离谱。

"坐吧，猎魔人。"现在他明白了，原来这里的主人是派尼提。

杰洛特坐了下来，仔细观察那条填充鳟鱼。它活着时肯定有十五磅重，除非这是件石膏仿制品。

"这里有魔法防护，防止有人偷听。"派尼提比画一下空气，"我们终于能毫无顾忌地谈论请你来此的理由了，利维亚的杰洛特。你对那条鳟鱼很感兴趣？那是我在缎带河用飞钓捕获的，重十四磅九盎司。真鱼放生了，展柜里存放的是魔法复制品。现在请你专心好吗。专心听我接下来要讲的话。"

"我准备好了。无论你要说什么。"

"你跟恶魔打交道的经验让我们特别好奇。"

杰洛特扬起眉毛。这可太出乎他的意料了。不久前，他还以为任何事都没法让自己吃惊了。

"在你们看来，什么叫做恶魔？"

哈伦·查拉皱起眉头，突然动了动身子。派尼提用眼神安抚他一下。

"牛堡大学有个超自然系，"他说，"许多魔法大师会在那边举办嘉宾讲座。有些讲座的主题就是恶魔与恶魔崇拜，提到了那些现象的方方面面，包括物理学、形而上学、哲学和道德学等等。但我没必要说那么细，毕竟你听过那些讲座。我记得你，通常你会在大讲堂最后一排旁听。所以我再重复一遍——你跟恶魔打交道的经验让我们特别好奇。麻烦你正面回答，不要自作聪明或假装震惊。"

"我的震惊里没有半点假装，"杰洛特冷冷地回答，"甚至真诚到让我痛苦的程度。我只是个普普通通的猎魔人，普普通通的预防剂和解毒灵药，居然有人问我跟恶魔打交道的经验，这怎么可能不让我感到震惊？何况问我的还是一群魔法大师，在学院里主持过有关恶魔崇拜及其表现的讲座。"

"回答我的问题。"

"我是猎魔人，不是巫师，这意味着你我眼中的恶魔有着巨大的差别。奎恩坎普，我在牛堡听过你的讲座，那些重要内容，就算在大讲堂最后一排也能听得一清二楚。恶魔是来自其他世界的生物。元素界域……次元、时空，怎么称呼都行。要跟恶魔打交道，你必须先召唤它，也就是强行将它抽出自己所在的界域。想办到这种事，必须使用魔法……"

"不是魔法，是召魔术。"派尼提打断他，"这两者有着根本性的差别。别说我们早就知道的事。回答问题。这是我第三次提问了，我都为自己的耐心感到吃惊。"

"回答你的问题：对，我跟恶魔打过交道。我曾两次受雇去……消灭它们。我处理过两只恶魔。其中一只上了野狼的身，另一只附在人类身上。"

"你'处理'了它们。"

"是啊，没错。但这并不轻松……"

"却是可行的。"查拉插嘴道，"虽然与流传的说法相悖。据说恶魔不可能被摧毁。"

"我没说自己摧毁过恶魔。我杀了一头狼和一个人。你们对细节感兴趣吗？"

"非常感兴趣。"

"我跟一位祭司携手解决了那头狼。它在光天化日下杀死并撕碎了十一个人，但最后，还是魔法和利剑并肩取得了胜利。一场硬仗过后，我终于杀了它。附身的恶魔化作硕大的光球，脱离它的身体，摧毁了很大一片森林，折断的树木散落一地。它并不在意我和那个祭司，只把森林掀个底朝天，然后消失了，多半是回到原本的次元去了。祭司坚称这是他的功劳，说他用驱魔术将恶魔赶回了地狱。但我觉得，恶魔离开只是因为它腻烦了。"

"那另一次……"

"……就更有意思了。我杀了一个被恶魔附身之人,就这样。"没等催促,他继续说下去,"没什么戏剧化场面。没有闪电球、灵光、电闪雷鸣和旋风,甚至没有一丝臭味。我不知道那只恶魔怎么了。有些祭司和巫师——你们的同行——检查了死者,但没发现任何线索,没能得出任何结论。最后尸体被烧掉了,因为天气炎热,尸体腐化得特别快……"

他停了下来。两个巫师面面相觑,表情令人费解。

"按我的理解,"终于,哈伦·查拉说道,"要对付恶魔,唯一的办法就是杀戮,摧毁着魔者——也就是被恶魔附身之人。我要强调一句,即使那是个人,也要立刻将其杀死,毫不犹豫,不假思索,用剑切碎他们。是这样吗?这就是猎魔人的手段?猎魔人的技巧?"

"你的表现太差了,查拉。这可不行。想充分羞辱某个人,你需要极其强烈的渴望、热忱与热情。你需要技巧。"

"好了,好了。"派尼提再次制止争吵,"我们只想确认事实。你刚才说,你杀了一个人,这是你的原话。你的猎魔人信条本该阻止你杀戮民众,你却声称你杀了一个着魔者,一个被恶魔附身之人。杀了那人之后,还'没什么戏剧化场面',这也是你自己的原话。那你如何确定这不是……"

"够了,"杰洛特打断他,"不用再说了,奎恩坎普,你的暗示毫无意义。你们想要事实?没问题,我这就告诉你们。我杀了他,因为迫不得已。我杀了他,是为拯救其他人的性命,而且法律授予了我相应的豁免权。授予过程很匆忙,用词却很冠冕堂皇。'在事态紧急,且为阻止目无法纪之禁忌行径的前提下,牺牲一人利益,以解决真实且

直接的威胁。'当时就是真实且直接的威胁。可惜你们没看到被附身之人的模样，没看到他都做了些什么，还有他能做到什么。我对恶魔在哲学与形而上学方面的理论知之甚少，但它们的物理表现却相当壮观，令人瞠目结舌，这点我可以保证。"

"我们相信你。"派尼提与查拉对视一眼，确认道，"当然了，我们相信你，是因为我们也见识过一两次。"

"我并不怀疑。"猎魔人皱起眉头，"我在牛堡大学听你们的讲座时也没怀疑过。看来你们清楚自己在说什么。对付那只狼和那个人时，这些理论也帮上了忙，让我明白了这是怎么回事。两起事件原理相同。查拉，你是怎么说的来着？手段？技巧？也就是说，那是某种魔法手段，技巧也与魔法有关？某个巫师用咒语召唤一只恶魔，将它从相应的界域强行抽离，明显是要利用它实现自己在魔法方面的目标。这就是恶魔魔法……"

"是召魔术。"

"……召魔术的原理：召唤恶魔，利用，然后释放它。理论上是这样。但在实践中，巫师利用完恶魔后并不会释放它，而会用魔法将它囚禁在某具身体里，比方说，狼或人的身体，因为巫师喜欢做实验，就像阿尔祖和艾达兰一样。或者，他们想观察恶魔获得自由后会在其他人的身体里做些什么，因为巫师性情堕落，心理变态，看到恶魔造成的杀戮时会感到享受和愉悦，就像阿尔祖一样。这样的事的确发生过，对吧？"

"很多事都发生过，"哈伦·查拉慢吞吞地说，"但只有蠢货才会以偏概全，乱下结论。要不要我提醒你，有些猎魔人喜欢打劫，会毫不犹豫地充当雇佣杀手？还有，某些佩戴猫头徽章的变态同样很享受到处杀人的乐趣?"

"两位,"派尼提抬起一只手,制止了想要反驳的猎魔人,"这里不是市议会,所以别再挑剔对方的缺点与病症了。明智的做法是老老实实承认,没有人是完美的,每个人都有缺点,就连天使也不例外。差不多是这样。我们还是专心解决眼前最紧迫的问题吧。"

"召魔术是严格禁止的。"长长的沉默后,派尼提首先开口,"因为这是极端危险之举。不幸的是,单纯召唤恶魔并不需要多少知识,也不需要多高的法力,只要弄到一本死灵魔书就行,黑市上就有不少这种魔书。但在缺乏知识与能力的情况下,要操纵召唤来的恶魔就没那么容易了。对那些自学成才的召唤者来说,恶魔挣脱束缚,然后逃跑,已经算他们走了狗屎运了,许多人甚至会被直接撕成碎片。因此,从元素或副元素界域召唤恶魔与其他灵体的行为是严格禁止的,违者将受到严惩。我们自有一套控制体系,能确保其他人服从禁令,然而有个地方却不受它的限制。"

"我猜到了。里斯伯格城堡。"

"没错,里斯伯格不受限制。归根结底,我提到的召魔术控制体系就是在这儿创建的。正是因为这里的实验,它才得以诞生。也多亏了这里的测试,体系才能不断完善。这里还有另一些研究和另一些实验,种类五花八门。我们会在这里研究各类事物与现象,猎魔人,做各种各样的事,未必始终符合律法,也未必始终合乎道德。'只要目的得当,就可以不择手段。'这句标语应该挂在里斯伯格的城门上。"

"标语下面还应该加上一句:'发生于里斯伯格,存留于里斯伯格。'"查拉补充道,"'实验都在监督下进行。一切都在监控之下。'"

"显然并非一切。"杰洛特没好气地说,"因为有东西逃出去了。"

"有东西逃出去了。"派尼提摆出戏剧化的冷静面孔,"目前有十八位魔法大师在这城堡里工作。除此之外,还有八十多位学徒和见习生,他们中的大多数与'大师'头衔只差几道手续而已。我们担心……至少有理由猜测,那群人中的某一位想染指召魔术。"

"你们不知道具体是谁?"

"不知道。"哈伦·查拉眼都不眨地回答,但猎魔人知道他在撒谎。

"五月份和六月初,周边地区发生了三次大规模犯罪。"那名巫师没等他继续发问,"也就是丘陵地带,距里斯伯格十二到二十里路之间。每次的目标都是林间定居点,比如森林居民和林地工人的住处。定居点所有居民都被杀害,无一生还。尸体解剖证实,罪案肯定是恶魔犯下的,更准确地说是着魔者——被恶魔附身之人。而那恶魔,肯定是在城堡里被人召唤出来的。"

"我们遇到了麻烦,利维亚的杰洛特。我们必须解决问题,希望你能予以协助。"

物质传送是件复杂、精密且微妙之事,因此在传送之前,你必须先排净肠胃与膀胱。

——《传送法术的理论和实践》
乔弗利·蒙克 著①

---

① 在第四卷《轻蔑时代》中,该书作者为妮娜·菲欧拉凡提。

第十章

同往常一样,洛奇一看到毛毯便喷起鼻息,显得很不乐意,咴咴的叫声中透露出恐惧和抗议。它不喜欢被猎魔人蒙住脑袋,更不喜欢蒙住脑袋后发生的事。杰洛特对母马的反应一点也不惊讶,因为他自己也不喜欢。虽然他不会因此喷鼻息或吐口水,但这阻止不了他以另一种方式表达不满。

"你对传送术的厌恶真叫人惊讶。"哈伦·查拉第无数次表达出自己的惊诧。

猎魔人没答话。查拉也没指望他回答。

"我们传送你一个多星期了,"巫师续道,"每次你的表情都像上绞架的犯人。换成普通人,我还可以理解,对他们来说,传送毕竟是难以想象的可怕之事。但你是猎魔人,对魔法之类应该比常人更有经验。现在可不是乔弗利·蒙克创造第一批传送门的时代了!时至今日,传送术又常见又安全。传送门是安全的。我开启的传送门更是绝对安全。"

猎魔人叹了口气。他不止一次见识过"又常见又安全"的传送门造成的后果，还帮忙收拾过传送门使用者的残骸。所以他知道，"传送门是安全的"这句话跟以下声明如出一辙："我的狗不咬人""我儿子是个好孩子""这锅汤很新鲜""最迟后天还你钱""他只是帮我吹吹眼里的灰""我心里只有国家的利益"，还有"只要回答几个问题，你就可以走了"等等。

但他没有选择的余地。按照里斯伯格城堡制定的计划，杰洛特每天都要巡视丘陵地带及周边的定居点、聚居地和农庄，派尼提和查拉担心那些地方会被着魔者袭击，而它们散落在山区各处，彼此间隔得相当远的距离，不用传送术就没法有效地巡逻。杰洛特必须承认这个事实，也只能接受巫师们的方案。

为了秘密行事，派尼提和查拉将传送门设置在里斯伯格城堡角落一个大而空旷、满是霉味、有待翻新的房间里，这里很容易被蜘蛛网糊一脸，一不小心就能踩到干巴巴的老鼠屎。魔法启动后，满是潮气和泥污的墙壁上现出一道闪闪发光的大门——或者叫入口——门后有不透明的虹色光芒徐徐打转。杰洛特牵着蒙住眼睛的母马走进光芒，立刻感到一阵不适。一道闪光过后，他什么都看不见，什么也听不见，除了寒冷感觉不到任何东西。在黑暗的虚无中，在寂静、无形和永恒之中，他唯一能感觉到的东西就是冷，因为传送会减弱并抑制其他感官能力。所幸这个过程只有几分之一秒。瞬间过后，真实的世界再度出现在眼前，马儿喷出惊恐的鼻息，马蹄铁敲打在现实坚硬的地面上。

"马匹受惊在情理之中。"查拉再次说道，"但你是个猎魔人，按道理不该这么恐惧吧。"

恐惧本来就没有道理可言，杰洛特暗想，除非你精神有问题。这是猎魔人自小最先学会的道理之一。恐惧是件好事。知道恐惧，说明眼前有值得害怕的东西，就能提高警惕。没必要克服恐惧，只要别被它压倒就好。你甚至可以从恐惧中学到教训。

"今天去哪儿？"查拉打开存放魔杖的漆盒，"哪个地区？"

"干石头。"

"尽量在日落前赶到'枫树林'。我和派尼提去那儿接你。准备好了？"

"一切就绪。"

查拉在空气中挥舞手掌和魔杖，仿佛在指挥一支管弦乐队，杰洛特感觉自己听到了音乐声。巫师用悦耳的声音吟诵出一段长长的咒语，听起来像在朗诵诗歌。墙壁上现出燃烧的线条，彼此连接起来，组成闪闪发光的矩形轮廓。猎魔人低声骂了一句，按了按跳动不已的徽章，用脚跟戳戳母马，骑着洛奇钻进那片奶白色的虚无。

黑暗，寂静，无形，永恒。寒冷。然后是突如其来的闪光和震动，还有马蹄敲打坚硬地面的声响。

据巫师们观察，着魔者——被恶魔附身之人——造成的屠杀事件都发生在里斯伯格周边名叫"图卡吉丘陵"的无人地带，那是一片被古老森林覆盖的山地，也是泰莫利亚和布鲁格的分界线。有人坚持认为，这片丘陵得名于一位叫图卡吉的传奇英雄，另一些则持不同意见。

由于该地区没有其他丘陵,人们干脆直接叫它"丘陵地带",其他地图也渐渐沿用了这个简称。

丘陵呈带状分布,向远方绵延,长约一百里,宽二三十里。西边地区林业发达,伐木工人尤其卖力,与伐木和林业相关的工业与手工业也随之蓬勃发展。靠林地讨生活的人们在荒郊野外建立了大大小小的村落,既有永久定居点,也有临时落脚的营地;有规模完善的农庄,也有随随便便的木屋;有大得离谱的营帐,也有毫不起眼的窝棚……巫师们估计,整个丘陵地带起码有四五十个类似的聚居地。

其中有三处发生了大屠杀,没发现任何幸存者。

◆━━◆━━◆

"干石头"是片密林环绕的低矮石灰岩山丘,位于图卡吉丘陵最西端,也是巡逻地区的西部边界。杰洛特认得这地方,因为他以前来过这里。一间石灰窑建在森林边缘的空地上,用来焚烧石灰岩,最后的产物是生石灰。之前碰头时,派尼提向他解释过这些石灰的用途,但杰洛特听得不够专心,随后更是把内容忘了个精光。不论哪种石灰,都不在他的兴趣范围之内。不过有群移民聚在窑炉周围,靠那种石灰维持生计,保护他们的职责就落在了猎魔人身上。对他来说,这才是唯一重要的事。

石灰工人认出了他,其中一位朝他挥挥帽子。杰洛特也挥挥手。*这是我的工作,他心想。我该尽到自己的责任。毕竟是他们花钱雇我的。*

他指引洛奇朝森林走去。前方的林间小路要走半个钟头。下一个定居点在一里开外，它的名字叫"波因特的空地"。

◆━┫━◆━┣━◆

猎魔人一天之内能走七到十里路，在不同的巡逻区域，能照顾到的村落从几个到十几个不等，然后他要在天黑前赶到约定地点，让一位巫师将他传送回城堡，第二天巡视其他区域。杰洛特会随机选择巡逻地点，免得被人摸清规律。即便如此，工作内容也相当单调。当然了，猎魔人不怕单调，这门行当早就让他习惯了。多数情况下，只有耐心、毅力和决心才能确保成功杀死目标。说老实话，到目前为止，肯为他的耐心、毅力和决心付钱，还能像里斯伯格的巫师们这么慷慨的雇主并不多。所以他没什么好抱怨的，只能尽力做好手头的工作。

尽管他对成功不抱太大的信心。

◆━┫━◆━┣━◆

"我刚到里斯伯格，你们就把我介绍给奥托兰和高层的所有巫师。"他提醒道，"就算你们认为，搞出召魔术和大屠杀的人不在他们当中，有猎魔人来城堡的消息也会散播开来。假如真有犯人存在，他会立刻得到消息，然后销声匿迹，停止活动，彻底消失。或者等我离开再重操旧业。"

"我们可以虚张声势，假装你离开了。"派尼提回答，"这样你留在城堡的事就成了机密。别担心，确保机密不为人知的魔法是存在的。相信我们，我们知道怎么施展那种魔法。"

"所以你们相信,我每天巡逻真的有用?"

"有用。做好你的工作吧,猎魔人。其他事不用你担心。"

杰洛特郑重回答不会担心,只是心中仍有怀疑。他没法完全相信这些巫师。他有他自己的疑虑。

但他没打算说出口。

◆―▶―◀―◆

在"波因特的空地",斧头和锯子声此起彼伏,新鲜的木料和树脂味四下弥漫。伐木工波因特与他的大家族不停地砍倒大树,年长成员负责砍树、锯树,年轻的负责剪断树枝,最年轻的搬走树枝当柴火。波因特看到杰洛特,把斧刃钉到一根树干上,擦了擦额头。

"你好。"猎魔人骑马靠近,"情况如何?一切正常吗?"

波因特长久而严肃地看着他。

"很糟糕。"最后他说。

"怎么讲?"

波因特沉默良久。

"有人偷了把锯子。"最后他厉声说道,"偷了把锯子!怎么能这样,嗯?老爷,你到处巡逻是干啥吃的,嗯?托奎尔也带着手下在森林里闲逛,嗯?你在保护我们,对吧?可我的锯子被人偷了!"

"我会调查的。"杰洛特顺口撒谎道,"我会调查这事。再会。"

波因特吐了口唾沫。

下一片空地属于杜德克。这里井井有条，没人威胁杜德克，也没人偷走任何东西。杰洛特没有逗留，径直前往下一个定居点。那个地方叫"烧灰营"。

沿着车轮碾出的林间小径，杰洛特得以在定居点间来来回回。他经常遇到二轮货车，有些装满林间产品，有些已经卸下货物，正在赶往重新装货的路上。他也遇到过成群结队的徒步旅行者，人流量大得惊人。即使在森林深处，四下也很少空无一人。

有些女人会弯着腰采集浆果与其他林地水果，硕大的屁股在蕨丛间翘起，仿佛破开浪花的独角鲸的脊背。有些步伐僵硬、姿态和表情都像僵尸的东西会在林木间游荡，但那其实是找蘑菇的老头。有些家伙会折断灌木，发出疯狂的吼叫，那是伐木工和烧炭工的孩子们，手里拿着树枝和细绳做的弓箭。一群孩子用如此简单的玩具就能在森林里造成这样的破坏，说起来真叫人惊讶。日后某一天，这些小家伙会长大成人，用上专业设备，想想就让人不寒而栗。

"烧灰营"也很太平，没有任何事打扰干活的居民。这里得名于当地生产的木灰，其中含有丰富的钾盐，那可是制造玻璃与肥皂相当珍贵的原料。巫师向杰洛特解释过，本地的木炭燃烧后可产生木灰，随后便可提炼出钾盐。杰洛特已经去过周围的烧炭工营地，今天也将照例拜访。最近的一处叫"橡树林"，去那儿确实要经过一片巨大的橡树林，每棵大树都有几百岁高龄。橡树林始终投下一片昏暗的阴影，哪怕时至正午、旭日当空、万里无云时也是一样。

不到一周前，杰洛特就在那里初次遇见了治安官托奎尔和他的小队。

<hr />

身穿绿色迷彩服、背负长弓的骑手策马冲出橡树林，从四面八方包围杰洛特时，起先他以为对方是"森林守护者"——那是个臭名昭著的志愿民兵组织，专门针对非人种族，尤其是精灵与树精，爱用五花八门的方式杀害他们。有些时候，"森林守护者"还会指控经过森林的旅人，说他们支持非人种族，或跟非人种族做生意，然后对这些人处以私刑，搞得受害者百口莫辩。因此，橡树林那场遭遇很可能会朝极其暴力的方向发展。好在杰洛特及时发现，那些绿衣骑手其实是正在履行公务的执法人员，于是松了口气。他们的指挥官眼神锐利，皮肤黝黑，自称是为苟斯·维伦执法官效力的治安官，直率而粗鲁地要求杰洛特报上身份，等杰洛特说完又要确认猎魔人的徽章。这位法律的维护者对龇牙咧嘴的狼头徽章十分满意，露出明显的钦佩表情，看起来他也同样欣赏杰洛特本人。治安官下了马，示意猎魔人也下来，两人就这样聊了几句。

"我是弗兰斯·托奎尔。"治安官放下高高在上的派头，露出冷静而公事公办的本性，"你就是利维亚的杰洛特？那个猎魔人？一个月前，有位利维亚的杰洛特在安塞吉斯杀了一只食人怪物，救了一个女人和一个孩子的命。那也是你吧？"

杰洛特抿起嘴唇。他早把安塞吉斯、那只有金属板的怪物，还有因他而死的男人愉快地抛到了脑后。为此他烦躁了很久，最终说服自己：他已经尽力了，还救下了另外两人，那只怪物再也伤害不了任何人了。结果现在，那些记忆又回来了。

弗兰斯·托奎尔肯定没注意到猎魔人脸上飘过的阴云。就算他注意到了，肯定也没怎么当回事。

"看起来，猎魔人，我们巡视这片森林是出于相同的理由。"他继续说道，"春天过后，图卡吉丘陵接二连三发生坏事，都是令人不快的恶性事件。是时候给这些事画个句号了。'弯弧村'大屠杀之后，我建议里斯伯格的巫师们雇一位猎魔人。虽然他们不喜欢别人指手画脚，但这次还是听取了我的忠告。"

治安官摘下帽子，拂去上面的松针和草籽。他的帽子跟丹德里恩那顶一般无二，只是用的毛毡材质要差一些，上面装饰的也不是白鹭羽毛，而是野鸡的尾羽。

"我在丘陵地带维护法律和秩序很久了。"他看着杰洛特的眼睛，继续说道，"没有自吹自擂的意思，但我确实逮捕过许多恶棍，也用他们装饰过许多大树。可最近发生的事……需要额外的帮手——像你这样的人，熟悉魔法，了解怪物，不怕野兽、鬼魂和龙的人。现在好了，我们可以携手巡逻，保护民众。我是为了微薄的薪水，你是为了巫师们的钱袋。恕我好奇，他们付你的酬劳应该不少吧？"

五百诺维格瑞克朗，预先汇入我的银行账户。不过杰洛特没打算透露这些。里斯伯格的巫师们用这笔钱买下我的服务和时间。十五天时间。十五天后，无论发生什么，同样的数目都将再次汇入。可观的酬劳。光是满意都不足以形容。

"是啊，他们肯定给了不少。"弗兰斯·托奎尔很快意识到自己等不到答案，"他们付得起。不过嘛，给你个忠告：钱再多也别嫌多。因为这事很麻烦啊，猎魔人。麻烦、黑暗又反常。我敢发誓，横行此地的邪恶力量就来自里斯伯格。肯定是那帮巫师又搞出了什么幺蛾子。他们的魔法就像一袋子毒蛇，无论袋口系得有多牢，有毒的东西总能钻出来。"

治安官瞥了眼杰洛特。只看一眼他就明白，猎魔人什么都不会告诉他，不会透露半点跟那些巫师有关的合约内容。

"他们告诉你详情了吗？有没有告诉你紫杉林、弯弧村和兽角村到底发生了什么？"

"差不多吧。"

"差不多吧……"托奎尔沉吟一声，"五月节三天后，在紫杉林定居点，九个伐木工被杀。五月中旬，弯弧村锯木匠农庄，十二人遇害。六月初，兽角村烧炭工营地，十五个受害者。目前差不多就这些，但是，猎魔人，事情还没有结束。我向你保证，事情还远远没有结束。"

紫杉林、弯弧村、兽角村。三起大规模犯罪。所以这不是意外，不是哪个挣脱束缚、逃之夭夭的恶魔犯下的，也不是因为哪个笨拙的召魔术使用者没能控制住它。这是蓄谋已久、计划周详的犯罪。某人三度将恶魔囚禁于宿主体内，三度派它去杀人。

"我见过太多了。"治安官的下巴肌肉绷紧了，"太多战场，太多尸体。抢劫、掠夺、强盗袭击、家族间的野蛮复仇与争斗……记得有场婚礼死了六个人，包括新郎官在内。可把人筋腱割断，就为将伤者赶尽杀绝？剥掉头皮？啃断喉咙？活生生把人撕碎，抽出他们的内脏？最后把人头堆成金字塔？请问这么做的目的是什么？我们到底面对的是什么东西？那些巫师没告诉你吗？他们有没有解释请个猎魔人来的理由？"

里斯伯格的巫师们需要猎魔人做什么？甚至不惜用威胁的手段强迫他合作？那些巫师不用太多力气就能对付所有恶魔或宿主。只要两种基础咒语——闪电球与黄金箭——就能在百步之外击中着魔者，令其很难幸存。但巫师们却宁可雇一个猎魔人。为什么？答案很简单：他们的同僚，某个巫师或女术士成了着魔者。他们的同伴召唤了恶魔，让恶魔上了自己的身，然后到处杀人。犯人已经做过三次了。巫师们没法朝同伴发射闪电球，或用黄金箭刺穿对方。所以他们才需要一个猎魔人。

不过这些事，杰洛特不能也不想告诉托奎尔。里斯伯格的巫师们告诉他的话，还有他们那不屑一顾的态度，杰洛特不能也不想透露给任何人。

◆—◆—◆

"你们还这么干。还在玩这种把戏。按你们的说法叫'召魔术'对吧？你们关上房门，召唤那些生物，把它们从自己的界域抽离出来。你们一天到晚老调重弹：我们能控制它们，主宰它们，强迫它们服从，安排它们去干活。用的是同样老套的理由：我们可以知晓它们的秘密，迫使它们揭露自己的奥秘与谜团，从而增强我们自己的魔力，用来治疗病人，消灭疾病和自然灾害，让世界更加美好，让民众更加幸福。然而事实一再证明，这些都是谎言，你们只是关心自己的力量和权力而已。"

查拉显然想还口，但派尼提阻止了他。

"至于关在门后的生物，"杰洛特续道，"为了方便，我们还是叫它们'恶魔'好了。你们巫师肯定跟我们猎魔人一样清楚，知道我们早就知道的事，也就是记录在猎魔人守则与编年史里的事。恶魔不会向你们吐露任何秘密或谜团，绝对不会。它们任由自己被召唤出来，现身于我们的世界，理由只有一个：它们想杀人！因为它们乐在其中。你们清楚这一点，却还是让它们有机可乘。"

"也许我们可以放下理论，考虑一下实际问题。"漫长的沉默过后，派尼提说道，"我想类似的事也记录在猎魔人守则和编年史里，对吧？我们想要的是实际的解决方案，猎魔人，而不是什么道德论文。"

◀━━┃━━▶

"很高兴认识你。"弗兰斯·托奎尔同杰洛特握握手，"现在该干活了，去周围巡逻，去保护民众。这才是我们该做的事。"

"是啊。"

坐上马鞍后，治安官俯下身。

"我敢打赌，"他轻声道，"你很清楚我想对你说什么。但我还是要说。当心，猎魔人。千万留神。虽然你不想说，但我还是搞清了一些状况。那些巫师雇佣你，肯定是想堵住他们自己捅出的娄子，收拾他们自己搞出的烂摊子。但若情况不妙,他们会找个替罪羊,而你是再合适不过的人选了。"

森林上方,天色逐渐转暗。突如其来的风吹动枝条。远处雷声滚滚。

"不是风暴就是倾盆大雨。"再度见面时,弗兰斯·托奎尔说道,"这里每隔两天就会下雨打雷。每次你去搜寻足迹,都会发现它们被雨水冲没了,真挺凑巧的,不是吗?就像安排好的一样,空气中满是魔法的臭味——准确地说,里斯伯格城堡的魔法。据说巫师可以用魔法改变天气。用魔法刮风,或对自然产生的风施展魔法,改变它们的方向。刮走云彩,激发降雨或冰雹,让风暴召之即来。在他们认为合适的时候,比方说掩盖某人的足迹。你怎么看,杰洛特?"

"是啊,巫师能做到很多事。"猎魔人回答,"从'初次登陆'时起,他们就在操纵天气。那次登陆没能演变成一场灾难,全仗詹·贝克尔的咒语。但把所有不幸和灾祸都归咎于巫师就太夸张了。说到底,弗兰斯,你提到的只是自然现象而已。现在可是风暴季节,时节就是这样。"

杰洛特催促母马加快脚步。白昼已接近尾声，他打算在黄昏前多巡逻几个定居点。首先是最近的林间空地，名叫"兽角村"的烧炭工营地。第一次造访那里时，陪同他的人是派尼提。

令猎魔人吃惊的是，屠杀现场并非愁云惨淡的阴沉之地，反而人声鼎沸，忙个不停。烧炭工人们自称"黑烟人"，正在搭建新窑炉，用来烧制木炭。窑炉的外形像个圆圆的屋顶，并非用木头胡乱堆成，而是一丝不苟、排列整齐。杰洛特和派尼提来到空地时，烧炭工正用苔藓封住圆顶，又往顶端小心地撒上泥土。另一间早先建成的窑炉已投入使用，正往外冒出大量黑烟。整片空地弥漫着灼眼的烟雾，辛辣的树脂味道直扑鼻孔。

"你说是……"猎魔人咳嗽起来，"多久以前来着……？"

"刚好一个月前。"

"然后他们又跑回来干活，好像什么事都没发生？"

"市场对木炭需求量很大。"派尼提解释说，"只有木炭能在燃烧时达到足够的温度熔炼金属。多里安和苟斯·维伦的熔炉缺了它就没法运作，熔炼又是工业里最重要也最有前途的分支。因为有需求，烧炭这个行业自然利润丰厚，而经济，猎魔人，如自然一样生生不息，有缺口就有填补。被杀害的黑烟人就葬在那边，看到那些墓地了吗？

沙土还是新鲜的黄色,立刻有新的工人取代了他们。只要窑炉还在冒烟,生活就会继续。"

他们下了马。黑烟人忙得没空理他们。就算有人对他们表现出兴趣,也仅限于女人和在棚屋间跑来跑去的孩子们。

"没错,"不等猎魔人问出口,派尼提就猜到了他的问题,"坟墓里也埋着孩子。三个孩子、三个女人、九个成人与年轻人。跟我来。"

他们行走在正在风干的木材中间。

"好几个人当场遇害,脑袋都被打碎了。"巫师说,"其他的丧失了抵抗和行走能力,双脚跟腱被某种利器切断。其中有些——包括孩子——手臂被打折,残废之后遭到杀害。凶手撕开他们的喉咙,掏出内脏,破开胸腔,剥掉后背和头上的皮。有个女的……"

"够了。"猎魔人看着桦树上依然醒目的黑色血迹,"够了,派尼提。"

"你该知道自己要对付的是谁——或者什么东西。"

"我已经知道了。"

"那就只说最后的细节。一部分尸体失踪了。所有死者都被砍了头,人头堆成金字塔,就放在这儿。一共十五颗人头,十三具尸体。两具尸体失踪了。

"另外两个定居点,紫杉林和弯弧村的居民几乎以同样方式遇害。"短暂的停顿过后,巫师续道,"紫杉林有九人被杀,弯弧村十二个。明天我带你去那边。今天还得顺路去一趟'新焦油场',离这儿不远。你会看到沥青和木焦油的生产过程。下次你给什么东西涂木焦油时,就能知道它打哪儿来了。"

"我有个问题。"

"什么?"

"你们非得要挟我吗?不相信我会自愿来里斯伯格城堡?"

"当时我们分歧很大。"

"是谁提议把我丢进凯拉克监狱,然后释放,再用法庭威胁我的?谁的主意?是珊瑚,对吗?"

派尼提看着他。看了很久。

"对,"最后他承认,"是她的主意。她的计划。关押、释放,然后威胁你,最后撤销结案。你一出城,她就把案子了结了。现在你在凯拉克的档案干干净净。还有问题吗?没了?那我们去新焦油场,看看木焦油。然后我会开启传送门,回里斯伯格。蜉蝣正在聚集,鳟鱼可以美餐一顿了……猎魔人,你钓过鱼吗?对钓鱼感兴趣吗?"

"我想吃鱼的时候就会钓鱼。我总是随身带着鱼线。"

派尼提沉默良久。

"鱼线。"最后,他用奇怪的语气开了口,"鱼线,配上铅坠,还有许多小鱼钩。你会把蠕虫串在上面?"

"对。怎么?"

"没什么。我问了个多余的问题。"

他走向下一个烧炭工定居点"松树梢",森林突然陷入沉寂,松鸡闭了嘴,喜鹊的鸣叫瞬间消失,啄木鸟笃笃的敲打声也戛然而止。森林因恐惧而凝结了。

杰洛特催马飞奔。

死亡是我们永恒的伴侣，总是伸长手臂跟在我们左边。它是我们唯一的引导者。当我们一如既往地觉得，所有事情都往坏处发展，自己行将崩溃时，可以转头问问死亡是否真是这样。这时死亡会回答，你错了，在它的触碰之外，凡事都没有意义。"而我还没有真正触碰你呢。"死亡如是说道。

——《前往伊斯特兰的旅程》
卡洛斯·卡斯塔尼达　著

第十一章

松树梢的工人们利用伐木后剩下的碎料烧制木炭，所以窑炉就盖在伐木场旁边。这里的烧炭工作在不久前才开始，恶臭的淡黄色烟雾从圆顶涌出，仿佛喷发的火山口，可惜这味道没能掩盖住空地上的死亡气息。

杰洛特跳下马，拔剑出鞘。

他在窑炉旁看到第一具尸体，头和脚都不见了，血花喷洒在覆盖窑炉的泥土上。不远处躺着另外三具尸体，面目全非，已经无法辨认，血液渗进林间吸收力强大的沙土，只留下深色的斑点。

空地中间有个石块围成的火堆，旁边也有两具尸体，一男一女。男尸的喉咙被野蛮地撕开，颈椎清晰可见。女尸上半身倒在火堆的余烬里，身上沾满了从锅里打翻的麦粒。

稍远处的柴堆旁躺着个孩子。一个小男孩，大概只有五岁，身体被一分为二。有人——或者说，有什么东西——抓住他的双腿，将他撕成了两半。

杰洛特看到另一具尸体，这次是开膛破肚，肠子被掏了出来。两码长的大肠和六码多的小肠拖了一地，仿佛一根笔直、发光、粉中带灰的线，延伸至一间松枝搭成的棚屋。其他内脏全都不翼而飞。

棚屋里，一个身材修长的男人躺在简陋的床铺上，一眼看去就知道不对劲儿。血水浸透了他华丽的衣衫，可猎魔人注意到，那并不是从他的血管流出来的。

尽管满脸都是干涸的血迹，杰洛特依然认出了他。索雷尔·戴格隆德，长发、苗条、略带阴柔气的年轻巫师，上次跟奥托兰碰面时他也在场。当时他坐在其他巫师中间，穿着跟他们一样的编织斗篷和绣花紧身上衣，并且同其他巫师一样，也用掩饰不住的厌恶眼神观察过猎魔人。现在他躺在烧炭工的棚屋里，人事不省，浑身是血，右腕还缠着一根肠子——从不到十步外的尸体腹中扯出的肠子。

猎魔人咽了口口水，心想：要不要趁他没醒时砍了他？派尼提和查拉有没有预料到这个？我是不是该杀了这个着魔者？就是他用了召魔术，召唤恶魔出来取乐？

一声呻吟打断了猎魔人的沉思。索雷尔·戴格隆德恢复了知觉，猛地抬起头，又呻吟几声，躺回到床铺上。他撑起身子，茫然地环顾四周，看到猎魔人后张开嘴巴，看向自己满是血污的腹部。他抬起一只手，等到看清手里的东西，立刻尖叫起来。

杰洛特看了看手里的剑，那是丹德里恩买来的，十字护手镀成金色。他又看了看巫师纤细的脖子，还有上面那条肿胀的血管。

索雷尔·戴格隆德将缠在手上的肠子拨开、扯掉。他不再尖叫，而是呻吟并颤抖着爬起身，两手两膝着地，然后站了起来，冲出棚屋。他看看周围，尖叫着想要逃跑。猎魔人抓住他的衣领，叫他留在原地，一脚将他踹在地上。

"这里……发生……"戴格隆德含糊不清地说着,身体仍在发抖,"这里……这里……发生了什么?"

"你自己清楚。"

巫师用力咽了口唾沫。

"我……我怎么会在这儿?我……我什么都不记得……什么都不记得了。我不记得!"

"我没法相信你。"

"召唤……"戴格隆德用两手捂住脸,"我召唤了它……它出现了。在五芒星里……粉笔画的法阵上……然后它……它上了我的身。"

"我猜不是第一次了,对吧?"

戴格隆德抽泣起来,让杰洛特忍不住觉得有些戏剧化。他后悔没能在恶魔离开前下手。但他也明白,这个"后悔"并不十分理性,因为恶魔很危险也很难对付,避免这种情况发生是值得高兴的事。可他就是高兴不起来。刚才真要动手的话,至少他知道自己面对的是怎样的敌人。

竟然被我碰上了,他心想。而不是弗兰斯·托奎尔和他的手下。治安官不会有半点犹豫和顾忌。看到这个巫师浑身是血,手里攥着受害者的肠子,他立刻会用绞索勒住犯人的脖子,将其吊死在最近的粗树枝上。托奎尔不会有半点犹豫和顾忌,他不会为这种事烦心,尽管这名阴柔又瘦弱的巫师不可能在这么短的时间内屠杀这么多人,以致他被血浸透的衣服都来不及干透或变硬,更别提把一个孩子赤手空拳撕成两半了。不,托奎尔的良心不会有任何不安。

可我会。

虽然派尼提和查拉认定我不会。

"别杀我……"戴格隆德哭诉道,"别杀我,猎魔人……我再也……再也不会……"

"闭嘴。"

"我发誓,我再也不会……"

"闭嘴。你神志清醒到能用魔法了吗?能把里斯伯格的巫师召唤过来吗?"

"我有个魔符……我可以……可以把自己传送回里斯伯格。"

"不能只有你。带上我。别耍花招。别想站起来,继续跪着。"

"我必须站起来。如果你……想跟我一起传送,就必须站到我身边。离近点儿。"

"为什么?好吧,你还等什么?把护身符拿出来。"

"不是护身符。我说了,是魔符。"

戴格隆德脱掉浸满血水的紧身上衣和衬衫。他皮包骨的胸膛上有块刺青,是两个交叠的圆环,圆环里散布着大大小小的圆点,看起来就像杰洛特在牛堡大学欣赏过的群星轨道图。

巫师念出一段悦耳的咒语。两道圆环闪烁蓝光,圆点亮起红光,开始旋转。

"快,靠近点儿。"

"靠近?"

"再近点儿。贴着我。"

"什么?"

"再近,最好抱住我。"

戴格隆德声音变了,片刻前他的双眼还饱含泪水,如今却闪出凶光,嘴唇令人厌恶地扭曲。

"这就对了。抱紧，但要温柔，就像搂着你的叶妮芙。"

杰洛特明白对方的打算了。但他没能推开戴格隆德，没能用剑柄圆头砸中他，没能用剑刃劈开他的脖子。他的反应太慢了。

杰洛特的视野里亮起虹光。几分之一秒后，他便陷入黑色的虚无。陷入酷寒、寂静、无形与永恒之中。

◆━━▶◀━━◆

他们伴着一声闷响落地，地面的石板仿佛跳起来迎接二人，将他们用力分开。杰洛特来不及看看四周，便闻到一股浓烈的恶臭，污浊的味道中混合了麝香味。两双有力的大手抓住他的腋下和后颈，粗壮的手指轻松扣住他的二头肌，铁一样的大拇指深深掐进手臂神经丛，疼得他浑身发麻，剑从无力的手中滑落。

他看到面前站着个驼子，丑脸上满是疮疤，头上点缀着稀疏而僵硬的毛发。驼子岔开两条罗圈腿，用一把大号十字弓对准他。确切地说，那是把钢弩，一上一下有两张弓。瞄准他的两支弩箭呈四角形，宽足有两寸，锋利堪比剃刀。

索雷尔・戴格隆德也站在他面前。

"或许你已经发现了，"他说，"这里不是里斯伯格，而是我的避难所和藏身处。我和我的主人在这儿做实验，里斯伯格对此一无所知。或许你已经知道，我是魔法大师索雷尔・阿尔伯特・阿马多・戴格隆德。但你不知道的是，我将为你带来痛苦与死亡。"

伪装的恐惧和虚假的慌乱如风吹云散，所有假象都消失得无影无踪。烧炭工营地里的一切都是装出来的。杰洛特浑身无力，被两双大手制住，站在他面前的是全然不同的索雷尔·戴格隆德。他洋洋自得，全身散发着傲慢与狂妄，咧开嘴巴露出恶毒的笑容——那副狞笑的嘴脸让人想起从门板下的缝隙里挤进来的蜈蚣，让人想起掘开的坟墓，腐肉里蠕动的白色蛆虫，以及在肉汤里挥动足肢的肥头马蝇。

巫师走上前来，手里拿着一根钢制注射器，针头特别长。

"我在营地欺骗了你，就像哄骗一个孩子。"他嘶声道，"你果然天真得像个孩子，利维亚的杰洛特，猎魔人！尽管他直觉不错，但还是下不了手，因为他不确定，因为他是个好心的猎魔人，是个好人。好心的猎魔人啊，要不要我告诉你，什么样的人才算是好人？是那些命运没给机会，没法因作恶得到好处的家伙；又或是得到了机会，却蠢到没法善加利用的笨蛋。你属于哪种都无所谓了。你让自己受到欺骗，掉进了陷阱，而我可以保证，你没法活着离开了。"

他举起注射器。杰洛特感觉被扎了一下，随后是接踵而来的剧痛。锥心的疼痛让他视野模糊，全身绷紧，他必须竭尽全力才不至于尖叫。他的心脏开始狂跳，平时他的脉搏比常人慢四倍，所以这种感觉让他特别难受。黑暗迅速袭来，世界开始旋转、模糊、溶解……

他的身体被人拖走。光秃秃的墙壁和天花板上，舞动的魔法光球映照着他，其中一面墙上覆盖着成片的血迹，同时挂满武器。他看到阔刃弯刀、大镰刀、长戟、战斧和流星锤，全都沾着血。这些武器在紫杉林、弯弧村和兽角村使用过，他醒悟过来。曾经用来屠杀松树梢的烧炭工人。

他全身麻痹，什么都感觉不到，包括那两双抓着他不放的大手。

"噗呃——呵呵——呃呃呃——噗嘿呃！噗呃——嘿呵呵！"

他一时没反应过来。那是快活的笑声。拖着他的人显然很开心。

驼子走在前面，手拿十字弓，嘴里吹起口哨。

杰洛特几乎失去知觉。

他被人粗鲁地按进一张靠背很高的椅子，终于能看见是谁在拖拽他了。这一路上，他的腋窝都快被那两双大手捏烂了。

他想起了派洛尔·普拉特的保镖，那个魁梧的矮人食人魔米奇塔。眼前这两位确实很像米奇塔，也许是他的近亲。他们的身高与米奇塔相仿，体味也相仿，同样没有脖子，牙齿也从下唇伸出，活像野猪的獠牙。不过米奇塔是个大胡子光头，这两位却没有胡须，只是猴脸上覆盖着刚毛，蛋形脑壳顶端装饰着像是蓬乱麻絮一样的东西。他们的眼睛小而充血，耳朵又大又尖，长满汗毛。

他们的衣服上有成条的血迹，呼出的空气也带着恶臭，仿佛连着吃了好多天大蒜、粪便和死鱼似的。

"噗呃呃！噗呃——嘿呃——嘿呃！"

"阿噗、阿嘡，你俩笑够了吧，快去干活。你也出去，帕斯托，不过别走远。"

两个巨人走了出去，大脚重重地砸上地板。名叫帕斯托的驼子匆忙跟上。

索雷尔·戴格隆德出现在猎魔人的视野。他洗了澡，梳了头，换了干净衣服，浑身散发着一股阴柔的气质。他拉过一把椅子坐下，身后的桌子上堆着厚重的卷轴与魔书。他看着猎魔人，恶毒地咧嘴狞笑，同时摆弄并晃荡着一块挂在金链上的大徽章，那根链子缠在他的一根手指上。

"我用白蝎毒萃取剂招待的你。"他冷漠地说，"劲儿挺大，对吧？手、脚，哪怕一根手指都动不了。没法眨眼，甚至没法吞咽唾液。这还不算什么。再过不久，你的眼球会不受控制，视觉会出现障碍。你会浑身痉挛，剧烈颤抖，肋间肌多半会收紧。你会不由自主地咬牙，很可能会咬碎几颗。你的唾液会过度分泌，最后导致呼吸困难。如果我不给你解药，你会窒息而死。不过别担心，我会给你的。你会活下去，至少暂时如此。但你很快会后悔自己不能痛痛快快死掉。我会解释这一切的缘由。我们有的是时间。但首先，我想看看你脸色发青、口水横流的熊样。"

片刻后，他继续说道："六月最后一日那次会面时，我一直在观察你。我们这些人胜过你千百倍，与你有着云泥之别，你却向我们展示了你的骄傲自大。我知道，你觉得玩火很痛快，很兴奋。就在那时，我决定向你证明：玩火者，必自焚。干涉魔法和巫师的事务会有同样惨烈的下场。很快你就会明白这一点的。"

杰洛特想动动身子，但他办不到。他的四肢和全身都瘫痪了，绵软无力，手指和脚趾传来蚂蚁叮咬般的刺痛。他的脸已彻底麻木，嘴唇像被麻绳勒紧，视野开始模糊，双眼仿佛蒙上一层薄雾，浑浊的黏液粘连着眼皮。

戴格隆德跷起二郎腿，晃动着那块大徽章。徽章的蓝色珐琅上印着什么符号，像是某种纹章，杰洛特看不清，因为他的视野愈发模糊。巫师没撒谎，他的视觉障碍越来越严重了。

"你以为我的目的是爬上更高的巫师阶层？"戴格隆德漫不经心地说，"你刚到里斯伯格时，在那场难忘的会面中见到了奥托兰，你以为他是我的靠山？以为这就是我的计划和打算？"

杰洛特感觉舌头肿胀起来，填满了整个口腔。他担心那不只是感觉而已。白蝎毒极其致命。他从未禁受过它的毒性，不清楚它会怎样影响猎魔人的身体。他心里不安,想要拼命对抗正在摧残自己的毒素。目前情况并不乐观,看来他没法指望外界的帮助了。

"几年前,"索雷尔·戴格隆德的语气依然得意,"我成为了奥托兰的助手。巫师会为我安排了这个职位,里斯伯格的研究团队也批准了。同之前那些助手一样,我的任务是监视奥托兰,破坏他比较危险的创意。我能得到这个职位,不光是因为我的魔法天赋,还因为我的长相与个人魅力。因为巫师会只愿给那老人家提供他喜欢的助手。

"你可能不知道,奥托兰年轻时,巫师圈子里有着十分严重的厌女倾向,他们更喜欢男性之间的友谊,而这'友谊'往往会更进一步,甚至跨过某些界线。对此,年轻的学生或学徒们没有拒绝的余地,只能顺服于自己的导师。有些人不喜欢这样,但也只能逆来顺受,把这当成修习魔法的必经之路。另一些久而久之却喜欢上了这个。也许你猜到了,奥托兰就属于后者。年幼时,那个取自鸟类的名字相当适合他①。与导师有过切身体验之后,他这漫长的一生都成了'高贵的男性友谊与情爱'的狂热支持者。当然这是诗歌里的说法,如果换成散文,你知道的,诠释起来就更加简洁和直白喽。"

一只大黑猫发出响亮的呼噜声,尾巴仿佛蓬松的刷子,蹭了蹭巫师的小腿。戴格隆德俯身摸摸它,在它眼前晃了晃徽章。大猫漫不经心地伸出前爪拍了拍,随后转身离去,表示对这游戏不屑一顾,自顾自舔起了胸口的毛。

"你一定也发现了,"巫师续道,"我有着出众的外表,女人常说

---

① "奥托兰意为"蒿雀",法国人认为是种奢华的美食,食用时需头罩白巾保持仪式感,且有壮阳功效。

我是'美男子'。没错，我喜欢女人。但从原则上讲，不管过去还是现在，我对同性之爱也并不反感。只要有个前提——非做不可的话，起码对方必须对我的前途有利。

"与奥托兰的亲密接触不需要我付出太大牺牲。无论能力还是意愿方面，那位老人都远远过了年纪。但我会尽可能让外人以为情况恰恰相反；以为他被我彻底迷住了，作为他的小情人，不管我提什么要求，他都不会拒绝；他们以为我知道他的密码，能随时取用他的秘密卷轴和笔记；以为他会给我一些秘而不宣的法器和护身符；以为他会教我绝密而禁忌的咒语，包括召魔术在内。里斯伯格那些大人物先前鄙视我，后来却开始尊敬我，因为我在他们心目中的地位明显提升了。他们以为我做到了他们梦寐以求的事，以为我就要成功了。

"你知道什么是'超人理论'吗？什么是'物种形成'？还有'辐射物种形成'？'基因渗入'？不知道？不用惭愧。其实我也不知道，但所有人都以为我知道得很多；以为在奥托兰的指导和支持下，我正在从事由他主持的研究，好完善人类物种；他们以为我怀着崇高的目标，正在改良与修正人类物种，改善人类的生存条件，消灭疾病与残疾，预防衰老……以及诸如此类的废话。因为这是魔法的任务与目标。追随大师的脚步——马拉斯皮纳、阿尔祖、艾达兰——这些杂交、突变和基因改造方面的大师。"

黑猫再次现身，喵喵叫着宣布自己的到来。它跳上巫师膝头，伸了个懒腰，发出呼噜呼噜的声音。戴格隆德有节奏地抚摸它。大猫的呼噜声更加响亮，伸出老虎似的爪子，只是比例有所缩小。

"你肯定知道什么是'杂交'，那是物种混合的另一种说法。杂交、混血、杂种……总之是一个过程，意思都一样。他们在里斯伯格积极推行相关实验，制造了数不清的奇葩成果、怪物和实验结晶。其中有些得到广泛的实际应用，比方说，清理城市垃圾的伪腐食魔、控制树木虫害的伪啄木鸟、以按蚊幼虫为食的变种食蚊鱼……还有警蜥，就是你当众杀死并四处炫耀的护卫蜥蜴。不过他们认为这都没什么，只是些副产品而已。他们真正感兴趣的，是人类与类人生物的杂交与突变。这本是禁忌，但里斯伯格向来无视禁忌。巫师会也对此视而不见，更准确地说，他们沉浸在幸福而迟钝的无知里。

"根据记载，马拉斯皮纳、阿尔祖和艾达兰曾把小型普通生物带进工坊，创造了一批庞然大物，比如蜈蚣、蜘蛛、科什切怪和鬼知道的什么玩意儿。他们曾说，若能把一个平凡而矮小的人类变成巨人，让他更加强壮，一天能干二十四小时的活儿，不会生病，足能活到一百岁，那还有什么理由不去做？众所周知，他们想这么干。他们肯定这么干过，而且还成功了，可惜最后把相关秘密带进了坟墓。奥托兰毕生都在钻研他们的著作，但却没什么发现。你有没有仔细观察过把你拖进来的阿噗和阿嗙？他们就是杂交种，是食人魔与巨魔的魔法混血产物。至于神射手帕斯托？不，这么说吧，他只是看起来像杂交种而已，但百分之百是一个丑女跟一个丑男生下来的。阿噗和阿嗙，哈，他俩是从奥托兰的试管里直接诞生的。也许你想问了：'谁他妈想要这么难看的东西？你们创造这种生物到底想干吗？'哈，我自己也问过这些问题，直到最近才想通了答案。我看到他们将伐木工和烧炭工撕成碎片。只是用力一拽，阿噗就能扯下成人的脑袋，阿嗙撕碎小孩子就像撕碎烤鸡一样轻松。再给他们几件锋利的武器，哈！他们就能制造一场血腥的大屠杀，保管让你腿软。如果你问奥托兰，他会说杂交的意义在于消灭遗传疾病，然后唠叨什么传染病和增强抵抗力，或者其他老掉牙的废话。但我没那么蠢！相信你也一样。不论是阿噗、阿嗙，还是被你摘掉铭牌的艾达怪，它们的功用只有一样——杀戮。这就够了，因为我需要的就是杀戮工具。我在杀戮这方面没什么技巧和自信，但后来才发现，这个观点并不准确。

"里斯伯格的巫师们一天到晚都在杂交育种、诱发突变和基因改造，他们取得了不少成果，生产出来的杂交种多到让你窒息。他们认为每件产品都有用，能让人们的生活更加轻松、惬意。的确，他们眼看就能制造出背部完全平坦的女人了，这样你就可以从后面搞她，同时还有地方放香槟酒和玩单人纸牌。

"不过还是言归正传吧，继续说我的科研事业。我还没有真正值得吹嘘的成果，只能模仿前人的研究。但我还是轻易做到了。

"你知道吧？在我们的世界之外，还有其他世界存在，就是因天球交汇与我们隔绝的那些。那些世界被称为元素界域，或者副元素界域，所谓的'恶魔'就居住在那里。有些人并不理解阿尔祖等人的成果，就说他们设法接触到了那些界域和生物，说他们成功召唤并驯服了恶魔，强迫它们开口，学到了它们的秘密和知识。我知道这都是胡说八道，但其他人却信以为真。信仰如此坚定时，你又能怎么办呢？为了让人相信我能破解从前那些大师的秘密，我就必须说服里斯伯格那些人，让他们以为我知道如何召唤恶魔。奥托兰成功召过魔，可他不想教我。他对我的魔法能力评价之低，简直是种侮辱，还叫我记住自己的身份。啊，为了前途考虑，我确实记住了。但以后我们走着瞧！"

黑猫厌倦了抚摸，跳下巫师的膝盖，圆睁的金色双眼冷冷地瞥向猎魔人，然后竖起尾巴走开了。

杰洛特的呼吸越来越困难，一阵无法抑制的颤抖传遍全身。情况很糟糕,目前只剩两点还能让他保有些微的希望。首先,他还活着。**只要活着就有希望**,这是他在凯尔·莫罕的导师维瑟米尔说过的一句话。

其次是戴格隆德无比膨胀的自我与自负。看起来,这位年轻巫师有很强的表达欲,显然这才是他今生唯一的挚爱。

"既然用不了召魔术,"巫师甩动徽章,更加陶醉于自己的话语,"我只好假装自己能用。对,假装。众所周知,用召魔术召来的恶魔经常挣脱束缚,大举破坏,所以我也这么干了好多次。我屠灭了几个定居点,让他们相信都是恶魔干的。

"他们太好骗了,说出来都让你吃惊。我曾抓来一个农夫,砍掉他的头,用可降解肠线把一只大山羊的脑袋缝在他的脖子上,用灰泥和颜料盖住缝合线,然后展示给我那些博学的同事们,说这是头'巴弗灭',是'兽首人身'领域里极其困难的实验成果。不幸的是,实验只成功了一部分,因为成果没能存活下来。想想吧,他们居然相信了。他们对我的尊敬更上一层楼,直到今天还在期待我造出能存活的实验品。我也经常把各种野兽的脑袋缝在身首分离的尸体上,以巩固他们的信任。

"跑题了。刚才说到哪儿了?啊,屠灭定居点。正如我所料,里斯伯格的大师们认定凶手是恶魔,或被恶魔附身的着魔者。不过我犯了个错误——我做过头了。如果只是一个伐木工定居点,没人会在乎,但我们一连屠灭了好几个地方。大部分工作是阿嘆和阿唠干的,虽然我自己也出了一点点力。

"在第一个营地,叫紫杉林什么的,我的表现不怎么样。看到阿嘆和阿唠干的好事,我忍不住吐了,吐得整件斗篷都是。我只好丢了它。

可惜了，那斗篷是用最好的羊毛织的，银貂皮镶边，价值将近一百克朗。随后我越来越有经验。首先换上合适的衣服，打扮得像个工人。其次，我喜欢上了这种游戏。我发现，砍掉某人的双腿，看着鲜血从断口喷出，能给我带来强烈的快感；挖出别人的眼珠也是；或从剖开的肚子里掏出一把热气腾腾的内脏……长话短说吧，算上今天的成果，我杀了大概五十人，有男有女，年龄不一。

"里斯伯格那边决定阻止我。可要怎么做呢？他们相信我能使用召魔术，害怕我的恶魔，又担心触怒奥托兰，毕竟他喜欢我。他们只能找你来解决。找你这个猎魔人。"

杰洛特的呼吸不再急促，信心也随之增长。他的视野清晰了许多，颤抖有所减缓。他对大部分已知毒素都有免疫力，幸运的是，对凡人足以致命的白蝎毒也不例外。一开始，那些症状似乎很严重，但随着时间过去便开始减弱、消退，看来猎魔人的身体可以迅速中和这种毒素。戴格隆德却不知道，或者出于自负而低估了他。

"听说他们打算找你来对付我，我有点慌了——这点我并不否认，毕竟我听过不少猎魔人的传闻，尤其是你的。我赶紧找到奥托兰哭诉：'救救我，亲爱的导师。'亲爱的导师先是责备了我，嘟囔什么滥杀伐木工是淘气的行为，这样不好，记得下不为例。然后他给了我一些建议，教我如何欺骗你，诱你落入陷阱，俘虏你之后如何使用传送魔符——多年前，他亲手把这魔符纹在了我富有男子气概的胸膛上。但他不准我杀你。别以为他是出于什么好心。其实他需要你的眼睛，说得确切点，他需要你的脉络膜层，也就是排列在你眼球内部的一层组织，它能反射并加强探入感光细胞的光线，多亏了它，你才能在黑夜和黑暗中像猫一样看清东西。奥托兰最新的想法是让全人类拥有猫一样的视力。为了筹备并实现如此远大的目标，他打算把你的脉络膜层移植到他创造的另一个变种人身上，而移植用的组织必须采自活体捐献者。"

杰洛特小心地动了动手和指头。

"奥托兰，高尚又仁慈的巫师，出于无穷无尽的善意，打算在摘除你的眼球后饶你一命。他觉得瞎了总比死了强。另外，他不想给你的情人——温格堡的叶妮芙——带来痛苦，因为他对叶妮芙很有好感，对他来说，这可真是件怪事。最重要的是，他，奥托兰，眼看就要完成某种魔法再生配方了。几年后你再来找他，他会帮你恢复视力。你高兴吗？不高兴？这也难怪。什么？你想说什么？请说。"

杰洛特假装吃力地翕动嘴唇。事实上，他根本不用装。戴格隆德站起来，朝他弯下腰。

"我听不清。"他皱起眉头，"不管你想说什么，反正我都没兴趣。不过有件事我要通知你。你要知道，预见术是我的天赋之一。我能清楚地看到，等你瞎了之后，奥托兰会释放你，然后阿嘆和阿嗙会把你带进我的实验室，这将是最后一次。我会拿你做活体解剖，虽然我对你的内部构造有那么一点点兴趣，但主要还是为了娱乐。完事以后，按屠宰场里的术语，我会'肢解'了你，把你的尸块一件一件送去里斯伯格，好给他们一个教训，让他们明白惹恼了我会有什么下场。"

杰洛特聚起全身的力量，虽然并不怎么多。

"至于那个叶妮芙……"巫师的身子凑得更近了，猎魔人能闻到他带有薄荷香的口气，"跟奥托兰不同，光是想到能让她痛苦，我就兴奋得要命。所以，我会割下你身上最受她珍爱的部分，寄去温格堡……"

杰洛特用手指结出法印，碰了碰巫师的脸。索雷尔·戴格隆德突然闭了嘴，瘫倒在椅子上，打起了鼾。他紧紧闭上双眼，脑袋垂向肩侧，徽章从无力的指间滑落。

杰洛特一跃而起——或者说，试图一跃而起——结果从椅子直接摔到地板上，脑袋撞到戴格隆德脚前的地面。巫师的徽章就在他鼻子前方，金色椭圆形表面的珐琅上是一条水平游动的蓝色海豚——那是凯拉克的纹章。但他没时间吃惊或细想了，戴格隆德开始大声呻吟，看来马上就要苏醒。索姆内法印生效了，只是效果微弱又短暂，剧毒严重削弱了猎魔人的力量。

他站起身，扶住桌子，撞掉了桌上的书籍与卷轴。

帕斯托冲进房间。杰洛特甚至没打算使用法印。他从桌上抓起一本用皮革和黄铜装订的魔书，砸中驼子的喉咙。帕斯托一屁股坐在地板上，劲弩脱手。猎魔人又砸他一下。他本想再砸第三下，但那古籍从他麻木的指间滑了出去。他抓起一只压在书本卜的水晶酒瓶，敲碎在帕斯托的额头上。驼子满身满脸都是鲜血和红酒，但并未屈服。他没理会眼皮上的水晶碎片，径直冲向杰洛特。

"阿噗！"他大吼着抱住猎魔人的双膝，"阿嗙！过来！快……"

杰洛特抄起桌上另一本魔书。书很沉，装订着人类头骨的碎片。他用魔书砸向驼子，碎裂的骨片四下飞溅。

戴格隆德咳嗽起来，奋力想抬起一只手。杰洛特知道他想施展咒语。沉重的脚步声愈发响亮，阿噗和阿嗙就要来了。帕斯托挣扎着爬起，四下摸索，寻找那把劲弩。

杰洛特看到自己的剑也在桌上，于是抓住剑柄。他脚下虚浮，几乎摔倒，好在揪住了戴格隆德的衣领，用剑刃抵住巫师的喉咙。

"你的魔符！"他在戴格隆德耳边大吼，"把我们传送出去！"

手持弯刀的阿噗和阿嗙在门口撞成一团，卡在那里动弹不得，完全没想到让对方先过。门框嘎吱作响。

"传送！"杰洛特抓住戴格隆德的头发，强迫他仰起脑袋，"快！不然我割断你的喉咙！"

阿噗和阿嗙连人带门框一起挤了进来。帕斯托找到并举起那把劲弩。戴格隆德用一只颤抖的手解开衬衣，尖声喊出一句咒语，但在黑暗吞没他们之前，他就挣脱了猎魔人的手，将杰洛特推到一边。杰洛特抓住他的蕾丝袖口，试图将他拉回来。但在那一刻，传送门已经启动了，猎魔人的所有感官——包括触觉——都消失不见。他感到一股元素之力将他吸入，拉扯着他，让他旋转不休，仿佛置身于漩涡。寒意令人麻木。虽然只有一瞬间，却也是他这辈子最长也最骇人的一瞬间了。

他后背着地，重重地砸地面上。

他睁开眼睛。周围一片漆黑，似乎连光芒都无法穿透。*我瞎了？*他心想。*我的眼睛瞎了吗？*

没有。只是今晚特别黑而已。按照博学的戴格隆德的说法，他的"脉络膜层"开始工作，奋力收集这种环境下的所有光线。片刻后，他看清了周围的树木、灌木丛与矮树的轮廓。

在他头顶，云层分开之后，他看到了群星。

插曲

翌日

芬德塔恩的建筑工们精通自己的行当,从不消极怠工,所以有些事必须交给他们。虽然今天看过他们干活,但建筑工再次组装打桩机时,谢夫洛夫依然看得入了神。三根相连的木头组成一只三脚架,顶端吊起一只滑轮,滑轮上挂起一根绳索,末端绑个金属镶边的大木块——在建筑工的行话里,这叫"撞角"。建筑工有节奏地喊起号子,拖拽绳索,让撞角升到三脚架顶端,然后放手。撞角狠狠砸在插进洞里的木桩上,将它深深夯进泥土。最多砸个三四下,木桩就能牢牢站稳。建筑工迅速拆掉三脚架,把零件装上货车,其中一人趁这时间爬上梯子,把一块绘有瑞达尼亚纹章——红底银鹰——的珐琅饰板钉在木桩上。

多亏了谢夫洛夫和他的自由佣兵团,当然还有建筑工和他们组装的打桩机,隶属于瑞达尼亚王国的河畔省在一天之内增加了不少土地面积。

工头走过来，用帽子擦擦额头。别看他满头大汗，其实他啥也没干，除非扯着嗓子骂人也能算做干活。谢夫洛夫知道工头要问什么。他每次都会问。

"下一根打在哪儿，长官？"

"我带你们去。"谢夫洛夫拨转马头，"跟我来。"

车夫挥鞭赶牛，建筑工的货车沿着山脊缓缓前进，碾过因最近的暴风雨而有些发软的地面。他们很快来到下一根木桩前。木桩倒在地上，已经被谢夫洛夫的手下推进了灌木丛，上面固定着绘有百合图案的黑色饰板。

这就是进步带来的胜利，谢夫洛夫心想。由技术思想带来的胜利。泰莫利亚靠人手插下的木桩，眨眼工夫就能拔走、放倒。而瑞达尼亚用上了打桩机，木桩就没那么容易拔掉了。

他挥挥手，为工人指明方向。往南几弗隆，直到"村子"的另一边——虽然那只是几间窝棚和小屋而已。

谢夫洛夫的骑手们已将村民赶到草地上。他们纵马疾驰，扬起灰尘，将村民聚在一起。一向脾气暴躁的埃斯凯瑞克毫不客气地甩起赶牛鞭，其他人策马在农舍周围转圈，惊得狗儿吠叫，女人哀号，孩童放声大哭。

三名骑手打马小跑到谢夫洛夫面前。一个是扬·马尔金，外号"拨火棍"，身材像耙子一样瘦削。一个叫普洛斯佩罗·巴斯提，大伙又叫他"斯佩里"。还有艾丽西·莫尔－杜，诨名"芙莱嘉"，身下跨骑一匹灰母马。

"按您的命令，都赶到一起了。"芙莱嘉正了正头上的猞猁皮帽，"整个村子都在。"

"叫他们闭嘴。"

人群安静下来，期间不乏棍子和皮鞭的帮助。谢夫洛夫走过去。

"你们管这垃圾场叫什么？"

"林边地。"

"又叫'林边地'？这帮农夫真他妈没有想象力。斯佩里，那些工人交给你，带他们去打桩的地方，不然他们又该搞错了。"

斯佩里吹了声口哨，调转马头。谢夫洛夫驾马走向挤成一团的村民，芙莱嘉和拨火棍跟在左右。

"林边地的居民们！"谢夫洛夫踩着马镫站起身，"仔细听好！奉统治此地的国王维兹米尔陛下的命令与旨意，我在此宣布，从今天起，你们脚下的土地，直到边境桩为止，都属于瑞达尼亚王国。所以维兹米尔国王陛下才是你们的君王和主人！你们要尊敬他，服从他，向他缴纳税金。而你们的税款早该交了！根据国王陛下的命令，你们必须立刻结清债务。把钱放进司法官的这口钱箱里。"

"怎么这样？"人群里有个男人喊道，"还交什么税？我们交过了！"

"你们已经收过一轮税金了！"

"那是泰莫利亚人收的，是非法行为，因为这里不是泰莫利亚，而是瑞达尼亚。瞧瞧边境桩的位置。"

"可昨天这里还是泰莫利亚！"某个移民哀号道，"这怎么行？我们按他们的命令交了钱……"

"你无权剥削我们！"

"谁？"谢夫洛夫吼道，"谁说我无权的？我有这个权力！我有王家法令！我们是王家部队！我说了，谁还想待在这个农场，就必须掏出钱来抵税！负隅顽抗者将被流放！你们给泰莫利亚交过税？所以你们是泰莫利亚人喽？那就滚，滚出边境去！但你们只能空手走，因为这片农场和农场里的牲口都属于瑞达尼亚！"

"抢劫！你们这是抢劫和掠夺！"一个身材高大、头发蓬乱的农夫大喊着站了出来，"你们不是国王的手下，而是一帮土匪！你无权……"

埃斯凯瑞克骑马上前，抽了那个大嘴巴一鞭子。农夫应声倒地。其他人在长矛的威胁下闭了嘴。谢夫洛夫的佣兵团知道怎么对付农夫。他们从一周前就开始拓展边境，已经镇压了不少定居点。

"有人来了，速度很快。"芙莱嘉用鞭子指了指，"是费许吗？"

"没别人了。"谢夫洛夫手搭凉棚，"把那怪女人从货车上弄下来，交出去。你带上几个小子，骑马在这周围绕一圈。有些人单独住在这些林间空地和伐木场上，通知他们，叫他们知道以后该向谁交税。若有人反抗，你知道该怎么做。"

芙莱嘉露出牙齿，恶狠狠地笑了笑。谢夫洛夫有些同情她要拜访的那些移民，虽然他并不在乎他们的遭遇。

他抬头看看太阳。*得抓紧了*，他心想。*最好在正午前再拔掉几根泰莫利亚的边境桩，立上我们的桩子。*

"你，拨火棍，骑马跟我来。我们去迎接客人。"

客人共有两位。一位戴着草帽，下巴突出，满脸青色胡楂，看来几天没刮脸了。另一位体格健壮，是个名副其实的巨汉。

"费许。"

"军士。"

这个词惹恼了谢夫洛夫。贾维尔·费许故意提起他们过去的友谊，他们在正规部队一起服役的日子。但谢夫洛夫不喜欢那段经历。他不愿想起费许,想起服役,还有他身为士官时那点少得可怜的军饷。

"自由佣兵团,"费许朝村子的方向点点头,号叫和哭喊声正从那边传来,"看起来很忙。这算讨伐吗?你还要再放几把火?"

"这是我的事。"

我不会放火的,他心想。可惜了,因为他喜欢放火烧村,他的佣兵团也一样。但他没接到这种命令。命令让他重绘边境线,从移民那里收税,赶走不服从的家伙,但不能染指财物或房屋。因为那些要留给新移民——从土地贫瘠但人满为患的北方来这儿的移民。

"按要求,我们抓到了那个怪女人。"他说,"已经绑好了。费了我们不少劲儿。早知道就多要点儿了。当初说好是五百,所以我只要五百就行了。"

费许点点头,巨汉策马上前,把两只鼓囊囊的钱袋交给谢夫洛夫。他的前臂上有个纹身,图案是条缠绕在匕首刃上的毒蛇。谢夫洛夫认得这个纹身。

一位佣兵团骑手押来了俘虏。那个怪女人蒙着麻袋,袋口从头一直套到膝盖,身体被绳子缠了好几圈,只有细如竹竿的赤裸双腿从麻袋里伸出来。

"我亲爱的军士,这算什么?"费许指着俘虏,"五百诺维格瑞克朗,换一头套着麻袋的猪?我怎么知道是不是她?"

"袋子是附送的。"谢夫洛夫冷冷地回答,"还有这句忠告:别给她松绑,也别往里面看。"

"为什么?"

"她很危险。会咬人。也许还会施法。"

巨汉把俘虏横放到马鞍上。怪女人一直很安静，这会儿挣扎起来，在麻袋里踢打、号叫。不过她也闹不出什么名堂，因为袋子把她裹得严严实实。

"我怎么知道是不是她？"费许问，"而不是随便哪个姑娘？比如在哪个村子里找来的？"

"你说我骗你？"

"没这回事。"费许安抚道。拨火棍摸了摸马鞍上的战斧握柄，帮他下定了决心。"我相信你，谢夫洛夫。我知道你靠得住。我们是好伙伴，对吧？在美好的过去……"

"我赶时间，费许。还有任务呢。"

"再会，军士。"

"我很好奇，"拨火棍目送他们离开，同时问道，"他们找她干什么？那个怪女人？你没问他？"

"没问。"谢夫洛夫冷冷地承认，"这种事没人会问。"

他有点同情那个怪女人了，虽然他并不在乎她的遭遇，但估计会很悲惨。

在死亡如影随形的世界里，没有时间供你怀疑或懊悔。时间只能用来做出决定。什么决定并不重要，或者说，所有决定都一样重要。在死亡如影随形的世界里，决定没有大小之分。那只是战士面对无可避免的死亡时做出的反应而已。

——《时间之轮》

卡洛斯·卡斯塔尼达　著

第十二章

一块路牌立在十字路口，那是根木杆，上面钉着几块木板，指着罗盘的四个方向。

❖━━❖━━❖

晨曦已至，他还躺在先前被传送门抛出的位置，躺在露珠打湿的野草上。这是片小树林，旁边是个沼泽或者小湖。到处都是鸟，叽叽喳喳的叫声将他从疲惫的熟睡中唤醒。昨晚他喝了瓶猎魔人灵药——他总会随身携带几瓶，用银管装好，缝进腰带的暗袋里——那叫"金莺"，是种万灵药，能对抗所有毒药和传染病，以及各种毒液和毒素造成的不良后果。杰洛特不记得自己靠金莺保过多少回命了，以前也从未引发过昨晚那样的反应。服药一个小时后，他不断出现肌肉抽搐和前所未有的反胃感，但知道自己不能吐出来。最终他压下了这些，但也疲惫得睡了过去。也许这是白蝎毒、灵药和传送共同造成的结果。

说到传送，他依然不清楚到底发生了什么，不明白戴格隆德的传送门为何会把他丢到这片泥泞的荒野。他怀疑并非那巫师有意为之，更可能是因为传送出了问题，正如他一周以来一直担心的那样。传送门没能将使用者送到指定地点，反而将他们丢到一个出乎意料的地方，这种事他听得多了，也曾亲眼见到过好多回。

醒来时，他右手握着剑，左手紧紧攥着一块撕碎的衣料，在清晨的光线下，他认出那是衬衣的蕾丝袖口。衣料断面整洁，像被刀子切开的一样，然而上面没有血迹，说明传送没能切断那巫师的手掌，只是撕裂了他的衬衣，让杰洛特感到十分遗憾。

刚当上猎魔人没多久，杰洛特就见证过一次惨烈的传送失败，让他对传送术彻底失去了信心。当时，暴发户、富有的小贵族和纨绔子弟流行以传送术来往于各处，有些巫师为这种消遣开出了天价。某一天，猎魔人碰巧也在场，有个传送爱好者出现在传送门内，身体被垂直截成精准的两半，看上去就像一只打开的低音提琴箱，紧接着，那人体内所有器官都倾泻而出。那场事故发生之后，世人对传送术的热情明显熄灭了不少。

与那相比，他心想，落在沼泽地里算是万幸了。

他尚未完全恢复，仍觉得头晕和反胃，但没时间继续休息了。他知道传送门会留下痕迹，巫师有办法追踪传送的路径。但他没猜错的话，这次是传送门出了差错，对方也就没法追踪他的去向了。不过无论如何，在着陆点周围逗留太久都不是明智之举。

他快步离开，好让身子暖和起来，同时放松筋骨。一切都从那两把剑开始，他心里想着，踩过一片水洼。丹德里恩怎么说的来着？厄运和不幸接连发生。首先，我的剑丢了。仅仅三周后，坐骑也没了。留在松树梢的洛奇肯定会被野狼吃掉，除非它被人发现并牵走。先是剑，后是马，接下来会是什么？我连想都不敢想了。

在沼泽里跋涉了一个钟头，他来到相对干燥的土地上。又过一个钟头，他发现了一条满是脚印的大道。沿着大道再走半个钟头，他到了十字路口。

◆—┃—◆—┃—◆

一块路牌立在十字路口，那是根木杆，上面钉着几块木板，指着罗盘的四个方向。每块木板上都有鸟屎，还有弩箭留下的密密麻麻的窟窿，看来每个旅行者都爱朝这路标射一箭。总之想看清上面的字，就必须离得很近才行。

猎魔人走过去研究路牌。根据太阳方位判断，指向东边的木板写着"切皮拉"，相反方向指向"泰格蒙德"，第三块木板指向"芬德塔恩"，第四块天知道指向哪儿，因为上面的字被焦油涂黑了。尽管如此，杰洛特也大概知道了自己身在何处。

这次传送把他扔到了庞塔尔河两条支流间的沼泽地。南边这条支流，地图师因其规模大小而称之为"恩布拉河"[1]，这也是它在许多地图上的名字。两条支流间的土地——或者说小国——曾经叫做"恩布洛尼亚"。不过这是很久以前的事了。恩布洛尼亚王国在半个世纪前就已不复存在，而这当然是有原因的。

在杰洛特所知的土地上，王国、公国或以其他形式存在的政府与

---

[1] 在北欧神话中，众神用梣木枝创造男人，取名阿斯克；用榆树枝创造女人，即为恩布拉。

社会大多井然有序，状况良好——原则上可以这么认为。这种体系偶尔虽会动摇，但总能发挥作用。在绝大多数国家里，统治阶级会尽心竭力治理、管辖，而非通过偷盗、赌博、卖淫窃取财富。在社会精英当中，只有极少数人会觉得"卫生"是妓女的名字，"淋病"却是云雀科的成员之一。在工人和农民当中，只有一小部分是实打实的白痴，永远只会考虑今天与今天的伏特加，却没法用他们退化的智力理解"明天"与"明天的伏特加"代表了什么。大部分祭司不会腐化未成年人，不会从民众手里骗取钱财，而是居住在神殿里，将全部身心奉献给神灵，希望能理解他们信仰中的不解之谜。精神变态、怪胎、疯子和蠢人会远离政治，不会奢望政府与管理方面的重要岗位，只顾忙着糟蹋他们自己的人生。乡下的傻瓜会蹲在谷仓后头，不会期望当个护民官。至少大部分国家是这样。

但恩布洛尼亚王国不属于大多数。它在上述的方方面面都属于少数派，在其他方面也一样。

因此，该国逐渐衰败，最终彻底消失了。它强大的邻国——泰莫利亚和瑞达尼亚——想方设法促成了这一局面。作为政体，恩布洛尼亚十分失败，但它的土地却是巨大的财富。该国坐落于庞塔尔河的冲积河谷，洪水带来的淤泥在那儿沉积了好几个世纪。久而久之，淤泥形成了沼泽土，那可是营养丰富、能让农业实现高产的肥沃土壤。但在恩布洛尼亚历代国王的治理下，沼泽土逐渐变成野草蔓生的荒地，可种植的作物寥寥无几，能收获的就更少了。在此期间，泰莫利亚和瑞达尼亚的人口成倍增长，农业生产成了性命攸关的大事，恩布洛尼亚的沼泽土就显得更加诱人了。于是，以庞塔尔河为界的两大王国干净利落地瓜分了恩布洛尼亚，将它的名字从地图上抹去。泰莫利亚吞并的部分叫"庞塔利亚",纳入瑞达尼亚的部分则是"河畔省"。一批批开拓者被送过去耕种土地,在能干的管理者的监督下,也多亏了明智的轮耕与排水手段,这片地区虽然面积不大,但很快成了名副其实的农业"丰饶角"①。

然而,争端也随之迅速出现。庞塔尔沼泽土带来的收获越多,争端就越是激烈。划分泰莫利亚与瑞达尼亚边界的条约中,许多条款能以各种方式解读,附加的地图更是毫无用处,因为制图师根本没能做好工作。河流本身也制造了麻烦——长时间的雨季过后,河水往往会改道,有时直接偏移两三里地。于是丰饶角就成了有待争夺的骨头。王室联姻与同盟失去效力,外交照会、关税战争和贸易禁运随之开始,边境冲突日益加剧,流血争端无可避免。事实上,确实有人流了血,之后更是愈演愈烈。

杰洛特云游四方,寻找工作时,通常会避开发生武装冲突的地区,因为在那些地方很难找到事做。只要遇见过一两次正规军、雇佣兵和掠夺者,农夫们就会坚信狼人、吸血妖鸟、桥下的巨魔和古坟里的幽灵都是微不足道的小问题,算不得什么重大威胁,再花钱雇佣猎魔人纯属浪费。他们有更要紧的事,比如重建被军队烧毁的村舍,买来新的母鸡替换被士兵抢走的那些。基于以上原因,杰洛特对恩布洛尼亚这一带并不熟——根据最新的地图,应该是庞塔利亚与河畔省了——他不知道路标上哪个地点离他更近,该走哪个方向才能尽快离开荒野,走进随便哪个文明世界。

最终,杰洛特选择了芬德塔恩,也就是往北走,因为诺维格瑞大

---

①出自希腊与罗马神话,是丰饶富裕的象征。

概在那个方向。想找回自己的剑，他必须在七月十五日之前赶到诺维格瑞。

快步行进大概一个钟头，他却一脚蹚进了本想避开的浑水。

伐木场旁边有栋茅草屋顶的农舍和几间棚屋。响亮的犬吠、家禽吵闹的咯咯声、孩子的尖叫、女人的呼喊，以及咒骂声隐隐传来，说明那边有事发生。

他一边走去，一边暗骂自己的坏运气和良心上的不安。

鸡毛四下飞舞，有个全副武装的男人正把一只家禽绑在马鞍上。另一个用鞭子抽打在地上缩成一团的农夫。第三个男人正在撕扯一个女人的衣服，后者衣衫破烂，身边紧紧贴着一个孩子。

他走过去，一言不发但不假思索地抓住握着皮鞭的手，用力一拧。那人哀号起来，被杰洛特推向鸡舍的墙壁。他又抓住另一人的领子，将对方从那女人身边拖开，摔向栅栏。

"滚。"他简洁地说道，"马上。"

他迅速拔剑，好让对方理解事态的严重性，同时提醒他们执迷不悟会有什么下场。

一个男人哈哈大笑。另一个也笑了，握住剑柄。

"臭小子，你他妈跟谁耍横呢？找死啊？"

"我说了，滚。"

想把家禽绑在马鞍上的士兵转过身子，原来是个女人，长得还挺漂亮，就是眯着眼睛的神情让人不大自在。

"你活腻了?"没想到这女人的嘴唇竟能扭曲到如此离奇的地步,"还是脑子进水了?会数数吗?不会我帮帮你。你只有一个人,我们有三个。我们人比你多。所以你该转过屁股,有多快跑多快,趁你现在还有腿。"

"滚。我不会再重复了。"

"啊哈。三个人你都不怕,那十二个呢?"

沉重的马蹄声传来。猎魔人扫视四周。九个武装骑手。长矛和猎熊矛对准了他。

"你!废物!放下武器!"

他没理对方的指示,闪身奔到鸡舍前,免得暴露自己的后背。

"发生了什么,芙莱嘉?"

"这个移民抗命不从,"名叫芙莱嘉的女人不屑地说,"声称自己不会交税,因为他已经交过了。废话说个没完,所以我们决定给这傻子一点教训,然后这个白毛就蹦了出来。原来是个骑士,好高贵啊,穷人与弱者的保护神,只身一人就敢对我们刀剑相向。"

"这么英勇?"一名骑手咯咯笑道,朝杰洛特逼近,用长矛对准他,"那就让他跳支舞吧!"

"把剑放下。"另一名骑手吩咐道。他头戴贝雷帽,上有羽毛装饰,看起来是个指挥官。"把剑放到地上!"

"谢夫洛夫,要我捅死他吗?"

"先别动手,斯佩里。"

谢夫洛夫在马鞍上俯视着猎魔人。

"不肯放下剑,嗯?"他评论道,"这么英勇?这么有种?牡蛎都敢带壳吃?就着松节油咽下肚?不向任何人低头?只为无辜者挺身而出?

真这么嫉恶如仇?那就让我们开开眼。拨火棍、利根扎、弗洛凯!"

三名士兵显然很有经验,立刻执行指挥官的命令。他们熟练地跳下马,一人用匕首抵住移民的喉咙,另一人猛扯女人的头发,第三人抓住孩子。孩子放声尖叫。

"把剑放下。"谢夫洛夫说,"马上。否则……利根扎!割断那个农夫的喉咙。"

杰洛特扔了剑。士兵们立刻扑向他,让他的后背贴紧木板,又用手里的兵器对准他。

"啊哈!"谢夫洛夫下了马,"成功了!"

"你有麻烦了,农夫的保护神。"他冷冷地补充道,"你妨碍并破坏了王家部队的任务。我接到命令,要逮捕所有犯下此类罪行之人,带他们去接受审判。"

"逮捕?"名叫利根扎的男人皱起眉头,"干吗带个累赘?往他脖子上套个绳圈,直接吊到树上!不就行了?"

"或者把他就地砍成碎片!"

"我见过这家伙。"一名骑手突然说道,"他是个猎魔人。"

"是个什么?"

"猎魔人。靠杀怪物赚钱的巫师。"

"巫师?呸,呸!趁他还没朝我们施法,杀了他。"

"闭嘴,埃斯凯瑞克。说,特伦特,你在哪里见过他?当时什么情况?"

"在马里波。当时他给那边的城主干活,城主雇他去杀什么怪物,具体记不清了。但我认得他的白头发。"

"哈!所以他袭击我们,是有人雇他来的。"

"猎魔人只杀怪物,保护人们不被怪物伤害。"

"啊哈!"芙莱嘉推了推她的猞猁皮帽,"跟我说的一样!人民的保护神!他看到利根扎在鞭打那个农夫,弗洛凯准备强暴那个女人……"

"然后就给你们归了类?"谢夫洛夫哼了一声,"归到'怪物'一类?算你们走运。哈哈,开玩笑的。其实在我看来,情况很简单。我在军队服役时就听说过猎魔人,不过说法不太一样。只要有钱赚,猎魔人什么都干——侦察、守卫,甚至暗杀。他们称之为……什么猫派。特伦特在马里波见过这家伙,那是泰莫利亚境内,说明是泰莫利亚人雇下了他,具体任务肯定跟边境桩有关。在芬德塔恩,有人警告我要提防泰莫利亚的雇佣兵,还说抓住对方会有赏金。所以,把他捆了,带去芬德塔恩,交给司令官领赏。来啊,捆起来。你们还等什么?怕了吗?他不会抵抗的。如果动起手来,他知道我们会怎么料理这个农夫。"

"谁他妈想碰他?他明明是个巫师。"

"敲敲木头霉运走!"利根扎往地上吐了口唾沫。

"一群胆小鬼!"芙莱嘉喊道,解下鞍囊的带子,"没种的懦夫!既然在场诸位都没长卵蛋,那让我来!"

杰洛特任由对方捆住自己。他决定乖乖听话。至少暂时如此。

两辆牛车驶出森林,车斗里装满木桩和某种木制结构的零件。

"派人去找木匠和执法官,"谢夫洛夫指示道,"叫他们回来。今天打的桩子够多了,再把这根打完就行了。我们在这儿休息一下。你们去院子里找点东西喂马,再给我们弄点吃的。"

利根扎捡起杰洛特的剑——丹德里恩弄来那把——端详起来。谢夫洛夫一把抢了过去，掂了掂，挥舞几下，又转了个圈。

"你该庆幸咱们人多势众。"他说，"不然的话，他能毫不费力地切碎你、芙莱嘉和弗洛凯。关于猎魔人之剑有好多传说呢。最上等的钢铁，叠了好几层，锻造好多次，然后再叠好几层，再锻好多次……另外还有特别的咒语加持，所以才有无以复加的韧性、硬度和锋利度。告诉你们吧，猎魔人的利剑能刺穿板甲和链甲，就像刺穿亚麻内衣一样简单。还能砍断各种刀剑，快得就像切面。"

"不可能。"斯佩里说。他们在农舍里找到些奶油，大口喝了个精光，这会儿多数人的胡须上都沾着白色液滴。"咋能像切面那么容易。"

"我也不信。"芙莱嘉补充道。

"这种事确实很难相信。"拨火棍也加了一句。

"是吗？"谢夫洛夫摆出剑客的架势，"那好，谁敢站出来，跟我过过招不就清楚了。来啊，谁想来？干吗？怎么都不说话？"

"行。"埃斯凯瑞克拔剑走了过来，"我跟你过过招。有什么好怕的？让我们瞧瞧……准备好了，谢夫洛夫。"

"准备。一，二……三！"

"当"的一声，双剑交错。金属伴着哀鸣折断。芙莱嘉矮身避过一块从她鬓角掠过的剑身碎片。

"操。"谢夫洛夫难以置信地盯着那把剑，它从镀金十字护手上方几寸的位置折断了。

"我这边连个豁口都没有！"埃斯凯瑞克举起自己的剑，"哈哈哈！没有豁口！连个印子都没有。"

芙莱嘉像个女学童一样咯咯直笑。利根扎发出公山羊似的傻笑。剩下的人也哄笑起来。

"猎魔人之剑?"斯佩里嗤笑道,"斩金断刃快如切面?你这他妈才是面啊。"

"这……"谢夫洛夫抿紧嘴唇,"这他妈是块废铁。什么破玩意儿……还有你……"

他把断剑丢到一边,两眼冒火,责难地指着杰洛特。

"你这个骗子!冒牌货,骗子!假扮成猎魔人,拿着这种破烂……什么破铜烂铁,连把像样的刀剑都没有吗?我想知道,你骗了多少好人?你这狗骗子,欺骗了多少穷苦百姓?行啊,到了芬德塔恩,你会承认自己的罪行的,镇长会让你一五一十说出来!"

他喘着粗气,吐了口唾沫,又跺了跺脚。

"上马!离开这里!"

他们骑上马,欢笑、唱歌、吹着口哨。农夫与其家人脸色阴郁地目送他们离开。杰洛特看到他们嘴唇翕动,不用猜就知道,他们是在祝福谢夫洛夫和整个佣兵团的幸福与未来。

农夫肯定没想到,他的愿望化成了彻头彻尾的现实,而且还发生得那么快。

他们到了十字路口。商道沿着峡谷通往西边,路上满是车辙与马蹄印,看来木匠的货车已经往那边进发了。佣兵团也走同样的方向。杰洛特跟在芙莱嘉马后,绑着他的绳索系在马鞍桥上。

谢夫洛夫走在最前面。他的马突然嘶叫一声,人立而起。

峡谷侧面有东西在发光,那玩意儿越来越亮,最后变成一个散发虹光的乳白色球体。随后，球体不见了，一团奇怪的东西取而代之。那是好几个紧紧抱在一起的人影。

"大白天见鬼了？"拨火棍咒骂一声，来到谢夫洛夫身边，后者还在安抚马匹，"什么情况？"

那团人影散开了，分成四个人。一个长发男子，身材苗条，略带阴柔之气。两个巨人，长臂罗圈腿。还有个驼背矮子，手持一把双弓床钢制劲弩。

"噗呃——呃呵——呃呃呃——噗呃呃呃！噗呃——呵呃！"

"抄家伙！"谢夫洛夫喊道，"抄家伙，守住阵地！"

巨弩的两根弓弦接连发出锐响。谢夫洛夫头部中箭，当场身亡。拨火棍低头看看被弩箭贯穿的肚皮，翻身坠于马下。

"杀呀！"佣兵们不约而同拔出长剑，"杀！"

杰洛特没打算傻站在那里等他们打完。他用手指画出伊格尼法印，烧断捆住双臂的绳索，一把抓住芙莱嘉的腰带，将她扔到地上，然后跳上马鞍。

一道耀眼的闪光亮起，马群高声嘶鸣，扬起前蹄不断踢打着空气。几名骑手落了马，在马蹄的践踏下发出尖叫。芙莱嘉的灰母马同样抬起前腿，猎魔人勉强控制住它。芙莱嘉迅速起身，飞身跃起，抓住辔头与缰绳。杰洛特一拳将她揍翻，策马飞奔而去。

他紧贴马颈，没能看到戴格隆德祭起魔法闪电，不但吓坏了马匹，也晃晕了一众骑手的眼睛。他没看到阿噗和阿嗙怒吼着冲向骑手，一个挥舞战斧，一个抡起阔刃弯刀。他没看到飞溅的鲜血，也没听到被屠杀一方的哀叫。

他没看到埃斯凯瑞克是怎么死的。没看到斯佩里紧随其后，被阿唠像切鱼肉一样剁碎。他没看到阿噗将弗洛凯连同坐骑一起掀翻在地，又将其从马身下拖出，活活折成两截。不过，他听到了弗洛凯杀鸡般的惨叫。

　　直到他转离商道，冲进森林为止，那叫声始终盘桓不去，经久不息。

玛哈坎土豆汤做法如下：夏天采鸡油菌，秋天摘骑士菇，若值冬日或早春就取一大把干蘑菇，倒入平底锅，加水没过食材，浸泡一夜，次晨泡发后加盐，随半只洋葱煮沸。随后倒出汤汁，但勿丢弃，盛入器皿，留心除去必定沉在锅底之沙粒。土豆煮熟，切块。取几块肥厚熏肉，剁碎，油煎。将大量洋葱切成薄片，用熏肉油脂煎炒至金黄，切勿粘锅。取大锅一口，丢入所有食材，勿忘切好之菇类。倒入蘑菇汤，按需加水，依口味加入酸黑麦酵头——此酵头制法参见另一份食谱。煮沸后按口味与喜好加盐、胡椒、墨角兰。加入熬化之猪板油。可按个人口味，决定是否加入白奶油并搅拌，但要牢记，此法有违矮人传统，在土豆汤中加白奶油纯属人类习惯。

——《优良勤勉家庭主妇之必备严谨教学：正宗玛哈坎菜式，肉、鱼、蔬菜佳肴烹煮，多种酱料调配，蛋糕烘焙，果酱熬炼，熟食熏制，蜜饯加工，葡萄酒、伏特加，及各种实用烹饪存储秘诀》

玛哈坎大厨埃丽奥诺拉·鲁恩杜林-皮戈特　著

第十三章

与惯例一致,这间驿站也位于两条道路交汇之处。桦树林的白色枝干间,该建筑用木瓦封顶,拱廊由圆柱支撑,伸向旁边的马厩与柴房。眼下站中空空如也,看起来没有任何客人或旅行者。

灰母马精疲力尽,跌跌撞撞,脚步僵硬不稳,脑袋几乎垂到地面。杰洛特牵着它,把缰绳交给马夫。后者看上去四十来岁,被岁月的重担压弯了腰。他摸摸母马的脖子,看看自己的手心,上下打量一番杰洛特,直接朝他脚边吐了口唾沫。杰洛特摇摇头,叹了口气。他已经预料到了,也明白这是自己的错。他让马跑得太快,还是在崎岖的地形间飞奔,但他必须甩开索雷尔·戴格隆德及其手下的喽啰。不过杰洛特知道,这理由很难让人信服——他自己也看不起那些能把坐骑累死的家伙。

马夫牵走了母马,嘴里嘟嘟囔囔。他在唠叨什么、想些什么,猎魔人都心知肚明。杰洛特又叹了口气,推门走进驿站。

站内香气弥漫,令人心花怒放,猎魔人这才意识到自己已经一天多没吃东西了。

"没有马。"驿站老板出现在柜台后，显然料到了他想问什么，"下一辆送信马车两天后才能到。"

"我要吃的。"杰洛特抬头看向高高的椽子与房梁，"我会付钱。"

"没有。"

"唉，别这样，老板。"房间角落传来一个声音，"你不该这么对待旅行者吧？"

角落桌边坐着个矮人，亚麻色头发，亚麻色胡子，身穿绣着花纹的栗色短上衣，前襟和袖子上有装饰用的黄铜纽扣，脸颊红润，鼻梁高挺。杰洛特有时会在市场上看到形状奇特、略带粉色的土豆，而这矮人的鼻子就是同样的形状与同样的颜色。

"你有土豆汤卖给俺。"矮人扬起浓眉，朝驿站老板投去严厉的目光，"总不能说你老婆只做了那么一丁点儿吧。汤肯定够这位先生喝，让俺用多少钱打赌都行。坐吧，旅行者。要不要来杯啤酒？"

"当然乐意，多谢。"杰洛特坐下来，从腰带的暗袋里摸出一枚硬币，"但让我请你好了，善良的先生。尽管我看上去容易让人误解，但我不是流浪汉，更不是乞丐。我是个猎魔人，正在工作，所以衣衫破旧，外表邋遢，还请不要见怪。老板，两杯啤酒。"

酒水迅速出现在桌上。

"我老婆很快会端来土豆汤。"驿站老板嘟囔道，"刚才的事请别放在心上。我必须随时备好伙食。如果哪位贵人、王家信使或邮车来了……我这儿却没有吃的……"

"明白，明白……"

杰洛特举起杯子。他认识许多矮人，了解他们的饮酒习惯，知道该怎么敬酒。"愿正义得以伸张！"

"愿那帮狗娘养的死无葬身之地！"矮人补充道，与杰洛特碰杯，"跟遵守礼仪和传统的人喝酒就是痛快。俺是埃达里奥·巴赫。其实是埃达里翁，不过所有人都叫俺埃达里奥。"

"我是利维亚的杰洛特。"

"利维亚的杰洛特，猎魔人。"埃达里奥·巴赫大声说着，擦去胡须上的酒沫，"你这名字很耳熟。你游历过许多地方，难怪熟悉礼仪。至于俺，你看，俺是从希达里斯坐送信马车来的，或叫'慢吞车'，这是南方的叫法。现在俺要等定期往来于多里安和瑞达尼亚的送信马车，打算去崔托格。好吧，土豆汤总算来了。尝尝什么味道。你该知道，最美味的土豆汤只可能出自俺们玛哈坎的婆娘之手，你肯定没喝过正宗的。要用黑面包和黑麦粉做的酵头，加上蘑菇和煎得恰到好处的洋葱……"

驿站的土豆汤味道很棒，加了很多鸡油菌和煎洋葱，就算比不上玛哈坎女矮人的手艺，杰洛特也没觉得差到哪儿去。埃达里奥·巴赫也默默地大口喝汤，没再发表任何评论。

驿站老板突然看向窗外，他的反应让杰洛特也看了过去。

两匹马来到驿站外，情况比杰洛特夺来的坐骑还要糟糕。马背上共有三人，确切地说是两男一女。猎魔人警惕地扫视房间。

"吱呀"一声，门开了，芙莱嘉走进驿站，身后跟着利根扎和特伦特。

"如果要马……"看到芙莱嘉手里的剑，驿站老板的话语戛然而止。

"猜对了。"她替他说下去，"我们需要马。三匹。赶紧的，去马厩把马牵来。"

"……可现在……"

老板这次也没能把话说完。芙莱嘉跳向他,在他眼前亮出利刃。杰洛特站起身。

"嘿,你们几个!"

三人同时转头看向他。

"是你!"芙莱嘉拖长声调,"你这该死的流浪汉。"

她的脸上有块瘀青,是杰洛特挥拳留下的。

"都是因为你,"她哑音说道,"谢夫洛夫、拨火棍、斯佩里……整队人都被杀了。而你,你这狗娘养的,把我打下马鞍,偷了我的马,像个懦夫一样逃走了。我得跟你好好算算这笔账。"

她的身材娇小而苗条,但骗不了猎魔人。他有过亲身体会,所以很清楚:人生就像在这驿站一样,哪怕再丑恶的东西,也可以装进平凡无奇的箱子寄送出去。

"这里是驿站!"老板躲到柜台后大喊,"受到王家保护!"

"听到没?"杰洛特平静地说,"这里是驿站。你们走吧。"

"你这白毛无赖,算数还这么差劲儿。"芙莱嘉嘶声道,"要我帮你数数吗?你只有一个,我们有三个人。说明我们人数比你多。"

"你们有三个人,"他的目光扫过他们,"我只有一个。但你们也没多到哪儿去。这是个数学悖论,是规则里的例外。"

"什么意思?"

"意思就是,快他妈滚!趁你们还能走路。"

他看到她眼中闪烁的精光,立刻明白她是那种少见的对手——她可以眼睛盯着一处,手上却攻击另一处。不过芙莱嘉练这招应该没多久,杰洛特毫不费力就避开了她这狡诈的一剑。他半转身体,闪过袭击,顺势飞起一脚,踢得她左腿离地,倒向柜台。只听"咚"的一声,芙莱嘉结结实实地撞上了木头台面。

利根扎和特伦特肯定见识过芙莱嘉的身手,见她一招便落下风,惊得二人张大嘴巴,呆呆立在原地。趁这工夫,猎魔人一把抄起早在墙角发现的扫帚,先用桦木枝抽中特伦特的脸,然后用木柄敲中他的脑袋,再用扫帚绊住他的腿,往他膝盖窝狠踹一脚,令其摔倒在地。

利根扎冷静下来,拔剑跳起,由上至下猛劈。杰洛特侧身闪过,身体右转,抬起手肘。利根扎带着惯性往前一扑,正好被杰洛特一肘砸中气管,喘息着跪了下来。在他倒地之前,杰洛特从他手中夺过长剑,笔直地往上掷出。那把剑插进一根椽子,再也没能掉到地上。

芙莱嘉朝他下盘攻来。杰洛特堪堪躲过,打中她持剑的手,抓住她的胳膊,迫使她转过身,再用扫帚柄一绊,让她再次重重地撞上柜台。

特伦特又扑了过来。杰洛特用扫帚抽打他的脸,一下,两下,三下,速度非常快,然后用扫帚柄敲中他一边鬓角,接着是另一边,再狠狠打中他的脖子。猎魔人将扫帚柄别在他两腿中间,凑上前去,抓住他的手腕,用力一扭,夺过他的长剑,往上一丢。那把剑也插进一根椽子,未能落地。特伦特后退几步,被一条长凳绊倒。杰洛特相信没必要再伤害他了。

利根扎爬了起来,但一动不动地站在那里,两臂无力地垂下,抬头看着插进椽子、触不可及的两把剑。芙莱嘉再度发难。

她旋转剑身,虚晃一招,迅速反手刺击。这个套路很适合在照明不佳、空间狭小的酒馆里伤人,可惜猎魔人不在乎有没有照明,也对这套路再熟悉不过。芙莱嘉的剑刃只劈开了空气,那下佯攻令她自己转了半圈。猎魔人趁机晃到她身后，用扫帚柄自下向上卡住她的胳膊，用力扭断了她的手肘。芙莱嘉惨叫起来。杰洛特从她指间夺过长剑，将她一把推开。

"我本想留下这把，"他看着那把剑，"就当我费时费力的补偿。但我改主意了。我不想带着强盗的武器。"

他把剑向上一扔。剑刃插进房椽，颤抖不休。芙莱嘉面白如纸，扭曲的唇间亮出牙齿，弯腰从靴子里又抽出一把小刀。

"这是个愚蠢至极的决定。"他直视她的双眼说道。

商道上响起蹄声，马匹嘶鸣，武器铿锵。驿站外的院子里突然挤满了骑手。

"假如我是你们，就会找个角落老实坐下。"杰洛特对那三人说，"假装自己不在这儿。"

驿站门"砰"的一声被撞开，马刺叮当作响，一群士兵大踏步走了进来，一个个头戴狐皮帽，身穿编有银丝的黑色短上衣。为首的是个留着八字须、系红色腰带的男人。

"我是王家部队的科瓦奇军士！"他高声说道，单手握住腰带上的钉头锤，"隶属第一骑兵连第二小队，为泰莫利亚、庞塔利亚和玛哈坎的统治者弗尔泰斯特国王陛下效力，奉命捉拿一批瑞达尼亚匪帮！"

芙莱嘉、特伦特和利根扎坐到角落的凳子上，专心盯着自己的脚尖。

"目无法纪的瑞达尼亚掠夺者、打手和强盗越过我国边境。"科瓦奇继续说下去，"这群渣滓破坏边境桩，四处放火，抢劫、折磨并杀害我国臣民。他们被我王家军队打得落花流水，只能像狗一样躲在森林里，等待机会逃出边境。这些人很可能会在附近出现，所以我要警告你们,谁敢为他们提供帮助或通风报信,都将视为叛国,而叛国罪的代价是绞刑!

"这间驿站有没有陌生人出现?有没有新面孔?一切可疑之人?我要强调一句,指认或协助捉拿罪犯者,奖赏一百奥伦。老板?"

驿站老板耸耸肩,低下头,嘟囔一句什么,然后俯身贴近柜台,卖力地擦起台面。

军士扫视周围,走向杰洛特,马刺叮当作响。

"你是谁?哈!我好像见过你。在马里波。我认得你的白发。你是猎魔人,对吧?擅长追踪并猎杀各种怪物。我没说错吧?"

"没错。"

"那没你的事了。必须说一句,你这行当令人敬佩。"军士宣布说,同时用品评的眼光看向埃达里奥·巴赫,"这位矮人先生也不在怀疑之列,因为强盗里没发现矮人。但我要公事公办地问一句:你来这间驿站做什么?"

"俺从希达里斯搭送信马车来的,正等着换车。俺还得等上很久,所以这位可敬的猎魔人与俺同席而坐,一边谈天说地,一边把啤酒化成尿。"

"你说换车?"军士重复一遍,"懂了。你们俩呢?你们又是谁?对,就是你俩,我在跟你们说话!"

特伦特张大嘴,眨眨眼,嘟囔了一句。

"说啥?嘿?站起来!我问了,你们是谁?"

"放过他吧,长官。"埃达里奥·巴赫语气轻松,"他是俺仆人,俺雇来的。是个傻子,低能儿。胎里带的毛病。谢天谢地,他弟弟妹妹就很正常,因为他老娘学聪明了,知道怀孩子时不能在传染病患者屋外的水塘里打水喝。"

特伦特的嘴巴张得更大了，低下头，不悦地嘟囔并呻吟起来。利根扎也嘟囔两句，作势想要站起，却被矮人一只手按在肩上。

"不用起来，小子。还有，闭嘴，保持安静。俺懂进化论，知道人类是从什么动物进化来的，用不着你一直提醒俺。也放过他吧，长官。他也是俺的仆人。"

"唔，好吧……"军士依然怀疑地打量着他们，"仆人，是吗？既然你这么说……那她呢？一个年轻女人，却穿着男装？嘿！起来，让我瞧瞧你！你是什么人？问你话呢，快说！"

"哈哈，长官。"矮人大笑起来，"她？她是个妓女，俺是说，风尘女子。俺在希达里斯雇的她，让她给俺暖床。旅行时有女人陪，你就不会想家了，天底下所有哲学家都会赞同这句话。"

他用力拍拍芙莱嘉的屁股。芙莱嘉咬牙切齿，脸色气得更白了。

"是吗？"军士皱起眉头，"乍一眼我怎么没看出来？哎，太明显了。她是个半精灵。"

"而你是个半鸡儿。"芙莱嘉恶狠狠地说，"鸡儿只有常人的一半。"

"闭嘴，闭嘴。"埃达里奥·巴赫安抚道，"别往心里去，长官。俺就喜欢这种泼辣的货色。"

一个士兵冲进房间，递过一份报告。科瓦奇军士挺直了脊背。

"发现匪帮踪迹！"他宣布道，"我们必须全速追赶！请原谅我们的打扰。随时为各位效劳！"

他和士兵们离开房间。片刻后，沉重的马蹄声离开了院子。

"请原谅刚才的闹剧，原谅俺随性的发言和粗鲁的举动。"沉默片刻后，埃达里奥·巴赫对芙莱嘉、特伦特和利根扎说道，"说老实话，俺不认识你们，不在乎你们，也不喜欢你们的所作所为，但俺更不喜欢有人被绞死。想到你们被挂上绞架，两腿乱蹬的模样，俺就特别沮丧。这就是俺出言轻浮的原因。"

"你们的命是这出言轻浮的矮人救的。"杰洛特补充道，"礼貌点，向矮人先生表示谢意吧。我见过你们对那农夫一家的行径，知道你们是怎样的无赖。我不会动一根手指头维护你们，不愿也不会像这位高贵的矮人一样替你们打掩护。没有他，你们三个已经被绞死了。所以，走吧。最好走那位军士和骑兵队相反的方向。"

看到三人的视线不断瞄向插进橡子的长剑，杰洛特立刻打断了他们的念想。"想都别想。你们拿不走的。没了武器，也免得你们再去打劫和勒索了。滚。"

"好紧张。"三人离开并关上房门不久，埃达里奥·巴赫长出一口气，"该死的，俺的手还在发抖。你呢？"

"我没事。"杰洛特回想起刚才的情况，"我在这方面……有点缺陷。"

"有些人很走运。"矮人咧嘴一笑，"就连缺陷都对他们有好处。再来杯啤酒？"

"不了，谢谢。"杰洛特摇摇头，"我也该走了。我发现自己的处境……这么说吧，还是尽早赶路比较好。在一个地方待太久并不明智。"

"俺注意到了，但俺不会瞎打听。不过，猎魔人，你知道吗？俺也不想留在这里，干等两天后的马车了。首先，俺很无聊。其次，被你用扫帚打翻的女人，跟俺道别时的表情特别难看。咳，当时俺脑子发热,肯定说过头了。被俺说是妓女还被拍了屁股,她多半不会善罢甘休。她可能还会回来,到时俺可不想继续待在这儿。所以,咱们一起上路如何?"

"好啊。"杰洛特露出微笑,"有个好伙伴,路上就不会孤单了,天底下所有哲学家都会赞同这句话。只要我们方向一致就行。我要去诺维格瑞,必须在七月十五之前赶到。必须在十五日之前。"

他最迟要在七月十五之前赶到诺维格瑞。巫师们雇佣他,买下他两周时间时,他就强调过这一点。没问题,当时派尼提和查拉骄傲地看着他。没问题,猎魔人。你眨眼工夫就能赶到诺维格瑞。我们会直接把你传送到主街上。

"十五号之前,哈,"矮人扯了扯胡子,"今天是九号。时间不多了,要走的路却很长。不过有个法子能让你及时赶到。"

他站起身,从挂衣钩上取下一顶宽沿尖顶帽,戴在头上,又将一只袋子挎上肩头。

"俺在路上再跟你解释。走吧,利维亚的杰洛特,正好俺也要走这个方向。"

二人脚步轻快,甚至有点轻快过头了。事实证明,埃达里奥·巴赫是个典型的矮人。尽管在有需要或方便的情况下,矮人也可以驾乘各种交通工具和坐骑,无论马匹还是驮兽都行,但他们更喜欢走路。矮人天生就适合步行,一天能走三十里,堪比普通人驾马一日的骑程,更重要的是,他们还能背着常人拿都拿不动的行李。与没有负重的矮

人一起走路,人类根本追不上他们的脚步,哪怕猎魔人都不行。杰洛特忘记了这一点,因此没过多久,他只能要求埃达里奥稍微放慢点速度。

他们沿林间小路前行,有时穿过崎岖不平且没有道路的野地。埃达里奥知道怎么走,对这片区域了如指掌。他解释说,他家住在希达里斯,家族规模很大,以致一年四季都有聚会,比如婚宴、洗礼、葬礼或守灵等等。按照矮人的传统,除非你能拿出有公证人签字的死亡证明,否则别想缺席这种聚会,而活着的家族成员是没法弄到死亡证明的。因此,埃达里奥对往来希达里斯的路线可谓烂熟于胸。

"咱们的目的地,"他边走边说,"是位于庞塔尔洪泛区的定居点维阿特纳。维阿特纳有港口,经常有帆船和渡船在那儿停泊。只要运气不坏,咱们就能找艘合适的船。俺要去崔托格,所以会在鹤丛岛下船,你还得多坐一段,三四天后就能抵达诺维格瑞。相信俺,这是最快的法子。"

"我相信。慢点儿,埃达里奥。我快跟不上了。你的职业经常走路吗?莫非你是个行商小贩?"

"俺是矿工,在铜矿坑干活。"

"当然,所有矮人都是矿工,都在玛哈坎的矿坑里干活。站在采掘面旁边,用铁镐挖矿。"

"你这叫刻板印象,懂吗?要不了多久,你又该说所有矮人都满嘴脏话了。再喝上几杯烈酒,你还会觉得俺们都爱拿战斧砍人。"

"我没这么想过。"

"俺的矿坑不在玛哈坎,而在崔托格附近的铜矿镇。俺也不负责挖矿。俺是矿坑铜管乐队的号手。"

"有意思。"

"另有件事才叫有意思呢。"矮人大笑着说，"是个逗人发笑的巧合。俺们乐队的拿手曲目叫《猎魔人行军曲》。听起来是这样：嗒啦－啦啦，砰，砰，呜叭－呜叭，铃－叮－叮，啪啪啦啦－嗒啦－嗒啦，嗒啦－啦啦，砰－砰－砰……"

"你们怎么想出这鬼名字的？你们见过猎魔人行军吗？在哪儿？什么时候？"

"其实……"埃达里奥·巴赫显得有些心虚，"这是用《大力士进行曲》改编的。所有矿坑铜管乐队演奏的不是《大力士进行曲》、《运动员入场曲》，就是《老兵行军曲》。俺们想搞点原创的。嗒－啦－啦，砰－嘀－哎！"

"慢点儿，不然我要累死了！"

◀━━◆━━▶

森林里荒无人烟，但他们经常走过的草地和林间空地却截然相反。那些地方忙得热火朝天，人们收割干草，将其耙平，再聚成草垛和草堆。矮人欢快地招呼他们，他们有时会以同样的方式回应，有时毫无反应。

"这让俺想起了俺们乐队的另一支进行曲，"埃达里奥指指辛勤劳作的工人，"名叫《割干草》。俺们经常演奏，尤其是在夏天，还会跟着唱。俺们矿坑有个诗人，他写了几句绝妙的歌词，甚至可以拿来清唱。歌词是这样的：

> 男人前面忙割草，
> 女人后面跟着跑。
> 抬头看天吓一跳，
> 担心大雨哗哗浇。
> 男人女人抱成团，
> 狂风暴雨里取暖。
> 大鸟挥舞左右摇，
> 管他风狂雨又暴。

然后从头唱起。挺适合行军的，对吧？"

"慢点儿，埃达里奥！"

"慢不得！这可是行军曲！要遵守行军的节奏和韵律！"

在途中一个小丘上，他们看到一道白墙的残骸、某栋建筑物的废墟，以及一座造型独特的塔楼。

杰洛特根据塔楼认出了那间神殿——他不记得里头供奉的是哪位神祇了，但听说过与之相关的故事。很久以前，那里住着一群祭司，据说他们贪婪、放纵、沉迷于酒色，终于有一天，当地居民忍无可忍，将他们逐出神殿，赶进一片密林，从此祭司们在那边住了下来，改信林间神灵，最后的结局相当凄惨。

"那是老艾莱姆。"埃达里奥说，"咱们没走错路，时间也掌握得很好。傍晚就能赶到林间坝了。"

他们沿小河前行。上游湍急的河水拍打着巨石,翻涌起泡沫,下游河面变宽,形成一大片水塘。一座用木头和泥土筑成的堤坝汇聚了河水。堤坝旁很是忙碌,一群人正在那里辛勤劳作。

"到林间坝了。"埃达里奥说,"你看,下面那建筑就是堤坝。有了它,工人就能把林地里的木材推进河道运走。你应该注意到了,这河太浅,没法行船。所以等水位上升,他们堆好木材之后就会打开堤坝,形成适合漂木的大浪。生产木炭的原料就是用这种方式运输的。木炭……"

"……是炼铁的必备原料。"杰洛特替他说完,"而熔炼是工业里最重要也最有前途的分支。我知道。有个巫师最近替我指点迷津了。他很懂木炭和熔炼。"

"他能懂也不奇怪。"矮人哼了一声,"巫师会是苟斯·维伦工业区那些商号的大股东,名下有好几间铸造厂和金属加工厂呢。他们在熔炼行业捞到大笔利润,在其他行业也一样。也许这是他们应得的,说到底,这种技术基本上就是他们开发的。不过嘛,他们大可以放下伪善的论调,不如干脆承认魔法不是啥好东西,不是舍己为人的慈善事业,而是谋求利润的巨大产业。俺干吗跟你说这些?你早就知道了。跟俺来,那边有间小酒馆,咱们去那儿休息。那儿肯定有床位。你也瞧见了,天快黑了。"

这间小酒馆根本配不上"酒馆"这个称呼,但没人会感到意外。它的服务对象是堤坝那边的伐木工和撑筏工,对他们来说,只要有酒喝,什么地方都无所谓。一间棚屋,上面是漏雨的茅草屋顶,再用木杆撑起一块雨篷,下面是粗木板钉成的桌椅,外加一面石头壁炉,当地人就心满意足了。他们不需要也不指望更加奢侈的享受,只在乎隔墙后面有没有酒桶,老板能不能端出啤酒,或者老板娘心情好时,会不会在壁炉余烬里摆上铁架,烤几根香肠,哪怕卖得稍微贵些也行。

　　杰洛特和埃达里奥都没抱太大期待,好在啤酒很新鲜,明显是从刚打开的木桶倒出来的。他们又恭维了老板娘几句,让她煎了一锅血肠配洋葱。在森林里穿行了一整天,杰洛特觉得这血肠的味道甚至堪比小牛腿肉加蔬菜、野猪肩肉、墨鱼汁比目鱼,以及"万物本性客栈"所有的美味佳肴。不过说实话,他还是比较想念"万物本性客栈"。

　　"你也知道那位先知的命运吧?"埃达里奥朝老板娘招招手,又点了杯啤酒。

　　落座之前,他们仔细查看了一棵大橡树旁覆盖苔藓的巨石。石头上刻着文字,说在复活纪元 1133 年的春分节,先知雷比欧达曾在此地向他的门徒布道,1200 年,斯派里顿·艾普斯——来自林德的针织品大师,在小市场开业大吉,价廉物美,欢迎选购——出资建造了纪念此事的方尖碑。

　　"你知道人称先知的雷比欧达的故事吗?"埃达里奥刮着黏在锅底的血肠,再次发问,"俺是说,真正的故事。"

"不知道。"猎魔人用面包擦拭锅底,"不管是真的还是编的,我都不感兴趣。"

"那就听俺说。这事发生在一百多年前,俺记得就是这块大石头上写的日期不久。你也清楚,时至今日,几乎没人见过龙了,除非是在杳无人烟的群山或荒野里。而在过去,它们出现得比较频繁,有时会造成麻烦。它们发现满是牲口的牧场是绝佳的用餐地点,可以毫不费力地填饱肚子。对农夫来说,幸好这种巨型爬虫每个季度也就开荤一两次,不过它们的食量足能让牧场倒闭,尤其是它们相中哪片区域之后。有条巨龙就盯上了科德温某个小村庄,它会飞进村子,吃几只羊、两三头牛,再从鱼塘里抓几条鲤鱼当点心,最后喷火点燃一间谷仓或一片草垛,拍拍屁股飞走。"

矮人灌了口啤酒,打了个嗝儿。

"村民们费尽心机想赶走那条龙,使用了各种陷阱和花招,结果全是徒劳。幸运的是,雷比欧达刚好带着门徒来到附近的班·阿德城。当时他已经是个名人了,被称为先知,有众多追随者。农夫们向他求助,令人吃惊的是,他竟然没有拒绝。等那条龙再次出现,雷比欧达前往牧场驱赶它。那龙像做烤鸭一样把他烧得外焦里嫩,吞进肚里。对,就这么吞了下去,然后飞回山里。"

"完了?"

"没有,听俺讲。众门徒为先知哭泣,陷入绝望,然后雇了几个猎人。是俺们的人,矮人小伙子,熟悉龙的矮人猎人。他们追踪那条龙一个月,按照惯例,跟着那只大爬虫的排泄物。门徒们跪在每一坨大便旁边,一边翻搅一边痛哭,想拼出他们导师的残骸。最后他们凑齐了所有尸骨——反正他们觉得算是凑齐了吧。当然了,肯定不光有人骨，还掺杂了牛羊的骨片，目前都收藏在诺维格瑞神殿的一口石棺里，当作神圣的遗物。"

"得了吧，埃达里奥。这故事是你编的，或者经过大幅修改。"

"为啥这么怀疑？"

"因为我常与一位诗人同行。如果一件事有真实的和更吸引人的两种版本，他肯定会选择后者，还会大肆添油加醋。如果有人指责他，他会哈哈大笑，诡辩说就算某事不是真的，也不能代表那一定是假的。"

"让俺猜猜这位诗人是谁。不用说，是丹德里恩。不过故事自有它自己的规则。"

"'故事多是虚构的记录，记载的多是无足轻重的事件，多由堪比白痴的历史学家灌输给我们。'"猎魔人笑着说道。

"再让俺猜猜这句格言的作者是谁。"埃达里奥·巴赫咧嘴一笑，"科沃的维索戈塔，哲学家、伦理学家，同时也是历史学家。不过，关于先知雷比欧达……嘿，就像有人说过的，历史就是历史。俺听说，在诺维格瑞，有时祭司会从石棺里取出先知的遗骸，让信徒亲吻。俺要是在场，肯定下不去嘴。"

"我也是。"杰洛特说，"至于诺维格瑞，既然我们提到那里……"

"放轻松，"矮人打断他，"你不会迟到的。咱们一早就起床，出发去维阿特纳。咱们会找到一条合适的船，让你及时赶到诺维格瑞。"

希望如此，猎魔人心想。*希望如此*。

人物异类,狐则在人物之间。幽明异路,狐则在幽明之间。仙妖殊途,狐则在仙妖之间。阴阳两隔,狐则在阴阳之间。神鬼途分,狐则在神鬼之间。

——清代学者 纪昀[①]

[①]前三句出自《阅微草堂笔记·卷十·如是我闻(四)》,后两句为仿写。

第十四章

当晚有场暴风雨刮过。

二人在干草棚睡过一晚，清早在寒冷却明媚的阳光下出发，沿既定路线穿过阔叶林地、泥炭沼泽和湿草甸。经过一个小时的艰难跋涉，前面出现了一片建筑物。

"维阿特纳到了。"埃达里奥·巴赫指了指，"那就是俺跟你说的港口。"

他们赶到河边，一阵微风迎面扑来，让人神清气爽。二人踏上木制突堤码头。河道在此转成一片宽如湖泊的水域，表面平缓，几乎辨不出水流的方向。岸上的柳树和赤杨枝条垂向水面。叫声各异的水禽四处游动，有野鸭、白眉鸭、针尾鸭、潜鸟和鸊鷉。一艘小船优雅地划过水面，与风景融为一体，丝毫没有惊动那些聒噪的鸟儿。那船只有一根桅杆，船尾有面大帆，首尾另有几块三角帆。

"曾经有人恰如其分地列出世上三大美景。"埃达里奥·巴赫看着风景说，"满帆的船，飞驰的马，还有，你知道的……躺在床上的裸女。"

"是跳舞。"猎魔人的嘴角浮现出难以察觉的微笑,"跳舞的女人,埃达里奥。"

"这么说也行。"矮人附和道,"跳舞的裸女。至于那条小艇,哈,你得承认,它在水面上还挺好看。"

"那不是小艇,是小型商船。"

"那是独桅纵帆船。"一个矮胖中年男人,身穿麋鹿皮短上衣,走过来纠正道,"独桅纵帆船啊,先生们。看船帆就能轻易分辨了。一面大型斜桁主帆,一块三角帆,两块支索帆。很经典的。"

那艘小船——或叫独桅纵帆船——靠向突堤码头,让他们得以欣赏装饰在船首的人像。那是个鹰钩鼻的秃头老人,而非常见的大胸女子、美人鱼、龙或大海蛇。

"见鬼,"埃达里奥·巴赫喃喃道,"这先知算是盯上咱们了?"

"长六十四尺,"老绅士用自豪的语气续道,"帆面共计三千三百平方尺。先生们,那就是'先知雷比欧达号',柯维尔样式的现代独桅纵帆船,在诺维格瑞船厂建造,不到一年前刚刚下水。"

"俺们看出来了,你很熟悉那艘船。"埃达里奥·巴赫清清嗓子,"你对它非常了解。"

"我了解它的一切,因为我就是船主。看到船尾的旗帜没?上面有个手套图案,那是敝商号的标志。请允许在下自我介绍:我是凯维纳德·凡·弗利特,一位手套制造商。"

"很高兴认识你。"矮人握握他的右手,精明地打量着这位商人,"恭喜你能有这么一艘小船,因为它又快又好看。奇怪的是,它居然在这儿,在维阿特纳的水塘里,而不在庞塔尔河主航道。同样奇怪的是,这艘船在水上,而你身为船主,却待在这穷乡僻壤的岸上。莫非出了什么事?"

"啊,没,没,没什么事。"手套商人说道。在杰洛特看来,他的回答太快了,语气也未免过于强烈。"我们在这儿补充给养,仅此而已。说到这穷乡僻壤,好吧,我们来这儿是形势所逼,并非心甘情愿。赶着救人时,你不会在意自己走的是哪条路。至于我们的营救远征……"

"凡·弗利特先生,你就别提这些细节了。"有几人朝这边走来,踩得码头微微震颤,其中一人说道,"我相信,这两位先生对此没什么兴趣。他们也不该感兴趣。"

对方共有五人,从村子那边踏上这条突堤码头。说话之人头戴草帽,轮廓分明、宽大而突出的下巴上留着几天没刮的胡楂,看上去格外打眼,下巴中间还有条竖缝,看着就像缩小版的屁股。他身边是个彪形大汉,名副其实的巨汉,但从模样和表情看来又绝非蠢货。第三人矮小壮实,饱经风霜,全身上下透出一股水手的气息,就连毛线帽和那枚耳环都不例外。另外两个显然是甲板工人,身后拖着装有补给品的箱子。

"依我看,"裂下巴继续说道,"不管这两位先生是什么人,都没必要知道我们是谁,在这里做什么,或有其他什么私事。二位肯定明白,我们的私事跟其他人一点关系都没有,何况是碰巧遇见、素昧平生的陌生人……"

"也不完全是陌生人。"巨汉插嘴道,"这位矮人先生我确实不认识,但另一位先生的白发暴露了他的身份。利维亚的杰洛特,对吧?那位猎魔人?我没猜错吧?"

我还挺有名,杰洛特心中暗想,双臂抱胸。*过于有名了。也许我*

该染个发？或像哈伦·查拉一样剃成光头？

"猎魔人！"凯维纳德·凡·弗利特显然特别高兴，"真正的猎魔人！太走运了！尊敬的先生们！他简直是天赐之礼！"

"鼎鼎大名的利维亚的杰洛特！"巨汉重复道，"在这个时候、这种情况下遇见他，真是相当走运。他能帮我们摆脱……"

"你说得太多了，卡宾。"裂下巴打断他，"太快也太多了。"

"费许先生，你这话是什么意思？"手套商人哼了一声，"你看不出这是多么意外的收获吗？能得到一位猎魔人的协助……"

"凡·弗利特先生！交给我吧。我同类似人物打交道的经验要更丰富些。"

众人陷入沉默。裂下巴上下打量着猎魔人。

"利维亚的杰洛特，"最后他说，"怪物与超自然生物的克星——不得不说，堪称传奇的克星——前提是我相信传奇故事。你那两把著名的猎魔人之剑呢？我好像没看见。"

"你看不见也不奇怪，"杰洛特回答，"因为它们是隐形的。怎么，你没听说过猎魔人之剑的传说吗？外行人是看不见的。只要我念出咒语，它们就会出现。但我只在需要时才会念咒。就算不用剑，我也能让对手吃尽苦头。"

"姑且相信你好了。我是贾维尔·费许，在诺维格瑞开了家商号，提供各种服务。这是我搭档，佩特鲁·卡宾。这位是普德罗拉克先生，'先知雷比欧达号'的船长。还有尊贵的凯维纳德·凡·弗利特，你已经见过了，他是该船的船主。"

"依我看，猎魔人，你所站的码头，位于方圆二十几里唯一的定居点内。"贾维尔·费许望望四周，继续说下去，"想离开这里，找到人来人往的道路，必须先徒步穿过森林。依我看，你更希望乘坐能浮在水面上的东西，沿水路离开这片野地。'先知号'正要去诺维格瑞，甲板上可以载客，比如你和你的矮人伙伴。你意下如何？"

"继续说，费许先生。我洗耳恭听。"

"如你所见，我们的船可不是什么老破船，想坐就得花钱，而且价码不低。先别打岔。你是否愿意用你的隐形利剑保护我们呢？你可以提供宝贵的猎魔人服务，也就是说，你要在前往诺维格瑞港口的航程中陪同并保护我们，以抵偿这趟旅行的费用。我想知道，你们猎魔人的服务标价是多少？"

杰洛特看着他。

"包括查清真相的价码？"

"什么？"

"你的提议里暗藏着诡计和玄机。"杰洛特平静地说，"非让我自己查明的话，我会开出高价。如果你能坦诚以待，价码也可以降低。"

"你的疑虑反而更加可疑。"费许冷冷地回答，"只有骗子才会在风中嗅到狡诈的气息。俗话说得好，做贼心虚嘛。我们只是想雇你当护卫。任务很简单，没有任何复杂之处，能藏着什么诡计和玄机？"

"所谓'护卫'根本荒诞不经。"杰洛特的目光毫不动摇，"是临时编造的谎言，这点显而易见。"

"何以见得？"

"事实如此。这位手套商人阁下说漏了'营救远征'之类的话，而你，费许先生，又无礼地打断了他。要不了多久，你的同伴就会泄露你竭力隐瞒的事实。所以想让我合作，你就别再胡编乱造了。这到底是个什么远征？你们急着去救谁？为什么要掩人耳目？你们又要摆脱怎样的麻烦?"

"我们会向你说明的。"费许抢在凡·弗利特之前开口,"我们会说明一切,亲爱的猎魔人……"

"但要先上船。"一直默不作声的普德罗拉克船长走过来,用沙哑的嗓音说道,"没必要在码头上耽搁了。现在是顺风,出发吧,先生们。"

◆——◆

船帆鼓满了风,"先知雷比欧达号"迅速驶过河湾的宽阔水域,蜿蜒穿行于沙洲和小岛之间,朝主河道行进。帆索嘎吱作响,吊杆发出呻吟,绘有手套图案的旗帜在风中猎猎作响。

凯维纳德·凡·弗利特遵守承诺,独桅纵帆船离开维阿特纳的突堤码头不久,他就把杰洛特和埃达里奥叫到船首,开始讲述。

"我们眼下这场远征,"他开口说道,不时打量一眼愠怒的费许,"是要解救一个被绑架的孩子。她叫西米娜·德·斯佩尔维达,是布里安娜·德·斯佩尔维达的独生女。这名字你们一定很耳熟。她名下有许多毛皮鞣制厂、浸泡与缝纫工坊,以及毛皮制衣厂,年产量极大,收入十分可观。你看到哪位女士穿着华丽而昂贵的皮毛,不用说,肯定是她家工厂生产的。"

"所以她女儿被人绑架了。为了勒索赎金?"

"说实话,不是。你不会相信的,但……有只怪物抓走了小女孩。一个狐女。我是说,狐狸化形的怪物。一只雌狐妖。"

"说得对,"猎魔人冷冷地说,"我不会相信的。狐女、雌狐妖,或者更准确地说,狐魔,只会抓走精灵的小孩。"

"没错,完全正确。"费许没好气地说,"确实史无前例,但诺维格瑞最大毛皮产业的女东家就是非人种族。女孩的母亲,布蕾安涅·戴阿贝尔·爱普·穆格是位纯血女精灵,是雅各布·德·斯佩尔维达的遗孀,继承了她亡夫的所有财产。雅各布的家族没能让遗嘱作废,也没法宣布二人的跨种族婚姻不合法,尽管它违背了习俗和神圣的律法……"

"说重点,"杰洛特打断他,"请说重点。你说那位毛皮商,那位纯血女精灵,委托你们找回她被绑架的女儿?"

"你想给我们下套?"费许皱起眉头,"想抓我们的话柄?你很清楚,如果狐女绑架的是精灵的小孩,没人会去找的。他们会放弃那个孩子,彻底忘记此事,认定那个小孩命中注定属于……"

"起初,布里安娜·德·斯佩尔维达也是这么假装的。"凯维纳德·凡·弗利特插嘴道,"她很沮丧,但用的是精灵的方式,秘而不宣。而她对外的表情很难捉摸,甚至没流一滴眼泪……*Va'esse deireádh aep eigean, va'esse eigh faidh'ar*,她反复这么说道,这是他们的语言,意思是……"

"……有些事情即将结束,有些事情却将开始。"

"没错。但这无非是精灵的蠢话。没有东西会结束。这算什么结束?凭什么让它结束?布里安娜在人类中间生活了许多年,遵守我们的法律和习俗,只是血统属于非人种族而已,内心却与人类无异。没错,精灵的信仰和迷信很有影响力,这点我同意,也许布里安娜只是在其他精灵面前强装镇定,但心里肯定很想她女儿。她愿意付出一切代价,找回她的独生女,不管对方是不是狐女……说真的,猎魔人阁下,她没提出任何要求,也没指望任何帮助。是我们看到她的沮丧,决心伸出援手。整个商人公会凑钱资助了这次远征。我提供了'先知号'和我本人。商人帕尔拉吉先生也一样,很快你就能见到他。但我们只是商人,不是冒险家,所以求助于可敬的贾维尔·费许先生,因为我们知道他精明机智、不惧危险,擅长处理棘手事务,以知识和经验著称……"

"以经验著称的费许先生,"杰洛特瞥他一眼,"却没告诉你们,这场营救远征根本毫无意义,打一开始就注定失败。依我看,这有两种解释。第一,可敬的费许先生不知道他会带着你们蹚进怎样的浑水。第二,也是更有可能的解释,可敬的费许先生收到了大笔酬劳,让他情愿领你们走些冤枉路,然后两手空空地回去。"

"别这么急于指责嘛!"凯维纳德·凡·弗利特抬手制止费许,后者正要愤怒地反驳。"你也太急着宣布失败了。我们这些商人总会正面思考一些问题……"

"你们的思考方式值得赞赏,但帮不上这次的忙。"

"为什么?"

"被狐魔绑架的孩子是不可能找回来的。"杰洛特平静地解释道,"绝对不可能。狐女生性隐秘,善于潜藏,你们根本找不到小孩的下落。即使找到,狐魔也不会同意你们带走孩子。无论狐形还是人形,狐魔都是不可轻忽的对手,极难对付。最重要的是,被雌魔抓走的精灵小孩已经不再是精灵小孩了。她会发生变化,最终变成狐女。因为狐魔无法生育,它们想种族延续,唯一的办法就是诱拐并转变精灵小孩。"

"这些狐魔就该绝种才对。"费许终于找到发言的机会,"这种化形怪物统统都该灭绝。没错，狐女很少妨碍人类。它们只会绑架精灵小孩，只会伤害精灵，这本身不是坏事，毕竟非人种族遇到的麻烦越多，对人类就越有好处。但狐女终究是怪物，怪物理应被根除、被毁灭，整个种族都该彻底摧毁。说到底，这也是你谋生的手段，对吧，猎魔人，你为此出过力。所以嘛，希望你别再心怀不满了，我们的目的就是为了清除怪物。不过依我看，这些话根本不用我多说。你想听解释，现在你听到了。你知道我们要雇你做什么了，也知道要对付……怎样的对手，才能保护我们。"

"无意冒犯，不过你们的解释就像膀胱发炎撒出的尿一样浑浊。"杰洛特平静地说，"你们这趟远征也没那么崇高，不比乡下女孩过完狂欢夜后的贞操可靠多少。不过这是你们的事了。我只想建议你们，要保护自己不被狐魔伤害，唯一的办法就是离它远远的。凡·弗利特先生？"

"嗯？"

"回家去吧。这场远征毫无意义，是时候认清这一点，然后放弃了。身为猎魔人，这是我能给你的最好的建议。这条建议不收钱。"

"但你不会下船的，对吧？"凡·弗利特嘟囔道，脸色有些发白，"猎魔人阁下？你会陪着我们吗？如果……如果发生了什么事，您也会保护我们吧？请答应我们……看在诸神的分上，希望你同意……"

"他会同意的，别担心。"费许嗤之以鼻，"他会跟咱们一起走的。不然谁还能带着他走出这片荒野？别慌，凡·弗利特先生。没什么好怕的。"

"没有个屁！"手套商人突然吼道，"都他妈怨你！是你把这事搞砸的，这会儿又冒出来逞英雄了？我还想平安无事地坐船回诺维格瑞呢！必须有人保护我们，因为我们已经惹上了麻烦……遇上了危险……"

"我们没遇上任何危险。别像个娘们似的瞎嚷嚷。学学你的伙伴帕尔拉吉，躲到甲板下层去吧。找他喝点儿朗姆酒，你的胆气就能壮起来了。"

凯维纳德·凡·弗利特涨红了脸，接着脸色变白，对上杰洛特的目光。

"搪塞得够久了，"他坚定而冷静地说，"是时候坦白真相了。猎魔人大师，我们找到了一只小雌狐妖。她在后舱，帕尔拉吉先生正在看守她。"

杰洛特摇摇头。

"难以置信。你们从狐魔手里抢回了毛皮商的女儿？小西米娜？"

费许朝船舷外吐了口唾沫。凡·弗利特挠了挠后脑勺。

"这本不在我们计划之中，"最后他嘟囔道，"是我们意外发现的另一个……也是个狐女，不过是另一个……绑架她的肯定是另一只雌狐妖。费许先生从几个士兵手里买下了她……他们是从某个狐女那里偷来的。一开始，我们以为她就是西米娜，只是外表有所改变……可西米娜只有七岁大，满头金发。而这位差不多有十二岁，头发是黑色……"

"虽然不是我们要找的人，但我们带走了她。"费许抢先告诉猎魔人，"何必让一个精灵崽子变成更可怕的怪物呢？到了诺维格瑞，我们还可以把她卖给动物园，毕竟她是个稀罕物，是个蛮子、半狐女，由狐魔在森林里抚养长大……动物园会掏一大笔钱……"

猎魔人转过身子，背对着他。

"船长，转向，靠岸！"

"不行！"费许咆哮道，"保持航线不变，普德罗拉克。这里轮不到你发号施令，猎魔人。"

"你要保持理智，凡·弗利特先生。"杰洛特没理费许，"你们应该马上放掉那个女孩，把她放回岸上，不然你们死定了。狐魔不会抛下孩子不管，它肯定盯上你们了。想阻止它，唯一的办法是放掉那个女孩。"

"别听他乱讲。"费许说，"别听他吓唬你们。我们在河面上航行，这条河又宽又深，区区一只狐狸能奈我何？"

"还有个猎魔人保护我们。"佩特鲁·卡宾嘲弄地补充道，"手持隐形的利剑！大名鼎鼎的利维亚的杰洛特才不会畏惧什么老狐女！"

"我什么都不知道。"手套商人喃喃道，目光从费许转向杰洛特和普德罗拉克，"杰洛特大师？等到了诺维格瑞，我会慷慨解囊，为您的努力付出可观的报偿……只要您能保护我们。"

"我当然会保护你们。但办法只有一个。船长，靠岸。"

"你敢！"费许脸色发白，"别想靠近后舱一步，不然你会后悔的！卡宾！"

佩特鲁·卡宾想揪住杰洛特的衣领，但没成功。埃达里奥·巴赫一直都很平静，默不作声，此刻突然杀出，一脚踹中卡宾的膝盖窝，令其身体前倾，扑通一声跪倒。矮人跳到他身上，挥起拳头狠狠打中他的肾部，然后是侧脑，让那巨汉无力地倒在甲板上。

"块头大有啥了不起？"矮人的目光扫过其他人，"也就摔倒的声音比别人响亮点儿。"

费许的手伸向刀子，但被埃达里奥·巴赫一眼瞪了回去。凡·弗利特站在原地，目瞪口呆。普德罗拉克船长和其他船员也一样。佩特鲁·卡宾呻吟着，努力从甲板上抬起脑袋。

"待那儿别动。"矮人建议他，"不管是你的块头，还是斯图尔弗斯监狱的刺青都吓不倒俺。块头比你还大的，蹲过监狱等级更高的，全被老子教训得服服帖帖，所以你就别想着起来了。杰洛特，你该干啥干啥。"

他又转向其他人。"如果你们有啥疑问，只要记得猎魔人和俺是在救你们的小命就好。船长，靠岸。放下一条小船。"

猎魔人走下船舱，拉开一扇门，然后是另一扇，突然停下脚步。埃达里奥·巴赫在他身后骂出了声。费许也一样。凡·弗利特呻吟起来。

一个瘦削的女孩倒卧在床上，无力地摊开四肢，两眼无神，身子半裸，腰部以下不着寸缕，两腿淫猥地分开，脖子扭成不自然的姿势，显得更加淫猥。

"帕尔拉吉先生……"凡·弗利特结结巴巴地说，"你……你干了什么？"

跨坐在女孩身上的秃头男人抬起目光，看向他们。他转了转头，仿佛看不见人，只是在寻找手套商人说话的方向。

"帕尔拉吉先生！"

"她开始叫……"那人嘟囔道，双下巴颤动不已，呼吸中带着酒味，"叫个不停……"

"帕尔拉吉先生……"

"我叫她安静……只想让她闭嘴。"

"结果你杀了她。"费许道出事实，"你就这么杀了她。"

凡·弗利特双手抱头。

"这下怎么办啊?"

"这下,"矮人直白地告诉他,"咱们彻底完蛋了。"

◆━━━▶　◀━━━◆

"没必要惊慌!"费许一拳狠狠砸在栏杆上,"我们在河上,水很深,离岸远。就算那狐女跟在后面,只要在水上,她就威胁不到我们——当然我很怀疑它是不是真的跟在后面。"

"猎魔人大师?"凡·弗利特胆怯地抬起目光,"您怎么说?"

"狐魔在跟踪我们,"杰洛特耐心地重复道,"这点毫无疑问。就算有值得质疑的地方,那也是因为费许先生见识有限,所以我会要求他闭上嘴巴。情况是这样,凡·弗利特先生:如果我们把小狐女放到岸上,也许狐魔就能放我们一马。不过木已成舟,现在只有逃命才救得了我们。之前狐魔没有袭击你们,说明命运还是垂青于傻瓜的,但我们不能再试探命运了。升起所有船帆吧,船长。有多少升多少。"

"还可以升起船尾上桅帆。"普德罗拉克缓缓说道,"眼下是顺风……"

"万一……"凡·弗利特打断他的话,"猎魔人大师?你能保护我们吗?"

"直说好了,凡·弗利特先生,我更想丢下你们不管。丢下帕尔拉吉——光是想到他还待在甲板下面,在他杀死的小孩尸体旁喝得醉醺醺的,我就想吐。"

"俺也想丢下你们不管。"埃达里奥·巴赫抬眼看天,插嘴道,

"还是改动一下费许先生关于非人种族的说法吧:白痴遇到的麻烦越多,对聪明人就越有好处。"

"我很想把帕尔拉吉留下,任凭那个狐魔发落,但猎魔人准则禁止我这么做。猎魔人准则不让我按自己的意愿行事,所以我不能抛下面临死亡威胁之人。"

"高贵的猎魔人准则!"费许嗤之以鼻,"好像没人听说过你们的恶行似的!但我支持尽快逃命的主意。升起所有船帆,普德罗拉克,开进水道,全速前进!"

船长下达命令,甲板上的水手们摆弄帆缆。普德罗拉克本人走向船头,考虑片刻后,杰洛特和矮人也跟了过去,留下凡·弗利特、费许和卡宾在后甲板争执。

"普德罗拉克先生?"

"什么事?"

"这船为什么叫这名字?为什么会用这么不常见的船首像?为了说服祭司们资助你?"

"这艘独桅纵帆船刚下水时叫'梅露西娜号'①。"船长耸耸肩,"船首像赏心悦目,绝对配得上这个船名。后来两样都改了。有人说跟赞助者有关。也有人说,诺维格瑞的祭司们动不动就指控凡·弗利特信奉邪教、亵渎真神,所以他想捧他们的臭……想讨好他们。"

"先知雷比欧达号"的船头破开水面。

"杰洛特?"

"什么事,埃达里奥?"

---

① 欧洲民间传说中的水妖。

"那个狐女……俺是说,狐魔……听说它能改变模样,既能变成女子的外貌,也能化作狐狸,就像狼人?"

"不太确切。狼人、熊人、鼠人或类似生物是兽化人,是能变形的人类。而狐魔是化形兽,是能变成人类外表的野兽,或者说生物。"

"那它能力如何?俺听过一些难以置信的说法……据说狐魔……"

"在狐魔展现能力之前,希望我们能赶到诺维格瑞。"猎魔人打断道。

"万一……"

"最好避免那个'万一'。"

强风骤起,拍动船帆。

"天色越来越暗了。"埃达里奥·巴赫指了指,"俺好像听到远处在打雷。"

矮人没听错。仅仅片刻之后,雷声再次响起,这次他们都听到了。

"风暴在逼近!"普德罗拉克喊道,"还留在深水区,我们的船会翻的!我们必须逃跑、躲避,避开这场暴风!伙计们,所有人都去操作船帆!"

他推开舵手,自己扶住船舵。

"抓紧!所有人都抓紧!"

右舷的天空变成深蓝色。大风突然刮起,吹打着陡峭河岸上的树木,令它们东倒西歪。大树的树冠摇晃不止,小树深深弯下腰。风中裹挟着成团的树叶与整根的树枝,甚至还有粗枝。耀眼的闪电亮起,几乎与此同时,刺耳的雷声轰然回荡。另一声巨响接踵而来,然后是第三声。

哗啦哗啦的声音愈发响亮,下一个瞬间,雨水倾盆而下。隔着雨幕，他们什么都看不见。"先知雷比欧达号"在波涛间起舞，每隔几秒就剧烈摇摆、左右倾斜，船身嘎吱作响。杰洛特感觉每块木板都在呻吟，每块木板都像活物一样自行移动，与其他木板格格不入。他担心这独桅纵帆船会直接解体。猎魔人反复告诉自己，这不可能，这船建造出来是为在更危险的水域航行，而这里只是条河，不是大海。他反复告诉自己，同时吐出嘴里的水，紧紧抓住帆缆。

很难判断这场风暴持续了多久。终于，震颤止息，狂风不再肆虐，翻搅河水的瓢泼大雨也减弱了势头，变成小雨，随后是毛毛细雨。这一刻，他们发现普德罗拉克的策略奏效了。船长让独桅纵帆船成功躲到一座高耸于水面的小岛背后，岛上森林覆盖，挡住了狂风，不再让船摇晃得那么厉害。雷雨云似乎也已走远，风暴逐渐止息。

雾气从水面升起。

━━━◆━━━

雨水从普德罗拉克湿透的帽子滴落，顺着他的脸颊流下。尽管如此，船长依然没有摘下帽子。恐怕他从来没有摘下过。

"杀千刀的！"他擦掉从鼻子上滴落的水珠，"风暴把我们带哪儿来了？哪条支流？还是旧河道？水面几乎是静止的……"

"不过水流还能带着我们走。"费许朝河里啐了一口，看着唾沫流走的方向。他的草帽不见了，肯定是被狂风刮跑了。

"水流很弱，但仍带着我们走。"他重复道，"我们在岛屿间的河湾里。保持航向不变，普德罗拉克。这条路肯定能带我们回到深水区。"

"我猜河道在北边。"船长弯腰看着罗盘,"所以我们该选择右侧支流。不是左侧,而是右侧……"

"你在哪儿看到的支流?"费许问,"这里只有一条河。我说了,保持航向不变。"

"刚才还是两条呢。"普德罗拉克坚持说,"也许我眼睛进水了,要不就是因为雾。好吧,就让水流带着我们走。只是……"

"又怎么了?"

"罗盘。它的指向完全……不,不,没问题。我刚才没看清。水从我的帽子滴到了玻璃盖板上。我们这就启航。"

"那就启航吧。"

雾气时而浓密,时而稀薄。风彻底停止了,空气变得十分温暖。

"这儿的水,"普德罗拉克说,"你们闻到了吗?味道完全不同了。我们在哪儿?"

迷雾散去,他们看到岸边浓密的灌木丛,其中散布着腐烂的树干。如今覆盖岛屿的不是松树、冷杉和紫杉,而是茂盛的红桦和柏树,长着球茎状的树根。柏树的树干缠绕着攀爬而上的凌霄花藤,其艳丽的红花是这片腐绿色沼泽植物中唯一的亮色。水面铺着一层厚厚的浮萍,水草丛生,"先知号"的船首分开浮萍和水草,将它们拖在船后,仿佛带着一支长长的队伍。河水浑浊不清,确实散发出略臭的可怕味道。硕大的气泡从河底升起。普德罗拉克依然亲自掌舵。

"也许会有浅滩。"他突然焦虑起来,"嘿,过来!测深员该干活儿了!"

他们顺着微弱的水流继续前进,但始终没能离开这片沼地,也没能摆脱这股腐臭的味道。船头的水手发出单调的喊声,报告水深。

"来瞧瞧这个，猎魔人大师。"普德罗拉克在罗盘前俯下身，敲敲那块玻璃。

"瞧什么？"

"我还以为玻璃蒙上了水汽……但指针没发疯的话，我们是在往东走。也就是说，我们正在原路返回。"

"这不可能。水流一直带着我们前进。这条河……"

他住了口。

一棵巨树半悬在水面上方，部分树根暴露在外。一个女子穿着贴身长裙，站在一根光秃秃的大树枝上，一动不动看着他们。

"掌舵。"猎魔人轻声说，"掌舵，船长。靠向那边河岸。远离那棵树。"

女人消失了。一只巨大的狐狸沿着树枝爬下，飞奔离去，潜入密林。那只野兽似乎是黑色的，只有蓬松的尾巴尖是白色。

"它找到我们了。"埃达里奥·巴赫也看到了，"雌狐妖找到我们了……"

"杀千刀的……"

"安静，你们两个。别引起恐慌。"

他们顺流航行。两岸枯树上的鹈鹕始终注视着他们。

插曲

一百二十八年后①

"那边就是伊瓦洛，小姐，那边，就在山丘后头。"商人用鞭子指了指，"顶多半弗隆，眨眼工夫就能到。我从路口往东去马里波，所以只能分道扬镳了。再会，愿诸神指引并照看你的前路。"

"您也一样，好心的先生。"妮妙跳下运货马车，拿上包裹和其他随身物件，笨拙地行了个屈膝礼，"由衷地感谢您载我一程。当时在那片森林……由衷地感谢……"

想到那片昏暗的森林，她不禁咽了口口水。过去两天，马车一直行走在森林深处的商道上，那里的树木高大骇人，扭曲的枝条纠缠盘绕，在空荡荡的道路上方搭成一片罩顶。当时她突然发现自己孤零零地站在路上，心头被恐惧攫住，只想转身逃跑，逃回家去，放弃独自一人周游世界的荒谬念头，将其抛到九霄云外。

---

①原文为"一百二十七年后"，但这数字与前后文有误差。

"天啊，不用谢，举手之劳而已。"商人大笑，"出门在外理应相互帮助。再会！"

"再会。祝您旅途平安。"

她在路口驻足片刻，看着一根被风雨打磨得十分光滑的石柱。它一定从很多年前就耸立在这里了，她心想。天晓得，说不定超过一百年了？也许这根石柱还记得"彗星之年"？那一年，北方诸王的军队向布伦纳进军，去同尼弗迦德决一死战。

她背诵一遍那条烂熟于胸的路线，这是她每天例行的功课。就像背诵魔药配方和咒语一样。

维尔瓦，古阿多，西贝尔，布鲁格，卡斯特堡，莫塔拉，伊瓦洛，多里安，锚地村，苟斯·维伦。

你从大老远就能得知伊瓦洛镇的方位——它的噪音和臭味远近闻名。

森林尽头就是岔路口，前面光秃秃的空地布满树桩，一直延伸到远处的地平线与第一批房屋那里。到处烟雾蔓延，成排的铁缸正在冒烟，那是烧制木炭的干馏设备。她闻到空气中有树脂的味道。越靠近小镇，噪音就越响——陌生的金属铿锵声不断传来，令她脚下的地面微微震颤。

妮妙走进镇子，吃惊地倒吸一口凉气。噪音和地面震颤的源头竟然是架机器，她以前从未见过这么古怪的东西。一口球形的铜制巨锅，上面装着硕大的轮子，后者不停转动，驱使一只油光闪烁的活塞上上下下。机器嘶鸣着冒出浓烟，喷出沸水，吐出蒸汽，又在特定的时刻发出惊人而恐怖的哨声，令妮妙目瞪口呆。但她很快克服了恐惧，好奇地靠近一些，仔细观察。只见那台恐怖机器的齿轮上连接着许多传动带，让锯子能以难以置信的速度锯断树干。她本想继续观察，可惜机器的嗡嗡声和锯子的磨削声让她的耳朵一阵阵发疼。

她跨过一座桥，下面的小河浑浊不堪，散发出难闻的味道，河面漂浮着木屑、树皮和泡沫。整个伊瓦洛镇更是臭气熏天，仿佛一间巨大的茅厕，更糟糕的是，似乎有人坚持要在这间茅厕里烧烤腐肉。过去一个星期，妮妙一直待在草地和森林里，这时简直喘不过气。她本想在伊瓦洛镇歇歇脚，随后再开启新的旅程。可现在她明白，等必要的事办完，她一刻都不会停留，也不可能在伊瓦洛镇留下什么美好的回忆了。

一如既往，她没花多少时间就在集市上卖了一篮蘑菇和草药根。现在她熟练了许多，知道人们需要什么，也知道该带什么商品去找什么人。她装成一个弱智，因此卖得极快，因为摊主们争先恐后想占这傻姑娘的便宜。虽然赚得不多，但她节省了不少时间，毕竟她还急着赶路呢。

小广场上有口水井，是该地区唯一一处干净的水源，为了装满水壶，妮妙在长长的队尾排了好久。相比之下，购买下一段旅程的干粮就容易得多了。受到香味的引诱，她还买了几块馅饼，但仔细看过之后，她觉得馅料有点可疑。最后，她在一间奶牛厂旁边坐下，趁馅饼尚能食用、不致严重影响健康时将它们吃下肚，反正它们也保存不了多久了。

对面是一家叫"绿"什么的酒馆，招牌的下半部分不见了，让它的名字成了个谜，仿佛在挑战游客的智力。有那么一会儿，妮妙开始专心思考：除了青蛙和莴苣，还有什么东西是绿色的呢？没多久，酒馆台阶上一小群常客的吵闹声打断了她的沉思。

"我跟你们说啊，'先知雷比欧达号'，"其中一位侃侃而谈，"那艘双桅横帆船，传奇的鬼船，在一百多年前跟所有船员一起消失得无影无踪。后来，只要它出现在河面上就会招来厄运。好多人都见过，驾船的是群幽灵。大伙都说，只要残骸没被人发现，幽灵船就会一直出现。不过最后他们还是找到了。"

"在哪儿？"

"在河口地区一条旧河床上，陷在烂泥里。他们抽干了泥沼里的水，发现那船长满了水草和苔藓。刮掉水草和苔藓，他们看到船上刻着字，正是'先知雷比欧达号'。"

"那财宝呢？他们找到财宝没？货舱里肯定有财宝。他们找到没有？"

"不知道。听人讲，残骸被祭司收走了，说它是神圣的遗物。"

"胡说八道。"另一名常客打了个嗝儿，"鬼才相信这种幼稚的传闻。他们找到一艘老破船，然后就开始瞎编了，什么幽灵船、财宝、遗物啥的。我告诉你们，全是鬼扯、屁话、愚蠢的谣言、老太婆的裹脚布。嘿，那边那个！小姑娘！你是谁？你是哪家的？"

"我自己家的。"妮妙早就准备好了答案。

"把你头发拨开，让我们瞧瞧你的耳朵！你看起来像个精灵崽子。我们这儿不欢迎精灵混血儿！"

"你管我？我又不会妨碍你们。我马上就要走了。"

"哈！你要去哪儿？"

"多里安。"妮妙学到过教训，宁可将下一站描述为目的地，也不要透露远行的最终目标，因为这会引来哄堂大笑。

"呵呵！你还有很长的路要走啊。"

"所以我要动身了。临行前告诉你们吧，尊贵的先生们，'先知雷比欧达号'没带任何财宝,传说里根本没提到这回事。那艘船之所以消失、变成幽灵船,是因为它受到了诅咒,因为船长没能听取忠告。船上曾有个猎魔人,建议他们调头返回,不要在他解除诅咒之前冒险进入支流。我读到过……"

"毛还没长全就这么聪明过人了?"第一个常客大声说道,"你该去扫地,小姑娘,去看火、帮大人洗内衣裤,干些简单的活儿。她说她识字——接下来还有啥?"

"猎魔人!"第三个常客嗤之以鼻,"天方夜谭,完全是天方夜谭!"

"既然你这么无所不知,肯定听说过喜鹊森林。"另一个插嘴道,"怎么,没听说过?那就听好了:那地方潜伏着邪恶的东西,每隔几年就会醒来,在森林里游荡的人会倒大霉。如果你真要去多里安的话,你的路线就要穿过喜鹊森林。"

"那边还有森林吗?你们不是把树都砍倒了吗?只剩下光秃秃的空地。"

"听听,这伶牙俐齿的小丫头,真是个'万事通'啊。树不就是拿来砍的吗?能砍的我们都会砍,该留下的也会留下。伐木工不敢进喜鹊森林的,那儿太可怕了。等你跑到那儿就明白我的意思了。你会吓尿裤子的!"

"那我还是赶紧动身吧。"

维尔瓦,古阿多,西贝尔,布鲁格,卡斯特堡,莫塔拉,伊瓦洛,多里安,锚地村,苟斯·维伦。

我是妮妙·维克·威德尔·爱普·格温。

我要去苟斯·维伦。去艾瑞图萨,仙尼德岛的女术士学院。

曾几何时，我们近乎无所不能。我们能幻化出琼州仙境的海市蜃楼，能让成千上万人看到蛟龙在空中飞舞。我们能用障眼法造出万军围城的假象，就连兵器与旗号上最微小的细节，都能让人看得一清二楚。当然，只有少数狐仙才能做到这些，他们寿数奇高，历经无穷劫难方修得无上正果。时至今日，我们的法力已大为衰减——大概是因为我们在凡人中间生活得太久了。

——《狼人圣书》

维克托·佩列文　著

第十五章

"瞧瞧你搞的烂摊子,普德罗拉克!"贾维尔·费许怒不可遏,"你把我们害惨了!我们在这些支流里转悠了一个钟头!我听说过这片沼泽,听说过与它有关的坏事!好多人和船烂死在这里!现在河在哪儿?水道在哪儿?为什么……"

"杀千刀的,闭上你的破嘴吧!"船长恼火地说,"水道在哪儿,水道在哪儿?在我屁眼里行不行?就你聪明,对吧?别客气,现在是你大显身手的时候了!又有分岔了!走哪边啊,大聪明?顺着水流往左?还是听你的命令往右?"

费许哼了一声,背过身去。普德罗拉克抓住船舵,让独桅纵帆船进入左侧的支流。测深员喊了一声。片刻之后,凯维纳德·凡·弗利特也发出一声呼叫,不过声音响亮得多。

"远离岸边,普德罗拉克!"佩特鲁·卡宾尖叫道,"右满舵!远离岸边!远离岸边!"

"咋了?"

"蛇!你没看见吗?有——蛇——!"

埃达里奥·巴赫咒骂起来。

左岸全是蛇。无数爬虫在芦苇与河畔的野草间扭动，滑过半浸在水中的树干，从悬在河面的枝条垂下，发出嗞嗞的怪响。杰洛特认出其中有水蝮蛇、响尾蛇、矛头蝮蛇、黄颔游蛇、绿灌嗞蝰、鼓腹嗞蝰、槌头蛇、黑曼巴……还有许多他不认识的品种。

"先知雷比欧达号"所有船员慌忙离开左舷，大呼小叫。凯维纳德·凡·弗利特跑向船尾，蹲坐到猎魔人身后，浑身抖个不停。普德罗拉克转动舵轮，改变独桅纵帆船的航线，杰洛特一只手按在他肩膀上。

"不，"他说，"保持航向不变。别靠近右岸。"

"可那儿有蛇……"普德罗拉克指了指正在接近的树枝，上面爬满了嗞嗞乱叫的毒蛇，"它们会落到甲板上……"

"根本没有蛇！保持航向不变。远离右岸。"

主桅帆索碰到一根下垂的树枝，好几条蛇缠到船帆上，另外几条落上甲板，包括两条黑曼巴。它们抬起头，嗞嗞地叫着，咬向瑟缩在右舷的人群。费许和卡宾逃向船尾，水手们大呼小叫地冲向船头。其中一人跳进水里，还没叫出声就消失不见，河面泛起染血的泡沫。

"巨水蜥！"猎魔人指着波浪间一道游开的黑影，大叫道，"这才是真的，跟那些蛇不一样。"

"我讨厌蛇……"凯维纳德·凡·弗利特啜泣着，在一旁蜷成一团，"我讨厌蛇……"

"这里没有蛇。那边也没有。都是幻觉。"

水手们叫嚷着揉揉眼睛。蛇不见了。无论甲板还是岸边都没有，甚至没留下任何痕迹。

"怎么……"佩特鲁·卡宾闷哼一声，"怎么回事？"

"是幻觉。"杰洛特重复道,"狐魔追上我们了。"

"什么?"

"雌狐妖。它造出幻象迷惑我们。不知道它骗了我们多久。风暴多半是真的。这里的确有两条支流,船长的眼睛没看错,只是狐魔用幻象藏住其中一条,又对罗盘动了手脚。它还用幻象造出那些蛇。"

"猎魔人又鬼扯!"费许嗤之以鼻,"精灵的迷信!老太婆的裹脚布!怎么,一只老狐狸能有这种本事?藏起河流,扰乱罗盘,凭空变出毒蛇?胡编乱造!我告诉你吧,是因为河水!蒸汽、沼气和瘴气让我们中了毒!所以才看到那些幻觉……"

"那是狐魔制造的幻象。"

"你当我们是傻瓜吗?"卡宾吼道,"幻象?什么幻象?那是真蛇!你们都瞧见了,对吧?都听到了嗞嗞声!我甚至闻到了它们的臭气!"

"那是幻觉。不是真蛇。"

"先知号"的帆索又勾到一根悬在河面上方的枝条。

"是幻觉,对吗?"一名船员伸出手, "幻觉?所以这蛇不是真的?"

"不!别动!"

巨大的槌头蛇从粗枝间垂下,发出令人血冷的嗞嗞声,闪电般探出身子,将尖牙插进那名水手的脖子。一下,两下。水手发出刺耳的尖叫,向后栽倒,全身抽搐,后脑勺有节奏地敲打着甲板。他的唇角涌出泡沫,眼里渗出鲜血。不等其他人赶过去,他已经死透了。

猎魔人用一块帆布盖住他的尸体。

"见鬼。伙计们,"他说,"留神!不是所有东西都是幻象!"

"当心!"船头的水手大叫道, "当——心——!前面有漩涡!

漩涡！"

古河道再度分岔。左侧支流，也就是水流带着他们前进的方向，开始打转、翻搅，化作一片汹涌的漩涡。旋转不息的涡流翻涌着泡沫，仿佛锅里的沸汤。树枝、树干，甚至一棵长有分叉树冠的完整的大树，都在漩涡中间不停打转，忽隐忽现。测深员逃离船首，其他人开始大喊大叫。只有普德罗拉克平静地站着，转动舵轮，驾驶独桅纵帆船转向较为平静的右侧支流。

"呼！"他擦擦额头，"刚好赶上！真被漩涡卷进去就糟了。哎呀，我们会被颠个七荤八素……"

"漩涡！"卡宾大叫道，"巨水蟒！鳄鱼！水蛭！根本用不着什么幻象，这片沼泽本来就满是蚊子与爬虫，充满各种脏物与毒素。太糟了，在这儿迷路可太糟了。好多船……"

"……就是在这儿失踪的。"埃达里奥·巴赫替他说完，往某处指了指，"没准儿真是这样。"

一艘沉船卡在右岸的淤泥里，船舷以下埋进泥土，腐朽破烂的船身爬满水草、藤蔓和苔藓。"先知号"乘着微弱的水流从旁驶过，人们仔细地看着残骸。

普德罗拉克用手肘捅了捅杰洛特。

"猎魔人大师，"他轻声说道，"罗盘又发疯了。根据指针，我们正从向东的航线转向南边。就算不是狐狸的把戏，这也不是什么好事。没人绘制过这片沼泽的地图，但众所周知，它位于船运航道的南边，也就是说，水流正把我们带进沼泽中央。"

"咱们正在顺水漂流。"埃达里奥·巴赫评论道，"现在没风，是水推着船走。有水流，就说明咱们正朝大河驶去，也就是庞塔尔河……"

"未必。"杰洛特摇摇头,"我听说过这些古河道。水流方向会变的,取决于它要汇入还是流出沼泽。别忘了还有狐魔,就连这个也可能是幻觉。"

两岸依然长满茂盛的柏树,植株高大、底部呈球状的山茱萸也随处可见。许多树木已经枯死。沉甸甸的铁兰花从腐朽的树干与枝头垂下,叶片在阳光下闪烁银光。白鹭栖在枝头,眼睛一动不动地盯着"先知号"。

测深员大叫起来。

这一次,所有人都看到了。它又站在悬于水面上方的粗枝上,全身挺直,纹丝不动。普德罗拉克安静地推动舵把,让船靠向左岸。雌狐妖突然放声嗥叫,声音凄厉刺耳。"先知号"经过时,它又跟着叫了一声。

一只巨狐迅速爬过枝头,潜入灌木丛中。

◆━━◆━━◆

"那是警告。"甲板上的骚动平息后,猎魔人说,"警告和挑战。更准确地说,是要求。"

"咱们想放了那丫头。"埃达里奥·巴赫补充说,"咱们当然想。可现在想放也放不成了,她死了。"

凯维纳德·凡·弗利特呻吟起来,两手扯住鬓角。他又湿又脏,满心惊恐,看上去一点也不像个有钱的船主,更像偷李子时被人抓到的小孩。

"怎么办?"他呜咽着说,"这下怎么办?"

"我知道。"贾维尔·费许突然宣布,"我们可以把那死掉的姑娘绑在木桶上,丢下船。雌狐妖会停下来为幼崽哀悼,帮我们争取一点时间。"

"你太无耻了,费许先生。"手套商人的语气突然严厉起来,"这么对待尸体可不好,是大不敬。"

"有什么好尊敬的?一个女精灵,还是半只野兽。我告诉你们,用木桶是个好主意……"

"只有彻头彻尾的傻瓜才想得出这种好主意。"埃达里奥·巴赫反驳道,"那样咱们都死定了。一旦雌狐妖发现咱们杀了那丫头,咱们就完蛋了……"

"又不是我们杀了那小崽子。"费许气得满脸通红,不等他做出回应,佩特鲁·卡宾抢先说道,"不是我们,是帕尔拉吉。都是他的错。而我们是清白的。"

"说得对。"费许赞同道,目光转向普德罗拉克和水手们,而非凡·弗利特和猎魔人,"该死的是帕尔拉吉。就让雌狐妖找他报仇吧。把他和尸体放到小船上,让他们一起漂走。我们趁这机会……"

卡宾和几个水手高声附和,表示认同,但普德罗拉克立刻给他们泼了瓢冷水。

"我不同意。"他说。

"我也是。"凯维纳德·凡·弗利特脸色发白,"也许帕尔拉吉先生确实有罪,也许他理应受罚。但丢下他,让他自生自灭?我不同意。"

"要么他死,要么大伙一起死!"费许吼道,"不然还能怎么办?

猎魔人!如果狐女登上甲板,你能保护我们吗?"

"我会的。"

一阵沉默。

"先知雷比欧达号"在浮泛泡沫的臭水里漂流,船尾拖曳着花环般的水草。白鹭和鸬鹚在枝头凝视着他们。

◀━━◆━━▶

测深员在船头高声预警。片刻后,他们全都叫出了声。他们又看到了那艘爬满藤蔓和水草的烂船,就是一个小时前刚刚经过的那艘。

"咱们在兜圈子,"矮人指出,"又回到了起点。狐女用陷阱困住了咱们。"

"只有一条出路。"杰洛特指着左边的支流与翻滚不息的漩涡,"从那儿穿过去。"

"穿过漩涡?"费许吼道,"你疯透了吧?它会把我们撕成碎片的!"

"撕成碎片,"普德罗拉克承认,"或者翻船,或把我们甩进泥沼,跟那艘沉船落得同样下场。看到在漩涡里打转的大树没?那个漩涡猛得吓人。"

"是啊,很猛。但它多半是幻觉。我觉得是狐魔制造的另一个幻象。"

"你觉得?你是猎魔人,结果你还说不准?"

"我能分辨较弱的幻象。眼下这些太强了。但我估计……"

"你估计?万一估错了呢?"

"反正也没得选。"普德罗拉克厉声道,"要么穿过漩涡,要么继续转圈……"

"……转到死。"埃达里奥·巴赫替他说完,"转到咱们凄惨地死去。"

在漩涡里打转的大树时不时将粗枝探出水面,仿佛溺死鬼伸出的一条条手臂。漩涡翻搅涌动,喷出白沫与水泡。"先知号"剧烈摇晃,随后向前猛冲,被吸进漩涡中间。漩涡裹挟的大树重重撞上船舷,水沫四下飞溅。独桅纵帆船开始摇晃、旋转,速度越来越快。所有船员同声尖叫。

突然,一切归于平静。河水安静下来,水面变得光滑平稳。"先知雷比欧达号"在长满山茱萸的河岸间缓缓行进。

"你说得对,杰洛特。"埃达里奥·巴赫清了清嗓子,"果然是幻觉。"

普德罗拉克久久地看向猎魔人,一言不发。最后,他摘下帽子。原来他的头顶就像鸡蛋一样光滑发亮。

"我只签了河道航行合同。"他用沙哑的嗓音说道,"这是我老婆的要求。她说河里比较安全,起码比海上安全多了。这样我开船时她就不用提心吊胆了。"

他戴回帽子,摇摇头,紧紧抓住舵轮的握把。

"结束了?"凯维纳德·凡·弗利特在舵轮边的舱室里呜咽道,"我们安全了?"

没人回答他的问题。

◆━━━▶━━━◀━━━◆

水面上覆盖着厚厚的水藻和浮萍。河边林木主要换成了柏树，茂盛的呼吸根——或叫气生根——从岸边的泥沼与浅滩地伸出，有些将近六尺高。乌龟在杂草铺成的岛屿上晒太阳。青蛙呱呱直叫。

这次看见狐魔之前，他们首先听到了声音。一声响亮而沙哑的嗥叫，既像吟唱，也像威胁和警告。它以狐狸的外形出现在岸边，伫立在一棵枯萎倾倒的大树上，高昂着头，连声嗥叫。杰洛特察觉到它叫声里奇怪的旋律，明白除了威胁，那也是一种命令。只是它下令的对象不是他们。

树干下方的水面突然开始冒泡，一只怪物随之现身。它身形庞大，全身覆盖着淡绿棕色的泪滴状鳞片，发出咯咯与嘎吱的声响，乖乖服从雌狐妖的命令，搅动河水，径直游向"先知号"。

"那……"埃达里奥·巴赫咽了口唾沫，"那也是幻觉？"

"恐怕不是。"杰洛特说，"那是鱼眼水妖！"他朝普德罗拉克与水手们大喊，"狐魔蛊惑了一只鱼眼水妖，派它来攻击我们了！艇篙！所有人拿起艇篙！"

鱼眼水妖破开船侧的水面，他们看到一颗平平的脑袋，上面覆盖着水藻，还有两颗鱼一样的凸眼，血盆大口里露出圆锥般的利齿。怪物凶狠地撞上侧面船身，一下，两下，让整艘船跟着摇晃起来。等船员们举着艇篙跑上前去，它却转身潜入水中，片刻后伴着水花声出现在船尾舵叶旁边。只见它咬住舵叶，用力撕扯，令其嘎吱作响。

"它想破坏船舵!"普德罗拉克怒吼着用艇篙戳向怪物,"它想折断船舵!抓住升降索,把船舵升起来!把那杂种从船舵边赶走!"

鱼眼水妖啃咬并拉扯着船舵,全然不顾众人的呼喊和艇篙的戳刺。舵叶松脱了,一大块木片折断在怪物嘴里。也许它认为这就足够了,也许是狐女的咒语失去了效力,总之它潜入水中,消失不见了。

岸边传来狐魔的嗥叫声。

"还有什么?"普德罗拉克挥舞着手臂叫喊道,"它接下来还想干什么?猎魔人大师!"

"诸神啊……"凯维纳德·凡·弗利特啜泣着说,"请原谅我们缺失的信仰……原谅我们害死了那个小姑娘!诸神啊,救救我们吧!"

他们立刻感觉到轻风拂面。"先知号"的三角旗原本可怜巴巴地低垂着,这时突然飘动起来,帆桁也跟着嘎吱作响。

"水面变宽了!"费许在船头大喊,"那边,那边!宽阔的水域,肯定是主河道!开去那边,船长!那边!"

河道的确开始拓宽,绿色的芦苇墙那边似乎真有一片开阔的水域。

"成功了!"卡宾叫道,"哈!我们赢了!我们逃离沼泽了!"

"深度一!"测深员喊道,"深——度——一——!"

"转向!"普德罗拉克大吼。他推开舵手,亲自执行命令。"是浅——滩——!"

"先知雷比欧达号"的船首重新转向长满呼吸根的支流。

"你去哪儿?"费许吼道,"你要干吗?去开阔水域。那边!去那边!"

"不能去。那是浅滩。我们会困住的!沿支流前往开阔水域,那边水更深。"

他们再次听到狐魔的嗥叫,却看不到它的身影。

埃达里奥·巴赫拽了拽杰洛特的袖子。

佩特鲁·卡宾爬上后舱梯,一只手抓着站不稳脚的帕尔拉吉的衣领,就这么拖着他。一个水手跟在他身后,抱着用斗篷包裹的女孩。另外四个水手坚定地站在他们身旁,手持斧头、鱼叉和铁钩,面向猎魔人。

"别拦我们,好先生。"个头最高的水手粗声粗气地说道,"我们只想活命。是时候了。"

"放下那孩子。"杰洛特慢吞吞地说,"放开那个商人,卡宾。"

"不行,先生。"水手摇摇头,"我们要把尸体和这商人丢下船去,这样就能阻止那只怪物。然后我们也能脱身了。"

"你就别管了。"另一个水手喘息着说,"我们跟你无冤无仇,但你别挡我们的道。不然你们会吃苦头的。"

凯维纳德·凡·弗利特蜷缩在船舷旁,啜泣着转过头去。普德罗拉克无奈地转开目光,抿起嘴唇,显然他也没打算干涉船员的叛乱。

"对,这就对了。"佩特鲁·卡宾推了把帕尔拉吉,"把这商人和死掉的小狐女丢下船,这是我们唯一的逃命机会。别挡道,猎魔人!继续,伙计们!带他们上小艇!"

"什么小艇?"埃达里奥·巴赫平静地问,"你说的是哪一条?"

贾维尔·费许在小艇上弓身划桨,奔向开阔的水面,同"先知号"已经拉开了很远的距离。他划得十分卖力,桨叶泼溅起水花,将水草拨向四处。

"费许!"卡宾破口大骂,"你这狗杂种!婊子养的王八蛋!"

费许转过身,朝他们比出中指,然后又抄起船桨。

但他没能划多远。

当着"先知号"所有船员的面，小艇突然被一道水柱抛向空中。他们看到一条巨大的鳄鱼，满口尖牙，尾巴不断抽打。费许掉到船外，连声尖叫着游向岸边，那儿的浅滩上立着许多柏树根。鳄鱼朝他追去，但呼吸根组成的"栅栏"减缓了它的速度。费许游到岸边，重重地扑倒在一块巨石上——可惜那并非真正的巨石。

身形庞大、仿佛饿龙的巨龟张开嘴巴，一口咬住费许的前臂。他哀号一声，挣扎踢打，将烂泥甩得到处都是。鳄鱼破开水面，咬住他一条腿。费许的叫声更大了。

一边是巨龟，一边是鳄鱼，有那么一会儿，没人说得清是哪方抢走了费许。直到最后，两只爬虫都有所斩获。一条胳膊留在巨龟口中，外加从血肉间伸出的一根木棍形白骨。鳄鱼则带走了其他部分。只剩下一大片红色漂浮在浑浊的泥泞之间。

杰洛特趁船员们还目瞪口呆，从水手怀里抢过女孩的尸体，退到船头。埃达里奥·巴赫站在他身旁，手里擎着一根艇篙。

卡宾和水手们没有反抗。恰恰相反，他们都匆忙跑向船尾——何止匆忙，甚至是慌乱。他们的脸像死人一样惨白。凯维纳德·凡·弗利特蜷缩在船舷旁，脑袋藏进膝盖之间，两手紧紧抱头。

杰洛特转过身。

要么是普德罗拉克分了心，要么是船舵被鱼眼水妖破坏失灵了，总之，独桅纵帆船径直驶到几根低垂的粗枝下，卡在倾倒的树干之间。狐魔抓住机会，跳上船头，动作敏捷，轻盈无声。它是用狐狸形态现身的。猎魔人曾在天空映衬下见过它这副模样。当时它似乎遍体通黑，色如焦油。但其实不是。它皮色发黑，尾巴末端开着一朵雪白的花，但毛发其实以灰色为主，尤其是头部。这点更像沙狐，而非银狐的特征。

它变幻形态，身形见长，化作一个高挑的女子，只是长着狐狸脑袋，尖尖的耳朵，长长的鼻口。它张开嘴，成排的利齿闪过一道寒光。

杰洛特跪在地上，将小女孩的尸体轻轻放上甲板，朝后退开。狐魔发出刺耳的嗥叫，凶狠地合拢嘴巴，朝他逼近。帕尔拉吉尖叫起来，惊慌地挥舞双臂，挣开卡宾的手，"噗通"一声跳下船，立刻沉了下去。

凡·弗利特哭个不停。卡宾和水手们聚到普德罗拉克身旁，脸色依然惨白。普德罗拉克摘下了帽子。

猎魔人脖子上的徽章剧烈颤抖，宣示自己的存在。狐魔跪在女孩旁边，发出奇怪的声音，既非咆哮，也非低喃。它突然抬起头，亮出獠牙，一声轻吼，眼里闪过愤怒的火光。杰洛特一动不动。

"是我们的错。"他说，"这里发生了十分丑恶的事。但别让事情继续恶化了。我不能允许你伤害这些人，也不该让你这么做。"

雌狐妖抱起小女孩，站直身子，目光扫过所有人，最后看向杰洛特。

"你挡了我的道。"它语气凶狠，缓慢而清晰地吐出每一个字，"就为保护他们。"

他没答话。

"我得带走我的女儿，"它继续说道，"这事比你们的贱命重要得多。你却站出来保护他们，白头发的。就凭这一点，总有一天，我会来找你。在你忘记的时候。在你最意想不到的时候。"

它敏捷地跳上船舷，跃上一棵倒伏的大树，最后消失在灌木丛中。

一片寂静中，只有凡·弗利特的哭声清晰可闻。

风势渐止，周围变得闷热。在水流推动下，"先知雷比欧达号"摆脱了树枝，顺着支流中央向前漂去。普德罗拉克用帽子擦了擦眼睛和额头。

测深员叫了起来。卡宾叫了起来。其他人跟着大叫。

茂密的芦苇和野生稻米背后突然出现了茅草屋顶。他们看到木杆上晾晒的渔网，看到细长的黄色沙滩，看到了突堤码头。而在更远处，岬角上那片林地尽头，有条宽阔的河在蓝天下静静流淌。

"河！河！终于看到主河道了！"

所有人同声高喊，包括水手们、佩特鲁·卡宾和凡·弗利特。只有杰洛特和埃达里奥·巴赫没有大声呼叫。普德罗拉克靠着舵轮，同样一言不发。

"你在干吗？"卡宾喊道，"你要去哪儿？去河那边！那边！去河那边！"

"不行了。"船长的语气里带着绝望和听天由命的味道，"没有风可以借力，这船又不听舵轮指挥，水流越来越急。我们只能顺水漂，让水流推动我们，把我们带回那条支流，带回沼泽地带。"

"不！"卡宾咒骂一声，跳下船，游向沙滩。

水手们纷纷效仿。杰洛特来不及阻止他们。埃达里奥·巴赫只够时间按倒了准备跳船的凡·弗利特。

"蓝天。"矮人说，"金色的沙滩。河水。太美了，不像真的。所以肯定不是真的。"

突然，那片景致开始闪烁。突然，片刻前的渔夫小屋、金色沙滩和岬角尽头的大河都不见了，猎魔人只看到一片蛛网般的铁兰花从腐烂的枝头一直延伸到水面。泥泞的河岸，长满气生根的柏树，气泡从浑浊的水底升起。那是一片水生植物的海洋。一间由树枝构成的无尽迷宫。

这是狐魔最后的幻象。一瞬间，他看到了幻象背后隐藏的东西。

水里那些人开始尖叫、挣扎，接连消失在水下。

佩特鲁·卡宾浮出水面，连连喘息，大声尖叫，全身覆盖着蠕动的斑纹水蛭，每条都有鳗鱼一般肥壮。接着，他沉进水里，再也没能出现。

"杰洛特！"

埃达里奥·巴赫用艇篙拖过一只小艇，后者在与鳄鱼的遭遇战中幸存下来，如今漂到船边。矮人跳上小艇，杰洛特把呆若木鸡的凡·弗利特递了过去。

"船长。"

普德罗拉克朝他们挥了挥帽子。

"不了，猎魔人大师！我不会弃船的。无论发生什么，我都会指引它返回港口！如果不行，我就跟它一起沉底！再会了！"

"先知雷比欧达号"平静而庄严地漂走，驶进支流，消失在他们眼前。

埃达里奥·巴赫朝两手掌心各吐一口唾沫，弯腰划起船桨。小艇在水面上飞速前进。

"去哪儿？"

"去浅滩后面的开阔水域。我敢肯定，主河道就在那儿。我们去那边的船运通道，拦下一艘船。如果遇不到，就一路划到诺维格瑞去。"

"那普德罗拉克……"

"他没事的。如果这是他的命……"

凯维纳德·凡·弗利特又开始哭。埃达里奥继续划桨。

天空变暗。他们听到远处响起轰鸣的雷声。

"暴风雨要来了。"矮人说,"咱们要浑身湿透了。"

杰洛特哼了一声,随后大笑。那是发自内心的笑。笑声极具感染力。因为片刻后,他俩都在大笑。

埃达里奥划桨的动作均匀有力,富有节奏。小艇在水面疾驰,仿佛离弦之箭。

"你就像划了一辈子船。"杰洛特擦擦眼里笑出的泪水,"我还以为矮人不会划船和游泳呢……"

"你这叫刻板印象,懂吗?"

插曲

四天后

波索迪兄弟拍卖行位于主街旁一间小广场上。顾名思义，主街就是诺维格瑞的主干道，与永恒之火神殿所在的城市广场相连。波索迪兄弟靠贩马卖羊生意起家，曾经只买得起城墙外的一栋棚屋。四十二年后，他们的拍卖行是一栋气派的三层大楼，坐落于城区最豪华地段，已经成了他们的家族财产，拍卖物品仅限于宝石——主要是钻石——以及艺术品、古董和收藏品。拍卖会每个季度举办一次，时间定在星期五。

今日的拍卖厅内人满为患。*起码得有上百人吧*，安缇雅·德瑞斯心想。

拍卖师艾伯纳·德·纳瓦雷特站到讲台后，嗡嗡的低语声很快停息。

同往常一样，拍卖师身穿黑色丝绒外套与金色锦缎马甲，显得异常光彩照人。哪怕王侯都会羡慕他高贵的气度与外貌，即使贵族也会嫉妒他优雅的举止与礼节。曾几何时，艾伯纳·德·纳瓦雷特确实是个贵族，但因酗酒、挥霍和声色犬马而被逐出家门并剥夺了继承权，这已是众所周知的秘密。若不是波索迪家族，恐怕艾伯纳·德·纳瓦雷特还在街头要饭呢。波索迪兄弟需要一位有贵族气质的拍卖师，在这方面，其他候选人根本无法与之相提并论。

"女士们，先生们，晚上好。"他语气之柔滑堪比身上这件短上衣的丝绒布料，"欢迎各位莅临波索迪兄弟拍卖行，参加本季度的艺术珍品与古董拍卖会。正如诸位在艺品画廊里看到的那些，今日的拍卖品也都是独一无二的私品珍藏。

"在下注意到了，诸位多是拍卖行的常客与老主顾，自然熟悉拍卖会的规定与拍卖时的规则。所有人入场时都会拿到一本写明了拍卖规则的小册子，因此我会假设各位都已了解了规定内容，清楚违规的后果。事不宜迟，我们这就开始吧。

"一号拍品：一套软玉群像，展现了一位宁芙……唔……与三位农神……按照我们专家团的鉴定，玉像出自侏儒之手，时间约在一百年前。起拍价：两百克朗。有人出两百五。一次。两次。三次。成交。由三十六号先生拍得。"

旁边的办公桌后坐着两位职员，飞快地记下交易结果。

"二号拍品：*Aen N'og Mab Taedh'morc*，精灵传说与诗歌集，附有大量插图，十成新。起拍价：五百克朗。商人霍夫梅耶出价五百五。德洛夫斯议员出价六百。霍夫梅耶先生六百五。没人继续出价吗？成交。由希伦顿的霍夫梅耶先生以六百五十克朗拍得。

"三号拍品：一件象牙制品，呈……唔……细长的弧形，用途……呃……应该是按摩。源于海外，年代不明。起拍价：一百克朗。左边这位一百五。四十三号，这位戴面具的女士出两百。八号，这位戴面纱的女士出价两百五。有人出三百吗？药剂师沃斯特克兰兹的夫人出价三百。三百五！最后一次。三百五，成交。由四十三号女士以三百五十克朗拍得。

"四号拍品：《解毒大全》，一本独一无二的医学著作，古劳皮安堡大学建校初期出版。起拍价：八百克朗。我看到有人出八百五。欧内索格医生，九百。尊敬的玛蒂·索德格伦女士，一千。还有人出价吗？成交！由索德格伦女士以一千克朗拍得。

"五号拍品：《兽种集》，十分珍贵的版本，用山毛榉板装订，配有精美插图……

"六号拍品：《抱猫少女》，四分之三人身像，布面油画，辛特拉流派。起拍价为……

"七号拍品：手柄铃铛，黄铜材质，矮人工艺，年代难以推断，但无疑是件古董。边缘有用矮人符文刻下的文字，大意是：'摇个屁啊，你这兔崽子？'起拍价为……

"八号拍品：布面油和蛋彩画，作者不详。堪称杰作。请注意它独特的用色、颜料的巧妙搭配与生动的光影运用。昏暗的意境与完美的色彩呈现出庄严的森林自然风光。也请注意作品中央的主要形象，一头发情的雄鹿，以烘托气氛的明暗对比法描绘。起拍价为……

"九号拍品：*Ymago mundi*，又名《新世界》。该书十分罕见，牛堡大学藏有一份手抄本，剩下仅为几位私人收藏家所有。马臀皮装订，彩色烫金压花。品相极好。起拍价：一千五百克朗。尊敬的维莫·维瓦尔第先生出价一千六。可敬的普罗查斯卡祭司出价一千六百五十。一千七，后排那位女士。一千八，维瓦尔第先生。一千八百五十，可敬的普罗查斯卡祭司。一千九,维瓦尔第先生。为您喝彩,可敬的普罗查斯卡祭司,两千克朗。两千一,维瓦尔第先生。有人出两千二吗?"

"该书不敬神灵,充满大量异端邪说!理应烧毁!我买下它就是为了烧掉!两千两百克朗!"

"两千五!"维莫·维瓦尔第嗤之以鼻,抬手捋了捋打理整齐的白胡子,"你这虔诚的纵火犯,继续出价啊?"

"何其丑陋!金钱竟然压倒了正直!异教矮人居然受到远超人类的待遇!我要向当局投诉!"

"成交,由维瓦尔第先生以两千五百克朗拍得。"艾伯纳·德·纳瓦雷特平静地宣布,"至于可敬的普罗查斯卡祭司,我要提醒您,别忘了波索迪拍卖行的规则与规定。"

"我这就走。"

"再会。请各位不要在意这小小的插曲,波索迪拍卖行独特而丰富的拍品总能引发强烈的情绪。下面继续。十号拍品:毋庸置疑的珍品,非比寻常的发现,两柄猎魔人之剑。主办方决定成套拍卖,而非拆散,以纪念使用它们多年的猎魔人。第一把剑,钢材取自陨星,剑身在玛哈坎锻造并打磨,经专家团证实,上面的矮人印记千真万确。

"另一把为银剑,十字护手和剑身上刻有符文与证明其起源的雕饰。起拍价:整套一千克朗。十七号先生,一千零五十。还有人出价吗?有人出价一千一百吗?如此珍奇的拍品就没人感兴趣吗?"

"见鬼,才这么点儿?"尼科夫·穆尤斯——那位法庭记录员——坐在后排,不停地将沾满墨水的手指攥成拳头,或用指头梳理着稀落的头发,"我就知道划不来……"

安缇雅·德瑞斯用嘘声叫他闭嘴。

"霍瓦特伯爵，一千一。十七号先生，一千二。尊敬的尼诺·锡安凡尼利阁下，一千五。戴面具的先生，一千六。十七号先生，一千七。霍瓦特伯爵，一千八。戴面具的先生，两千。尼诺·锡安凡尼利阁下，两千一。戴面具的先生，两千二。还有人出价吗？锡安凡尼利阁下，两千五……十七号先生……"

两名壮汉悄然进入大厅，突然架起那位十七号先生。

"杰罗萨·富埃尔特，又名'尖针'，"第三名壮汉慢吞吞地说着，用棍子拍了拍被捕男人的胸口，"雇佣杀手。这是你的通缉令。你被捕了。带走。"

"三千！"又名"尖针"的杰罗萨·富埃尔特依然挥舞着握在手中的十七号牌子，"三……千……"

"抱歉。"艾伯纳·德·纳瓦雷特冷冷地说，"按规定，竞价者一旦被捕，出价就会撤销。目前喊价是两千五，出价者是锡安凡尼利阁下。有人出更高价吗？霍瓦特伯爵，两千六。戴面具的先生，两千七。锡安凡尼利阁下，三千。一次。两次……"

"四千。"

"喔。尊敬的莫尔纳·吉安卡迪阁下。漂亮。四千克朗。有人出价四千五吗？"

"俺是买来送儿子的。"尼诺·锡安凡尼利厉声道，"可你只有女儿，莫尔纳，你要剑干吗？哦，好吧，让给你了。俺放弃。"

"成交。由尊敬的莫尔纳·吉安卡迪阁下以四千克朗拍得。"德·纳瓦雷特宣布，"继续，尊贵的女士们、先生们。十一号拍品：一件猴皮斗篷……"

尼科夫·穆尤斯笑得合不拢嘴，活像鸡舍里的一只黄鼠狼。他拍了拍安缇雅·德瑞斯的后背，力道之足，后者拼尽全力才没一拳怼回他脸上。

"走了。"她嘶声道。

"那钱呢？"

"得等拍卖会结束，手续办完之后。还需花点时间。"

安缇雅不理尼科夫·穆尤斯的嘟囔，径直走向门口。她察觉到有人盯着自己，于是偷偷瞄了一眼。是个女人，一头黑发，衣服颜色黑白相间，乳沟处挂着一颗星形黑曜石。

她不由打了阵哆嗦。

安缇雅没说错，手续确实要花点时间。等他们跑去银行，已经是两天后的事了。那是某家矮人银行的支行，同其他所有银行一样，弥漫着钱币、蜡和红木镶板的味道。

"减去百分之一的银行服务费，"柜员宣布说，"可提金额是三千三百六十克朗。"

"波索迪兄弟，百分之十五。银行，百分之一。"尼科夫·穆尤斯咆哮道，"所有人都要抽头！简直是明抢！把钱拿来！"

"等一下，"安缇雅阻止他，"咱们之间也得算清。我也要收取佣金。四百克朗。"

"等等，等等！"穆尤斯大叫起来，吸引了其他柜员与顾客的目光，"什么四百？我从波索迪兄弟那儿只拿到三千多点儿……"

"根据合同,我要收取拍卖价的百分之十。你能拿到多少是你的事,但我那份一个子儿都不能少。"

"你说什么……"

安缇雅·德瑞斯看他一眼。这就够了。安缇雅同她父亲没多少相似之处,但她瞪人的眼神却跟他一模一样——跟"尊主"派洛尔·普拉特一模一样。

穆尤斯在她的目光下缩起身子。

"请从可提金额中分出一张四百克朗的支票。"她吩咐柜员,"我知道银行要收服务费,没问题。"

"我那份要现金!"法庭记录员指指手中的大号皮革袋,"我要带回家去,藏到安全的地方!你们这间强盗银行别想从我手里骗到半文服务费!"

"这可是一大笔现金。"柜员站起身,"请等一下。"

柜员离开柜台,打开了通向后方的一扇门。安缇雅愿意发誓,她又瞥见了那个黑白衣裙的黑发女人。

她不由打了阵哆嗦。

"谢谢,莫尔纳。"叶妮芙说,"我不会忘记这份人情的。"

"谢俺什么?"莫尔纳·吉安卡迪笑道,"俺做了什么?帮了你什么忙?在拍卖会上买下一件拍品?用你私人账户付的钱?还是在你刚才施法时转过了身?俺转身是要看看窗口那个捎客扭腰晃臀的模样。她挺对俺的胃口,这点俺不否认,虽然俺并不喜欢人类女性。你的法术……会不会影响她？……"

"不会。"女术士打断道，"她没事的。她拿的是支票，不是金币。"

"当然。俺猜你会拿走猎魔人的剑。毕竟对他来说，那两把剑……"

"……意味着一切。"叶妮芙替他说完，"命运将他和它们联系在一起。我知道，我知道，真的。他告诉过我。我也开始相信了。不，莫尔纳，今天我不会拿走。把它们留在保险箱里吧。我很快会授权别人来取。今天我会离开诺维格瑞。"

"俺也是。俺要驾马去崔托格，视察那边的支行。然后回苟斯·维伦家里去。"

"那么，再次感谢你。再会了，矮人。"

"再会了，女术士。"

插曲

金币离开诺维格瑞的吉安卡迪银行整整一百小时后

"你,禁止入内。"看门人塔普说,"自己识相点儿。别靠近台阶。"

"见过没,乡巴佬?"尼科夫·穆尤斯把鼓鼓囊囊的钱包晃得叮当响,"见过这么多金子没?别挡道,老爷我大驾光临了!有钱的老爷!靠边儿站,乡巴佬!"

"让他进来,塔普。"菲巴斯·拉文加走出客栈,"我不希望这儿有任何骚乱,客人都受惊了。还有你,小心点儿。你骗过我一次,我不希望再有第二次。这次你最好能付账,穆尤斯。"

"是穆尤斯阁下!"记录员推开塔普,"'阁下'!开店的,请注意你的称呼!"说着,他大咧咧地靠向椅背,"葡萄酒!要最贵的!"

"最贵的要六十克朗……"侍者领班严肃地说。

"我付得起!给我端一大壶,速度要快!"

"别大呼小叫的。"拉文加说,"安静点儿,穆尤斯。"

"少指挥我,你这江湖骗子!小丑!暴发户!你有什么资格叫我闭嘴?就算招牌镀了金,你的靴子也沾着屎。屎永远是屎!看看这个!见过这么多金子吗?嗯?"

尼科夫·穆尤斯把手伸进钱袋,抓出一把金币,轻蔑地丢到桌上。钱币伴着哗啦声落下,融化成棕色的泥状物。可怕的排泄物味道弥散开来。

"万物本性客栈"的客人们跳起身,冲向出口,用手帕掩住鼻子,连咳带喘。侍者领班弯下腰干呕。周围响起尖叫和咒骂声,唯独菲巴斯·拉文加岿然不动。他站在那里,仿佛一尊雕像,双臂抱在胸前。

穆尤斯哑然地摇摇头,瞪大眼睛,接着揉了揉双眼,盯着桌布上那摊散发恶臭的大便。他终于回过神,把手伸进钱袋,又抓出一把柔软的泥状物。

"你说得对,穆尤斯。"菲巴斯·拉文加冷冰冰地说,"屎永远是屎。拖去院子。"

法庭记录员被拖走时甚至没有任何反抗,发生的一切让他不知所措。塔普将他拖到厕所后面。在拉文加示意下,两名仆从掀开了粪池的木头盖子。看到这一幕,穆尤斯大叫起来,奋力挣扎、踢打。可惜没用。塔普将他拖到粪池边,丢了下去。穆尤斯一头摔进粪水,但没沉下去。他伸长双臂和双腿,抬起脑袋,让身体停留在污物表面,两手拼命扒住稻草、破布、细木棍,以及从各种学术与宗教著作里撕下的皱巴巴的书页。

菲巴斯·拉文加从谷仓墙壁上取下一把用分叉树枝削成的草木叉。

"不管过去、现在还是将来,屎永远是屎,"他说,"就该待在屎该待的地方。"

拉文加用草叉把穆尤斯按了下去，让他彻底没顶。穆尤斯探出脑袋，叫嚷、咳嗽、吐出口水。拉文加让他咳了一会儿，缓口气，再度将他按下。这次更深。

反复数次后，拉文加丢下草叉。

"不用管他了。"他命令道，"让他自己爬出来。"

"这可不容易。"塔普指出，"恐怕要花不少时间。"

"让他慢慢爬。不着急。"

归来时,唉,我已满心失望!
而你只给了我一个冰冷的吻。

——彼埃尔·德·龙沙

第十六章

就在这时，漂亮的"潘多拉·帕维号"，来自诺维格瑞的双桅纵帆船，正鼓足风帆驶向停泊地点。*又快又漂亮*，杰洛特一边想，一边走下舷梯，踏上繁忙的码头。他在诺维格瑞就见过那艘双桅纵帆船，并在打听后得知，它会比桨帆船"斯汀塔号"晚两天出发。后来他搭上了"斯汀塔号"，结果两艘船几乎同时抵达凯拉克。*也许我就该坐它*，他心想，*顺便在诺维格瑞多待两天。谁知道呢，或许那样还能多打听些情报？*

他也知道，再想这些都是白费力气。"也许""谁知道呢""或许"……算了，木已成舟，发生的都已经发生了。再想也没用了。

他又看了眼那条双桅纵帆船，还有灯塔、海洋，及被暴风云笼罩的昏暗地平线，以作告别，然后步履轻快地走向城市。

◆━━━◆━━━◆

就在这时，两名脚夫抬着一顶轿子来到别墅前。轿子做工考究，挡着精致的淡紫色窗帘。看来今天不是周二、周三就是周四，只有这几天，丽塔·尼德才会接诊。也只有上流阶层的阔绰贵妇，才会坐着类似的轿子前来。

门卫二话不说就放他进门。幸好如此。杰洛特心情不太好，不然肯定会用某个脏字回敬对方。或者再加上两三字。

中庭空无一人，只有喷水池发出轻柔的汩汩声。小巧的孔雀石桌上放着一口玻璃瓶和几只杯子。杰洛特毫不犹豫地给自己倒了一杯。

等他抬起头，看见了玛赛珂。她身穿白袍，系着围裙，脸色苍白，垂下的长发光滑顺亮。

"是你。"她说，"你回来了。"

"是我。"他冷淡地确认，"我确实回来了。这酒有点酸。"

"很高兴又见到你。"

"珊瑚呢？她在吗？人在哪儿？"

"我刚才看见她在一位病人大腿中间。"她耸耸肩，"眼下应该还在。"

"你确实别无选择，玛赛珂。"他看着她的双眼，平静地说，"你只能成为女术士。说真的，你在这方面天赋出众，潜力可期。你刻薄的幽默感在纺织厂没法得到认可，在娼馆也一样。"

"我还在学习和成长。"她承受住了他的目光，"我不会再哭着入睡了。我哭得够多了，已经跨过那个阶段了。"

"不，你还没有，你在欺骗自己。还有很多在等着你。说刻薄话也保护不了你，尤其是这种强行而拙劣的模仿。说得够多了，向你传授人生经验不是我的工作。我问的是，珊瑚在哪儿？"

"在这儿。你好啊。"

女术士从一块门帘后走出，恍如一只幽灵。同玛赛珂一样，她也穿着医生白袍，红发用发夹别起，藏在一顶亚麻帽下。换作平时，那顶帽子会让他觉得滑稽可笑。但眼下不会，眼下发笑只会显得不合时宜。他花了几秒钟才明白了这一点。

她走过来，一言不发地亲吻了他的脸。她嘴唇冰冷，眼睛下面还有黑眼圈。

她满身药味，还有用来消毒的液体的味道——刺鼻、恶心又恐怖的味道，让人害怕的味道。

"明天再见。"她抢先说道，"明天我会告诉你一切。"

"明天？"

她看着他，眼神显得异常遥远，仿佛二人之间隔着时间与事件构成的鸿沟，而她正站在鸿沟另一端。他花了点时间才明白那鸿沟有多深，那些事件又给他们带来了多大的隔阂。

"也许后天更好。先进城吧，见见那位诗人，他一直很担心你。现在，走吧。我得去照顾病人了。"

等她离开后，他看向玛赛珂，眼神中的询问足够意味深长，让她立刻给出了回复。

"我们今早接生了一个孩子。"她的语气有了少许变化，"难产的孩子。她决定用手术钳。所有能遇上的麻烦一个没落。"

"明白了。"

"我很怀疑。"

"再见，玛赛珂。"

"你走了很久。"她抬起头，"比她预想得还久。里斯伯格那些人什么都不知道，或者假装不知道。发生了什么事，对吧？"

"对,没错。"

"明白了。"

"我很怀疑。"

◆━━━━━━◆━━━━━━◆

丹德里恩的智慧令杰洛特印象深刻。猎魔人尚未反应过来,或者说,尚未彻底接受的事实,就这么被他一语点破了。

"结束了,对吧?一切都随风而去了?当然了,当初她和那些巫师需要你,你也完成了任务,现在就可以退出了。你知道吗?我很高兴你可以退出了。这段奇怪的情史迟早都得结束,而它维持得越久,后果就越严重。如果你想听我的意见,那你也该庆幸它结束了,结束得干净利落。你该换上喜悦的笑容,而不是这副阴沉又郁闷的苦相。相信我,这表情不适合你。你看上去就像连夜醉酒,外加食物中毒,不记得自己什么时候、什么原因摔断了牙齿,或者裤子上的精斑是打哪儿来的。"

猎魔人毫无反应,诗人却置之不理,自顾自说道:"又或者,你郁闷是出于别的原因?你正打算以特有的方式拉下帷幕,结果被人扫地出门了?比如在黎明时分离去,只在床头柜上留下一束鲜花?哈哈,我的朋友啊,恋爱就像打仗,而你那位情人是老练的战略专家。她会先发制人,以攻为守。她肯定读过佩里格兰元帅的《战争史》。佩里格兰提到的许多场战斗,都是以类似战略得手的。"

杰洛特还是没有反应。看来丹德里恩也没指望他能有什么回应。诗人喝光啤酒,示意老板娘再拿一杯。

"考虑到以上情况，"他拧动鲁特琴的琴栓，继续说道，"我基本赞成初次约会就上床。建议你以后也这样。这会避免与同一个人再次约会，因为这很乏味，而且浪费时间。说到这个，你推荐的女律师倒挺值得费工夫的。你肯定不会相信……"

"我相信。"猎魔人啐了一口，直截了当地打断他，"不用听细节我就相信，所以你就省省口水吧。"

"是啊。"诗人下了结论，"郁闷、沮丧、忧心忡忡，难怪搞得你暴躁易怒、言辞粗鲁。我看啊，不光是因为那个女人吧，肯定还有别的原因。该死，我就知道。我看出来了。你在诺维格瑞并不顺利？没能拿回你的剑？"

杰洛特叹了口气，虽然他向自己发誓不会叹气的。

"是啊，没有。我去晚了。事情有点复杂，还撞上一堆麻烦。我们遇到了暴风雨，小船开始进水……然后手套商人得了重病……唉，我就不拿鸡毛蒜皮的细节烦你了。总而言之，我没能及时赶到。等我到了诺维格瑞，拍卖已经结束了。波索迪拍卖行敷衍我一番，说什么'拍卖过程属于商业机密''买方卖方的隐私都受到保护''拍卖行不会向外人透露任何信息'以及诸如此类的各种废话，最后只能'再见了，先生'。我什么都没查到。不知道剑有没有卖掉；假如卖掉了，买家又是谁；我甚至不知道那个贼有没有把剑送去拍卖，毕竟他可能会把普拉特的建议抛到脑后；也许他会另找一个买家。我对一切都一无所知。"

"太糟了，"丹德里恩摇摇头，"屋漏偏逢连夜雨啊。好像我堂兄费朗的调查也进了死胡同。说到这个，费朗一直找我打听你的事。你在哪儿？我有没有收到你的音信？你什么时候回来？能否赶上王家婚礼？是没有忘记你对艾格蒙德王子的承诺？当然了，我对你的经历和拍卖会都守口如瓶。但我要提醒你，收获节快到了。只剩十天时间了。"

"我知道。希望这段时间能有所进展。比如交上好运？屋漏偏逢连夜雨，希望之后能是个大晴天。"

"我也这么希望。但如果……"

"我会仔细考虑再做决定。"杰洛特没让诗人把话说完，"没有哪条王法规定我必须出现在王家婚礼上，充当某人的保镖——艾格蒙德和指控官没能找回我的剑，这是我们谈好的条件。但我也没必要一口回绝。不说别的，起码物质报酬也挺诱人的。王子夸下海口，说他自己不是吝啬之人。而种种迹象表明，我需要新剑，特制的那种，这会花掉我不少钱，所以我又能说什么呢？我们去吃点东西吧，再喝点酒。"

"去拉文加的'万物本性客栈'？"

"改天吧。今天我想吃点简单、自然、原生又实在的东西。希望你能明白我的意思。"

"我当然明白。"丹德里恩站起身，"去海边吧，巴尔米拉区。我知道一个地方，他们供应鲱鱼、伏特加和一种'胖头鱼'汤。别笑，它真叫这个名字！"

"爱叫啥叫啥吧。那就走嘛。"

爱达拉特河上的桥梁挤得水泄不通，一队沉甸甸的马车和一群牵

着无鞍马的骑手正在想方设法过桥。杰洛特和丹德里恩只能让到一旁等候。

一位骑手跨坐一匹深棕色母马，在队伍后方停下。母马甩甩头，发出一声长长的嘶鸣，向杰洛特问好。

"洛奇！"

"你好啊，猎魔人。"骑手掀开遮脸的兜帽，"我正要去拜访你呢，没想到在这儿遇见了。"

"你也好，派尼提。"

派尼提下了马。杰洛特注意到他带了武器。有点奇怪，因为巫师很少携带武器。他的镶铜腰带上挂着一把长剑，剑鞘精美华丽，另外还有把宽阔结实的匕首。

杰洛特从巫师手里接过洛奇的缰绳，摸了摸母马的鼻孔和鬃毛。派尼提脱下手套，塞进腰带。

"请原谅，丹德里恩大师。"他说，"我想跟杰洛特单独谈谈。我要告诉他的事，不能让旁人听见。"

"杰洛特在我面前没有秘密。"丹德里恩挺直胸膛说道。

"我明白。从你的歌谣里，我就知道了他私生活的不少细节。"

"可……"

"丹德里恩，"猎魔人打断他，"去散个步吧。"

"谢谢。"等到周围只剩下他俩，杰洛特说，"多谢你把我的马带来，派尼提。"

"据我观察，你很喜欢它。"巫师回答，"所以我在松树梢发现它时……"

"你去了松树梢？"

"对。治安官托奎尔叫我们去的。"

"那你们看到了……"

"看到了。"派尼提唐突地打断他,"什么都看到了。可我不明白,猎魔人。我不明白。你为什么不砍死他?趁有机会,当场砍死。恕我直言,你的做法可不怎么精明。"

我知道,杰洛特心中暗想。我太知道了。事实证明,命运给了我大好的机会,我却蠢到没能把握住。账面上多具尸体又有什么坏处?对一个收钱办事的杀手来说,那又有何分别?就算我不喜欢充当你们的工具又如何?反正我一直是别人的工具。我就该咬咬牙,把手上的工作办利索。

"你肯定很吃惊,"派尼提看着他的双眼,"但我们马上就赶去帮忙了——我和哈伦。我们估计你需要帮助。第二天,我们就抓到了戴格隆德,当时他正忙着把某个匪帮撕成碎片。"

你们抓到了他,猎魔人心想。然后不假思索折断了他的脖子?因为你们比我聪明,不会重复我的错误?可惜没有。否则现在你也不会是这副表情了,奎恩坎普。

"我们不是刽子手。"巫师结结巴巴地说着,涨红了脸,"我们把他押回里斯伯格,结果引发了一场不大不小的骚动……所有人都不赞成我们的做法。意外的是,奥托兰却表现得异常谨慎,我们本以为他的反对声会最大。但比露塔·伊卡尔提、痘疮脸埃克西尔、桑多瓦尔,包括原本站在我们这边的赞格尼斯……我们被迫听了一通关于团队精神、兄弟友谊、彼此忠诚的长篇大论——'只有最没用的废物,才会委托杀手对付自己的同僚。只有极端堕落的巫师,才会雇佣猎魔人追捕自己的同伴。'因为我们动机卑劣,嫉妒同伴的才华与声望,对他的科研成果和学术成就分外眼红……"

所以没人关心丘陵地带的惨案和那四十四具尸体,猎魔人暗想。除了让对方冷漠地耸耸肩。多半还要再加一段长篇大论,解释一下科学精神与合理牺牲的必要性。还有什么"只要目的正当,就可以不择手段"。

"戴格隆德被押到理事会面前,"派尼提继续说下去,"受到严厉的谴责,因为他使用了召魔术,利用恶魔杀害了许多无辜人。戴格隆德趾高气昂,希望奥托兰出面干涉。但不知怎么,奥托兰好像忘了他似的,全身心投入新的目标,打算开发某种高效且用途广泛的肥料,进而实现农业的历史性变革。等戴格隆德发现只能靠自己了,立刻换了张眼泪汪汪、可怜巴巴的脸,把自己打造成了受害者。他说是惊人的野心和魔法天赋害了自己,所以才会召唤出实力强大、无法掌控的恶魔。他发誓会放弃召魔术,从此不再染指。说他会潜心于完善人类物种的研究,钻研超人理论、物种形成、基因渗入与改造技术。"

他们就这么相信了他,猎魔人暗想。

"他们相信了他。满身肥料味的奥托兰突然出现在理事会面前,劝说他们。他说戴格隆德是'可爱的年轻人',说他确实犯了大错,但谁能无过呢?他相信这年轻人会改邪归正,并愿意为其担保。他请求理事会平息愤怒,施恩怜悯,别再谴责这个年轻人。最后他公开宣布,说戴格隆德就是他的继任者和继承人,并将他在城堡里的私人实验室全权转交给戴格隆德。他说自己不需要实验室了,因为他决定在开阔的天空下,在菜田和花圃里劳作、锻炼。比露塔和痘疮脸埃克西尔等人认同他的安排。那间城堡位置偏僻,正好可以让戴格隆德改过自新。他这叫作茧自缚,自己把自己软禁了起来。"

事情就这么掩盖了,猎魔人暗想。

"我猜,你和你的名声对这结果也发挥了一些作用。"派尼提热切地看着他。

杰洛特扬起眉毛。

"你们的猎魔人准则好像禁止你们杀害人类。"巫师续道,"但也有人说,你对准则缺乏应有的敬意。据说曾发生过这样那样的事,好些人因你丢掉了性命。比露塔等人担心你回到里斯伯格把事做完,害怕自己受到牵连。不过那城堡是安全的避难所,是用以前的侏儒要塞改建而成的实验室,目前受到魔法保护。没人能进入城堡,根本办不到。所以戴格隆德会被隔离关押,还能确保安全。"

里斯伯格也安全了,猎魔人暗想。**没有丑闻,不会蒙羞。戴格隆德被关押,丑闻也就没了。没人知道那个狡猾的杂种和野心家欺瞒并哄骗了里斯伯格的巫师,尽管他们自认为是魔法团队中的精英。也没人知道有个卑鄙无耻的变态利用了这些精英的幼稚与愚蠢,毫不费力地杀害了四十余人。**

"戴格隆德会在城堡里受到监督与观察。"巫师从始至终直视他的双眼,"他没法再召唤任何恶魔了。"

根本没有什么恶魔。而你,派尼提,对此再清楚不过。

"城堡建在克雷莫拉山的岩壁里,"巫师转头观察停泊的船只,"山脚下就是里斯伯格。试图闯入无异于自杀。不光因为那里有魔法防护。还记得你对我们说过的话吗?你曾杀过被恶魔附身之人。在事态紧急,且为阻止目无法纪之禁忌行径的前提下,牺牲一人利益以保护其他人。两害相权取其轻。所以你肯定明白,现在的情况不一样了。戴格隆德被隔离关押,对外界就构不成实际威胁了。而你再敢动他一根寒毛，都将被视为目无法纪之禁忌行径。你想杀他，会因意图谋杀被送进法庭。我碰巧听说，我们当中有些人希望你下手，这样就能名正言顺地把你推上绞刑架。所以我建议你：放手吧。忘了戴格隆德，让他自生自灭好了。"

"你什么都不说，"派尼提继续陈述事实，"是要保留意见？"

"因为没什么好说的。我只好奇一件事，你和查拉会留在里斯伯格吗？"

派尼提放声大笑，笑声冷淡而空洞。

"出于健康原因，他们要求我和哈伦'自愿'辞职。我们离开了里斯伯格，再也不会回去了。哈伦要去波维斯为莱德王效命，我打算走得更远些。听说在尼弗迦德帝国，他们只看重巫师的功用，不会给予其太多尊重，但会付出可观的价码。说到尼弗迦德……差点忘了，猎魔人，我有件临别礼物要送给你。"

他解开剑带，缠在剑鞘上，递给杰洛特。

"送你的。"他抢在猎魔人说话前开口，"十六岁生日时，父亲送了我这把剑。当时我决定学习魔法，他接受不了，还指望这件礼物能改变我的看法。他以为我拿到这把剑，就会生出延续家族传统、选择军旅生涯的义务。唉，我在许多方面都让父亲失望了。我不喜欢打猎，更喜欢钓鱼；我没跟他好朋友的独生女结婚；我没从军，让这把剑在橱柜里积灰多年。我不需要它，但你拿着它会更有用。"

"可是……派尼提……"

"拿着吧，别大惊小怪的。我知道你的剑丢了，而你需要武器。"

杰洛特握住蜥蜴皮包裹的剑柄，将剑身拔出一半。在十字护手上方一寸处，他看到一块璀璨的太阳形标记，周围有十六道光芒，笔直与波浪状相互交替，在纹章学里，这代表太阳的光与热。太阳上方再隔两寸，是一段用漂亮的风格化字体刻下的铭文——那是著名的商标。

"维罗里丹出产的利剑。"猎魔人陈述道，"这次是真品。"

"你说什么？"

"没有，没什么。我在欣赏它。我还不知道自己该不该收下……"

"你可以。原则上说，你已经收下了，因为它在你手上。见鬼，我说过了，别大惊小怪的。之所以送你这把剑，因为我欣赏你。希望你明白，不是每个巫师都讨厌你。相比之下，还是钓鱼竿对我更有用。尼弗迦德的河水既美丽又清澈，有不少鳟鱼和鲑鱼。"

"谢谢你。嗯，派尼提？"

"什么？"

"你送我这把剑，只是因为欣赏我？"

"哈，当然是因为我欣赏你。"巫师压低嗓音，"也许不光是这样。说一千道一万，我才不关心这里会发生什么，这把剑又能派上什么用场呢。我会离开这里，再也不回来了。看到没？有艘漂亮的三桅帆船停在那边，那是'尤瑞艾莉号'①，母港在巴卡拉。后天我就坐它出发了。"

"那你来得有点早。"

"是啊……"巫师结巴起来，"我想跟某人……道个别。"

"祝你好运。谢谢你的剑。再次感谢你送回我的马。再会了，派尼提。"

"再会。"巫师毫不迟疑地握住杰洛特伸出的手，"再会，猎魔人。"

---

①戈尔贡三姐妹之一，蛇发女妖美杜莎的姐姐。

他在码头一家酒馆找到了丹德里恩——不然还能在哪儿?——诗人正在啜饮碗里的汤。

"我要走了。"他简短地宣布,"马上。"

"马上?"丹德里恩愣住了,汤匙停在半空中,"这就走?我还以为……"

"你怎么以为并不重要。我马上就走。好好安抚你那位指控官堂兄。我会回来参加王家婚礼的。"

"那是什么?"

"你觉得像什么?"

"当然是把剑喽。哪儿来的?那个巫师给你的?我给你那把呢?它在哪儿?"

"弄丢了。回上城区吧,丹德里恩。"

"珊瑚呢?"

"珊瑚怎么了?"

"如果她问起,我该怎么……"

"她不会问的。她没这个时间。她还得跟某人道别呢。"

插曲

密件

致　诺维格瑞
天赋与艺术协会①领袖
最为杰出且可敬的大导师
纳西斯·德·拉·罗奇阁下

　　　　　　　　　　　　　　　　于　里斯伯格城堡
　　　　　　　　　　　　　　　复活纪元1245年7月15日

关于——
魔法艺术大师
索雷尔·阿尔伯特·阿马多·戴格隆德

---

①即"巫师会"的全称。

——之报告

尊敬的宗师阁下：

  今夏在泰莫利亚西部边境发生的数起事件，想必巫师会已有所耳闻。据推测，上述事件约导致四十人丧生，确切数字难以判断，死者主要是没受过教育的森林劳工。可悲的是，这些事件都与里斯伯格集团研究团队成员索雷尔·阿尔伯特·阿马多·戴格隆德大师有关。

  尽管这些受害者酗酒成性，生活并不检点，与家人联络不多，社会地位极低，但里斯伯格集团研究团队全体成员仍对受害者及其家属表示由衷的同情。

  在此，我等想提醒巫师会，身为奥托兰宗师的学生与助手，戴格隆德大师是才华出众的学者、基因领域的专家，在超人理论、基因渗入和物种形成方面拥有数不清的成就。戴格隆德大师主持的研究也许会成为人类物种发展与进化之关键。众所周知，人类物种在肉体、精神和魔法特性等诸多方面都比不上非人种族。而戴格隆德大师的实验将以基因库的杂交与混合为基础，初步目标是让人类与非人种族拥有同等能力，长远目标则是通过应用物种形成技术，使得人类可以支配非人种族，进而彻底征服他们。此事的重要性无须讳言。只因几起微不足道的事件，便要妨碍甚至阻止上述科学研究，恐怕并非明智之举。

  至于戴格隆德大师本人，里斯伯格集团研究团队将全权负责他的医疗护理。根据先前的诊断结果，戴格隆德大师有严重的自恋倾向、缺乏同理心，且有轻微的情绪障碍。犯下被控罪行之前，这些情况越来越严重，甚至出现了双相情感障碍①症状。可以说，犯下被控罪行时，戴格隆德大师已无法控制自己的情绪反应，区分善恶的能力也受到极大影响。由此可以认定，戴格隆德大师当时已丧失神志，陷入一时之癫狂，缺乏应有的行为能力，也就不该为那些行径承担罪责——其行因癫狂而起，过错理应免去。

戴格隆德大师暂时被安置在某个秘密地点接受治疗，同时继续他的研究。

既然此事已了，我等希望巫师会将注意力转向治安官托奎尔，后者正在调查与泰莫利亚人有关的那些案件。治安官托奎尔是苟斯·维伦执法官的下属，以工作勤勉和坚定捍卫法律著称，对上述定居点事件的关注未免有些过度，且就我等看来，始终追着一条不太合适的线索不放。巫师会应知会其上司，挫其锐气。倘若无效，可调查该治安官，或者他的妻子、父母、祖父母、子女与其他亲属，了解一干人等的个人生活、家族背景、犯罪记录、婚姻财产与性取向。建议联系柯德林格与芬恩事务所——请允许我等提醒巫师会，三年前我们接受过他们的服务，目的是抹黑并损害"谷田韵事"一案目击证人的可信度。

另外，我等恳请巫师会注意，猎魔人"利维亚的杰洛特"也卷入了上述事件。他曾亲自调查过那些定居点，我等有理由相信，此人已将上述事件与戴格隆德大师联系到了一起。该猎魔人若过度追究，同样应该设法令其闭嘴。我等必须指出，由于该猎魔人有着严重的反社会倾向、利己与虚无主义思想，情绪极不稳定，性情难以捉摸，所以单纯的警告可能不够，必要情况下需采取极端手段。该猎魔人一直处

---

① 又称"躁郁症"。

于我方监视之下，我等正在待命，随时可以出手，当然，前提仍是巫师会许可并下达命令。

希望上述解释足以让巫师会了结此事。衷心祝愿诸位身体安康。

里斯伯格集团研究团队全体致敬

永远忠实的挚友

比露塔·安娜·马凯特·伊卡尔提　亲笔

以毒攻毒,以怨报怨,以命抵命,加倍偿还!
以牙还牙,以眼还眼,绝不宽恕,百倍奉还!

——《撒旦圣经》

安东·山铎·勒维　著

第十七章

"刚好赶上。"弗兰斯·托奎尔阴沉着脸说,"你及时赶到了,猎魔人,时机刚好,大戏就要开演了。"

他背靠在床上,脸色白得像刷了石灰水的墙壁,头发被汗水打湿,贴着额头,全身只穿一件粗糙的亚麻衬衫,让杰洛特最先想到了裹尸布。他的左大腿直到膝盖都裹着被鲜血浸透的绷带。

屋中央摆了张桌子,上面盖着床单。一个矮胖男人,身穿黑色短上衣,正把工具一件接一件摆放在桌上——刀子、手术钳、凿子、锯子……

"我只后悔一件事,"托奎尔咬着牙说,"就是没能抓到那些狗娘养的。老天让我错失了机会……以后也不可能了。"

"发生了什么?"

"跟紫杉林、兽角村、松树梢那档子烂事差不多。不过这次不大一样,事情发生在森林最边缘,不在林间空地,而在大道上。他们袭击了几个路人,杀了三个,抓走了两个小孩子。我和手下人刚好在附近,立刻追了上去,很快发现了他们。两个比牛还壮的彪形大汉,一个畸形的驼子。那个驼子用十字弓射了我一箭。"

治安官咬紧牙关，朝裹着绷带的大腿摆摆手。

"我命令手下别管我，去追人，可他们不听话。唉，那帮狗崽子。结果让对方跑掉了。而我呢？救了我又如何？这会儿还不是得锯掉我的腿？我他妈宁可死在当场，只要能看到那些贱人在绞架上蹬腿翻白眼就行。这帮混蛋不听我的命令，现在还好意思耷拉着头坐在那儿。"

的确，治安官的部下们正羞愧地坐在墙边的长凳上，最旁边还站着个满脸皱纹的老妇人，头上戴着与她花白的头发极不相称的花环，跟这地方有些格格不入。

"开始吧。"身穿黑色短上衣的男人说，"把病人抬到桌上，紧紧绑住。外人全都离开房间。"

"叫他们留下。"托奎尔没好气地说，"我想让他们看着，那样我才能羞愧到叫不出声。"

"等等。"杰洛特站直身子，"是谁断定必须截肢的？"

"我。"黑衣男人同样挺直了脊背，但他必须高昂着头才能对上杰洛特的眼神，"我是鲁皮先生，苟斯·维伦执法官特意派来的医师。我检查后发现，他的伤口感染了，必须截掉这条腿，否则没别的办法。"

"你这次手术收费多少？"

"二十克朗。"

"这儿有三十。"杰洛特从钱袋里掏出三枚十克朗硬币，"拿好你的手术工具，收拾东西回执法官那里。如果他问起，就说病人的状况正在好转。"

"但……我抗议……"

"收拾东西，回去。哪个字你听不懂？至于你，婆婆，过来。解开绷带。"

"他不准我碰病人。"老妇人冲那位宫廷医师摆摆头,"说我是庸医和女巫。威胁要告发我。"

"别理他。真的,他马上就要走了。"

杰洛特一眼就认出老妇人是个草药医师。她按他说的办,万分小心地解开绷带,但托奎尔还是拼命摇着头,倒吸凉气,连声呻吟。

"杰洛特……"他吃力地说,"你在搞什么?医师说没希望了……锯条腿总比丢掉性命强。"

"胡说八道。强什么强?你给我闭嘴。"

伤口很吓人。不过杰洛特见过更吓人的。

他从装灵药的袋子里取出一只盒子。鲁皮先生收拾完东西,看看这边,摇了摇头。

"那些药剂根本没用。"他大声宣布,"庸医的把戏和障眼法根本没用。只是江湖骗术而已。身为医师,我必须抗议……"

杰洛特转身瞪他一眼。医师赶紧离开屋子,脚步匆忙,还被门槛绊了一下。

"来四个人。"猎魔人拧开一只小瓶的瓶塞,"紧紧按住他。咬紧牙关,弗兰斯。"

灵药倒在伤口上,泛起大量泡沫,治安官发出撕心裂肺的闷吼。杰洛特稍等片刻,又倒了一瓶。这瓶同样泛起泡沫,嘶嘶作响,甚至冒起了烟。托奎尔厉声尖叫,猛地摇晃脑袋,绷直身体,然后两眼一翻,昏死过去。

老妇人从包裹里拿出一只小罐子,舀了一勺绿色油膏,往折起的亚麻布上涂了厚厚一层,贴到伤口上。

"织骨草。"杰洛特推测道,"织骨草、山金车和金盏花熬制的药膏。很好,婆婆,非常好。还可以用上山羊草和橡树皮……"

"听听,"老妇人盯着治安官的腿,头也不抬地打断道,"他还想教我草药学。小伙子,你往奶妈身上吐麦片粥的时候,我已经在用草药救人了。你们这些傻小子,都走开,你们挡我亮了。而且你们臭得要命,袜子该换了。记得勤洗勤换啊。都出去,听到没有?"

"他的腿必须固定住。绑上长木条……"

"我说了,不用你教我做事。你也出去。还留这儿干吗?你在等什么?等他感谢你慷慨提供的猎魔人药剂?让他直到临死那天都不要忘记?"

"我有事要问他。"

"答应我,杰洛特,抓住他们。"弗兰斯·托奎尔突然恢复了神志,"不能放过他们……"

"我会给他点安神药,还有退烧药,因为他在胡言乱语。至于你,猎魔人,出去。到院子里等。"

杰洛特没等太久。老妇人走了出来,理了理裙子,摆正歪斜的花环,坐到他身旁的台阶上,一只脚摩擦另一只。她有双异常精致的小脚。

"他睡着了,"她说,"多半活得下来。呸,呸,老天保佑,只要没有邪魔作祟就没事。他的骨头会愈合的。你的猎魔人魔法救了他的腿。我敢说,他这辈子都会一瘸一拐,再也没法骑马了,但两条腿总比一条强,呵呵。"

她把手伸向胸口,探进绣花羊皮背心下面,让空气中弥漫起更加浓郁的草药味。她拿出一只小巧的木盒,打开,犹豫片刻后,把盒子递给杰洛特。

"吸一口?"

"不了,谢谢。我不吸麻药粉。"

"可我……"草药医师吸了一口,先用一边鼻孔,然后是另一边,"时不时会吸一下。这不是什么好东西,但能迅速提神醒脑,延年益寿,还有美容功效。看看我。"

他看了。

"多谢你给弗兰斯用了猎魔人药剂。"她擦擦眼泪,擤了擤鼻子,"我不会忘记的。我知道,你们把那些药剂当成宝贝,不愿与人分享,可你想都不想就给他了。你就不怕自己需要时不够用了?"

"当然怕。"

她转回头,用侧脸对着他。她曾经是个漂亮女人,当然是在很久以前。

"好了,"她又扭头看向他,"说吧。你想问弗兰斯什么?"

"不用了。既然他睡了,我也该走了。"

"说吧。"

"克雷莫拉山。"

"早说啊。关于那山,你想知道什么?"

◆━━━◆━━━◆

小屋位于村外相当远的地方,紧挨林墙,旁边就是果园的围栏——园子里满是结实累累的苹果树。其他部分便是典型的农庄模样了,有谷仓、棚屋、鸡舍、蜂箱、菜园和堆肥。烟囱里冒出气味怡人的缕缕白烟。

在围栏边打转的珍珠鸡首先注意到他,用仿佛来自地狱的啼鸣拉响了警报。几个小孩在院子里玩耍,闻声冲进小屋。一个女人出现在门口,她人高马大,一头金发,粗糙的亚麻连衣裙外裹着围裙。猎魔人策马上前,然后跳下马。

"你好,"他说,"男主人在家吗?"

三个小孩,清一色都是丫头,紧紧抓住母亲的裙摆和围裙。女人看着猎魔人,眼神中见不到半点友善。这也难怪,她清楚地看到了从他肩后探出的剑柄、脖子上大大的徽章,以及手套上的银钉。猎魔人丝毫没想掩饰这些银钉,不如说,他想特意展示给对方看。

"男主人,"他重复道,"我是说,奥托·达萨特。我有事找他谈。"

"什么事?"

"私事。他在家吗?"

她沉默地看着他,略微歪了歪头。她相貌朴素,年龄估计在二十五到四十五岁之间。同大多数乡村女子一样,精确年龄很难估算。

"他在家吗?"

"不在。"

"那我等他回来。"他说着,把母马的缰绳丢到一根木杆上。

"恐怕你得等一阵子了。"

"多久都可以等。不过说实话,比起围栏边,我更希望进屋里等。"

女人上下打量他一番——不光他本人,还有他的徽章。

"请接受我们的邀请,客人。"最后她说,"进来吧。"

"谢谢。"他用合乎礼仪的方式回答,"我不会违反宾客礼仪的。"

"你不会，"她用慢吞吞的声音重复道，"可你却带着剑。"

"这是我的职业要求。"

"剑会伤人，也会杀人。"

"人生也一样。你的邀请还作数吗？"

"请进吧。"

他们穿过昏暗而杂乱的玄关，许多农舍都有类似的构造。主屋相当宽敞，干净而明亮，只有壁炉和灶台墙上有些煤灰，除此之外的墙壁最近才刷成白色，上面挂着各种彩色装饰、家用器具，以及成捆的草药、大蒜和甜椒，让屋内充满了生气。一块手织帘布将房间与储藏室分隔开来。空气中弥漫着菜肴的味道，确切地说是卷心菜。

"请坐。"

女人依然站在那里，双手揉皱了围裙。孩子们蹲在火炉边的一张矮凳后面。

杰洛特脖子上的徽章在颤动，力道强劲，持续不休。它在衬衣下跳动，仿佛落入网中的鸟儿。

"你该把剑留在玄关里。"女人朝壁炉走去，"带着武器坐在桌边很失礼。只有土匪才这么干。你是土匪吗……"

"你知道我是谁。"他打断她，"这把剑必须留在我身边，做个提醒。"

"提醒什么？"

"轻举妄动会带来严重的后果。"

"这里没有武器，所以……"

"好了好了。"他直率地打断道，"这位夫人，咱们别再欺骗自己了。每间农舍和农院都是武器库，很多人死于锄头，更别提镰刀和干草叉了。我甚至听说过，有人被搅奶油的木棒打死。只要你想，或者有必要的话，你用任何东西都可以伤人。说到这个，别管那锅开水了，请离炉子远点儿。"

"我没这意思。"女人迅速开口，显然是在撒谎，"这也不是开水，而是罗宋汤。我想给你端一碗……"

"不用，谢谢，我不饿。所以别碰锅子，再离火炉远点儿。坐到孩子们旁边。咱们一起安静地等男主人回来。"

他们沉默地坐着，周围只有苍蝇的嗡嗡声。猎魔人的徽章颤动不息。

"炉子里有锅卷心菜快好了。"女人打破尴尬的沉默，"我必须拿出来搅拌一下，不然都煳了。"

"她。"杰洛特指着最小的女孩，"叫她去就好。"

女孩缓缓起身，双眼隔着亚麻色刘海怒视着他。她拿起一只长柄叉，朝炉门弯下腰，突然纵身扑向杰洛特，矫健得仿佛一只母猫。她打算将他的脖子钉在墙上，但他闪身躲过，抓住叉柄，将她掀翻在地。没等身子碰到地板，女孩已经变了。

女人和另外两个女孩也完成了变身。三只狼冲向猎魔人——一只灰母狼加两只幼狼，双眼充血，亮出獠牙，用狼一样轻巧的动作散开，从不同方向朝他攻来。他跳起躲避，把长凳扔向母狼，又用银钉手套裹住的双拳分别击退两只幼狼。幼狼哀嚎着摔在地板上，龇牙咧嘴。母狼发出凶狠的嚎叫，再度跃起。

"停！埃德温娜！停下！"

她扑到他身上，将他推向墙壁，但此时已换回人形。幼狼也变回了小女孩，四散逃开，蹲到炉子旁边。女人留在原地，蹲伏在他面前，露出羞愧的眼神。杰洛特说不清，她羞愧是因为袭击了自己，还是因为袭击失败了。

"埃德温娜！你想干吗？"一个异常高大的大胡子男人双手叉腰，怒吼道，"你要干什么？"

"他是个猎魔人！"女人依然蹲伏在地，愤怒地说道，"拿剑的土匪！他来找你！这个杀人凶手！一身血腥味！"

"闭嘴，女人。我认识他。原谅她吧，杰洛特大师。一切都还好吗？请原谅她。她不知道……她以为，既然您是猎魔人……"

他突然打住，神色紧张。女人和小女孩聚到炉子旁边。杰洛特敢发誓，他听到了一声小小的低吼。

"没关系。"杰洛特说，"我没有恶意。你来得正是时候，不早也不迟。"

"我知道。"大胡子明显在发抖，"请坐吧，先生，坐到桌边……埃德温娜！拿啤酒！"

"不用了。出来吧，达萨特。我们说几句话。"

院子中间坐着一只灰猫。看到猎魔人，它忙不迭地跑开，藏进了荨麻丛。

"我不想让你妻子不安，也不想吓坏你的孩子。"杰洛特告诉他，"更重要的是，我有件事想跟你私下谈谈。我需要你帮个忙。"

"无论您有什么要求，先生，"大胡子说，"尽管开口。只要我办得到，一定为您效劳。我欠您的太多了，那是份天大的恩情。多亏您，我才能继续活在这世上。当时您放过了我。我对您的感激……"

"不是我。你要感谢你自己。即使化为狼形，你仍保留了人性，从未伤害过任何人。"

"是啊,我没伤害过任何人。可这对我又有什么好处?我的邻居起了疑心,立刻找来猎魔人对付我。他们都很穷,却宁肯节衣缩食,省下钱来雇你。"

"我考虑过把钱还给他们,"杰洛特承认,"但这样会引来怀疑。我以猎魔人的名义向他们保证,说我解除了你的狼人魔咒,彻底治愈了你的变狼症,让你跟常人一般无二。这番壮举当然是要花钱的。人们为此付了钱,才会发自内心地相信;只有付出代价,事情才像真的,才像合法的。代价越高,效果越好。"

"每次回想起那天,我就脊背发凉。"达萨特黝黑的皮肤隐隐发白,"看到您那把银剑,差点没把我吓死。我以为自己死到临头了。谁没听说过猎魔人的传闻呢?凶残的猎魔人,喜欢鲜血与杀戮。结果我发现,您是个心地善良的正派人。"

"别再夸大其词了。好在你听从了我的建议,搬出了古阿梅兹。"

"我只能搬走。"达萨特沮丧地说,"古阿梅兹人虽然相信我摆脱了魔咒,但您说得对,曾经的狼人在人类中间得不到好脸色。您的原话是:对人类来说,你现在是谁并不重要,重要的是你曾经是谁。我只好搬走,到没人认识我的地方流浪。我走啊,走啊……最后来到这里,遇见了埃德温娜。"

"两个兽化人结为夫妻,这事并不常见。"杰洛特摇摇头,"还能生儿育女就更少见了。你很幸运,达萨特。"

"借你吉言。"狼人咧嘴一笑,"我们的孩子漂亮得像幅画,她们会长成美丽的姑娘。埃德温娜和我也是天生一对儿,希望她能陪我走完这一辈子。"

"她第一眼就认出我是个猎魔人,做好了自卫的准备。你敢信吗?

她想把滚烫的罗宋汤泼到我身上。她肯定也听说过喜欢鲜血与杀戮的猎魔人的故事。"

"原谅她吧,杰洛特大师。我们很快就能尝到那锅罗宋汤了。埃德温娜做罗宋汤很拿手的。"

"还是不打扰了。"猎魔人摇摇头,"我不想吓到孩子们,更不想让你妻子担惊受怕。对她来说,我仍是个拿剑的土匪,让她马上接受我不太现实。她说我身上散发着血腥味。我猜,这只是打个比方吧?"

"不完全是。请别见怪,猎魔人大师,但您的确满身血臭味。"

"我上次沾血还是……"

"……我估计,大概两周以前。"狼人替他说完,"那是半凝结的血,死掉的血,您碰过某个流血之人。另外还有更早的血,超过一个多月了。冰冷的血,爬虫类的血。您自己也流过血。出自伤口的活人之血。"

"我佩服得五体投地。"

"我们狼人,"达萨特自豪地挺直脊背,"比你们人类的嗅觉稍微灵敏一点点儿。"

"我知道。"杰洛特笑道,"我知道狼人的嗅觉是名副其实的自然奇迹,所以才来找你帮忙。"

◆━━━◆━━━◆

"鼩鼱。"达萨特吸了吸鼻子,"是鼩鼱。还有田鼠。许多田鼠。粪便。许多粪便。主要是貂鼠的,还有黄鼠狼的。没别的了。"

猎魔人叹了口气,吐了口唾沫。他没能掩饰住自己的失望。这是第四个山洞了，而达萨特只发现了啮齿类及其捕食者的气味，外加前后二者粪便的味道。

他们走向岩壁间另一个洞口。脚下碎石不断松动，顺着石坡滚落。这里地势陡峭，走起来相当费劲，杰洛特开始感到疲惫。根据地形不同，达萨特时而变成狼，时而化成人。

"一头母熊，"他把头探进山洞，闻着气味说道，"带着幼崽。它在里面待过，现在搬走了。里头还有土拨鼠。鼯鼱。蝙蝠。许多蝙蝠。白鼬。貂鼠。狼獾。许多粪便。"

下一个洞穴。

"一只雌艾鼬，正在发情。还有一只狼獾……不对，两只。一对儿狼獾。"

"地下泉，水里有少量硫黄。一群小魔怪，大概十只。某种两栖动物，可能是蝾螈……蝙蝠……"

一只巨鹰从高处岩架飞下，在他们上方打转，放声啼鸣。狼人抬起头，看了眼山峰，又看看群山背后飘来的乌云。

"暴风雨要来了。好一个夏天，几乎每天都有暴风雨……怎么办，杰洛特大师？去下一个山洞吗？"

"去下一个山洞。"

为了前往下一个山洞，他们必须绕到自山崖倾泻而下的瀑布下方。瀑布不算大，但仍浇得他们浑身湿透。长满苔藓的岩石滑得像肥皂一样。达萨特化成狼形通过。杰洛特好几次差点摔倒，他骂了几句，手脚并用强行穿过这一段。幸好丹德里恩不在，杰洛特心想，不然他肯定会把这段编成歌谣。前面是变成狼形的狼人，后面是匍匐爬行的猎魔人。听众肯定会笑破肚皮的。

"有个大洞,猎魔人大师。"达萨特嗅了嗅,"又宽又深。里面有山岭巨魔。五到六个高大健壮的巨魔。还有蝙蝠。许多蝙蝠粪便。"

"继续。去下一个。"

"巨魔……跟之前一样的巨魔。这些洞是连通的。"

"一头熊。一只幼崽。在里面待过,现在没了。就在不久前。"

"土拨鼠。蝙蝠。蝠翼魔。"

狼人从下一个洞穴跳了出来,像被什么东西蜇到似的。

"戈尔贡。"他轻声说,"洞穴深处有只巨大的戈尔贡,还在睡觉。除它以外没别的了。"

"不奇怪。"猎魔人低声回应,"走吧。脚步放轻,它很容易被人吵醒……"

他们转身走开,不时担忧地回头张望,直到走近下一个洞穴,哪怕它离戈尔贡的巢穴足够远了,依然步伐缓慢、蹑手蹑脚,因为他们懂得"小心驶得万年船"的道理。小心没坏处,但在这里也没什么必要。接下来几个洞穴深处只有蝙蝠、土拨鼠、老鼠、田鼠和鼩鼱,以及堆积如山的粪便。

杰洛特累了,起了放弃的念头。达萨特显然也一样,但他仍高昂着头,言语和行动中没露出半点沮丧,这点确实值得称赞。不过猎魔人心里清楚,狼人对这次行动能否成功依然持怀疑态度。正如杰洛特听说的——那位老妇人医师也证实了——克雷莫拉山东侧山壁"千疮百孔",分布着数不清的洞穴。没错,他们确实找到了数不清的洞穴,但达萨特不相信凭自己的嗅觉就能找出正确的那一个,也就是通往城堡岩架下方的地底隧道。

更糟的是,天上划过一道闪电,然后开始打雷。要下雨了。杰洛特想吐口水,想破口大骂,宣布行动结束。但他压下了这股冲动。

"接着走,达萨特。下一个山洞。"

"听您的,杰洛特大师。"

突然,就像廉价小说里老掉牙的情节一样,岩壁间下一道开口成了故事的转折点。

"蝙蝠。"狼人嗅着空气说,"蝙蝠和……一只猫。"

"猞猁?山猫?"

"就是猫。"达萨特站直身子,"再普通不过的家猫。"

奥托·达萨特好奇地打量着那几只小瓶子,看着猎魔人喝下灵药,仔细观察杰洛特外表发生的改变,双眼因惊奇和恐惧而渐渐睁大。

"别强迫我跟您一起进洞。"他说,"无意冒犯,但我不想进去。一想到里头可能会有什么东西,我的寒毛都竖起来了。"

"我从没想过让你进去。回家吧,达萨特,回你妻子和孩子们身边。你帮了我的大忙,达成了我的请求,我不会要求你更多了。"

"我会等您。"狼人抗议道,"一直等到您出来。"

"我都不知道自己什么时候能出来。"杰洛特正了正背上的剑,"也不知道还能不能出来。"

"别这么说。我会等……等到黄昏。"

洞底覆盖着一层厚厚的蝙蝠粪便。那些蝙蝠——大腹便便的飞老鼠——成群结队挂在洞顶，扭动着身子，发出昏昏欲睡的叫声。一开始，地面平坦，洞顶远远高出杰洛特的头，他可以顺利而快速地前行。但这顺利很快就到头了。他先是被迫弯下腰，然后弯得越来越低，后来必须手脚并用地爬行，最后只能匍匐前进。

等到狭窄的空间可能卡住身体时，他一度停了下来，打算原路退回去。这时他听到汩汩的水声，脸上感受到凉爽的空气。虽然有风险，他还是拼命挤过缝隙，直到窄缝逐渐拓宽，这才松了口气。突然，身下的通道变成了向下的斜坡，让他径直滑进一道地下溪流——溪水从一块岩石下流出，又消失在另一块岩石下方。高处能看到微弱的光线，同那股冷风来自同样的方位。

溪水消失之处像个深深的水潭，虽然猎魔人怀疑从水下可以游到对面，但他并不想潜到深处去。他选择去上游，沿一条向上的坡道，与湍急的溪水逆向而行。不等离开坡道，进入一间宽阔的石室，他已全身湿透，身上沾满了水道里的泥沙。

这间石室很开阔，到处是巨大的滴水石、石笋、钟乳石和石柱。溪水沿着洞底曲折的水道流淌。这里也有微弱的光线和轻柔的气流，以及某种淡淡的味道。猎魔人的嗅觉比不上狼人，但他也闻到了狼人早先察觉的气味——一股微弱的猫尿味。

他驻足片刻，张望四周。空气流动的方向指出了出口的方位，那里仿佛宫殿的大门，两侧排布着高大的柱状石笋。他在出口旁边看到一个盛满细沙的凹洞,猫尿味就是从那儿散发出来的,沙子上还能看到不少猫爪印。

为了钻过狭窄的地缝,之前他把剑摘了下来,这会儿重新背回背上,迈步穿过石笋。

出口后面是条向上的缓坡,洞顶很高,周围也很干燥。地面堆着硕大的石块,但还不至于无法行走。他迈开脚步,直到被一扇门挡住。那门高大结实,属于典型的城堡用门。

直到目前为止,他都没法确定自己有没有选对路,有没有走进正确的山洞。但这门证实了他的答案。

门板上有个小小的开口,位置只比门槛高一点点,看来是最近才凿出来的。那是给猫用的出入口。

他推了推门。门纹丝不动,猎魔人的徽章却微微颤抖起来。这扇门有魔力,受到咒语保护。然而徽章只是轻微颤抖,证实法术并不强大。他把脸凑近门板。

"朋友。"

上过油的铰链拖着门板,悄无声息地打开。他没猜错,这门是工厂里大量生产的,配备了标准的弱魔法防护与最基础的口令,他很幸运,因为对方觉得没必要设置更复杂的口令。这扇门的作用是将城堡与复杂的洞穴系统分隔开来,阻止不会用简单魔法的一切生物进入。

他用一块石头卡住门,为自己留条退路。天然洞穴只到这扇门为止,接下来是条用铁镐在岩石里凿出的走廊,在他面前延伸开去。

尽管有了这么多证据,但他仍不敢确定,直到看见了前面的光线。

摇曳的光芒来自燃烧的火把或标灯①。片刻后,他又听到了咯咯的笑声——熟悉而响亮的笑声。

"噗呃——嘿呃——呃呃呃——噗呃呃!"

光线和笑声来自同一个大房间,插在铁篮里的火把提供了照明。墙边堆着箱子、盒子和桶。阿噗和阿唠坐在一只板条箱两边,用木桶充当座位。他们在玩骰子。阿唠显然掷出了什么大数字,正在呵呵大笑。

箱子上摆着一坛私酿酒,那是人称"生命之水"的烈性伏特加。旁边是下酒菜。

一条烤过的人腿。

猎魔人拔剑出鞘。

"嘿,小子。"

阿噗和阿唠张大嘴巴看他一会儿,咆哮一声,匆忙起身,撞翻了木桶。他们拿起武器,阿噗是一把大镰刀,阿唠则是一把宽刃弯刀,一齐冲向猎魔人。

虽然早就料到战斗不会轻松,但杰洛特仍有些猝不及防。没想到这两个畸形巨人的动作居然这么快。

阿噗用大镰刀攻向下盘,若不是杰洛特及时跃起,恐怕两腿就没了。阿唠随后进攻,弯刀在石墙上砸出火花,杰洛特堪堪避过。

好在猎魔人知道怎么对付身手敏捷的敌人,体型魁梧的也一样。无论敏捷还是迟缓,高大还是矮小,都有怕疼的部位。

况且他们不知道喝下灵药的猎魔人能快到什么程度。

---

①将装有石油或沥青的铁篮挂在木杆或柱子顶端,点燃后用来照明。

阿噗厉声嚎叫，手肘多出一道割伤。阿嗙膝盖中剑，叫得更加响亮。猎魔人迅速转身，骗过阿噗，躲过镰刀的锋刃，用剑尖划开他的耳朵。阿噗咆哮着晃动脑袋，挥出镰刀。杰洛特用手指画出阿尔德法印，击中对方。阿噗被魔法打伤，一屁股坐倒在地，牙齿间发出清晰的钝响。

阿嗙奋力舞动弯刀，杰洛特灵巧地矮身避过，顺势割伤巨人的另一边膝盖，随后旋身扑向正在挣扎起身的阿噗，剑刃劈向对方的双眼。千钧一发之际，阿噗脑袋一缩，只被剑刃划破了眉骨，鲜血立刻遮蔽了这头巨魔食人魔的双眼。阿噗大叫着跳起身，胡乱撞向杰洛特。杰洛特闪身避开，令阿噗冲向阿嗙，二人撞在一起。阿嗙推开阿噗，扑向猎魔人，怒吼着反手狠狠砍出一刀。杰洛特虚晃一招，避开利刃，半转身体，迅速挥出两剑，割伤了这只混血生物的双肘。阿嗙哀嚎起来，却没放开弯刀，而是再次抡起武器，幅度夸张却无章法可言。杰洛特旋身避开刀刃，顺势绕到阿嗙身后。他没放过这个好机会，扭转剑身，自下而上挥出笔直的一剑，砍在阿嗙两瓣臀肉之间。巨魔食人魔捂住屁股，哀嚎着，惨叫着，蹒跚走出几步，两膝一软，尿了一地。

阿噗目不能视，用镰刀胡乱劈砍，居然命中了目标。当然了，他砍中的不是猎魔人——杰洛特脚尖一转，闪出阿噗的攻击范围，让他砍中了捂着屁股的同伴。阿嗙就这样身首异处，空气溢出断裂的气管，发出响亮的嘶嘶声，同时鲜血从动脉喷出，直抵天花板，仿佛从火山口喷发的岩浆。

阿嗙在原地挺了好一会儿，鲜血不断喷溅，宛如喷泉中的无头雕像，那双又大又平的脚掌牢牢撑着地面。不过最后，他身子一歪，像截树桩一样栽倒在地。

阿噗擦净眼中的血水，终于搞清了状况，发出水牛般的咆哮。他跺着脚挥舞镰刀，原地转圈寻找猎魔人，却始终没找到，因为猎魔人一直藏在他身后。他的腋窝中了一剑，镰刀应声落地，干脆赤手空拳扑向杰洛特。这时鲜血再度蒙蔽了他的双眼，令他撞上墙壁。杰洛特欺身近前，利剑一挥。

阿噗显然不知道自己被切断了动脉，也不知道他早该一命呜呼了。他大吼大叫，挥舞双臂原地打转，直到两膝无力地弯曲，人也跟着跪倒在血泊里。他跪在地上，依然不断嘶吼，双手乱挥，只是叫声越来越小，倦意越来越浓。为了终结对手，杰洛特走过去，一剑刺入阿噗胸骨下方。然而这是个错误。

巨魔食人魔闷哼一声，将剑刃、十字护手连同猎魔人的手臂一齐抓住。他的双眼早已蒙上一层雾气，但力道丝毫没有放松。杰洛特一脚踩上他的胸口，用力拉扯。尽管鲜血从掌中喷出，阿噗依然不肯放手。

"你这蠢杂种。"帕斯托一字一顿，慢慢走进房间，用双弓床劲弩瞄准猎魔人，"自己送上门来找死。你完蛋了，狗崽子。阿噗，抓紧！"

杰洛特奋力挣扎。阿噗呻吟起来，却没放手。驼子咧嘴一笑，扣动扳机。杰洛特俯身避开沉重的箭矢，感觉到箭羽拂过身侧，重重扎进墙壁。阿噗放开利剑，趴到地上，紧紧抓住猎魔人的双腿，然后便僵住不动了。帕斯托沙哑而得意地欢呼一声，举起劲弩。

但他没能及时射出箭矢。

一匹巨狼蹿进房间，仿佛一颗灰色的炮弹，用野狼特有的方式，从后面咬住帕斯托的双腿，撕裂了他膝盖后方的十字韧带和腘动脉。驼子惨叫着跌倒，劲弩"嗡"的一声松开弓弦。阿噗发出刺耳的尖叫——那支箭不偏不倚射进他的耳洞，只剩箭羽露在外面，箭头从另一边耳洞穿出。

帕斯托哀号起来。巨狼张开骇人的血盆大口，咬住他的头。哀号变成了喘息。

巨魔食人魔终于死透了，杰洛特一脚将他蹬开。

达萨特换回人形，站在帕斯托的尸体旁边，擦了擦嘴唇和下巴。

"我当了四十二年狼人，"他对上猎魔人的视线，"终于有机会咬死个人了。"

"我必须来。"达萨特辩白道，"我知道，杰洛特大师，我必须来警告您。"

"因为他们？"杰洛特擦净剑身，指了指那几具了无生气的尸体。

"不光是他们。"

猎魔人走进狼人所指的房间，不由退了一步。

石砖地板被凝结的血液染成了黑色。房中央有个黑色边框的大坑。一堆尸体在旁边摞成小山。尸身赤裸，支离破碎，有的拦腰斩断，有的分成四份，还有个别被剥了皮，数量难以估算。

骨头被碾压、折断的声响从坑底深处清晰地传来。

"我之前没闻出来。"达萨特用厌恶的语气嘟囔道，"等您打开深处这扇门，我才闻到这股味道……咱们走吧，先生。离这停尸间越远越好。"

"我在这儿还有些事。你先走吧。万分感谢你能进来帮忙。"

"不用谢我。我欠您的。我很庆幸能报答您。"

◆━━━━━◆━━━━━◆

在岩壁内开凿出的圆筒形竖井里,有一道通往上方的螺旋楼梯。虽然很难判断楼梯井的高度,但杰洛特大致估算一下,觉得这很像典型的塔楼里的楼梯,而他才刚刚爬过第一层,当然也可能是第二层。他数过六十二级台阶,终于被一扇门挡住了去路。

同下方山洞里那扇一样,这扇门上也有给猫开辟的出入口。当然它也同样厚重,但没附着魔法,轻轻推下把手,门就开了。

门后房间没有窗户,光线昏暗。天花板下方悬着几个魔法球,但只启动了一个。空气中散发着化学制品的刺鼻味道,以及他能想到的每一种丑恶的气息。只需匆匆一瞥,他就看清了房间里的东西。架子上放着样本罐、细颈瓶和大肚壶,另外还有曲颈瓶、玻璃制的圆罐和试管、金属造的仪器与工具。总而言之,这里无疑是个实验室。

入口旁边一排架子上摆着硕大的标本罐。最近的罐子里盛满黄色液体,里面漂浮着满满的人类眼球,看着就像一坛糖腌李子。另一个罐子里有个小巧的炼金小人,个头还没有两个拳头大。第三个……

第三个罐子里漂着一颗人头。本来杰洛特已经认不出它的五官了,毕竟那人头已严重受损、肿胀褪色、扭曲变形,隔着浑浊的液体和厚厚的玻璃更是看不分明。不过那是颗光头。猎魔人只认识一个光头的巫师。

看来哈伦·查拉永远也去不了波维斯了。

其他罐子里漂着其他东西——各种铁青和苍白的恐怖之物。好在没有别的人头了。

房中央有张桌子。一张为了特殊用途而打造、装有排水槽的钢桌。

一具裸尸躺在桌上，个头小得出奇。是个小孩的尸体。金色头发的小女孩。

尸体被人切开，伤口呈"Y"字形。内脏都被取出，均匀、干净又整齐地摆放在尸体两侧，看起来就像解剖图谱里的版画，只是没有编号，比如图一、图二之类。

他用眼角余光瞥到了动静。一只大黑猫在墙边一闪而过，瞄了他一眼，嘶声叫着逃向敞开的房门。杰洛特跟了上去。

"先生……"

他停下脚步，转过身。

角落里有个矮笼，看着像装鸡用的。他看到攥着铁栏杆的纤细手指，然后是一对眼睛。

"先生……救救我……"

是个小男孩，还不到十岁。他蜷成一团，抖个不停。

"救救我……"

"嘘，别说话。你暂时没有危险，再多等一会儿。我很快回来接你。"

"先生！别走！"

"我说了，别说话。"

接下来是间藏书室，屋内积满灰尘，让他鼻子发痒。然后好像是间客厅。再然后是卧室，里面有张乌木床柱、黑色幔帐的大床。

他听到沙沙声，于是转过身。

索雷尔·戴格隆德站在门口，头发经过精心打理，身穿绣有金色星星图案的斗篷。一只灰扑扑的矮小生物站在他身旁,手持泽瑞坎马刀。

"我准备了装满福尔马林的样本罐,"巫师说,"用来存放你的脑袋,你这可憎的变种人。杀了他,贝塔!"

戴格隆德还沉浸在自己的声音里不可自拔,那只生物已经伴着马刀的寒光与破空声攻了过来,恍如一道迅捷而惊人的灰色鬼影,又像灵巧无声的灰色老鼠。杰洛特接连避开两下标准的斜向斩击,第一下让他感觉到刀身掠过耳边的空气,第二下轻轻擦过他的衣袖。他用剑身挡住第三下,与对方短暂地兵刃相交。他看清了灰色生物的脸——硕大的黄色眼睛,垂直的瞳孔,本该是鼻子的部位只有两道细长的裂缝,一对尖耳朵,只是没有嘴。

他们各自退开。那生物敏捷地转过身,踩着飘忽的舞步再次攻来,依然是斜向斩击。依然可以预测。它有超乎常人的活力、难以置信的灵巧、恶魔般的迅捷,但是不够聪明。

它不知道喝下灵药的猎魔人能快到什么程度。

杰洛特给了它进攻一次的机会,但轻松避开,立刻接过主导权,用练习过上百次的熟练动作发起还击。他迅速转个半圈,绕过那只灰色生物,用佯攻迷惑住对手,一剑劈中它的锁骨。不等鲜血喷出,杰洛特又反手一剑,切开它的腋下,然后跳到一旁,准备好继续进攻。但已经没这必要了。

那东西原来有嘴。灰色的脸上咧开一条裂缝,仿佛一道长长的伤口,从一边耳朵撕到另一边,但宽度还不到半寸。它没喊出一个词,也没发出半点声音,便双膝跪地,侧身栽倒。它抽搐了一阵儿,像做梦的狗一样晃动四肢,然后无声无息地死了。

戴格隆德犯了个大错。他没逃跑，而是举起双手，高声念出一句咒语，声音里满是愤怒与恨意。火焰围着他的双手打转，形成一颗炽热的球体，有点像在做棉花糖，就连味道也很相似。

戴格隆德没能造出完整的火球。他根本不知道喝下灵药的猎魔人能快到什么程度。

杰洛特闪到巫师面前，一剑劈开了火球和对方的双手。怒号声仿佛熔炉点燃，火花四下飞溅。戴格隆德一声惨叫，鲜血淋漓的双手放开了燃烧的球体。火球熄灭，房间弥漫着焦糖烧煳的味道。

杰洛特丢下剑，摊开手掌，狠狠抽在戴格隆德脸上。巫师被扇得转过身去，尖叫着缩成一团。猎魔人抓住他的衣带扣，用前臂勒住他的脖子。戴格隆德大喊大叫，拳打脚踢。

"你不能！"他哀号道，"你不能杀我！你们有禁忌……我是……我是人类！"

杰洛特收紧前臂，箍住他的咽喉。起先还不太紧。

"不是我！"巫师哭喊道，"是奥托兰！奥托兰叫我干的！他逼我的！还有比露塔·伊卡尔提，她什么都知道！是她干的！比露塔！那徽章也是她的主意！她让我干的！"

猎魔人勒得更紧。

"救——命——！谁来救——救——我——！"

杰洛特愈发用力。

"来人……救……不……"

戴格隆德呼吸急促，大量唾液从口中流出。杰洛特别过头去，继续加紧力道。

戴格隆德失去了意识，身体瘫软。再紧。舌骨断了。再紧。喉头碎裂。再紧。再紧些。

颈椎断裂，应声移位。

杰洛特又勒了他一阵子，然后将巫师的头用力往旁边一扭，确保万无一失。最后他放开戴格隆德。巫师柔软地滑到地板上，仿佛一块丝绸。

猎魔人用窗帘擦了擦袖子上的口水。

那只大黑猫凭空出现，蹭了蹭戴格隆德的尸体，舔了舔他一动不动的手，哀怨地喵呜叫了几声。它躺倒在尸体旁边，蜷成一团，圆瞪着金色的双眼看向猎魔人。

"我只能这么做。"猎魔人说，"我别无选择。就算别人不懂，你也应该明白。"

黑猫眯起眼睛，表示它明白。

为了上帝的缘故,让我们坐在地上,讲述诸王悲惨的死亡。

他们有些遭到废黜,有些战死沙场,有些被他们自己废黜的鬼魂纠缠,

有些死于妻子的毒药,有些在睡梦中死于非命,

全都不得善终。

——《理查二世》

威廉·莎士比亚　著

第十八章

　　王家婚礼那天，天气从清晨就好得出奇。凯拉克的蓝天万里无云，从早上开始就很暖和，好在海风缓和了热气。

　　从清晨起，上城区就闹哄哄的。街道和广场清扫得干干净净，房屋正面装饰着缎带和花环，旗杆上挂着三角旗。通向王宫的路上，供货商的队伍一大早就川流不息，满载的马车、货车与原路返回的空车错身而过。搬运工、手艺人、商人、信使也不停地往山上跑。再晚一些，这条路上又挤满了轿子，运送婚礼来宾前往宫殿。*我的婚礼可不是儿戏*，据说贝罗恒王是这么讲的，*我的婚礼必须铭刻在人们的记忆里，成为全世界的话题*。按照国王的命令，庆典将从早上开始，一直持续到深夜，宾客们一整天都将受到前所未有的招待。然而凯拉克是个不太起眼的小王国，地位无足轻重，杰洛特怀疑世人会不会关心贝罗恒的婚礼。哪怕国王想狂欢一个星期，准备了许多天晓得什么内容的活动，住在百里开外的人们也可能听不到半点动静。不过所有人都清楚，对贝罗恒来说，凯拉克城就是全世界的中心，凯拉克及周边这片弹丸之地就等同于整个世界。

杰洛特和丹德里恩都换上了尽可能体面的装束。猎魔人甚至为庆典添置了一件崭新的小牛皮短上衣，为此花费不少。至于丹德里恩，他从一开始就宣布自己没把这场王家婚礼放在眼里，也没打算去参加。因为他在来客名单里被划为王家指控官的亲戚，而非举世知名的诗歌作家与吟游诗人，更有甚者，没人邀请他登台演唱。丹德里恩将这视为一种怠慢，心中甚是恼火。但同往常一样，他的愤怒并未持续多久，可能都没超过半天。

沿着山坡蜿蜒向上、通往王宫的道路两旁竖着许多旗杆，上面挂着懒洋洋随风飘动的黄色三角旗，旗上是凯拉克的纹章——一条红鳍红尾、水平游动的蓝色海豚。

丹德里恩的亲戚费朗·德·雷天哈普在王宫入口处等着他们。几个王家卫兵站在一旁，身上是与海豚纹章同样的服色，换言之就是蓝与红。指控官向丹德里恩打个招呼，叫来一名男仆，吩咐他带领诗人前往宴会场地。

"至于你，杰洛特阁下，请跟我来。"

他们沿一条侧廊穿过花园，经过一片明显是伙房的区域，途中听到锅碗瓢盆的叮当声，主厨臭骂杂工的大嗓门，还能闻到令人食指大动的诱人香气。杰洛特提前看过菜单，知道宾客们在婚礼上能吃到哪些美味佳肴。几天前，他和丹德里恩拜访了"万物本性客栈"。菲巴斯·拉文加毫不掩饰自己的骄傲，夸耀自己和另外几家餐馆老板将负责摆设宴席、编写菜单，掌勺的则是本地最优秀的厨师。他告诉二人：早餐将提供生蚝、海胆、对虾和螃蟹；上午的点心是肉冻和各种肉馅饼、烟熏与腌制鲑鱼、花色肉冻鸭，以及绵羊和山羊奶酪；午宴可选择任意肉汤和鱼汤，搭配肉丸和鱼丸，或者牛肚汤配肝脏肉丸、蜜汁烤鲛鲽鱼、海鲈鱼配丁香藏红花。"

拉文加仿佛一位老练的演说家，配合吟诵调整呼吸，接连报上菜名：端上餐桌的还有白汁烤肉片配水瓜柳、鸡蛋加芥末酱、天鹅膝蘸蜂蜜、肥肉裹阉鸡、山鹑配百香果酱、烤鸽肉、羊肝馅饼配去壳麦粒。沙拉是各种生鲜蔬菜。然后是焦糖、牛轧糖、带馅蛋糕、烤果子、各式蜜饯和果酱。当然了，陶森特出产的葡萄酒也将持续供应，一刻不停。

拉文加讲得有声有色，令人口舌生津。然而，不管宴席有多丰盛，杰洛特都怀疑自己能不能尝到一道菜。他并非婚礼来宾，甚至比不上男仆，后者至少可以从餐碟里摸几块吃的，端菜时总可以用手指沾点奶油、酱汁或者碎肉啥的。

庆典主要在宫殿广场举行。这里曾是神殿的果园，后经凯拉克历代国王多次改造与扩建，主要修缮了石柱廊、凉亭与冥思殿。树木与房屋间竖起许多色彩鲜艳的帐篷，木杆撑起帆布，提供了不少荫凉。一小群来宾已经聚到一起。今日邀请的宾客本来就不太多，最多也就两百来人。据说名单由国王亲自拟定，只有被选中之人才能收到邀请函，而他们都是真正的精英——对贝罗恒来说，也就是他的远近亲属。除此之外，当地上流阶层、行政部门的重要官员、最有钱的世族，以及外国富商与外交官——邻近国家以"贸易代表"为名派来的间谍——也都收到了邀请。名单上最后的成员则是一群擅长阿谀奉承、俯首帖耳和溜须拍马的家伙。

艾格蒙德王子等在宫殿一间侧门外，身穿绣有大量金丝银线的黑色短上衣。几个年轻人陪在他身旁，大多留着长卷发，身穿带衬垫的紧身上衣，以及紧随潮流、护裆大到夸张的紧身裤。杰洛特不喜欢他们，不光是因为对方打量自己的嘲讽目光，更因为他们像极了索雷尔·戴格隆德。

看到指控官与猎魔人，王子示意随从们退下。只有一人留了下来。他留着短发，穿着普通裤子，但杰洛特同样不喜欢他。那人有双奇怪的眼睛，长相不怎么讨人喜欢。

杰洛特朝王子躬身行礼。不用说，王子没有回礼。

"把剑给我。"问候结束，他立刻告诉杰洛特，"你不能带着武器走来走去。别担心，虽然你看不到剑，但它随时可以交到你手上。我已经下了命令，只要有事发生，你马上就能拿到剑。这位罗普队长会负责此事。"

"'有事发生'的概率有多大？"

"要是没有，或者可能性很低，那我找你干吗？"艾格蒙德仔细查看剑鞘与剑刃，"哦！维罗里丹剑！这不是剑，是艺术品。我知道的，因为我也有过一把类似的剑，后来被我异母兄弟维拉克萨斯偷走了。当年他被我父亲流放，离开前偷了很多不属于他的东西，无疑是想当作纪念品。"

费朗·德·雷天哈普清了清嗓子。杰洛特想起丹德里恩的话，宫中禁止提及被流放的长子之名，不过艾格蒙德显然不在乎什么禁令。

"真是件艺术品。"王子又说一遍，仍在观察那把剑，"我不会问你是怎么得到的，但我要恭喜你。我相信，丢失的那两把肯定比不上它。"

"我知道您这话是出于品味和偏好，但我更想找回丢失的那两把。殿下和指控官大人保证过会找到窃贼，我记得，这正是我接受任务、同意保护国王的条件。而这条件显然没能达成。"

"确实没有。"艾格蒙德冷冷地承认，把剑交给罗普队长，那个眼神恶毒的男人。"所以我觉得有必要补偿你。我本打算付你三百克朗，现在你能拿到五百。另外补充一句，我们还在调查那两把剑的下落，你仍有可能找回它们。据说费朗找到了一个嫌疑人，对吧？"

"调查明确指向尼科夫·穆尤斯——市政官员兼法庭记录员。"费朗·德·雷天哈普用干巴巴的语气回答，"目前他逃跑了，但很快会被捉拿归案。"

"我想也是。"王子哼了一声，"抓个满身墨水印的小职员能费多大工夫？长年坐办公桌肯定让他长了痔疮，不管走路还是骑马，他想逃跑都有不少难度。所以他是怎么逃掉的？"

"他是个寡廉鲜耻、不通常理的无赖，"指控官清了清嗓子，"多半还是个疯子。失踪以前，他在拉文加的餐馆里引发了一场令人作呕的骚动，具体跟……请原谅……人类排泄物有关……那家餐馆因此停业一段时间，因为……我就略过那些恶心的细节吧。搜查穆尤斯的住所时，我们没发现失窃的剑，反而……请原谅……找到一只皮背包，里面装满了……"

"够了，够了，我能猜到。"艾格蒙德皱起眉头，"没错，这在很大程度上印证了那人的精神状态。这么看来，猎魔人，你的剑多半找不回来了。就算费朗抓到他，也没法从那疯子嘴里问出什么来。拷问这种人还有什么意义？他们在刑架上只会胡言乱语。请原谅，我还有职责在身。"

费朗·德·雷天哈普领着杰洛特走向宫殿广场主入口。没多久，他们来到一间铺设石板的庭院，宫廷管事正在欢迎到访的客人，卫兵和男仆则分别护送宾客前往广场深处。

"我要做好什么准备?"

"抱歉,你说什么?"

"今天我要做好什么准备?这句话你哪个字没听懂?"

"有人亲耳听到,山德王子当众吹嘘,说他今日会加冕为王。"指控官低声说,"但他不是第一次这么说了,而且每次他都喝醉了。"

"他有政变的本事吗?"

"不太有。但他有群顾问,都是他的亲信和宠臣。他们比较有能力。"

"贝罗恒会在今天宣布,继承人是他未婚妻怀的孩子,这条谣言可信度有多高?"

"相当高。"

"艾格蒙德即将失去继位机会,却雇了个猎魔人保护他父亲。如此尽孝,当真值得夸奖。"

"别说这些没用的。你已经接了,现在去干活吧。"

"我会的。只是这任务有些含糊。如果发生状况,我都不知道自己会面对什么人。或许你可以告诉我,到时谁能来支援我。"

"有必要的话,正如王子的承诺,罗普队长会把剑交给你。他会支援你。我也会尽我所能帮助你,因为我希望你一切顺利。"

"从什么时候开始的?"

"抱歉,你说什么?"

"我们从未单独谈过话。丹德里恩总是跟着我们,我不想在他面前提到这个话题。关于我'欺诈他人'的详细档案,艾格蒙德是怎么拿到的?谁伪造的?肯定不是他,所以只能是你,费朗。"

"这事与我无关。我向你保证……"

"身为法律的维护者,你一点都不擅长撒谎。你能爬到这位置真是个不解之谜。"

费朗·德·雷天哈普抿住嘴唇。

"我没有选择。"他说,"只能执行命令。"

猎魔人用严厉的目光看了他很久。

"这种话我听过了多少遍,说出来你肯定不会相信。"最后他说,"值得欣慰的是,说这种话的人,往往很快就要上绞刑架了。"

◆━━━◆━━━◆

丽塔·尼德也在来宾之列。他轻而易举就找到了她,因为她的打扮相当惹眼。

她身穿一件鲜绿色双绉礼裙,领口开得很低,上半身以刺绣为装饰,图案是只风格化的蝴蝶,上面缀有闪闪发光的小巧亮片,裙摆饰有荷叶边。超过十岁的女性穿有荷叶边的裙子,通常只会勾起猎魔人的讽刺与同情,但丽塔穿上这件裙装却显得异常协调,且绝不仅仅是诱人那么简单。

女术士的脖子上戴着一条打磨光滑的翡翠项链,每颗翡翠都比杏仁还大,其中一颗更是大得不得了。

她的红发就像一场森林大火。

玛赛珂站在丽塔旁边,身穿丝绸与雪纺面料的黑裙,款式异常大胆,肩部和袖子近乎透明。女孩的脖颈和乳沟用新奇的雪纺环状褶领遮饰,与黑色长袖结合,赋予了她一种华丽而神秘的气质。

二人的鞋跟都有四寸高。丽塔的鞋子用鬣鳞蜥皮制成,玛赛珂那双则是黑色漆皮。

杰洛特犹豫着是否该上前，但也只是犹豫了一会儿。

"你好。"丽塔谨慎地说，"真是个惊喜，能见到你太好了。玛赛珂，你赢了，那双白色便鞋归你了。"

"你们打了赌。"他猜测道，"关于什么？"

"你。我觉得我们不会再见了，赌你不会出现。玛赛珂接下了赌局，因为她有不同看法。"

丽塔用深绿色的双眸凝视他片刻，显然是在等待回应。等他开口，或者别的什么。杰洛特保持沉默。

"你们好，美丽的女士们！"丹德里恩凭空冒了出来，简直像是天降的救星，"我要向你们致敬，为你们的美丽深深倾倒。尼德女士，玛赛珂小姐。请原谅我没带花来。"

"我们原谅你。今天有什么新鲜事吗？"

"一如你们的期望，什么都有，也什么都没有。"一名男仆从旁经过，丹德里恩从托盘上拿过两杯葡萄酒，递给两位女士，"这场宴会有点无聊，对吧？不过酒不错。东之东，一品脱要四十呢。红酒也不赖，我尝过了。别喝香料药酒就好，他们根本不会调味。你们看见没？来宾络绎不绝。不过在上流社会，这种比赛的名次是从后往前的——反过来的，这是惯例——最晚现身的人才能获得胜利，摘得桂冠，闪亮登场。比赛快到尾声了。连锁伐木厂的老板与夫人即将跨过终点线，因此输给了紧随其后的港务总管及其夫人，后者又输给了我不认识的花花公子……"

"那是柯维尔贸易代表团的团长，"珊瑚解释道，"和夫人。虽然不知道是谁的夫人。"

"派洛尔·普拉特,那个老恶棍居然在为首的人群中,还带了个相当标致的女伴……活见鬼!"

"怎么了?"

"普拉特旁边那个女人……"丹德里恩几乎说不出话,"是……是雅缇瑞·安斯德……卖我剑的小寡妇……"

"她是这么自我介绍的?"丽塔不屑地说,"雅缇瑞·安斯德?打乱文字顺序的假名而已。她叫安缇雅·德瑞斯,普拉特的大女儿,才不是什么小寡妇。她根本没结过婚,传闻说她不喜欢男人。"

"普拉特的女儿?不可能!我去过他那儿……"

"却没见过她。"女术士打断他的话,"不奇怪。安缇雅和家人相处得不大融洽,她甚至不用家族姓氏,而是用名字和教名拼成的化名。她只在生意上跟她父亲有联络,而她的生意确实很红火。没想到他们会在这里同时出现。"

"说明他们有生意要做。"猎魔人一针见血地指出。

"光是想想就让人害怕。安缇雅明面上是商务代理,但她最喜欢的娱乐是欺诈、行骗和勒索。诗人,拜托帮个忙。你老于世故,但玛赛珂就不同了。带她去宾客那边走动走动,介绍一下哪些人值得结交,哪些人不值得。"

丹德里恩满口答应,向玛赛珂伸出手臂。随后周围就只剩他俩了。

"来吧。"丽塔打断漫长的沉默,"去走走。到山坡上面看看。"

从山坡顶端的冥思殿看去,城市的风景、巴尔米拉区的港口和海洋向四面八方铺陈开来。丽塔手搭凉棚。

"驶进港口的是什么船?正在抛锚那艘?一艘三帆舰,造型奇特,挂着黑帆,哈,还挺显眼的……"

"忘了那艘三帆舰吧。你已经支走了丹德里恩和玛赛珂,现在周围没人。"

"而你想知道是什么原因。"她转过身,"等我跟你说些什么。你在等我向你提问。但我没准儿只想跟你聊聊最近的小道消息呢?来自巫师圈子里那些?哦,不,别害怕,跟叶妮芙没有关系。是里斯伯格,你也知道那地方。那里发生了很多事……我在你眼里看不到好奇的光芒。还用我继续说吗?"

"当然,请讲。"

"一切都从奥托兰死掉开始。"

"奥托兰死了?"

"大概一周前就死了。按照官方说法,他是被自己研究的化肥毒死的。但有传闻说,真实死因是中风,因为他有位爱徒突然亡故,让他受到不小的打击。那位爱徒叫戴格隆德,死于一场可疑的实验事故。耳熟吗?你在城堡时见过他吧?"

"也许吧。我在那儿见到不少巫师,但不是每个人都值得记住。"

"显然,奥托兰将爱徒之死归咎于里斯伯格理事会,他大发雷霆,急火攻心导致中风。他已经很老了,又患有高血压,对麻药粉成瘾已是公开的秘密。麻药粉加高血压,混合起来威力惊人。但这当中仍有疑点,因为里斯伯格人员出现巨大变动。在奥托兰死前,那里已经有了冲突。阿尔吉侬·奎恩坎普——又叫'派尼提'——与另外几人被迫辞职。相信你还记得他。如果那里有人值得记住,也就只有他了。"

"的确。"

"奥托兰死后,"珊瑚紧盯着他,"巫师会迅速做出反应。他们早就在担心奥托兰及其爱徒生前的古怪行径了。有趣的是,引发山崩的却是一颗小石子,这种事在我们这个时代越来越常见了。区区一个普通人,一个狂热过头的郡长或治安官,迫使他的上级——苟斯·维伦的执法官——采取了行动。执法官将指控上报,然后层层往上,最后递交到国王议会,又从议会转交到巫师会。长话短说吧,有人被指控玩忽职守。于是比露塔·伊卡尔提离开了理事会,回艾瑞图萨教书去了。痘疮脸埃克西尔和桑多瓦尔走了。赞格尼斯保住了工作,赢得了巫师会的宽恕——因为他告密揭发了其他人,将所有罪责甩到他们身上。你怎么看?有没有什么想补充的?"

"我能补充什么?这是你们的事。你们的丑闻。"

"是你造访后没多久就在里斯伯格爆发的丑闻。"

"你高估我了,珊瑚。也高估了我的影响力。"

"我从来不会高估任何东西。也很少低估。"

"玛赛珂和丹德里恩随时会回来。"他盯着她的眼睛,"而你带我来这儿不是没有原因的。你能否告诉我,为什么?"

她承受住了他的视线。

"你很清楚为什么,"她回答,"所以别再通过贬低自己来侮辱我的智力了。你有一个多月没来找我了。不,别以为我想看令人作呕的狗血通俗剧,或者可怜巴巴的悲伤表态。我只希望这段关系能以愉快的回忆收尾,除此之外,我并不指望更多。"

"你好像用了'关系'这个词?这个词含义之广,着实令人震惊。"

"愉快的回忆,仅此而已。"她没理他的评语,也没移开视线,"我不清楚你感受如何,但在我看来,坦白地讲,情况没那么理想。我觉得有必要再朝那个方向努努力。也许不用太多。嗯,只要一些小而迷人的东西，比如一张写着动人字眼的离别便笺，能留下些许愉快的回忆就好。你能做到吗？愿意再来看看我吗？"

他没来得及答话。钟楼奏出震耳欲聋的钟声，总共十下。响亮、刺耳、略显嘈杂的小号声随即响起。服色红蓝相间的卫兵列成双纵队，在宾客群中开出一条路。王室司仪出现在宫殿入口的柱廊下，脖子上戴着一条金项链，手擎粗如栅栏柱的手杖。一群传令官跟在他身后，再后面是一群王室管家。在王室管家身后，凯拉克国王贝罗恒大踏步走来，头戴黑貂皮帽，手持权杖，身形瘦长而结实。一位年轻苗条、脸遮面纱的金发女子与他并肩而行，只可能是那位王室准新娘了，而她很快会成为国王的妻子、一国之后。金发女子身穿雪白纱裙，浑身挂满钻石，看上去未免过于夸张，像极了一个暴发户，毫无品味可言。同国王一样，她肩上也披着一件貂皮斗篷，由男仆们托着下摆。

王室成员跟在新人身后，距离托着下摆的男仆们足有十几步远，也在很大程度上说明了他们的地位。不用说，其中有艾格蒙德。他身旁的男人皮肤白皙，仿佛白化病人，只能是他弟弟山德了。其他亲戚跟在这对兄弟身后，几个男的，几个女的，几个十来岁的男孩女孩，显然是国王的婚生与非婚生子女。

男性来宾纷纷鞠躬行礼，女性则行屈膝礼。王室队伍抵达了终点，而那高台竟跟绞刑台颇有几分相似之处。台上摆着两张王座，上方有华盖，侧面有织锦。国王与准新娘分别落座，其他王室成员只能站着。

嘈杂的号声再度摧残来宾的耳膜。王室司仪挥舞双臂，仿佛交响乐团的指挥，鼓动来宾叫喊、欢呼、向新人敬酒。宾客与廷臣从四面八方靠近高台，一个个争先恐后，将健康、幸福、成功、长寿、更加长寿、更更长寿的祝福毫不吝惜地献给即将成婚的新人。贝罗恒王维持着傲慢又暴躁的表情，只在别人祝福、赞美、称颂他和他的准新娘时，手里的权杖才会难以察觉地抽动一下。

王室司仪示意来宾安静，发表了一段长长的演讲，在豪言壮语和夸大其词之间不留痕迹地反复切换。杰洛特全神贯注观察着人群，因此听得心不在焉。王室司仪向所有人宣布，来宾如此众多，令贝罗恒王感到由衷地喜悦，国王无比欢迎在这良辰吉日造访的所有人，并愿回以同样美好的祝愿。结婚庆典将在正午举行，在那之前，国王欢迎宾客们尽情吃喝，任意享乐，同时欣赏为这场盛会安排的众多表演。

刺耳的号声宣告正式环节结束，王室队伍开始离开花园。杰洛特在宾客中间发现了几个可疑的小团体，其中一群让他尤其在意，他们向王室鞠躬的态度甚是敷衍，而且不断挤向宫殿大门。杰洛特随着人流，走向排成双纵队的红蓝服色卫兵。丽塔跟在他身旁。

贝罗恒迈开大步，两眼直视前方。准新娘四下张望，不时朝问候她的来宾点头致意。一阵风暂时掀起她的面纱，杰洛特看到一双蓝色的大眼睛。那对蓝眼睛突然在人群中瞥见了丽塔·尼德，立刻闪过一道憎恨的寒光——纯粹而清晰的恨意，毫不掺假。

恨意持续了一秒钟，随后号声响起，队列经过，卫兵们也迈开脚步。杰洛特这才发现，那个可疑的小团体只是盯上了摆满葡萄酒和开胃小菜的桌子，打算抢在其他宾客之前大快朵颐而已。分散在各处的临时舞台开始表演：音乐家演奏小提琴、七弦竖琴、笛子和八孔笛，合唱队引吭高歌，表演抛接的换成了翻筋斗的，大力士为杂耍艺人让路，走钢丝的被衣不遮体、手挥铃鼓的舞者取代……气氛越来越欢快，女士的脸颊泛起红光，男士的额头闪烁汗珠，人们的交谈声越发响亮，但也越来越难听清。

丽塔将他拖到一间帐篷后面，吓跑了一对儿躲在暗处苟合的男女。女术士毫不在意，对他们几乎视而不见。

"我不知道今天会发生什么，"她说，"也不知道你为什么来这儿，虽然我大概猜得出。总之你要睁大眼睛，不管你想干什么，都请小心谨慎。要知道，国王的新娘是伊尔蒂珂·布莱考。"

"我不会问你认不认识她。但我瞧见她看你的眼神了。"

"她的名字是伊尔蒂珂·布莱考，"珊瑚重复一遍，"读三年级时被艾瑞图萨扫地出门，罪名是偷窃。如你所见，现在她混得不错。她没能当上女术士，但再过几个钟头就能当上王后。水果馅饼上的小樱桃，真他妈见鬼！她自称只有十七岁。那个老傻瓜。伊尔蒂珂至少二十五了。"

"看来她不喜欢你。"

"彼此彼此，我也不喜欢她。她是天生的阴谋家，到哪儿哪儿麻烦。不仅如此。还记得那艘挂着黑帆入港的三帆舰吗？我知道那是什么船了。以前我就听说过，臭名昭著的'鬼面天蛾号'。只要那艘船出现，肯定会捎带着发生些什么。"

"比方说？"

"船上有支佣兵，只要给钱什么都干。你花钱找佣兵还能干吗？搬砖砌墙吗？"

"我得走了。请原谅，珊瑚。"

"不管发生什么事，"她缓缓说着，注视他的眼睛，"不管发生什么，我都不能卷入其中。"

"别担心。我没打算让你帮忙。"

"你误会了我的意思。"

"显而易见。请原谅，珊瑚。"

------◆—I—◆------

穿过爬满常春藤的柱廊，他跟从另一边走来的玛赛珂不期而遇。在这炎热、喧闹和骚动的环境下，她显得异常镇定而冷静。

"丹德里恩呢？他丢下你不管了？"

"是啊。"玛赛珂叹了口气，"但他礼貌地请我见谅，还要我代他向你们致歉。有人私下邀请他表演。去宫殿里，为王后和她的女伴们演奏，他没法拒绝。"

"谁邀请他的？"

"一个士兵模样的男人，眼神很怪。"

"我得走了。请原谅，玛赛珂。"

一小群人聚在挂满彩带的帐篷外，有侍者为宾客端来食物——肉馅饼、鲑鱼，以及花色肉冻鸭。杰洛特挤过人群，寻找罗普队长或费朗·德·雷大哈普，结果撞见了菲巴斯·拉文加。餐馆老板打扮得像个贵族，身穿织锦面料的紧身上衣，帽子上装饰着一根鸵鸟羽毛。派洛尔·普拉特的女儿站在他身旁，一身黑色男装显得异常时髦而优雅。

"啊，杰洛特。"拉文加面露喜色，"安缇雅，容我为你介绍，这位是利维亚的杰洛特，大名鼎鼎的猎魔人。杰洛特，这位是安缇雅·德瑞斯女士，商务代理。来跟我们喝一杯……"

"请原谅，我赶时间。"他道了声歉，"虽然素未谋面，但我听说过安缇雅女士。菲巴斯，如果我是你，我绝不会买她手里的任何东西。"

宫殿入口的柱廊上方有块横幅，某位渊博的语言学家在上面写了行字："生养众多"。杰洛特刚走到这里，就被交叉的长戟拦了下来。

"禁止入内。"

"我有急事要见王家指控官。"

"禁止入内。"卫兵队长从长戟兵背后走出，左手握着一根短矛，右手脏兮兮的食指对准杰洛特的鼻子。"禁止入内，大人，你听不懂吗？"

"把你的脏手从我眼前拿开，不然我把它掰成几段。哦，对，这样好多了。现在，带我去见指控官。"

"每次你遇到守卫都要吵架吗？"猎魔人身后响起费朗·德·雷天哈普的声音，他肯定一直跟着杰洛特，"这是严重的人格缺陷，可能带来悲惨的后果。"

"我不喜欢被人拦路。"

"这不正是守卫和哨兵的作用吗？如果到处都可以随意进出，那还要他们干吗？放他过去。"

"国王陛下亲口下令，"卫兵队长皱起眉头，"未经搜身，任何人不得通行！"

"那就搜啊。"

搜身很彻底，卫兵们也很认真。他们搜遍他的全身，并不只是草率地拍打几下。最后他们一无所获，杰洛特没把平时藏在靴子里的匕首带进婚礼现场。

"满意了？"指控官俯视着卫兵队长，"现在让开，放我们过去。"

"还请大人见谅。"队长慢吞吞地说，"国王陛下命令明确，任何人不得例外。"

"所以呢？别得意忘形了，小子！知道你面前站的是谁吗？"

"所有人都得搜身。"队长朝卫兵们点点头，"国王陛下命令明确。请别自找麻烦，大人。别让我们……和您自己为难。"

"今天这是搞什么鬼？"

"关于这点，您可以去问上面。我们得到命令，所有人都得搜身。"

指控官低声骂了一句，任由对方搜身。他连把折叠刀都没带。

"我想知道这到底是怎么回事。"终于进入走廊，他说，"猎魔人，这事让我不安。非常不安。"

"看见丹德里恩没？他好像被召进宫中献唱了。"

"我都不知道有这事。"

"那你知道驶入海港的'鬼面天蛾号'吗？这个名字有没有让你想起什么？"

"想起很多。现在我更不安了。焦虑每分每秒都在增加。我们得抓紧时间！"

手持阔头枪的卫兵正在门厅周围走来走去——那里曾是神殿的回廊——红蓝相间的制服不时闪过，走廊里传来靴子声和各种大呼小叫。

"我说！"指控官朝一名路过的士兵招招手，"军士！这里发生了什么？"

"请原谅，大人……我赶着执行命令……"

"我说了，站住！这里发生了什么？快告诉我！出了什么状况？艾格蒙德王子在哪儿？"

"费朗·德·雷天哈普大人。"

贝罗恒王站在门口，头顶是几面蓝色海豚旗帜，身旁簇拥着四个穿皮革短上衣的壮汉。他已经换下了王室行头，所以看上去不太像国王，反而更像个农夫，家里的牛刚刚生了头特别漂亮的小牛犊。

"费朗·德·雷天哈普大人。"小牛犊带来的喜悦在国王的语气里清晰可辨，"王家指控官。我的指控官。当然也可能不是我的，而是我儿子的。我并未召唤你，你却出现在这儿。虽然原则上讲，此时此刻出现在这儿是你的职责，但我并没有召唤你。本来我想，就让费朗吃吃喝喝，挑个姑娘去树荫下泄泄火吧。我没召唤你，没想让你来这儿。知道为什么吗？因为我不确定你为谁效力。你到底为谁效力呢，费朗？"

"我为陛下效力。"指控官深鞠一躬，"我对陛下忠心耿耿。"

"都听到了？"国王戏剧性地扫视四周，"费朗对我忠心耿耿！很好，费朗，非常好。王家指控官啊，我就猜到你会这么回答。你可以留下，你能帮上忙。我马上安排些差事给你，绝对配得上你指控官的名头……那么，这位呢？他是谁？等等！是那个欺诈成性的猎魔人吗？女术士指认的那个？"

"事实证明，他是无辜的。女术士搞错了。告发他……"

"告发他是因为他有罪。"

"法庭已做出裁决。因证据不足，案件已撤销。"

"有案件就说明有猫腻儿。法庭的处分与裁决全靠司法官员的凭空想象和一时兴起，但猫腻儿却来自案件本身。我说得够多了，不用再浪费时间给你做司法讲座。今天是我大喜的日子，我可以宽宏大量，不叫人把他关起来。但你得叫这个猎魔人马上离开我的视线，永远不许再踏进我的门槛！"

"陛下……请恕罪……据说'鬼面天蛾号'进了港。在这种情况下，出于安全考虑，陛下身边必须有人保护……猎魔人可以……"

"可以什么?用身体替我挡剑?用猎魔人咒语干翻刺客?这就是我亲爱的儿子艾格蒙德交给他的任务?保护他父亲,确保我平安无事?随我来,费朗。嘿,你他妈也过来,猎魔人。给你们看场好戏。叫你们瞧瞧我是怎么保护自己的安全,确保自己没有性命之忧的。看好了,听仔细。也许你们能学到些东西,搞清楚一些事。关于你们自己的事。来吧,跟我来!"

二人在国王的催促声中迈开脚步,身旁围着几个皮衣壮汉。他们走进一间大厅,只见高台上摆着一张王座,头顶是装饰着波浪与海怪的天花板画。贝罗恒径直坐上王座,对面是一幅描绘着风格化世界地图的壁画。国王的两个儿子,凯拉克的两位王子——黑发如鸦的艾格蒙德,金发偏白的山德——坐在壁画下方的长凳上,由另一群壮汉看守。

贝罗恒舒舒服服靠上椅背,居高临下看着两个儿子,仿佛一位打了胜仗的将军,而敌人正跪在他面前,饱受重创,乞求怜悯。在杰洛特看过的画作上,胜者面对败者往往会露出庄重、威严、高贵和宽容的表情,但你想在贝罗恒脸上找到这些纯属白费力气。国王脸上只有尖刻的嘲笑。

"我的宫廷小丑昨天生病了。"国王开口道,"拉肚子。当时我想,真不走运,今天可能没人讲笑话,搞滑稽表演,供人取乐消遣了。但我错了。乐子照样有,让人笑得合不拢嘴。因为你们两个,我的好儿子,实在太滑稽了。滑稽又可悲。我向你们保证,在今后的日子里,我和我的小娇妻躺在床上享受鱼水之欢时,只要想起你们两个,想起今天,我们肯定会笑出眼泪。因为再没有什么比傻瓜更可笑的了。"

显而易见,山德很害怕。他汗如雨下,两眼不断扫过房间。与之相反，艾格蒙德却没露出半点恐惧。他直视父亲的双眼，回以同样恶毒的嘲笑，看着国王继续说下去。

"民间有句老话：存最好的希望，做最坏的打算。我就为最坏的打算做好了准备。说到底，还有比亲生儿子背叛自己更坏的打算吗？我在你们最信任的伙伴中间安插了眼线。刚一施压，你们的同谋就马上出卖了你们。而你们的心腹手下正忙着逃离这个城市。

"是啊，我的好儿子。你们以为我又聋又瞎、老朽年迈、弱不禁风？以为我看不出你们都在垂涎王冠与王位？就像猪猡垂涎松露一样？猪猡闻到松露的味道就爱上头，因为它们喜欢松露，欲望、冲动和抑制不住的胃口会蒙蔽它们，叫它们发疯、尖叫、用鼻子刨地、对周遭一切不管不顾，一心只想采到那朵松露。你必须用棍子狠抽才能赶走它们。而你们，我的好儿子，就是猪猡，刚刚沾到一星半点松露味，就因欲望和饥渴而发了疯。但你们吃不到松露的，只能抢到一坨屎，另外还能尝到鞭子。你们跟我作对，我的好儿子，侵犯我的权威，违背我的意愿。跟我作对的人，健康状况往往会严重恶化，这可是经过医学验证的事实。

"三帆舰'鬼面天蛾号'之所以停进港口，是我命令它来的，雇下船长的人也是我。法院明早会开庭，并在中午之前做出判决。到了中午，你们两个就将登上那艘船，等到三帆舰驶过沛西海角的灯塔才能下船。也就是说，你们得在那赛尔、艾宾、梅契特或尼弗迦德找个新家了，愿意的话，也可以是世界尽头或地狱的大门。总而言之，不准你们再回到这里。如果不想脑袋搬家，就永远不要回来。"

"你要流放我们？"山德哀号道，"就像流放维拉克萨斯？还要禁止宫廷提起我们的名字？"

"我在盛怒之下流放了维拉克萨斯,当时可没有审判。他敢回来,我会叫人砍了他的头。不过法庭会判你们流放的,合情合法又有约束力。"

"你就这么肯定?走着瞧吧!法庭不会对这种目无法纪的判决置之不理!"

"法庭知道我想要怎样的判决,也会如我所愿地宣布。上下一致。"

"去你妈的上下一致!本国法庭是独立自主的。"

"法庭是,但法官不是。山德,你这傻子,你妈就蠢得像块木头,而你偏偏继承了她的头脑。刺杀计划肯定不是你想出来的,而是你哪个宠臣安排的。不过说真的,我很高兴你能参与其中,这样我就可以名正言顺地摆平你了。艾格蒙德则不同,是的,他很狡猾。这个好儿子很关心父亲的安危,特意雇了猎魔人保护他父亲,哦,这事你办得多好啊,恨不得所有人都能知道。然后你用了那种接触性毒药。真狡猾,就算我的食物和饮品都有人试毒,但谁能想到我卧室壁炉里那根拨火棍呢?那根拨火棍只有我一人能碰,其他人都没机会沾手。真狡猾,我的好儿子,真狡猾。叵惜配毒的人出卖了你。叛徒总会出卖叛徒,这是世间的真理。你怎么不说话,艾格蒙德?无话可说吗?"

艾格蒙德眼神冰冷,没露出半点惧意。他一点也不怕流放,杰洛特心想。他想的不是被驱逐或流放,不是"鬼面天蛾号",也不是沛西海角。那他到底在想什么?

"无话可说吗,儿子?"国王重复道。

"只有一句,"艾格蒙德抿着嘴唇说,"是你特别喜欢的民间谚语。'再傻也傻不过老傻瓜。'记住我的话,亲爱的父亲。到时候你就明白了。"

"把他俩带走,关起来,派人看押。"贝罗恒下令,"这是你的任务,费朗,指控司的任务。现在,把裁缝叫来,还有宫廷司仪和公证人。其他人都出去。至于你,猎魔人……总算学到东西了,对吧?对你自己更了解了?也就是说,知道你自己是个幼稚的蠢货了?明白了这点,也算你今天有所收获,你的冒险也可以结束了。嘿,那边,过来俩人!护送这位猎魔人到大门口,把他赶出去,同时确保他别偷走我一件银器!"

罗普队长在王座厅外的走廊里拦住他们。他身旁跟着两个人,眼神、动作和举止都与他一模一样。杰洛特敢打赌,他们三人曾经一起共过事。他突然明白了,知道接下来会发生什么,事态又会朝哪个方向发展。所以当罗普宣布要接手护送任务,命令卫兵离开时,他一点也不觉得惊讶。猎魔人知道罗普会叫自己跟上。正如他的预料,另外两人同样紧随在后。

他已经料到进入房间后会看到谁了。

丹德里恩脸白如纸,显然吓坏了,但应该没受伤。他坐在一张靠背很高的椅子上,后面站着个留长辫的瘦子。那人手持一把又长又薄、共有四道剑刃的慈悲短剑[①],剑尖抵在诗人颚骨下方,对准了他的脖子。

"别干傻事。"罗普警告说,"千万别干傻事,猎魔人。你敢轻举

[①]中世纪战场上用来杀死重伤者,赐予其"慈悲解脱"的武器。

妄动，哪怕只是哆嗦一下，萨姆沙先生就会捅死诗人，好像捅死一头猪。他不会犹豫的。"

杰洛特知道萨姆沙先生不会犹豫，因为这位萨姆沙的眼神比罗普还要恶毒。那种眼神很不一般，有时你会在停尸房或解剖间里撞见这样的人。他们从事类似工作不是维持生计，而是为了满足自己某些阴暗的癖好。

这下杰洛特彻底明白，为何艾格蒙德王子会如此冷静，能无所畏惧地直视未来，不会避开他父亲的双眼了。

"你要听话。"罗普说，"只要你听话，你们两个就能活着离开。照我说的做，我就放了你和这个蹩脚诗人。"他继续撒着谎，"你敢碍手碍脚，我就杀了你俩。"

"你在犯错，罗普。"

"萨姆沙先生跟吟游诗人留在这儿。"罗普对他的警告充耳不闻，"我们去御用套间，只有你和我。那边会有卫兵。你看到了，你的剑在我这儿，我会把它还给你，由你对付卫兵。不管卫兵叫来多少援军，你都要负责把他们杀光。听到打斗的喧闹声，套间里的仆人会怂恿国王从秘密通道离开，里希特和特维多鲁克先生会等在那里，稍稍改写一下王位继承顺序与本国王朝的历史。"

"你在犯错，罗普。"

"现在，"队长凑到近前，"你要保证自己听懂了任务，愿意去执行。你若不肯，等我低声数到十，萨姆沙先生就会刺穿诗人的右耳膜。然后我会接着数，若没听到想要的答案，萨姆沙先生会刺穿另一边，然后是诗人的眼睛。以此类推，最后是他的脑仁。我要开始数了，猎魔人。"

"别听他的，杰洛特！"丹德里恩不知怎么用收紧的喉咙发出了声音，"他们不敢碰我的！我是个名人！"

"他似乎没把我们当回事。萨姆沙先生，右耳。"

"别！住手！"

"很好。"罗普点点头，"好多了，猎魔人。保证你听懂了任务，愿意去执行。"

"先把刀子从他耳边挪开。"

"哈，"萨姆沙先生不屑地说着，将慈悲短剑高举过头，"这样可好？"

"好极了。"

杰洛特用左手抓住罗普的手腕，右手握住剑柄，将队长猛地拉向自己，用上全力赏了对方一记头锤。碎裂声响起。不等罗普倒地，猎魔人已拔剑出鞘，流畅而迅疾地一转身，斩断了萨姆沙高高抬起的持剑手。萨姆沙惨叫一声，双膝跪倒。里希特和特维多鲁克拔出匕首，扑向猎魔人。杰洛特旋身从他们中间穿过，顺势切开里希特的脖子，鲜血直接喷上天花板的枝形大吊灯。特维多鲁克发起进攻，匕首接连虚晃，却被地上的罗普绊了一跤，一下子失去平衡。杰洛特趁他站立不稳，自下方挥剑砍中他的腹股沟，又从上方切断了他的颈动脉。特维多鲁克仰天栽倒，缩成一团。

萨姆沙先生却给了杰洛特一个措手不及。尽管没了右手，断肢鲜血直流，他却用左手摸到地上的慈悲短剑，径直刺向丹德里恩。诗人放声尖叫，却没丢下沉着，只见他滚下椅子，用椅背挡住对方。杰洛特没给萨姆沙继续发挥的余地。鲜血再度泼上天花板，枝形吊灯和蜡烛上沾满了血迹。

丹德里恩爬起身，额头顶着墙，名副其实地吐了一地。

费朗·德·雷天哈普带着几名守卫冲进房间。

"怎么回事？发生了什么？朱利安！你没受伤吧？朱利安！"

丹德里恩抬起一只手，示意等会儿再说，因为他眼下没时间，然后又吐了起来。

指控官命令卫兵离开，在身后关上门。他谨慎地观察尸体，免得踩到飞溅的血迹，同时确保从吊灯滴落的血液不要弄脏他的紧身上衣。

"萨姆沙、特维多鲁克、里希特，"他念出尸体的名字，"还有罗普队长。都是艾格蒙德王子的心腹。"

"他们是听命行事。"猎魔人耸耸肩，"就跟你一样，他们只是服从命令。而你对此一无所知。是这样吗，费朗？"

"我当然对此一无所知。"指控官匆忙保证道。他后退几步，直到靠上墙壁。"我发誓！你不是怀疑……以为我……"

"如果我怀疑，你已经死了。我相信你。不管怎样，你不会拿丹德里恩的性命冒险。"

"这事必须上报国王陛下。对艾格蒙德王子来说，恐怕指控书的内容又要增加了。我想罗普还活着。他可以作证……"

"我怀疑他不行了。"

指控官检查一下队长的状况。罗普躺在地上，在尿液里摊开四肢，口角流涎，不停颤抖。

"他怎么了？"

"鼻骨碎片扎进了脑子，也许还有几片刺进了眼球。"

"你出手太重了。"

"我干吗要手下留情？"杰洛特扯下桌布擦拭剑身，"丹德里恩，你还好吗？没事吧？站得起来吗？"

"我很好，很好。"丹德里恩含糊不清地说，"感觉好些了。好多了……"

"你看起来不像好多了。"

"见鬼，我才刚刚死里逃生！"诗人扶着一张矮桌爬起身，"该死的，我从没这么害怕过……感觉下面都要脱肛了，五脏六腑都要漏出去似的，连同牙齿一起。可我一看到你，就知道你能救我。我是说，我不知道，但我抱有很大希望……这儿的血太多了……简直臭不可闻！我又要吐了……"

"我们去见国王陛下。"费朗·德·雷天哈普说，"把你的剑给我，猎魔人……再擦干净点儿。你留在这儿，朱利安……"

"去他妈的。我一刻也不想待在这鬼地方。我宁愿跟着杰洛特。"

御用套间前厅入口有哨兵把守，他们认出指控官，放几人通过，但进内室就没那么简单了。一名传令官、两名王室管家，与四名壮汉组成的随行队伍一起，构成了一道无法逾越的屏障。

"国王陛下正在试穿结婚礼服。"传令官宣布，"陛下说得清清楚楚，不希望任何人打扰。"

"我们有重大事务汇报，一刻也不得拖延！"

"国王陛下明令禁止外人打扰。再说我记得，陛下命令这位猎魔人离开王宫，他怎么还在这里？"

"我会向陛下解释。让我们进去！"

费朗推开传令官,挤开王室管家。杰洛特跟在他身后。即便如此,他们也只来到内室门口,便被聚集的廷臣挡在身后。在传令官的命令下,一群穿皮革短上衣的壮汉将他们推到墙边。那群人身强力壮,动作粗鲁,但杰洛特学着指控官的样子,没做任何抵抗。

国王站在一张矮凳上。一个裁缝,嘴里叼着别针,正在调整马裤的尺寸。国王身旁侍立着王家司仪,还有个穿黑衣的,多半是公证人。

"结婚庆典一过,我就立刻宣布,"贝罗恒说,"我合法娇妻今天为我怀上的儿子是继承人。这能确保她对我一心一意,言听计从,嘿嘿,还能给我争取到一段时间的平静与安宁。大概再过二十年,那小崽子才能长到搞阴谋诡计的年龄。

"但只要我想,就能随时废了他,另选一人继承我的王位。"国王做个鬼脸,又朝王家司仪眨眨眼睛,"毕竟这是贵庶通婚,后代一般不能继承头衔,对吧?谁知道我对她的兴趣能维持多久?这世上就没有更年轻、更漂亮的姑娘了?看来有必要拟定相应的文件,比如婚前协议之类。存最好的希望,做最坏的打算,嘿嘿嘿。"

仆人递给国王一只堆满珠宝的托盘。

"拿走。"贝罗恒皱起眉头,"我才不会像花花公子或暴发户一样用珠宝装饰自己。我只戴这个。我未婚妻的礼物,小巧却有品味。一枚刻有我王国标志的徽章,我戴这个正合适。这是她的原话:王国的标志在我胸口,王国的利益在我心中。"

又过一会儿,贴墙站立的杰洛特才把所有线索联系到了一起。

用爪子拍打徽章的猫。链子上的金色徽章。珐琅上的蓝色海豚。金色做底,水平游动的蓝色海豚,纹章,金链,徽章,脖子……

等他反应过来,可惜为时已晚。他甚至来不及叫喊或发出警告。

他看到金链突然收紧，仿佛绞索般勒住国王的脖子。贝罗恒涨红了脸，张开嘴巴，却无法呼吸，也叫不出声。他用双手抓住脖子，试图扯下徽章，至少把指头插到链子下面。可他办不到，因为链子已深深埋进他的血肉。国王摔下凳子，手脚乱挥，撞到了裁缝。裁缝蹒跚几步，喉咙突然梗住，多半是把别针吞了下去。他又撞上公证人，两人一起摔倒在地。与此同时，贝罗恒脸色发青，两眼凸出，躺倒在地板上，蹬了几下腿，然后绷紧身子，不再动弹。

"来人！国王摔倒了！"

"医师！"王家司仪喊道，"叫医师！"

"诸神啊！怎么了？国王怎么了？"

"医师！快！"

费朗·德·雷天哈普双手扶额，脸上露出怪异的表情。那是逐渐理解状况之人才有的表情。

众人把国王放到一张躺椅上，医师花了很长时间检查。虽然离得不远，但杰洛特没法挤进人群旁观。即使如此他也知道，那条链子早在医师赶来前就已经松开了。

"中风。"医师站直身子，宣布说，"窒息导致中风。有害气体进入他的身体，毒害了体液。持续不断的暴风雨提高了血液温度，这就是罪魁祸首。医学已无能为力，我什么都做不了。仁慈而慷慨的国王已经故去，辞别了这个人世。"

王家司仪双手掩面，哭号起来。传令官用双手抓紧自己的贝雷帽。有个廷臣啜泣起来。其他人跪倒在地。

走廊和前厅突然回荡起沉重的脚步声。门口出现一个巨人，身高足有七尺，身穿卫兵制服，但军衔很高。一群戴头巾、穿耳环的家伙跟在巨人身后。

"诸位请到王座厅去。马上。"巨人在一片沉默中开口。

"什么王座厅?"王家司仪暴躁地反驳道,"去干什么?德·桑蒂斯大人,你知不知道刚刚发生了什么?知不知道发生了怎样的不幸?你明不明白……"

"去王座厅。这是国王的命令。"

"国王已经过世!"

"国王万岁。请到王座厅去。所有人。马上。"

王座厅里聚集了十来个人,头顶是描绘着男人鱼、美人鱼、海马的天花板画。有些人戴着五颜六色的头巾,有些戴着缎带装饰的水手帽。他们的皮肤饱经风霜,还都戴着耳环。

不难猜测,他们是雇佣兵。三帆舰"鬼面天蛾号"的成员。

一个黑发黑眼、鼻梁高挺的男人坐在高台的王位上,同样饱经风霜,但没戴耳环。

伊尔蒂珂·布莱考坐在旁边临时搬来的椅子上,依然身穿雪白的礼裙,浑身依然饰满钻石。她不久前还是国王贝罗恒的宠儿与未婚妻,此时却用爱慕的眼神盯着那个黑发男人。杰洛特花了一点时间猜测事情的起因与可能的发展,并将事实与线索联系到一起。到了眼下这一刻,就连傻子都能看出伊尔蒂珂·布莱考认识这个黑发男人——他们很熟,显然已经认识好久了。

"维拉克萨斯大人,凯拉克的王子,不久前还是王位与王冠的继承人,如今已是凯拉克之王,国家的合法统治者。"名叫德·桑蒂斯的巨人用洪亮的男中音宣布。

王家司仪率先躬身行礼,随后单膝跪下。继他之后,传令官也表示效忠。王室管家们也有样学样，深深鞠躬。最后一个行礼的是费朗·德·雷天哈普。

"国王陛下。"

"暂时还是'殿下'。"维拉克萨斯纠正道，"等加冕礼过后再用这个称呼好了。反正加冕礼也不怎么耗时间。越快越好，对吧，司仪大人？"

周围一片寂静，就连某个廷臣的肠胃蠕动声都能听得一清二楚。

"我父王去世了。"维拉克萨斯说，"他已前往可敬的历代祖先身边。不出所料，我那两位弟弟都被控参与谋反。审判将按先王的意愿执行，他俩都将被判有罪，并按法庭判决永远离开凯拉克。他们将搭乘我雇下的三帆舰'鬼面天蛾号'……由我强大的盟友与赞助人护送离开。我知道，先王并未留下有效的遗嘱，也未就继承人一事颁布任何旨意。若有类似旨意，我愿遵从先王的意愿。可惜，没有。因此王位继承权只能属于我，这顶王冠属于我。在场可有任何人反对？"

没人反对。在场所有人都有足够的判断力与自我保护的本能。

"那就准备加冕礼吧，还请诸位各司其职。加冕礼将与我的婚礼同时举行，因为我决定，恢复凯拉克诸王的古老传统，一条于几个世纪前制定的法律——新郎若在婚礼前亡故，未婚妻将与新郎血缘最近的未婚亲属成婚。"

伊尔蒂珂·布莱考容光焕发，不难看出，她已经迫不及待要遵从这条古老的习俗了。其他人默然不语，想必是在回忆：究竟是何人，在何时、何地、何种情况下制定了这条法律呢？另外，凯拉克王国的历史尚且不足百年，为何却在几个世纪前发展出了这种习俗呢？不过廷臣们苦思冥想的眉头很快舒展开来，他们不约而同得出一个结论，那就是，尽管加冕礼尚未举行，尽管维拉克萨斯还只是"殿下"，但他本质上已经是国王了，而国王永远都是正确的。

"快走，猎魔人。"费朗·德·雷天哈普把杰洛特的剑塞进他手里，"带上朱利安一起。你俩快点消失。你们什么都没看到，什么都没听到，别让任何人把你俩跟这些事联系到一起。"

"我能明白，"维拉克萨斯的目光扫过聚集的人群，"也能理解，对某些人来说，眼下的状况着实令人震惊。对某些人来说，变化来得太过突然，毫无征兆，事态发展未免过快。我也不能排除，对某些人来说，事情没能按照他们的预计发展，让他们对现状很不满意。然而，德·桑蒂斯大人却能立刻做出正确的选择，向我宣誓效忠，希望在场诸位都能跟他学学。"

维拉克萨斯点点头。"就从先王陛下忠实的仆人们开始吧，还有听命于我兄弟、企图谋害我父王之人。王家指控官费朗·德·雷天哈普，由你开始。"

指控官鞠了一躬。

"你将接受调查，"维拉克萨斯警告道，"由此揭露你在两名王子的阴谋中扮演的角色。阴谋失败了，证明策划者极其无能。我可以宽恕过错，但没法容忍无能。身为指控官，法律的维护者，无能更是不可原谅。不过这都是后话了，我们先从眼前的事开始。过来，费朗。希望你能对我效忠。跪在王位前，亲吻我高贵的王家之手。"

指控官顺从地走向王位。

"离开这里，猎魔人。"迈步之前，费朗又低声说了一遍，"消失得越快越好。"

广场上的聚会依然热火朝天。

丽塔·尼德立刻发现了杰洛特衣袖上的血迹。玛赛珂也发现了，但与丽塔不同，她直接脸色煞白。

丹德里恩从经过的侍者的托盘里拿起两杯酒，一口气喝个底朝天。他又拿起两杯，递给两位女士。后者谢绝了。丹德里恩又喝一杯，这才把剩下那杯不情不愿地递给杰洛特。珊瑚眯眼看着猎魔人，显然十分紧张。

"发生了什么？"

"你很快就知道了。"

钟楼里响起不祥、阴郁且无比哀伤的钟声。宾客们很快安静下来。

王家司仪和传令官走到那座绞刑台似的平台上。

"怀着无上的惋惜与悲痛，"司仪在寂静中开口，"我要告知各位尊敬的来宾，令人爱戴的国王贝罗恒一世，善良而高尚的统治者，突然离世而去。无情的命运之手击倒了他。但凯拉克的君王永远长存！先王已死，新王万岁！维拉克萨斯国王陛下万岁万万岁！他是已故先王之长子，王位与王冠之合法继承人！国王维拉克萨斯一世！让我们高呼三次：国王万岁！国王万岁！国王万万岁！"

谄媚者、哈巴狗和马屁精们异口同声欢呼。王家司仪抬手示意他们安静。

"维拉克萨斯国王满心悲痛，整个宫廷满心悲痛。宴会取消，请各位来宾有序离开宫殿与广场。国王将在近期举办自己的婚礼，届时，宴会将重新开始。为免浪费，国王下令将食物搬到城区，置于城镇广场，同时赠予巴尔米拉区的黎民百姓。凯拉克即将迎来幸福与繁荣的时代！"

"哎呀呀，"珊瑚理了理头发，"新郎这么一死，婚礼庆典也就彻底乱套了。贝罗恒不是没有缺点，但历史上也不缺比他更差劲儿的国王。愿他安息，并在地下得到安宁。走吧，反正宴会也开始无聊了。天气晴朗，咱们就去露台散散步、看看海好了。诗人，劳烦你伸出手臂，让我学生搀一下好吗？我要跟杰洛特散个步，因为我觉得他有些事想告诉我。"

正午刚过，还有大把的好时光。很难相信，这么短的时间里竟然发生了这么多事。

战士不会轻易死去。不经历厮杀,死亡别想征服他们。战士从不向死亡低头认命。

——《时间之轮》

卡洛斯·卡斯塔尼达　著

第十九章

"嘿!你们看!"丹德里恩突然叫道,"有耗子!"

杰洛特毫无反应。他了解诗人,知道后者经常为司空见惯的东西害怕或狂喜,然后涌出不着边际的感动。

"有耗子!"丹德里恩没有放弃,"啊,又一只!第三只!第四只!活见鬼!杰洛特,瞧啊。"

杰洛特叹了口气,抬眼望去。

露台下方是片断崖,崖下挤满了老鼠。巴尔米拉区与小山之间的地面仿佛活了过来,蠕动不休,高低起伏,吱吱乱叫。数百只——不,或许几千只——啮齿动物正在逃离码头与河口,爬向山脚,沿着尖桩栅栏涌上山坡,钻进树林。路人也注意到了,惊讶与恐惧的叫喊声不绝于耳。

"耗子正在逃离巴尔米拉区和码头,它们吓坏了!"丹德里恩大声道,"我知道发生了什么。多半有条装满捕鼠人的船在码头靠岸了。"

没人有心情评论。杰洛特擦去眼皮上的汗水。天气热得难以忍受,炽烈的空气让人呼吸困难。他抬头看向天空,上方万里无云。

"暴风雨要来了。"丽塔道出了他脑海中的想法,"一场猛烈的风暴。耗子感觉到了。我也是,我能在空气中感觉到。"

还有我,猎魔人心想。

"暴风雨。"珊瑚重复道,"暴风雨要从海上过来了。"

"什么暴风雨?"丹德里恩用软帽扇着风,"连个鬼影子都没有!天气好得跟画一样,晴空万里无云,没有一丝微风。真可惜,这么热的天,有点风倒也挺好。只要一阵海风……"

话音未落,风就吹了起来。一阵微风带来海水的气息,令人精神焕发,神清气爽。风势迅速增强,不久前还懒洋洋的三角旗呼啦啦飘动,在风中拍打。

海平面那边,天色迅速转暗。风声越来越大,微弱的低吟变成呼啸,呼啸又变成咆吼。

旗杆上的三角旗剧烈飞舞。屋顶和塔楼上的风向标嘎吱作响,锡制烟囱顶帽发出哗啦和叮当声。窗板砰砰响动。一团团尘埃盘旋直上。

丹德里恩的软帽差点被风吹跑,幸好他及时用双手按住。

玛赛珂按住裙子,劲风突如其来,几乎将她的雪纺绸裙掀到腰际。在她按下随风飘舞的裙摆之前,杰洛特有幸欣赏到她的美腿。她注意到他的眼神,与他四目相对。

"暴风雨……"珊瑚必须转过身才能开口说话,强风已经盖过了她的声音,"暴风雨!一场大风暴就要来了!"

"诸神啊!"丹德里恩大喊,虽然他没信过任何神,"诸神啊!出什么事了?"

天空迅速昏暗下来。海平面由深蓝转为灰黑。

风势愈发猛烈,咆哮声仿佛来自地狱。

在岬角那边的停泊处,海面波涛起伏,浪花拍打在防波堤上,白色泡沫四下飞溅。浪涛声越来越大,天色漆黑如夜。

停在码头的船只摇摆骚动。几艘大船匆忙升帆,准备赶往远海避难,其中包括邮政快船"回声号",来自诺维格瑞的双桅纵帆船"潘多拉·帕维号"。其他船则降下船帆,停留在原地。杰洛特认出了几艘,当初他在珊瑚别墅的露台上看到过它们。比如"阿尔克号",来自希达里斯的单桅横帆船;"灯笼海棠号",不记得来自哪儿了;大型三桅帆船,挂着蓝色十字旗的"辛特拉的骄傲号";来自朗·爱塞特的三桅帆船"眩晕号";瑞达尼亚船"信天翁号",三根桅杆,从船首到船尾足有一百二十尺长;以及另外几艘,包括悬挂黑帆的三帆舰"鬼面天蛾号"。

这时风声不再呼啸,而是改成怒号。杰洛特看到,巴尔米拉区第一块茅草屋顶被风吹起,在半空中四分五裂。没多久是第二块、第三块,然后是第四块。风势越来越强。三角旗持续甩动,窗棂砰砰拍打,瓷砖和排水槽如冰雹般坠落,烟囱倒塌,花盆砸碎在卵石路面上。钟楼里的大钟被狂风吹得摇头晃脑,断断续续奏响急切而不祥的悲鸣。

风继续刮,势头丝毫不减,将越来越高的浪头推向岸边。怒涛愈发凶猛也愈发响亮,很快就不只是哗啦声,而是变成单调而低沉的隆隆声,好似某种地狱机器发出的闷响。海面波涛汹涌,掀起白色巨浪拍打上海岸。地面在人们脚下颤抖。狂风怒号不休。

"回声号"和"潘多拉·帕维号"没能及时逃走,只好返回码头,抛下了船锚。

露台上的人们发出敬畏而恐惧的叫喊声,抬起胳膊指向海面。

大海化作滔天巨浪,升起一面巨大的水墙,足有大型三桅帆船的桅杆那么高。

珊瑚抓住猎魔人的手臂，说了些什么，或者想说什么，因为风声盖过了她的大半话语。

"……走！杰洛特！我们必须离开这里！"

巨浪扑进港口。众人放声尖叫。大量海水当头砸下，木制码头应声碎裂，木杆与木板四下纷飞。栈桥垮塌，吊塔倾覆。停在码头边的小艇飞上半空，活像孩童的玩具，比如街头小孩用树皮做成、放进阴沟漂流的小船一样。靠近海滩的木屋与棚屋直接被海浪冲走，不留一丝痕迹。海浪涌进河口，河水瞬间化作魔鬼般的漩涡。巴尔米拉区的街道被水淹没，众人成群结队逃离。大部分跑向瞭望塔与上城区，他们活了下来。另一些人沿着河岸逃跑，杰洛特只能眼睁睁看着他们被洪水吞没。

"又一道浪！"丹德里恩喊道，"又一道！"

的确，又一道海浪。然后是第三道、第四道、第五道，以及第六道。海水的高墙接连涌入港口和码头。

无与伦比的浪涛猛烈击中停泊的船只，令其剧烈摇晃。杰洛特看到有船员从甲板坠落。

船只纷纷调转船首，迎向狂风，与之正面对抗，但没多久就一根接一根折断了桅杆。海浪漫过船身。只见船体被浪花吞没，复又出现，再被吞没，再度出现。

第一艘不再现身的是邮政快船"回声号"，它就这么消失了。片刻后，同样的命运降临到"灯笼海棠号"身上，这艘桨帆船直接散了架。绷紧的锚链撕裂了"阿尔克号"的船身，这艘单桅横帆船眨眼间就坠进了深渊。"信天翁号"的船头和前甲板在重压下断裂、脱落，剩下的部分像石头一样沉底。"眩晕号"锚链断裂,这艘大型三桅帆船在浪尖上舞动,转了个圈,随后在防波堤上撞得粉碎。

"鬼面天蛾号""辛特拉的骄傲号""潘多拉·帕维号",还有杰洛特不认识的两艘大型三桅帆船收起船锚,被海浪推到岸边。这个策略更像走投无路下的自杀行为。不过船长们只能做出选择:要么在海湾里迎来必然的毁灭,要么冒着风险设法驶进河口。

两艘不知名的大型三桅帆船失去机会。它们没能调整到正确方向,双双撞碎在码头上。

"辛特拉的骄傲号"与"鬼面天蛾号"也失败了。它们相撞后纠缠在一起,被海浪抛上码头,摔成碎片,残骸被水冲走。

"潘多拉·帕维号"在波涛间起舞跳跃,仿佛一条海豚。它保持住方向,不偏不倚地驶入爱达拉特河口,虽然那里的水面如炖锅般翻腾起伏。杰洛特听到众人为船长喝彩欢呼。

珊瑚大叫着指向前方。

第七道大浪即将来袭。

按杰洛特估算,之前的海浪高度与船桅齐平,大概有五到六寻,也就是三四十尺高。正在接近的巨浪却是之前的两倍,几乎遮住了天空。

逃出巴尔米拉区、挤在瞭望塔旁边的人群开始尖叫。强风盖住他们的哭喊,将他们拍到地上,或是紧紧地推向尖桩栅栏。

巨浪倾泻在巴尔米拉区,毫不留情地粉碎一切,将整片城区从大地表面直接抹除。海水瞬间抵达尖桩栅栏,吞没了蜂拥在那里的人群。水中卷来大量木料,拍砸在栅栏上,折断了尖桩。瞭望塔轰然倒塌,顺水漂走。

海水形成的攻城槌无情撞击山崖。小山剧烈摇晃，令丹德里恩和玛赛珂摔倒在地，杰洛特好不容易才保持住平衡。

"快跑！"珊瑚抓住栏杆，尖叫道，"杰洛特！我们得离开这里！又有大浪要来了！"

下一道海浪奔涌而来，浇在他们头上。留在露台尚未离去的人们开始逃亡。他们一边逃窜一边尖叫，往高处奔逃，希望爬上山头，躲进王宫。只有几个人留在原地，杰洛特发现其中有拉文加和安缇雅·德瑞斯。

人们尖叫着指向某处。在他们左边，巨浪冲垮了别墅区下方的山崖。第一栋别墅像纸牌屋一样垮塌，沿坡滑落，径直落入汹涌的漩涡。然后是第二栋、第三栋和第四栋。

"城市正在分崩离析！"丹德里恩哀号道，"它在四分五裂！"

丽塔·尼德抬起双臂，念出一道咒语，然后消失了。

玛赛珂抱住杰洛特的胳膊。丹德里恩放声尖叫。

水面已升到他们脚下，直抵露台下方。水里有好些人，另一些朝他们伸出木杆和艇篙，抛出绳索，将他们拖离海水。就在不远处，一个魁梧的男人跳进涡流，前去营救一个落水女子。

玛赛珂叫出了声。

她看到一大块木头屋顶碎片漂了过去。几个孩子紧紧抓着它。有三个。杰洛特摘下背后的剑。

"拿着，丹德里恩！"

杰洛特脱掉夹克，纵身跃入水中。

这不是正常意义下的游泳，正常的游泳技巧也派不上用场。海浪将他抬起、压下、抛向左右，在涡流中打转的横梁、木板和家具不断撞到他身上。巨大的木材堆朝他压来，险些将他砸成碎肉。等他终于游过这段，抓住那块屋顶时，身上已伤痕累累。屋顶在波涛中摇晃、打转，仿佛旋转的陀螺。孩子们用大小不一的嗓门号啕大哭。

三个，他心想。**我没法把三个都带走。**

他感到旁边多出一只肩膀。

"两个！"安缇雅·德瑞斯吐掉一口水，抓住一个孩子，"你带两个！"

说着容易做着难。他从屋顶扯下一个小男孩，夹到腋下。另一个小女孩不顾一切想抓住椽子，杰洛特费了好长时间也没掰开她的手指。幸好困住他们的海水出了份力，一道浪花迎面打来，把小女孩呛得够呛，终于让她放开了屋椽，杰洛特赶紧把她夹到另一边腋下。紧接着，三人一起下沉。两个孩子开始呛水，渐渐不动了。杰洛特奋力蹬水。

他不知道自己是如何办到的，但他游到了水面。一道波浪将他抛向露台边缘的墙壁，令他无法呼吸。但他没放开两个孩子。头顶的人群呼喊着帮忙，将手边所有东西朝他伸来。可惜没用。涡流将他们吸入，卷走。杰洛特撞到一个人，正是安缇雅·德瑞斯，她怀里还抱着那个小女孩。她努力对抗水流，但他看出她已筋疲力尽，只能挣扎着让自己和孩子的头露出水面。

旁边传来水花泼溅和颤抖的呼吸声。是玛赛珂。她从杰洛特手中抢过一个孩子，游向一旁。杰洛特看到海水裹挟一条横梁撞上了她。玛赛珂一声尖叫，但没放开孩子。

波浪再次将他们甩向露台边缘的墙壁。这一次，上面的人群做好了准备。他们甚至搬来一架梯子，攀在上面，朝他们伸长手臂，将孩子拖了上去。猎魔人看到丹德里恩抓住玛赛珂，将她拉上露台。

安缇雅·德瑞斯看着他。她有双漂亮的眼睛。她笑了一下。

海水冲来几根木料，当头撞上他们——那是从栅栏上扯下的沉重的木桩。

其中一根猛然戳中安缇雅·德瑞斯，将她钉到墙上。她咳出鲜血，好多血，然后脑袋垂向胸口，消失在波浪之间。

两根木桩击中杰洛特，一根在肩膀，一根在臀部。冲击令他麻木，一时动弹不得。他呛了口水，开始下沉。

有人用铁钳般的双手牢牢抓住他，将他拖向上方的水面和光线。他抬手反抓，碰到一块硬如岩石的二头肌。壮汉用双脚踩水，像男人鱼一样向前游动，推开四处漂浮的木头和在涡流中打转的溺毙尸体。杰洛特在露台旁浮出水面。上方传来叫喊和欢呼声，一条条手臂伸了过来。

片刻后，猎魔人趴在水洼里连声咳嗽，吐出肚里的水，同时不停干呕。丹德里恩跪在他身旁，脸色白得像纸。玛赛珂跪在另一边，同样面色苍白，双手颤抖。杰洛特费力地坐起身。

"安缇雅呢？"

丹德里恩摇摇头，移开视线。玛赛珂把脸埋进膝盖，他看到她的双肩因啜泣而发抖。

救他的人坐在旁边。那条壮汉，不对，是个壮女子，光头上发茬凌乱，腹肌仿佛网套里的待烤猪肉，肩膀宽如摔跤手，腿肚堪比掷铁饼运动员。

"我欠你一条命。"

"别婆婆妈妈的……"女队长不屑地挥挥手，"别放心上。说起来你就是个混球，只会到处添乱，我和姑娘们一看你气就不打一处来，所以你最好离我们远点儿，不然有你的好看。听懂没有？"

"懂了。"

"但我必须承认，"女队长用力清清嗓子，抠抠耳朵眼里的水，"你是个勇敢的混球。真有你的，利维亚的杰洛特。"

"你呢？你叫什么？"

"维奥莱塔。"女队长的脸色突然一沉，"她呢？那一个……"

"安缇雅·德瑞斯。"

"安缇雅·德瑞斯。"她皱着眉头重复一遍，"可惜。"

"是挺可惜。"

更多人来到露台上，这里变得拥挤。危险已经过去，天色明亮起来，狂风已然止息，三角旗无力地垂下。海面渐平，大水退去，只留下毁灭与失序的废墟，不时有螃蟹爬过一具具尸体。

杰洛特费力地站起身。他每个动作，每下呼吸，都让体侧传来悸动不已的抽痛。他的膝盖疼得要命。衬衣两条袖子扯没了，他都不知道是怎么弄坏的。他的左肘、右肩，或许还有肩胛的皮肤都磨破了，身上好多浅浅的伤口仍在流血。不过总体来说没什么大碍，没必要特别担心。

太阳破开云层，逐渐平静的海面倒映着阳光。岬角尽头的灯塔顶端闪闪发亮。它用白色和红色砖块砌成，是精灵时代留下的古老遗物，已然经历过多次类似的风暴，看起来还能承受很多次。

河水恢复平静，但被众多残骸堵得满满当当。成功驶入河口的双桅纵帆船"潘多拉·帕维号"在满帆情况下抛下船锚，像在参加赛船会。人群欢呼起来。

杰洛特扶起玛赛珂，她身上的衣物已所剩无几。丹德里恩脱下斗篷，披到她身上，意有所指地清了清嗓子。

丽塔·尼德站在他们面前，肩上挎着她的医疗包。

"我回来了。"她看着猎魔人说。

"不，恰恰相反。"他反驳道，"你离开了。"

她看着他，眼神冰冷而疏远。片刻后，她的视线移向猎魔人右肩后方，定格在某个异常遥远的位置。

"所以你想演这么一出，"她冷冷地说，"给我留下这样的回忆。好吧，这是你的想法，你的选择。其实你没必要选择这么高冷的方式。那就再会吧。我还要帮助伤者和有需要的人呢。而你，显然不需要我的帮助，也不需要我。玛赛珂！"

玛赛珂摇摇头，抱住杰洛特的手臂。珊瑚哼了一声。

"就这样，对吗？这就是你想要的？就像这样？好吧，这也是你的想法，你的选择。再会。"

她转身走开。

菲巴斯·拉文加出现在聚集于露台的人潮中。他肯定也参与了救援，因为他湿漉漉的衣服搭在身上，破烂不堪。一个殷勤的杂役走过来，把帽子递给他，或者说，帽子剩下的部分。

"现在呢？"人群中有个声音问道，"议员先生，现在怎么办？"

"怎么办？我们该做什么？"

拉文加看了他们好一会儿，随后挺直脊梁，拧干帽子，戴在头上。

"埋葬死人，"他说，"照看活人。然后开始重建。"

钟楼里响起钟声，仿佛在宣告自己的幸存。尽管物是人非，但有些事仍保持不变。

"走吧。"杰洛特挑起领子上潮湿的海草，"丹德里恩？我的剑呢？"

丹德里恩愤怒地指着空无一物的墙根。

"刚才……刚才还在呢！你的剑和你的外套，现在却被人偷了！该死的狗杂种！被人偷走了！嘿，那边的！刚才这里有把剑！还回来！快点！啊，你们这些狗娘养的！都他妈去死吧！"

猎魔人突然一阵无力，玛赛珂赶紧扶住他。*我的情况一定很糟*，他心想。*一定很糟，否则也不用一位姑娘扶着了。*

"我受够这个城市了。"他说，"受够了它的一切。还有它所代表的一切。我们走吧。越快越好，越远越好。"

插曲

十二天后

喷泉泼溅出轻柔的水花，水池散发着潮湿石头的气息，空气中弥漫着花香和天井墙壁上常春藤的味道。大理石桌上的碟子里，苹果香气宜人。两只盛满冰镇葡萄酒的高脚杯上凝结着水珠。

桌边坐着两个女子。那是两名女术士。如果旁边有人碰巧具备诗情画意，拥有充分的绘画想象力和艺术表达能力，定能毫不费劲地描绘出她们二人的模样。丽塔·尼德发色如火，身穿朱红与翠绿相间的礼裙，宛如九月的落日。温格堡的叶妮芙一头黑发，身上黑白两色穿搭，令人想起十二月的清晨。

"周围别墅大多破裂坍塌，成了山脚下的瓦砾。"叶妮芙开口打破沉默，"你的却完好无损，连屋顶一块瓦片都没丢。真够走运的，珊瑚。建议你去买张彩票。"

"祭司们才不会称之为幸运。"丽塔·尼德笑着说道，"他们会说这是众神与神圣之力的保佑。神灵会保护公义与高尚之人，奖励善良与正直之士。"

"是啊。如果他们有这念头,刚好又在附近的话,当然会奖励你啦。祝你健康,我的朋友。"

"你也一样,我的朋友。玛赛珂!给叶妮芙女士倒酒。杯子都空了。"

"说到这栋别墅,"丽塔看着玛赛珂离开,"它正在挂牌出售。我要卖掉它,因为……因为我要搬家了。凯拉克的气候不再适合我了。"

叶妮芙挑起一边眉毛。丽塔没卖关子。

"维拉克萨斯王用一系列政令开始了自己的统治。"她的语气里带着依稀可辨的嘲笑,"首先,他将加冕日定为凯拉克王国的全国性节日。其次,他宣布……特赦罪犯,不过政治犯依然留监,禁止探访或与人通信。第三,关税和港口使用费增加了百分之一百。第四,任何非人种族,包括混血儿,只要损害了国家经济,抢占了纯血人类的工作,就必须在两周内离开凯拉克。第五,在凯拉克,不经国王允许,禁止使用魔法,禁止巫师拥有土地或房产。居住在凯拉克的巫师和女术士必须处理掉房产并拿到许可证,否则就得离开。"

"真是绝妙的感谢方式。"叶妮芙嗤之以鼻,"据说是巫师帮维拉克萨斯当上了国王,安排并资助了他的回归,还帮他夺取了权力。"

"一点不假。维拉克萨斯要向巫师会支付一大笔酬金,正因如此他才提高了关税,还要没收非人种族的财产。其实那条政令只影响到我,因为其他巫师在凯拉克并没有房产。伊尔蒂珂·布莱考是在报复我,也是对我给予当地女性医疗救助的惩罚,维拉克萨斯的议员们认为我的做法不道德。巫师会可以替我出头的,但他们没打算这么做。他们对维拉克萨斯给予的贸易特权,以及造船厂和航运公司的股票份额并不满意。他们还想进一步谈判,不想因此削弱自己的优势。因此,身为不受欢迎人物,我只能去别处安身立命了。"

"即便如此,你也没必要沮丧。依我看,在目前这个政府的统治下,凯拉克已经不是天底下最宜人的地方了。你可以卖掉这栋别墅,再去买个新的。比如去莱里亚山区。莱里亚山区现在很热门,好多巫师搬去了那边,因为那边风景秀丽,税金也很合理。"

"我不喜欢山,更喜欢海。别担心,凭我的特长,不费多少力气就能找到新的避风港。女人到处都是,她们全都需要我。喝吧,叶妮芙。为你的健康。"

"你劝我喝酒,自己却一口没沾。你生病了?气色看起来不太好。"

丽塔戏剧化地叹了口气。

"过去几天很难熬。宫廷政变、那场可怕的风暴。啊……每天早上我都犯恶心……我知道,熬过三个月就好了,但我还要再等两个月……"

一片寂静。一只黄蜂在苹果上方打转,嗡嗡声清晰可闻。

"哈哈。"珊瑚打破了沉默,"开玩笑的。真可惜你看不到自己的脸色。我骗到你了!哈哈。"

叶妮芙抬起视线,注视着常春藤覆盖的墙头,看了很久。

"我骗到你了。"丽塔续道,"而且我敢打赌,你脑子里马上就有画面了。承认吧,你立刻把我的'怀孕迹象'跟……别露出这副表情啊。你肯定听到消息了,毕竟谣言就像水面的涟漪,一波波传得相当快。放轻松,那些话没一句是真的。我怀孕的几率不比你高,这一点没有任何改变。而我和你的猎魔人只有事务往来,我们只谈公事,仅此而已。"

"哦。"

"你知道老百姓是什么样子，就爱传闲话。他们看到一男一女站在一起，立刻就能编出一段风流韵事。我承认，那位猎魔人经常来拜访我。没错，我们一起去过市区。但我重申一句，我们之间只有事务往来。"

叶妮芙放下杯子，两肘撑着桌面，并拢指尖摆成尖塔的形状，盯着红发女术士的双眼。

"首先，"丽塔轻轻咳嗽一声，但没垂下目光，"我不会跟好朋友做那种事。其次，你的猎魔人对我完全不感兴趣。"

"真的？"叶妮芙扬起两边眉毛，"一点都没有？怎么可能呢？"

"也许他对成熟女性不感兴趣了，不论她们外表如何？"珊瑚微微一笑，"也许他更喜欢真正年轻的女性？玛赛珂？请过来。瞧啊，叶妮芙。充满青春活力。而且纯洁无瑕——当然是在不久以前。"

"她？"叶妮芙恼怒地哼了一声，"他和她？和你的学生？"

"好了，玛赛珂。再近点儿。跟我们说说你的风流韵事。我们很好奇，喜欢听绯闻。最好是不幸的爱情故事。越不幸越好。"

"丽塔女士……"女孩的脸没有涨红，反而苍白得仿佛一具尸体，"拜托……您已经惩罚过我了……我要为一次过错受到多少惩罚？别再叫我……"

"快讲！"

"放过她吧，珊瑚。"叶妮芙摆摆手，"别难为她了。而且我并不怎么好奇。"

"我才不信。"丽塔·尼德露出恶意的微笑，"不过，好吧，我就放过这个小姑娘。确实，我已经惩罚过她了。我原谅了她的过错，允许她跟着我继续学习,而她含糊的自白已经让我笑不起来了。总而言之,她迷上了猎魔人,跟他私奔了,而他厌倦之后却抛弃了她。某天早上她独自醒来,只看到冰冷的被单,除此之外别无痕迹。他走了,因为他非走不可。凭空消失。随风而去。"

说来难以置信,但玛赛珂的脸变得更白了,双手也在不停颤抖。

"他留下了几朵花。"叶妮芙轻声说,"一小束花。对吧?"

玛赛珂抬起头,但没答话。

"花和一封信。"叶妮芙说。

玛赛珂一言不发,但血色逐渐回到脸上。

"信。"丽塔·尼德打量着女孩,"你没跟我说过信的事。你没提过。"

玛赛珂抿住嘴唇。

"原来如此。"丽塔语气平静,"所以这就是你回来的原因,哪怕你知道会受到严厉的惩罚。实际上,你的惩罚比预料中轻多了。是他叫你回来的,不然你根本不会。"

玛赛珂没有回答。叶妮芙同样一言不发。她将一缕头发缠绕在手指上,突然抬起头,看着女孩的眼睛,笑了一下。

"他叫你回到我身边。"丽塔·尼德说,"他叫你回来的,虽然他知道你可能经历什么。必须承认,我完全没料到他会这么做。"

喷泉泼溅出水花,水池散发着潮湿石头的气息,周围弥漫着鲜花和常春藤的味道。

"真让我大吃一惊。"丽塔重复道,"我完全没料到他会这么做。"

"因为你并不了解他,珊瑚。"叶妮芙平静地回答,"一点都不了解。"

卿本何人吾未知，
独有一事心谙识。
抬手轻触佳人脸，
花自飘零欲语迟。

——西格夫里·萨松

第二十章

马夫前一晚拿到半个克朗,于是提前等在那里,给马上了鞍。丹德里恩打个呵欠,挠了挠颈背。

"诸神啊,杰洛特……咱们非得起这么早吗?天还黑着呢……"

"不黑,刚刚好。再有一个小时就日出了。"

"还有一个小时。"丹德里恩爬上他那匹阉马的马鞍,"我本来还能再睡一个小时……"

杰洛特跳上马背,思考片刻后,又给了马夫半个克朗。

"现在是八月,"他说,"从日出到日落大概有十四个钟头。我想趁这时间尽量多赶路。"

丹德里恩打个呵欠,直到这时才注意到,旁边畜栏里的斑纹灰母马没装马鞍。母马晃晃头,像要吸引他们的注意。

"等等,"诗人惊讶地说,"那她呢?玛赛珂呢?"

"她不跟我们一起走了。我们要分开了。"

"什么?我没明白……劳烦你解释一下……"

"不行。眼下不行。走吧,丹德里恩。"

"你知道自己在干什么吗？你真的清楚吗？"

"不，不太清楚。别说了，我不想再谈这事了。我们走吧。"

丹德里恩叹了口气，踢踢阉马的马腹，转头看了看，又叹了口气。他是个诗人，所以想怎么叹气就怎么叹气。

模糊的晨光里，破晓的天空下，这间名为"秘密与耳语"的旅店显得相当漂亮。它像极了童话中的城堡，也像森林里淹没于蜀葵丛中、覆盖着鲜花和常春藤的秘爱神殿。诗人不由陷入遐想。

他叹了口气，打个呵欠，清清嗓子，吐了口痰，然后用斗篷裹住自己，踢踢马腹。方才的遐想让他落在了后面。杰洛特在迷雾中的身影只是依稀可辨。

猎魔人策马飞奔，头也不回。

◆——▶ ◀——◆

"酒来了，"旅店老板把一只陶罐放到桌上，"你们要的利维亚苹果酒。我老婆让我问问，你们觉得猪肉如何？"

"荞麦粥里时不时能见到一点。"丹德里恩回答，"但没我们想象得那么多。"

他们在日落后赶到这家旅店。虽然门口的彩色招牌上写着"野猪与牡鹿"字样，但这家店提供的野味只存在于招牌上，你在菜单里根本找不到这些。当地的特色菜是加了肥猪肉片和浓洋葱酱汁的荞麦粥。理论上讲，丹德里恩不太看得起这么平民化的食物，杰洛特却没啥意见。猪肉无可挑剔，酱汁也说得过去，就是荞麦粥没怎么煮透——话说回来，没几家路边旅店的厨子能煮好荞麦粥。他们完全可能遇到更难吃的，尤其是在选择有限的情况下。杰洛特坚持用一整个白天赶路，也不想在先前经过的那些旅店歇脚，大概也是出于这个原因。

事实证明，不光他们将"野猪与牡鹿"当成了今日旅行的终点站。墙边一条长凳上坐了好几位旅行商人。他们与传统商人不同，思想比较开放，不会蔑视自己的仆人，也没觉得跟仆人同桌吃饭不够体面。自然了，开放和容忍也是有限度的，商人占据了桌子一边，仆人只能在另一边，界线清晰可见。饭菜也一样。仆人吃的是"招牌菜"猪肉与荞麦粥，喝的是掺了水的麦酒。有身份的商人却各自点了只烤鸡，以及细颈瓶盛装的葡萄酒。

对面的野猪头标本下方有张桌子，一对男女正在用餐。女孩一头金发，打扮庄重，衣着华丽，完全不像个小姑娘。男人颇为年长，看着像个文职官员，但职务应该不高。两人边吃边聊，显得相当热络，但他们明明不久前才萍水相逢，这点从文职官员的表现上就看得出来。他一直向那女孩献殷勤，明显想得到更多回报。女孩彬彬有礼地接受对方的赞美，不过矜持中带着一些讽刺。

四位女祭司坐在一张较短的长凳上，身穿灰扑扑的长袍，披风兜帽紧紧蒙住头发，说明她们是四处云游的医师。杰洛特注意到，她们的饭食十分朴素，看起来像是没有油水的珍珠麦。女祭司治病从不收费，照看病人不要分文，但她们每到一处，都可以要求主人提供食宿。"野猪与牡鹿"的老板肯定知道这个传统，却没怎么当回事，只是想着不要太破费了。

三个本地人懒洋洋地坐在旁边的长凳上，头顶上方是一对牡鹿角。他们正忙着对付一瓶黑麦伏特加，而这显然不是第一瓶了。几人满足了当晚的需要，开始四下找乐子消遣。不用说，他们很快就找到了。

几位女祭司运气不佳，不过她们多半已经习惯了。

墙角餐桌旁有位孤身旅客，同那张桌子一样隐藏在阴影里。杰洛特注意到，那位客人既不吃也不喝，只是一动不动地坐在那里，后背倚着墙壁。

三个本地人不依不饶，对几名女祭司的奚落和嘲笑愈发粗野下流。女祭司隐忍不发，对他们不理不睬。黑麦伏特加越喝越少，几人的怒火反而越烧越高。杰洛特加速舀动汤勺。他决定教训一下那几个酒鬼，但不想让荞麦粥就此凉掉。

"猎魔人，利维亚的杰洛特。"

昏暗的角落里突然亮起一道火光。

独坐桌边的旅客抬起一只手，指间冒出摇曳的火苗。他把手靠向桌上的烛台，接连点燃三根蜡烛，让烛光照亮自己。

他的发色有如灰烬，两鬓有雪白的条纹，面孔苍白好似死人，长着鹰钩鼻，黄绿色眼眸中嵌着一对垂直的瞳孔。

他从衬衫下抽出一块银制徽章。那东西戴在他的脖子上，映着烛光闪闪发亮。

一颗亮出獠牙的猫头。

"猎魔人，利维亚的杰洛特。"旅店内一片寂静，那个男人重复道，"我猜你要去维吉玛？去领弗尔泰斯特王承诺的赏金？两千奥伦？我说得对吗？"

杰洛特没说话。他连动都没动一下。

"我不会问你知不知道我是谁。因为你多半知道。"

"你们剩下的人不多了。"杰洛特平静地回答，"所以并不难猜。你是布雷罕，人称'伊洛之猫'。"

"哎呀呀，"戴猫首徽章的男人哼了一声，"闻名遐迩的白狼居然知道我的外号，真让人受宠若惊。那你打算抢走我的赏金，我是不是也该感到荣幸呢？也许我该退出竞争，向你鞠躬致歉？就像在狼群里一样，从猎物旁边退开，摇着尾巴，等待头狼吃到满意为止？再等你大发慈悲，屈尊赏我几块碎肉？"

杰洛特一言不发。

"我不会把好处让给你。"绰号"伊洛之猫"的布雷罕续道，"我也不会与人分享。你别想去维吉玛，白狼。别想夺走我的赏金。听说维瑟米尔判我有罪，现在你有机会替他行刑了。到旅店外头去。去院子里。"

"我不会跟你打的。"

戴猫首徽章的男人从桌后跃出，速度快到让身影模糊的程度。他从桌上抓起一把长剑，只见寒光一闪，已然揪出一个女祭司的兜帽，将她拖离长凳，迫使她跪在地上，剑刃抵住她的喉咙。

"你必须跟我打。"他看着杰洛特，冷冷地说，"我数到三之前，你必须走进院子。不然这女祭司的血就会溅到墙壁、天花板和家具上。然后我会割断下一位的喉咙，一个接一个。全都不许动！一下也不行！"

寂静笼罩了旅店。那是一片死寂，彻底的宁静。所有人的动作都凝固了，一个个目瞪口呆。

"我不会跟你打的。"杰洛特平静地重复道，"但敢伤害那女人，你就死定了。"

"你我肯定会死一位，这点确定无疑。死在外面的院子里。但那人不会是我。听说你著名的宝剑被人偷了。而且我发现你够粗心的，竟然没配新的武器。真是自负啊。你想抢走别人的赏金,却连武器都没准备好。还是说,大名鼎鼎的白狼已经厉害到不需要武器了?"

一把椅子刮擦地面,那个金发女孩站了起来,从桌下拿出一只长长的包裹。她把包裹摆到杰洛特面前,然后回到桌边,坐到那个文职官员身旁。

杰洛特知道那是什么。甚至在他解开皮绳、摊开毛毡之前就知道了。

陨星钢打造的长剑。全长四十又二分之一寸,剑身二十七又四分之一寸。重三十七盎司。剑柄与十字护手做工简单却优雅。

第二把剑,长度与重量相仿,不过材质是银。当然,只有一部分是。因为纯银过于柔软,很难保持锋利。十字护手刻有魔法符咒,整个剑身覆满符文。

派洛尔·普拉特的专家解读不了剑上的文字,说明他的专业知识不过如此。那些古代符文组成了一段铭刻。*Dubhenn haern am glândeal, morc'h am fhean aiesin*。我的光芒穿透黑暗,我的明辉驱散阴霾。

杰洛特站起来,拔出钢剑,动作缓慢但一气呵成。他没看布雷罕,而是看着那把剑。

"放开那个女人。"他平静地说,"马上。不然你会死在当场。"

布雷罕的手抖了一下。一缕鲜血流过女祭司的脖子,而她连哼都没哼一声。

"我需要钱。""伊洛之猫"嘶声道,"我必须拿到那笔赏金!"

"我说了,放开那个女人。不然我宰了你。不用去院子,就在这儿,就在当场。"

布雷罕弓起腰,呼吸沉重,两眼闪着恶意的光,嘴唇骇人地扭曲,握紧剑柄的指节变成白色。他突然放开了女祭司，把她推到一边。旅店里的众人打了个哆嗦，仿佛从噩梦中惊醒。有人发出喘息，有人叹了口气。

"凛冬将至。"布雷罕费力地说，"而我跟某些人不同，没有过冬的地方。温暖舒适的凯尔·莫罕不欢迎我！"

"对，"杰洛特严肃地说，"那里不欢迎你。你自己知道为什么。"

"凯尔·莫罕只欢迎你们这些善良、正直、公义之辈，对吗？该死的伪善者。你们跟我们一样杀戮成性，别想跟我们划清界限！"

"出去。"杰洛特说，"离开这里，想去哪儿就去哪儿。"

布雷罕收剑入鞘，挺直脊背。穿过旅店大堂时，他的眼睛变了，瞳孔填满了整个虹膜。

"维瑟米尔并未判你有罪。那些都是谎言。"布雷罕从旁经过时，杰洛特说，"猎魔人不与猎魔人争斗，双方不会兵戎相见。但伊洛的事假如重演，再让我听到类似的传闻……我不介意破个例。我会找到你，杀了你。希望你认真对待这句警告。"

布雷罕关门离开后，单调的沉默又在大堂中持续了好一会儿。丹德里恩释然地叹了口气，在寂静中显得格外响亮。没多久，人们恢复了活力。那几个当地醉汉偷偷溜了出去，甚至没喝完自己的伏特加。商人们没有离开，只是沉默下来，脸色发白。他们命令仆人离席，显然是要确保马匹和车辆的安全，毕竟附近有危险分子存在。女祭司帮同伴包扎好脖子，沉默地向杰洛特鞠躬致谢，然后便去休息了——多半是在谷仓，旅店老板不太可能为她们提供客房的床位。

杰洛特向那年轻的金发女子点点头，抬手示意她过来——多亏她，猎魔人才能拿回自己的宝剑。对方欣然接受邀请，毫不惋惜地抛下那名文职官员，令后者显得闷闷不乐。

"我叫缇兹亚娜·弗雷维。"她做了自我介绍，像男人一样同杰洛特握握手，"认识你是我的荣幸。"

"是我的荣幸才对。"

"有点后怕，对吧？路边旅店的夜晚本来很无聊，今天却特别有趣。有一阵子我都开始害怕了。不过在我看来，这只是一次男人间的较量？睾丸激素推动的雄性竞争？就像比试谁的更长？其实并没有真正的危险，对吧？"

"对，没有。"他撒了谎，"还要多谢你帮我拿回我的剑。谢谢你。不过我正在绞尽脑汁地思考，它们是怎么落到你手上的？"

"这本该是个秘密。"她爽快地回答，"有人委托我把这两把剑还给你，要悄无声息、避人耳目，然后安静地离开。谁知情况有变，我只能当场交给你，虽然有些大张旗鼓了，但也是形势所逼。正因如此，我也必须向你解释清楚，同时担起泄密的责任。两周前，在诺维格瑞，温格堡的叶妮芙女士托我将这两把剑转交给你。我是个游历术士，刚刚在导师门下结束学业，结果在她家里邂逅了叶妮芙。叶妮芙女士听说我要来南边，加上导师替我作保，于是委托了我。她还帮我写了封推荐信，寄给她在马里波熟识的女术士，而我正打算去那位门下继续深造。"

"她……"杰洛特咽了口唾沫，"她怎么样？我是说，叶妮芙？她身体还好吗？"

"我看她好得不得了。"缇兹亚娜·弗雷维睫毛下的双眼凝视着他，"身体健康，气色足到让人羡慕。老实讲，我确实很羡慕她。"

杰洛特站起身，走向旅店老板。后者差点没吓昏过去。

片刻后，旅店老板把陶森特最昂贵的葡萄酒"东之东"摆到他们面前。缇兹亚娜客气地说："哎呀，真不用……"稍后，老板又拿来几根蜡烛，插在一只旧瓶子里。

"你太费心了，真的。"不一会儿，桌上又多了一盘风干火腿片、一盘熏鲑鱼、一道奶酪拼盘，缇兹亚娜补充道，"太破费了，猎魔人。"

"情况有变嘛。况且多了一位迷人的同伴。"

她点头致谢，露出微笑。美丽的微笑。

从魔法学院毕业时，每个女术士都要面临一次选择——她可以留在学院，担任教师的助手；可以成为某位女导师的正式学徒；或者走上游历术士之路。

游历制度借鉴自公会。在许多公会，有资格的学徒都将出门游历，到各个工坊的不同师傅手下打杂、听差，数年后返回，参加考试，从而晋升为行业师傅。当然二者还是有区别的。被迫出门游历的学徒倘若找不到差事，往往会饿得头昏眼花，"游历"也就成了流浪街头。而游历术士是出于自愿和兴趣，还能拿到巫师会提供的特别资助基金，据杰洛特所知，这笔资金的数目可是相当可观。

"那家伙挺吓人的，还戴着跟你类似的徽章。"诗人加入他们的谈话，"他是猫派的，对吧？"

"以前是。我不想谈论这个，丹德里恩。"

"臭名昭著的猫派。"诗人对女术士说，"他们也是猎魔人，不过是失败品，没能成功的突变者，都是些疯子、精神病和虐待狂。他们称自己为猫派，因为他们真的很像猫——好斗、残忍、冲动又反复无常。像往常一样，杰洛特故意无视这些，免得我们担心。其实刚才确实有风险。很大的风险。没有争斗、流血和死人，最后以和平收场，已经是个奇迹了。本来会有场大屠杀的,就像四年前在伊洛一样。我本以为随时……"

"杰洛特说过不想谈论这些了。"缇兹亚娜·弗雷维礼貌却坚定地打断他,"尊重他的意见吧。"

杰洛特满怀好感地看着她。他觉得她很友善,而且漂亮。可以说,非常漂亮。

他知道,女术士会改善自己的容貌,毕竟她们这行要凭使外人惊艳来赢得声望。但美化的手段从来不是完美的,总有些东西会遗留下来,缇兹亚娜·弗雷维也不例外。她发际线下面的额头有好几块隐约可辨的水痘疤痕,多半是她童年尚无免疫力时留下的。她漂亮的嘴巴略带瑕疵,嘴唇上方有道波浪形的小伤疤。杰洛特又一次生起自己的闷气,因为他的视力实在太好了,总能注意到一些微不足道的小细节,哪怕这些细节根本无关紧要。缇兹亚娜与他同坐一桌,喝着东之东酒,吃着烟熏鲑鱼,冲他露出微笑。在猎魔人见过或认识的女性当中,美丽程度堪称"无瑕"的简直少之又少,又能冲他微笑的,数量约等于零。

"那人提到什么赏金……"丹德里恩说道。一旦他盯上什么事,就别想再转移话题。"你们知道是什么事吗?杰洛特?"

"不知道。"

"我知道。"缇兹亚娜·弗雷维骄傲地说,"你们居然没听说,真让人惊讶,因为这事已经传得尽人皆知了。是泰莫利亚国王弗尔泰斯特公布的悬赏,请人解除他女儿中的咒语。据说他女儿被纺锤针刺到,陷入了永远的沉睡。按照传闻的说法,那可怜的小家伙被困在山楂树包围的城堡中,睡在一口棺材里。另有传言说,那是口水晶棺材,停放在一座玻璃山顶端。还有人说，公主变成了天鹅。另一些人说她变成了恐怖的怪物，一只吸血妖鸟。据说这是一种诅咒，因为公主是近亲乱伦的产物。编造并散播谣言的肯定是瑞达尼亚国王维兹米尔，他跟弗尔泰斯特在领土问题上存在严重分歧，所以想方设法抹黑人家。"

"听起来确实像胡编乱造。"杰洛特判断道，"利用童话故事与民间传说改编的谣言。因诅咒而变身的公主，乱伦的惩罚，解除咒语会有奖赏。经典而老套的陈词滥调。想出这些说法的人肯定没花多少心思。"

"这事带着明显的政治色彩。"游历术士补充道，"所以巫师会禁止所有巫师和女术士插手。"

"不管是不是童话故事，那该死的猫派猎魔人都信以为真。"丹德里恩断言，"他肯定想去维吉玛，替中招的公主解除咒语，好拿走弗尔泰斯特王承诺的赏金。他怀疑杰洛特有着同样的目的，所以想抢先一步。"

"他想错了。"杰洛特冷冷地回答，"我才不去维吉玛，也没打算蹚什么政治浑水。布雷军自己都说了，这种工作就适合他那种需要钱的人。而我不需要。我找回了自己的剑，也就没必要花钱买新的了。我的钱足够维持生计了，多亏了里斯伯格那帮巫师……"

"猎魔人，利维亚的杰洛特？"

"是我。"杰洛特上下打量着那个文职官员。后者站在一旁，脸色阴沉。"你是哪位？"

"我是谁并不重要。"那人装腔作势地噘起嘴巴，努力摆出一副重要人物的架子，"重要的是法院传票。按照法律规定，当着证人的面，正式交到你手上。"

文职官员递给猎魔人一卷纸，坐回原位，不忘朝缇兹亚娜·弗雷维投去一个轻蔑的眼神。

杰洛特拆掉封蜡，摊开那张纸。

"'里斯伯格城堡，复活纪元1245年7月20日。'"他念道，"'致苟斯·维伦治安法庭。原告：里斯伯格集团民事合营组织。被告：猎魔人，利维亚的杰洛特。原告主张：退还一千诺维格瑞克朗。我方诉求：第一，要求被告利维亚的杰洛特退还一千诺维格瑞克朗及相应利息。第二，要求被告承担治安法庭诉讼费用。第三，立刻强制执行判决结果。理由：被告从里斯伯格集团民事合营组织骗取了一千诺维格瑞克朗。证据：银行汇票。金额为被告提供服务收取的预付款项，但被告从未提供该项服务，并且出于恶意永远不打算履行……证人：比露塔·安娜·马凯特·伊卡尔提、埃克西尔·米格尔·埃斯帕扎、伊戈·塔维克斯·桑多瓦尔……'这帮杂种。"

"我把剑还给了你，"缇兹亚娜·弗雷维垂下目光，"同时也给你带来了麻烦。那个芝麻小官欺骗了我。他今早碰巧听到我在轮渡码头打听你的事，立刻像水蛭一样黏上了我。现在我知道原因了。这张传票……都怪我。"

"你需要一个律师。"丹德里恩沮丧地说，"但我不推荐凯拉克那位。她只在法庭外面才有上佳表现。"

"律师就免了吧。注意到传票上的日期没？我敢打赌，案子已经审完了，判决在我缺席的情况下就已经宣布。他们肯定冻结了我的账户。"

"抱歉。"缇兹亚娜说，"是我的错。原谅我吧。"

"怪你干吗，根本不是你的错。叫里斯伯格和法庭都见鬼去吧。老板！麻烦再来一壶东之东。"

没过多久，大堂里只剩下他们几个。旅店老板的哈欠打得异常夸张，示意他们该打烊了。缇兹亚娜首先回房，稍后是丹德里恩。

杰洛特没回他和诗人同住的房间，而是轻轻敲响了缇兹亚娜·弗雷维的房门。门立刻开了。

"我一直在等你。"她低声说着，拉他进门，"我知道你会来。你要不来，我就去找你。"

她肯定用魔法让他陷入了沉睡，不然她离开时一定会吵醒他。她是在黎明前消失的，那时天还没亮。她那雅致的香水味徘徊不去，是鸢尾花和佛手柑的味道。还有别的气息。是玫瑰？

一朵花放在桌上，就在他的双剑旁边。一朵玫瑰。从旅店外花盆里摘下的白玫瑰。

旅店后方的山谷里有片年代久远的废墟，想必曾是一幢富丽堂皇的建筑。没人记得这是怎样的场所，由何人建造，为什么人或什么东西提供服务。除了残存的地基、杂草丛生的空洞和散落的石块，该建

筑几乎什么都没剩下。仅存的石料也被拆除,被人洗劫一空。毕竟建筑材料是很珍贵的,不能白白浪费。

他们来到只剩残垣断壁的入口处,曾经恢宏的拱门如今像个绞刑架,悬垂的常春藤仿佛切断的绞索,更是加强了这一印象。他们沿一条林间小径前进。枯死、残缺、畸形的树木好似被笼罩此地的诅咒压弯了腰。小径通往一间花园,更准确地说,曾经的花园。一片片小檗、一丛丛杜松、一朵朵四处蔓生的玫瑰,过去多半有人精心修剪,如今却只剩纠缠的枝条、带刺的藤蔓,以及干巴巴的花梗。幸存的雕刻与塑像从混乱中探出头,大都还算完整。其他残骸饱经风霜,让人没法判断它们刻画的是什么人或什么物体。当然了,这些并不重要。这些雕像属于过去,无法存留的过去,所以也就不重要了。剩下的只有废墟,看起来还能存留很久,毕竟废墟是永恒不变的。

废墟。荒废世界的纪念碑。

"丹德里恩。"

"什么?"

"最近这段日子,所有能变糟的事都会变糟。好像我会搞砸一切。不管碰到什么就会弄坏。"

"你这么觉得?"

"是啊。"

"那就是吧。别指望我发表评论。我都说腻了。现在麻烦你安安静静地自怜自艾吧。我在创作歌曲,你的悲痛只能让我分心。"

丹德里恩坐在一根倒伏的圆柱上,抬起软帽的帽檐,交叠双腿,调节鲁特琴的琴栓。

> 微光闪烁，烛火熄灭，
> 冷风吹拂，如诉如咽……

真有风刮了起来，突然而猛烈。丹德里恩停止弹奏，重重叹了口气。

猎魔人转过身。

它就站在小径入口处，一旁是尊无法辨认、底座开裂的雕像，另一旁是棵枯藤缠绕的山茱萸死树。它个子很高，穿着贴身长裙，毛发浅灰，比起银狐更像沙狐，尖耳朵，长嘴巴。

杰洛特一动没动。

"我说过，总有一天会来找你。"成排的牙齿在狐女口中闪闪发亮，"就是今天。"

杰洛特没动。他能感觉到背后双剑熟悉的重量。这重量与他睽违了一个月。这重量一直能带给他平静与信心。但在今天，这一刻，这重量却成了负担。

"我来了……"狐魔亮出獠牙，"我也不知道为何要亲自前来。也许是为向你告别。也许是为让她也向你告别。"

狐女身后出现了一个苗条的女孩，穿着贴身衣裙，脸色苍白、僵硬，甚至显得很不自然。她的容貌仍有一半像人类。不过比起人类，其实她更像狐狸。变化就在瞬息之间。

猎魔人摇摇头。

"你治好了她……让她起死回生了？不对，这不可能。所以她在船上时还活着。活着。只是装死。"

狐魔发出响亮的嗥叫。他花了点时间才意识到，那是笑声。雌狐妖在大笑。

"我们曾经拥有强大的力量！魔法幻化的群岛、空中飞舞的巨龙、逼近城墙的大军……但那是很久以前的事了。现在，世界变了，我们的能力削弱了……数量也越来越少，雌狐妖的数目远远多过雄性。但就算最年幼的狐女，也能用幻象骗过你们人类原始的感官。"

"在我的人生中，"片刻后，他说，"我第一次为自己上当受骗而感到高兴。"

"你说你搞砸了一切，这话不对。作为奖赏，你可以摸我的脸。"

他清了清嗓子，看着她又长又尖的牙齿。

"呃……"

"幻象即是你脑中所想、心中所惧，与梦中所见。"

"抱歉，你说什么？"

雌狐妖轻柔地嗥叫一声，变幻了身形。

白皙的瓜子脸上，深紫色的双眸闪耀光芒。墨黑而浓密的发丝倾泻在双肩，泛动光泽，像孔雀尾羽一样反射着亮光，随着她的动作蜷曲起伏。嘴唇薄到不可思议，又因唇膏显得异常苍白。她的脖子上有条黑色的天鹅绒缎带，上面有颗星形黑曜石，绚丽夺目，向周围反射出万道光华……

叶妮芙笑了。猎魔人轻抚她的脸颊。

下一瞬间，枯死的山茱萸树开满了鲜花。

风刮了起来，晃动树丛。世界消失在一道帷幕之后——那是小巧的、随风打转的白色花瓣。

"幻象。"他听到狐魔说，"一切都是幻象。"

丹德里恩一曲唱罢，却没放下鲁特琴。他坐在一大块倒伏的圆柱上，抬眼望向天空。

杰洛特坐在一旁，左思右想，打算理清脑海里的千头万绪，至少是试图理清吧。他想定出些计划，虽然它们大体上并不可行。他向自己承诺了几件事，但又严重怀疑自己能不能做到。

"知道吗？你从没称赞过我的歌谣。"丹德里恩突然开口，"与你结伴同行时，我撰写并演唱过许多歌谣。但你从没说过：'这首不错。希望你能再唱一遍。'你从没说过类似的话。"

"说得对，我是没说过。想知道原因吗？"

"嗯？"

"因为我不想说。"

"说出来能要你命吗？"诗人仍不死心，"有那么难吗？只要说'再唱一遍吧，丹德里恩。再唱一遍《时光如梭》'就好。"

"再唱一遍吧，丹德里恩。再唱一遍《时光如梭》。"

"你这口气真没有说服力。"

"所以呢？反正你都要唱。"

"知道就好。"

    微光闪烁，烛火熄灭，

     冷风吹拂，如诉如咽。

    只因那岁月流转，时光如梭，

　　　　无声无息，不知不觉。

　　　你我永相伴，缱绻共婵娟，
　　惜如芒刺在背，凡事皆有缺憾。
　　都怪那岁月流转，时光如梭，
　　　　无声无息，不知不觉。

　　　　山高路远，道阻且长，
　　　　旅途回忆，永记心央。
　　哪管那岁月流转，时光如梭，
　　　　无声无息，不知不觉。

　　所以，吾爱，请与我再度歌唱，
　　　　昂首挺胸，斗志昂扬。
　　任凭那岁月流转，时光如梭，
　　　　无声无息，不知不觉。

杰洛特站起身。
"该出发了，丹德里恩。"
"哦，是吗？去哪儿？"
"去哪儿不都一样？"
"说得也是。那就走吧。"

终章

　　小丘上残存的建筑物泛动着白色光泽，很久以前它就成了废墟，如今更是被杂草彻底覆盖，常春藤包裹着残垣断壁，小树从开裂的铺路石板间长出。这里曾是一间神殿，而祭司们侍奉的神祇早已被世人遗忘。当然妮妙不知道这些。对她来说，这只是一片废墟、一堆石头，以及一个路标而已，证明她没有走错方向。

　　越过小丘与废墟，商道分成两条。一条向西，穿过荒野。一条向北，伸进一片密林，消失在黝黑的林荫深处，融入阴森的黑暗之中。

　　那就是她要走的路线。向北，穿过臭名昭著的喜鹊森林。

　　伊瓦洛那帮人讲了不少吓人的故事，但妮妙并没怎么放在心上。她这一路听过许多类似的传闻，几乎每个地方都有各自的恐怖传说，当地人会讲些危险与可怕的消息，就为吓唬路过的旅行者。什么湖里的水鬼、河边的守护灵、十字路口的妖怪、墓地里的鬼魂等等，妮妙早就被它们吓唬过了。每两座桥下就会藏着一头巨魔，每隔一片歪脖子柳树丛就能发现一只吸血妖鸟……最后妮妙都习惯了，再也不觉得这些陈词滥调的恐怖故事有什么可怕。但她走进昏暗的森林，穿过雾气缭绕的坟冢之间，或是蹚过水汽氤氲的沼泽地时，那种爬遍全身的焦虑感还是让她很难承受。

站在黑色林墙前，现在她就能体会到那种焦虑。她嘴唇发干，仿佛有群蚂蚁爬过脊背。

这条路经常人来人往，她再次告诫自己。路上有许多马车印，以及牛和马的脚蹄印。所以这森林只是看起来比较吓人而已！这里并非与世隔绝，只是一片原始森林的一部分，侥幸躲过了斧头与锯子的砍伐。这是通往多里安的繁忙路线，只要穿过这片林子就到了。许多人骑马或步行经过这里，我也能顺利通过的。我才不怕。

我是妮妙·维克·威德尔·爱普·格温。

维尔瓦，古阿多，西贝尔，布鲁格，卡斯特堡，莫塔拉，伊瓦洛，多里安，锚地村，苟斯·维伦。

她回头张望，看有没有人朝这边走来。要能有个旅伴就好了，她心想。糟糕的是，选择这条路的人寥寥无几。今天这里冷清得要命。

她别无选择，只能清清嗓子，正正肩上的包裹，紧紧握住手杖，抬脚迈进森林。

周围多是混杂生长的橡树、榆树和古老的角树，另外还有松树和落叶松。较低处是茂密的矮树丛，山楂、榛树、稠李和忍冬交缠在一起。你或许以为这里会有很多鸟儿，但林间却弥漫着一股恶意的宁静。妮妙迈步向前，两眼紧盯着地面。等到森林深处传来啄木鸟敲击树干的声音，她终于松了口气。所以还是有活物的，她心想。我并非孤身一人。

她突然停下脚步，迅速转身。没看到人，也没看到任何东西，但有那么一瞬间，她确信有人跟在自己后面。她觉得有人盯着自己，悄悄尾随。恐惧让她喉头发紧，背后流过一股寒意。

她加快脚步。森林渐渐稀疏，变得愈发青翠而明亮，因为桦树开始变多了。再转一个弯，然后两个，她狂乱地想。再走一段路，森林就到头了。这片森林，还有林中偷偷摸摸跟在我身后的东西，都将被我甩到身后。然后我将继续前进。

维尔瓦，古阿多，西贝尔，布鲁格……

她甚至没听到沙沙声，但用眼角余光捕捉到某种动向。一道灰影骤然钻出蕨丛，肢体众多，形状扁平，速度快到难以置信。妮妙尖叫起来。她看到不断开合、仿佛长柄镰刀一样的大螯；覆盖尖刺与刚毛的爪子；还有许多只眼睛，好像王冠一样环绕在头上。

她感到有人猛地拉她一把，令她双脚离地，摔到一旁，仰天栽倒在富有弹性的榛树丛上。她抓住枝丫，稳住身子，准备跳起来逃跑。但她看到路上狂野的舞蹈，不由愣住了。

那只多足怪物以惊人的速度跳动、打转、挥舞肢体，骇人的下颚铿锵作响。而它身旁有个男人，手持双剑，速度更快，以致身影模糊，令人眼花缭乱。

怪物的第一条、第二条，乃至第三条肢体被利剑接连砍断，飞到空中，又落到妮妙面前。妮妙盯着这一幕，因惊恐而动弹不得。双剑不断砍到怪物扁平的身体上，喷出一道道绿色黏液。怪物奋力挣扎，胡乱舞动肢体，最后不顾一切地跃起，匆忙逃进森林。但它没能跑出多远。双剑男人追上它，踩住它的身体，两把利剑同时刺下，将它钉到地上。怪物用爪子抓挠着地面，过了好久，终于不再动弹。

妮妙用双手按住胸口，努力平复狂跳的心脏。她看到救命恩人跪在死掉的怪物旁边，用刀子在甲壳上撬下什么东西，然后他擦净双剑，收回背后的剑鞘。

"你还好吧?"

妮妙花了点时间才反应过来,原来他在跟自己说话。但她连一个字都挤不出来,也没法在榛树丛里站起身。救命恩人并不急着拉她出来,最后她只能自己奋力脱身。她的两腿抖得厉害,几乎站不稳,嘴里口干舌燥。

"独自一人穿过森林,不是个好主意。"救命恩人走上前来。

他掀开兜帽,露出雪白的头发,居然令昏暗的林地熠熠生辉。妮妙差点叫出声,攥成拳头的双手下意识地举到嘴边。这不可能,她心想。绝对不可能。我肯定是在做梦。

"但从这一刻起,"白发男子仔细查看手里那块晦暗发黑的金属板,继续说道,"从今往后,这条路应该安全了。看看我们发现了什么?艾达,乌里,Ex IX 008 BETA。哈!我的收藏里就缺这个。八号样本。总算解决了。你还好吧,小姑娘?哦,抱歉。你渴坏了,对吧?舌头干得像木头?我明白,明白。来,喝一口。"

她用颤抖的双手接过他递来的水壶。

"你这是要去哪儿啊?"

"多……多……"

"多?"

"多……多里安。那是什么?刚才那东西……是什么?"

"一件艺术品。八号杰作。它是什么并不重要。重要的是,它已经不存在了。你是谁?你要去哪儿?"

她点点头,喝了口水,终于能说话了。她为自己的勇气感到惊讶。

"我……我是妮妙·维克·威德尔·爱普·格温。我要从多里安去锚地村,再从那儿去苟斯·维伦。然后是艾瑞图萨,仙尼德岛的女术士学院。"

"哦吼。你从哪儿来?"

"维尔瓦村。途经古阿多、西贝尔、布鲁格、卡斯特堡……"

"我知道这条路线。"他打断她的话,"威德尔之女妮妙,你居然徒步穿越了大半个世界。他们应该在艾瑞图萨的入学测试里给你多加几分,可惜我说了不算。维尔瓦村的小姑娘,你选了条野心勃勃的路线。很有野心。跟我来吧。"

"呃……"妮妙的脚步依然僵硬,"好心的先生……"

"什么?"

"谢谢您救了我。"

"是我该谢谢你。我这些天一直在找你这样的人。因为走这条路的行人全都成群结队,带着武器,吵吵闹闹,而我们的八号艺术品不敢袭击这样的目标,不会冒险离开它的藏身处。是你把它引了出来。即使相隔甚远,它也能察觉到容易对付的猎物,比如孤身旅行、个头不大的小女孩。请别介意我的冒犯。"

事实证明,转角那边就是森林边缘。白发男子的座驾,一匹枣红色母马正等在稍远处,旁边是一丛小树。

"从这儿去多里安,大概还有四十里。"白发男子说,"以你的脚程要走三天。算上今天剩下的时间,就是三天半。你明白吗?"

妮妙感到一阵突如其来的狂喜,恐惧造成的麻木与惊吓一扫而光。这是个梦,她心想。我肯定在做梦,因为不可能是事实。

"怎么了?你还好吧?"

妮妙鼓足勇气。

"那匹母马……"她激动到几乎咬字不清,"那匹母马叫洛奇。因为你每匹马都叫这个名字。而你是利维亚的杰洛特。那位猎魔人,利维亚的杰洛特。"

他久久地看着她,未置一词。妮妙同样一言不发,两眼紧盯着地面。

"今年是哪一年?"

"一千三百……"她抬起头,眼里满是惊讶,"复活纪元第一千三百七十三年。"

"果真如此的话……"白发男子用袖子擦擦脸,"利维亚的杰洛特已经死去多年。他在一百零五年前就死了。但我觉得,整整一百零五年后,如果……如果有人还记得他,他应该会很高兴。哈,居然有人还记得他是谁,甚至记得他坐骑的名字。是啊,如果他知道的话,我想他会很高兴的……来吧,我再送你一程。"

他们继续前进。妮妙咬住嘴唇,心里窘迫不已,决定缄口不言。

"前面是个十字路口,然后是条大路。"白发男子打破了紧张的沉默,"那条路通往多里安。你会平安抵达……"

"猎魔人杰洛特没有死!"妮妙脱口而出,"他只是离开了,去了那片苹果树之地。他还会回来的……一定会,因为故事里是这么说的。"

"故事、传说、童话、传闻与罗曼史。来自维尔瓦村、前往仙尼德岛女术士学院的妮妙啊,我早该猜到的。要不是你从小听说的传奇与童话,你也没胆量踏上这场疯狂的冒险。不过那些只是童话而已,妮妙。只是童话。你离家很远了,应该明白这个道理的。"

"那位猎魔人会从彼方归来!"妮妙不肯放弃,"他会回来保护民众，不让邪恶横行世间。只要黑暗存在，只要人们需要猎魔人，他就会回来。而黑暗一直存在！"

他沉默许久，转开目光，最后终于看向她，露出微笑。

"黑暗一直存在。"他赞同道，"尽管有人告诉我们，世界将有所改变，文明会照亮黑暗，消除威胁，赶走恐惧，但黑暗一直存在。直到目前为止，所谓的文明并未取得太大成功。直到目前为止，所谓的文明只是说服我们，黑暗是隐藏光明的迷信，完全不值得惧怕。但这并非事实，有些事依然值得畏惧。因为黑暗会永远、永远地存在下去。黑暗中永远潜伏着邪恶，黑暗中永远有尖牙与利爪、鲜血与杀戮。人们也永远需要猎魔人。每当有人呼救时，每当有人需要他们，希望他们都能回应召唤，手持利剑出现在需要他们出现的地方。利剑的光芒穿透黑暗，宝剑的明辉驱散阴霾。真是个美好的故事，对吧？结局也像所有童话故事一样美好。"

"可是……"她结结巴巴地说，"明明过了一百多年……这怎么可能……怎么可能……"

"未来的艾瑞图萨学员不该问出这样的问题。"他打断她的话，笑意不减，"在那间学院里，他们会教导你们，凡事皆有可能。今天不可能的事，也许明天就会变成现实。类似的标语就挂在校园入口上方，你很快就能在那儿就读了。再会了，妮妙。一路顺风。我们就在这里道别吧。"

"可是……"她突然放松下来，话语如泉涌出，"我想知道……更多的事。关于叶妮芙，关于希瑞，还有故事真正的结局。我读过……也了解那段传奇。我知道一切。关于猎魔人，还有凯尔·莫罕。我甚至知道猎魔人所有法印的名字！拜托，告诉我……"

"我们就在这里道别吧。"他温和地打断她,"你的命运之路在你前方,而我前方是条截然不同的路。故事还将继续,传说永不终结。既然说到法印……还有一个是你不知道的。它叫索姆内。看看我的手。"

她看了过去。

"幻象,"她听到远方传来一个声音,"一切都是幻象。"

"嘿,小丫头!别睡在这儿,不然会被人打劫的!"

她猛地抬起头,揉揉眼睛,匆忙站起身。

"我睡着了?我刚才睡着了?"

"睡得可香了!"坐在马车座上的健壮女人笑道,"就像一根木头!像个小婴儿!我跟你打了两声招呼,完全没反应。我都想下车看看了……你一个人吗?干吗东张西望的?你在找谁?"

"有个男人……白头发……刚才还在这儿……也许……我说不清。"

"我没看见其他人。"女人回答。两个孩子从她身后的防水布下面探出小脑袋。

"看来你在旅行。"女人看向妮妙的包裹和手杖,"我要去多里安。如果你也去那边,愿意的话可以上车。"

"谢谢。"妮妙噌的一声跳进车斗,"万分感谢。"

"那好!"女人甩响缰绳,"这就出发!坐车总比走路舒服,对吧?哈,你肯定累得够呛,不然也不会睡在路边。我跟你说,你刚才睡得……"

"……像根木头。"妮妙叹了口气,"我知道。我累坏了,结果睡着了。更重要的是,我……"

"嗯?你怎么了?"

她回头看去。身后是黑色的森林。前方是柳树荫蔽下的道路。通往命运的道路。

故事还将继续，她心想，传说永不终结。

"……我做了个非常奇怪的梦。"

全书完

附录

希瑞之生平
——暨《猎魔人》系列主要时间线

数代以先,精灵女术士劳拉·朵伦与人类巫师克雷格南结合,生下女儿雷安伦,上古精灵血脉流传至人类中间。

雷安伦由瑞达尼亚王后瑟萝收养,长大后嫁给泰莫利亚国王格伊德玛。

瑞达尼亚国王之女法尔嘉发动叛乱,囚禁了雷安伦。

雷安伦的一双儿女与法尔嘉的私生女一同长大,并称"霍特伯格的三胞胎"。

"三胞胎"中的亚玛维特与人私通,生下"不洁者"缪丽尔。
缪丽尔生"先知"艾达莉亚。

"三胞胎"中的菲欧娜生辛特拉国王考伯特。

考伯特生达格拉德。

达格拉德与艾达莉亚结婚,生下"辛特拉雌狮"卡兰瑟。
艾宾王子罗格纳迎娶卡兰瑟,成为辛特拉国王。

罗格纳国王打猎受伤,被"乌奇翁"多尼搭救,并同意按"意外律"提供报偿。
与此同时,卡兰瑟生下帕薇塔。

1245 年,猎魔人杰洛特在凯拉克遇到女术士"珊瑚"。——《风暴季节》

帕薇塔出生十五年后,杰洛特来到辛特拉,促成了帕薇塔公主与多尼的婚事。同样,他也要求按"意外律"提供报偿。——《价码问题》

1254 年,帕薇塔公主生下希瑞。

希瑞幼年时,父母双双"遭遇海难身亡"。

《价码问题》六年后,杰洛特再度来到辛特拉,但并未如约带走希瑞。

1263 年,希瑞在布洛克莱昂森林遇险,巧遇杰洛特。——《命运

之剑》

年底，希瑞与史凯利格伯爵之子哈尔玛私定终身，但被双方家长棒打鸳鸯。

1264年，尼弗迦德帝国入侵辛特拉。希瑞躲过大屠杀，独自逃亡。

同年，索登山战役爆发，"珊瑚"战死。南北双方签订合约，迎来短暂的和平。

1265年，希瑞与杰洛特再度相遇。——《别的东西》

秋天，杰洛特将希瑞带到凯尔·莫罕。

1266年，希瑞在凯尔·莫罕学艺。

年末，女术士特莉丝上山过冬，并照顾希瑞。

1267年，2月，杰洛特送希瑞下山，途经莎依拉韦德废墟。

希瑞在梅里泰莉神殿学习，并由女术士叶妮芙教授魔法。**这一年，希瑞十三岁。**

北方诸王在哈吉要塞密会，意图反击尼弗迦德帝国，并擅自决定了辛特拉王国与希瑞的命运。

尼弗迦德皇帝恩希尔迅速做出回应。巫师威戈佛特兹决定在仙尼德岛召开大会。

神秘人里恩斯奉命追杀杰洛特，双方在牛堡发生冲突。

杰洛特雇了"法学家"柯德林格与芬恩。后者找到个冒牌公主，充当希瑞的替死鬼。

6月末，叶妮芙带希瑞来到苟斯·维伦。
希瑞遭遇狂猎，杰洛特与叶妮芙共同退敌，重归于好。

7月1日晚，叶妮芙携手杰洛特共赴仙尼德岛晚宴。

同一晚，半精灵斯奇鲁杀死柯德林格与芬恩，发现了冒牌公主的下落。

7月2日，仙尼德岛事件爆发。
杰洛特被威戈佛特兹重伤。希瑞经由"海鸥之塔"逃至南方沙漠。

南北双方战火重燃，尼弗迦德帝国大举入侵。

7月5日，半精灵斯奇鲁绑架冒牌公主。

7月10日，恩希尔皇帝接见冒牌公主，随即开始了对希瑞的搜捕。

希瑞化名"法尔嘉"，加入耗子帮。

8月5日，杰洛特收到"希瑞将嫁给恩希尔皇帝"的消息，于是离开布洛克莱昂森林，南下营救希瑞。诗人丹德里恩、女弓手米尔瓦与之同往。

同一日，菲丽芭召集几位女术士，成立新协会。

8月17日，吸血鬼雷吉斯加入杰洛特的队伍。

8月19日，女术士协会召开第二次集会。叶妮芙中途传送离开，落入史凯利格群岛附近的大海。

同一日前后，杰洛特一行被军队冲散，他也险些被辛特拉元帅维赛基德下令绞死。

逃出军营后，黑骑士卡西尔加入队伍。

8月下旬，尼弗迦德帝国情报官"灰林鸮"史凯伦招兵买马，雇下赏金猎人邦纳特。

8月末，叶妮芙带领两艘龙船前往塞德纳海沟，随后失踪。

8月31日，杰洛特等人强渡雅鲁加河，被迫卷入"大桥之战"。米尔瓦在战斗中流产。

战斗过后，杰洛特被米薇女王封为骑士。

9月初，叶妮芙落入威戈佛特兹手中。威戈佛特兹利用她探查到杰洛特的行踪，派斯奇鲁前来追杀。

9月5日，杰洛特一行逃离米薇女王的部队。

9月9日，邦纳特在妒火村剿灭耗子帮，生擒希瑞。

9月10日，杰洛特一行由重建的大桥跨过雅鲁加河。

9月12日，邦纳特拜访铸剑师，后者将"雨燕"剑送给了希瑞。

9月14日，史凯伦与招募的队伍在罗卡尼要塞会合，并于当晚探知邦纳特与希瑞的下落。

9月15日，邦纳特将希瑞带到克莱蒙特镇，迫使她在竞技场中以命相搏。

9月18日，杰洛特在莱德布鲁尼镇遇到安古蓝。

9月22日，邦纳特拷打希瑞，逼问出她的真实身份。

9月23日，秋分日之夜，邦纳特、史凯伦与威戈佛特兹的爪牙里恩斯齐聚独角兽村。希瑞设法逃走，但也因此受伤并毁容。

同一晚，狂猎出现。希瑞穿越至四天之后。

9月25日，杰洛特一行兵分两路，一路去贝哈文截击夜莺匪帮与半精灵斯奇鲁，一路去陶森特寻找德鲁伊。

9月27日，老隐士维索戈塔救下受伤的希瑞。

10月份，杰洛特一行开始在陶森特过冬。

10月30日，希瑞养好伤，离开隐士的小屋。

10月31日，万圣节前夜，希瑞血洗顿·戴尔村，手刃四名凶徒。

11月下旬，希瑞赶到"百湖"地区，在冰湖上展开复仇，随后进入"雨燕之塔"，来到精灵国度。

希瑞被困在精灵国度多日，终于逃脱，又经过多次穿越，最后来到威戈佛特兹的老巢斯提加城堡。

1268 年，1 月 9 日，杰洛特一行离开陶森特。

3 月，红彗星出现，布伦纳战役爆发。南北双方形势逆转。

希瑞与杰洛特一行相继出现在斯提加城堡，一场大战后，救出叶妮芙。

恩希尔皇帝最终放过希瑞，迎娶了冒牌公主。

4 月，南北双方开始谈判，最终签订辛特拉合约。

5 月，希瑞和叶妮芙收到女术士协会的传唤。

6 月，杰洛特死于利维亚的种族暴乱。为了救他，叶妮芙魔力耗尽，倒地不起。
希瑞用小船送走杰洛特与叶妮芙，只身穿越至亚瑟王的世界……

……

……

1373 年——即《风暴季节》一百二十八年后，杰洛特身亡一百零五年后——妮妙独自前往仙尼德岛求学，于"梦中巧遇"杰洛特。

数年后，十八岁的妮妙在湖边偶遇穿越中的希瑞，从此开始了对

"湖中女士"传说的狂热研究。

又过多年，妮妙与希瑞——两位"湖中女士"——再度相逢。妮妙开启传送门，将希瑞送到"正确时间"的斯提加城堡。时间与命运的轮回就此圆满……

重庆出版集团
独家中文正版授权

《猎魔人》系列作者原著
安杰伊·萨普科夫斯基

THE WITCHER
猎魔人
AUDIOBOOK 有声书

一至七卷有声书已在喜马拉雅及机核上线
第八卷有声书机核独家上线中
扫码购买收听！

机核网　　喜马拉雅

授权方　重庆出版集团/重庆出版社　　出品方　GAMECORES　　核市奇谭　　制作协力

白狼崛起 THE LAST WISH I	宿命之剑 SWORD OF DESTINY II
精灵之血 BLOOD OF ELVES III	轻蔑时代 TIME OF CONTEMPT IV
火之洗礼 BAPTISM OF FIRE V	雨燕之塔 THE TOWER OF THE SWALLOW VI
湖中女士 THE LADY OF THE LAKE VII	风暴季节 SEASON OF STORMS VIII

猎魔人 绘本 Wiedźmin
Andrzej SAPKOWSKI

法国艺术家
Thimothée Montaigne | Ugo Pinson | Mikaël Bourgouin

2022 联袂巨献